annabac

SUJETS & CORRIGÉS 2024

Français

1re techno

- **Hélène Bernard**
  Professeure agrégée de lettres modernes
- **Aurélia Courtial**
  Professeure agrégée de lettres modernes
- **Sylvie Dauvin**
  Professeure agrégée de lettres classiques
- **Mathilde de Maistre**
  Professeure agrégée de lettres modernes
- **Sophie Saulnier**
  Professeure agrégée de lettres modernes
- **Swann Spies**
  Professeur agrégé de lettres modernes
- **Bérangère Touet**
  Professeure agrégée de lettres modernes
- **Laure Warot**
  Professeure agrégée de lettres modernes

ISSN 1168-3791 ISBN 978-2-278-10577-9

Achevé d'imprimer par Macrolibros en Espagne
Dépôt légal n° 10577-9/01 - Août 2023

PAPIER À BASE DE FIBRES CERTIFIÉES

Hatier s'engage pour l'environnement en réduisant l'empreinte carbone de ses livres. Celle de cet exemplaire est de : 800 g éq. CO_2
Rendez-vous sur www.hatier-durable.fr

Hatier

SOMMAIRE GÉNÉRAL

Avec votre Annabac, préparez-vous aux épreuves

du bac français **en 4 étapes !**

Les fiches et les sujets classés par objet d'étude

Pour chaque objet d'étude et chaque œuvre au programme 2023-2024, voici les ressources de votre Annabac.

Indiquez sur cette liste l'avancement de vos révisions.
☐ À retravailler encore ☒ Désormais ok !

La poésie du XIXe au XXIe siècle

La littérature d'idées du XVIe au XVIIIe siècle

Le roman et le récit du Moyen Âge au XXIe siècle

Juste la fin du monde, de Jean-Luc Lagarce • « Crise personnelle, crise familiale »

Autres œuvres théâtrales

Dans votre Annabac, vous trouverez deux types de corrigés :

Corrigé guidé — Corrigé flash

- Coordination éditoriale : Anaïs Goin assistée de Rachel Le Nouail
- Édition : Sophie Lovera
- Graphisme : Dany Mourain et le studio Favre & Lhaïk
- Prépresse : Hatier et Nadine Aymard
- Illustration : Juliette Baily
- Schémas : STDI
- Mise en page : STDI
- Iconographie : Hatier illustration

Maîtriser les ŒUVRES

Les recueils de POÉSIE

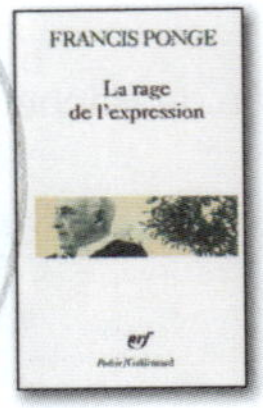

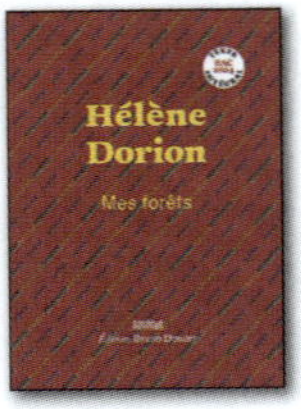

Les œuvres de LITTÉRATURE D'IDÉES

Manon
Lescaut

Mémoires
de deux jeunes
mariées

COLETTE

Le Malade
imaginaire

L'Île des esclaves

1 Rimbaud, *Cahiers de Douai* (1870)

Les *Cahiers de Douai* rassemblent les premiers poèmes du jeune Rimbaud, qui portent déjà en eux les germes de l'œuvre à venir.

A L'auteur et le contexte littéraire

Arthur Rimbaud (1854-1891)

Repères biographiques

- Malgré l'excellence de ses résultats scolaires, Rimbaud accepte mal l'autorité et fait de nombreuses fugues.
- Il commence à écrire des poèmes à quinze ans.
- Il cesse toute activité littéraire à vingt ans et choisit une vie d'aventurier.

Recueils clés

- *Une saison en enfer* (1873)
- *Illuminations* (1873-1875)

Contexte littéraire

- Le **romantisme** est remis en question, mais Hugo reste une figure dominante de la poésie.
- Le **Parnasse** se positionne contre le romantisme et contre le réalisme.
- Le **symbolisme** est incarné par Baudelaire.

B La composition et les thèmes du recueil

1. La composition

- Les *Cahiers de Douai* se compose de deux cahiers, comprenant respectivement **quinze et sept poèmes**. Rimbaud ne donne pas de titre aux cahiers.
- L'ordre des poèmes semble **chronologique** : dix-sept poèmes sont datés.
- La forme privilégiée par Rimbaud est le **sonnet**, mais il écrit aussi de longs poèmes sur le modèle de la ballade, de l'ode latine, du réquisitoire ou de la saynète amoureuse.

2. Les principaux thèmes

● Le modèle antique est très présent dans la poésie de Rimbaud. On reconnaît l'influence des **écrivains latins** qu'il a étudiés en classe dans sa manière d'évoquer les figures de la mythologie gréco-latine.

> INFO **Les Parnassiens s'inspirent de la mythologie grecque et glorifient la figure idéalisée de Vénus. Rimbaud, qui voudrait être publié dans *Le Parnasse contemporain*, fait aussi allégeance à ce mouvement dans « Soleil et chair ».**

● Mais Rimbaud est aussi et surtout un **poète de son temps**, notamment lorsqu'il dénonce la guerre franco-prussienne menée par Napoléon III, ou la misère des classes populaires.

● Dans d'autres poèmes, il célèbre le plaisir des rencontres amoureuses ou le bonheur des nuits à la belle étoile, en communion avec une nature protectrice. Son **lyrisme** se teinte alors souvent d'**autodérision.**

C Le parcours : « Émancipations créatrices »

1. Exprimer sa révolte

● Rimbaud se révolte **contre le monde de la bourgeoisie** et ses valeurs. Cette opposition se manifeste par des **fugues**. Cinq de ses poèmes en font l'éloge, chantant la **liberté absolue**. Il dresse également les portraits de bourgeois « bouffis » et se présente, à l'inverse, en étudiant « débraillé ».

● Le jeune poète se dresse également contre Napoléon III – qui déclare la guerre à la Prusse en juillet 1870 – et contre la politique que mène ce dernier.

2. Inventer son propre langage

● Pour inventer son propre langage, Rimbaud se nourrit d'autres œuvres littéraires et manie avec habileté l'**art de la caricature et de la parodie**.

> CITATION **Pour Rimbaud, Baudelaire est « le premier voyant, roi des poètes, un vrai Dieu », mais son travail sur la langue poétique est insuffisant car « les inventions d'inconnu réclament des formes nouvelles » (Rimbaud, « Lettre à Demeny », 1871).**

● Il **joue avec les codes de la poésie** et crée la surprise par différents procédés : mots à la rime de sens opposé ou susceptibles de choquer son lecteur ; rejets, contre-rejets ou enjambements, qui déconstruisent le rythme des mètres traditionnels ; chute inattendue des sonnets.

● Ce faisant, il invente un **nouveau lyrisme**, dénué de grandiloquence, qui se caractérise par un vocabulaire familier, un mélange des registres et des images surprenantes.

2 Ponge, *La rage de l'expression* (1952)

Bien que *La rage de l'expression* ne soit pas l'œuvre la plus connue de Ponge, ce recueil apporte un éclairage particulier sur sa conception de la poésie : tel un artisan, le poète nous introduit ici dans son atelier.

A L'auteur et le contexte littéraire

Francis Ponge (1899-1988)

Repères biographiques

Ponge vit tous les grands événements qui bouleversent le XXe siècle.
- Il est mobilisé lors des deux guerres mondiales.
- Il adhère au Parti communiste en 1937.
- Il entre dans la Résistance en 1941.
- Il participe au mouvement surréaliste, avant de s'en éloigner.

Recueils clés
- *Le Parti pris des choses* (1942)
- *Proêmes* (1948)

Contexte littéraire
- Le **mouvement surréaliste**, dont le chef de file est André Breton, naît dans la première moitié du XXe siècle.
- Le **Nouveau Roman**, dans les années 1950, prône la recherche d'une écriture neutre mettant à l'arrière-plan toute subjectivité.

B La composition et les thèmes du recueil

1. La composition

- *La rage de l'expression* est composé de **sept pièces**.
- La première, « Berges de la Loire », peut être considérée comme un **texte programmatique**. Les autres, plus longues, sont composées de plusieurs textes séparés par des astérisques, indiquant les étapes de la description ou de la réflexion.
- La sixième section, « Le Carnet du Bois de Pins », est la plus complexe puisqu'elle se compose de cinq sous-parties.

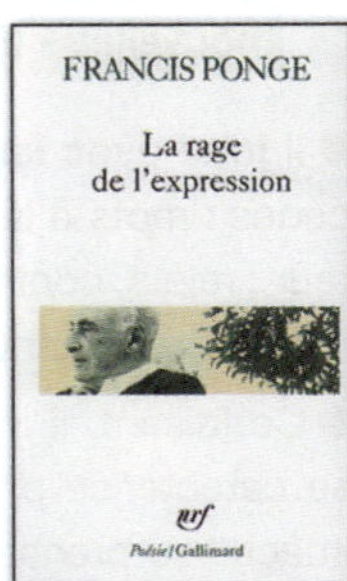

2. Les principaux thèmes

● Le titre du recueil est surprenant car il n'annonce pas un thème mais commente plutôt l'**état d'esprit du poète** qui serait pris par « la rage de l'expression ». Ce titre laisse entendre une violence, un combat, une volonté farouche de trouver la **juste expression**. Ponge se fixe en effet pour but non pas de décrire ou de raconter l'objet choisi, mais de **« l'approcher » avec « délicatesse »**. Il choisit d'ailleurs ses thèmes pour leur difficulté.

> CITATION **« L'écrivain véritable est un homme qui ne trouve pas ses mots. Alors il les cherche. Et, en cherchant, il trouve mieux. »**
> **(Paul Valery, *Cahiers II* (1894-1914))**

● Ce sont des **« objets » de la nature** que les titres de sections annoncent : la Loire, les pins, le ciel de Provence, les animaux ailés qui y vivent et les fleurs et arbres fleuris qui y poussent.

● Prose ou poésie ? Le recueil mêle des vers et différents jeux typographiques à des définitions, des alignements de chiffres, etc. En passant ainsi d'une forme à une autre, le poète cherche la **forme adéquate** sans s'interdire de **multiplier les propositions**.

C Le parcours : « Dans l'atelier du poète »

1. De Boileau à Ponge

● Tel Boileau, Ponge remet « vingt fois sur le métier » son ouvrage et nous donne à lire ses **tâtonnements**, ses **essais**, ses « variantes ».

● Dans les « Berges de la Loire », le poète s'impose des **consignes d'écriture**. Il exerce sur sa poésie une surveillance constante, recommençant, épurant, retouchant. Et c'est cette recherche expérimentale qu'il donne à lire et qui fait œuvre.

> MOT-CLÉ **L'art poétique est un poème dans lequel le poète explique sa conception de la poésie et la met en pratique dans le poème même.**

2. Les choses et les mots

● Dans *La rage de l'expression*, Ponge s'engage à remédier aux déficiences de la langue, en cherchant **les mots les plus adaptés aux sujets choisis**. Il entame cette « conquête » pour avancer dans « la connaissance et l'expression » des choses.

● Pour ce faire, le poète doit **transformer radicalement le fonctionnement même du langage** : aidé du dictionnaire, il ausculte les objets et retranscrit les définitions qui constituent le matériel de travail avec lequel il construit ses propres textes-définitions.

3 Hélène Dorion, *Mes forêts* (2021)

Dans ce recueil de poésie contemporaine, on suit l'auteure dans le monde vibrant, signifiant et sensible des forêts.

A L'auteure et le contexte littéraire

Hélène Dorion (1958)

Repères biographiques
- Poétesse, romancière, essayiste, Hélène Dorion est une écrivaine francophone québécoise très présente dans la vie littéraire de son pays.
- Traduite en une quinzaine de langues, elle a une renommée internationale.

Œuvres clés
- *Comme résonne la vie* (poèmes, 2018)
- *Pas même le bruit d'un fleuve* (roman, 2020)

Contexte littéraire
- Poésie contemporaine
- Influence de poètes comme Pierre Reverdy (1889-1960), Yves Bonnefoy (1923-2016), Philippe Jacottet (1925-2021).

B La composition et les thèmes du recueil

1. La composition

● *Mes forêts* est un recueil de **59 poèmes** organisés en quatre sections, la dernière étant elle-même subdivisée en trois. **Cinq poèmes supplémentaires**, tous intitulés « Mes forêts », s'intercalent entre les différentes sections.

● Le recueil **joue sur le rythme** en alternant le long et le court. La première section est composée de vingt-cinq poèmes courts, la deuxième d'un seul long poème, la troisième de trente poèmes plus ou moins longs et la dernière de trois longs poèmes.

● Chaque section s'ouvre sur la **citation** d'une auteure contemporaine. On peut les lire à la suite les unes des autres : elles forment alors une sorte de **litanie** qui questionne inlassablement **le sens de la vie**.

2. Les principaux thèmes

● La **forêt**, telle que décrite par la poétesse, **forme un tout** dont les éléments s'**interpénètrent**. Cette perception est suggérée par l'absence de ponctuation, les enjambements et l'utilisation particulière du blanc graphique, qui brouillent les contours de chaque poème.

● Poésie à la première personne, interrogation sur soi, communion avec la nature, évocation de l'écoulement du temps : on trouve dans ce recueil tous les éléments du **registre lyrique**.

● Pour autant, l'utilisation de la 1re personne n'est pas synonyme d'appropriation de la forêt par l'auteure, et ce retour vers l'intime n'exclut pas l'**évocation du monde** et de ses **perturbations**. Le « je » de la poétesse se fond dans un **« nous » collectif** qui dit la perte des repères. La révolte contre les ravages du monde s'exprime avec force.

ŒUVRES

C Le parcours : « La poésie, la nature, l'intime »

1. La nature, une poétique

● Le pluriel du titre l'annonce, la forêt de l'auteure est **plurielle**, **changeante**. Elle est **difficile à cerner** et ne peut se réduire à une seule approche. C'est pourquoi les cinq poèmes « Mes forêts » tentent tour à tour d'en donner une définition métaphorique.

● De vastes **réseaux synesthésiques** parcourent le recueil, mêlant couleurs, matières et sons.

2. La nature, miroir de nos vies

● Dans *Mes forêts,* Hélène Dorion emprunte la **forme épique** pour raconter la **création du monde** (« Avant l'aube »), l'**histoire des hommes** (« Avant l'horizon ») et une **histoire plus personnelle** (« Avant la nuit ») qui s'insère dans « la longue marche du savoir », de l'âge d'or à l'ère numérique. La poétesse choisit également parfois une forme fragmentée, pour faire entendre l'**écoulement du temps** (« Une chute de galets »).

MOT-CLÉ Les récits de la création du monde sont des cosmogonies.

● La relation que le « je » poétique entretient avec la nature est **fusionnelle**. Les forêts deviennent le **double de la poétesse**. L'immersion dans la nature permet un **retour sur soi** et ce rapport à la connaissance de soi s'exprime dans un beau paradoxe : « prendre le large/vers moi-même ».

● La poétesse écoute, déchiffre, s'interroge, sans jamais tomber dans le romantisme : son **lyrisme demeure retenu**, à la recherche de sens.

4 Rabelais, *Gargantua*, chapitres XI à XXIV (1534-1542)

***Gargantua* narre les aventures d'un géant doté d'un formidable appétit de bonne chère et de savoir. À travers ce récit plein de verve, Rabelais livre un plaidoyer pour une culture humaniste.**

A L'auteur et le contexte littéraire

François Rabelais (v. 1483-1553)

Repères biographiques

- Érudit de la Renaissance, il prend l'habit de moine puis devient médecin.
- Sa vocation littéraire s'affirme tardivement et ses œuvres témoignent de sa vaste culture humaniste.

Œuvres clés

- *Pantagruel* (1532)
- *Gargantua* (1534 puis 1542)

Contexte littéraire

- Né pendant la Renaissance, l'**humanisme** se tourne vers l'Antiquité pour repenser la place de l'homme dans la société moderne.
- Ce mouvement de pensée se caractérise par une grande curiosité pour tous les domaines du **savoir** et un vif intérêt pour la **pédagogie**.

B La composition du roman et les thèmes

1. La composition

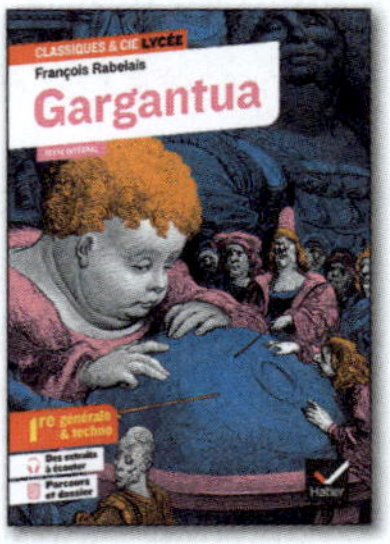

- À l'instar de *Pantagruel*, *Gargantua* est construit comme une **parodie d'épopée**. Cependant, ce deuxième roman apparaît davantage marqué par l'**esprit satirique** : Rabelais raille la culture médiévale et promeut les idéaux de l'humanisme.
- Les chapitres XI à XXIV de *Gargantua* sont consacrés à l'enfance et l'**éducation** du jeune géant : cette composition fait écho à la structure des **romans de chevalerie** qui s'ouvraient sur la formation des héros.

2. Les principaux thèmes

● Destiné à faire rire, *Gargantua* est également une œuvre érudite qui permet à Rabelais d'évoquer des sujets sérieux : l'**éducation**, la **guerre**, la **religion**, la place de l'**homme** dans l'univers.

● Le roman est contemporain des débuts de l'**humanisme**, une époque de foi en l'homme et en ses progrès. *Gargantua* reflète ainsi l'idée que l'humanité pourrait s'améliorer et atteindre la **sagesse morale** grâce au savoir.

C Le parcours : « La bonne éducation »

1. Un roman de formation

● Aux premiers chapitres de l'œuvre, qui rapportent la naissance du géant, succèdent ceux, numérotés de XI à XIII, centrés sur les jeux d'enfant de Gargantua, où il manifeste déjà des aptitudes certaines. Les chapitres suivants, jusqu'au vingt-quatrième, narrent son **éducation** en Utopie puis à Paris.

● Après avoir subi un enseignement de type **scolastique**, Gargantua est confié au sage Ponocrates, un précepteur nourri aux idées de l'**humanisme**, telles qu'elles sont développées par Érasme dans *De l'éducation des enfants* (1529).

> MOT CLÉ **La scolastique renvoie à un type d'enseignement médiéval qui favorise une approche abstraite des savoirs.**

● Le modèle éducatif de Ponocrates favorise le développement de l'**esprit**, en associant connaissances théoriques et savoirs expérimentaux, mais aussi celui du **corps** grâce à des exercices physiques répétés.

2. La « substantifique moelle »

● La bonne éducation se définit d'abord pour Rabelais en réaction à l'« obscurantisme » médiéval. Il s'agit de se défaire des superstitions et des préjugés pour affirmer le **principe de perfectibilité humaine**.

● Le récit de la jeunesse de Gargantua mêle allusions savantes et épisodes grotesques ; il combine références réalistes et détails fantaisistes. Cette ambivalence crée des effets comiques de **décalage** qui amènent finalement le lecteur à réfléchir aux principes d'une éducation réussie.

● Le roman rabelaisien définit moins un modèle d'éducation qu'il ne livre une méthode dans laquelle la **science** s'accompagne toujours de **conscience**. Pour Rabelais, l'homme éduqué est un individu instruit et un être moralement responsable.

5 La Bruyère, *Les Caractères*, livre XI (1688-1696)

Dans *Les Caractères*, La Bruyère mêle réflexions, maximes et portraits : il donne à voir les ridicules de ses contemporains et dénonce la société du paraître qui triomphe à la Cour ou dans les salons.

A L'auteur et le contexte littéraire

Jean de La Bruyère (1645-1696)

Repères biographiques

- Issu de la bourgeoisie, il acquiert une charge de trésorier après des études de droit.
- En 1684, il devient précepteur du duc Louis de Bourbon, petit-fils du Grand Condé.
- Il entre à l'Académie française en 1693 et prend le parti des « Anciens ».

Œuvres clés

- *Les Caractères* (première édition en 1688, suivie de sept autres du vivant de l'auteur)

Contexte littéraire

- Le **classicisme** promeut un idéal esthétique et moral fondé sur la mesure, le respect des règles et la sobriété.
- La **querelle des Anciens et des Modernes** oppose ceux qui prônent une imitation des auteurs latins et grecs, aux tenants de l'invention de formes nouvelles.

B La composition de l'œuvre et les thèmes

1. La composition

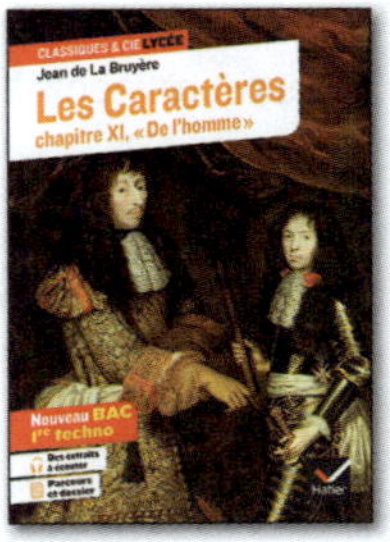

- Inspirée des *Caractères* de **Théophraste** (IVe s. av. J.-C.), l'œuvre de La Bruyère se présente comme une traduction de l'auteur grec, sorte de caution morale et littéraire. Au fil des éditions, La Bruyère y ajoute un **mélange original** de descriptions, remarques et aphorismes dans le goût de l'époque classique.

● Au-delà du **désordre** apparent de l'œuvre, certains **regroupements** apparaissent : les livres I à IV dépeignent la psychologie de l'homme ; les livres V à X proposent une peinture de la société et du pouvoir ; les livres XI à XVI étudient l'homme dans une perspective morale et religieuse.

2. Les principaux thèmes

● *Les Caractères* décrivent toutes les **conditions** et tous les **profils** psychologiques dans la société du temps de La Bruyère. Ils opposent ceux qui sont utiles au **fonctionnement de la société** à ceux qui la dénaturent.

● Dans cette œuvre, la satire devient un instrument puissant au service de la **critique des institutions et des préjugés**. La Bruyère dénonce ainsi les abus de pouvoir, les égarements de la Cour ou encore la fausse dévotion.

C Le parcours : « Peindre les Hommes, examiner la nature humaine »

1. La peinture des hommes

● Intitulé « De l'homme », le livre XI annonce d'emblée son **ambition anthropologique** : le propos est de décrire l'être humain dans ses singularités, ses passions et ses faiblesses, de l'enfance à la vieillesse.

● Dans les salons littéraires, les contemporains tentent de reconnaître ceux qui sont visés par les portraits. Toutefois, les descriptions cherchent à dépasser l'anecdotique pour peindre des caractères, c'est-à-dire des « **types** » universels.

● Les **portraits**, en particulier, offrent une observation minutieuse des hommes, émaillée de détails concrets et pittoresques, qui tend à la **caricature**. Piquante, la description peut virer à la **satire** et le tableau du genre humain prend parfois des airs de comédie à la façon de Molière.

2. L'examen de la nature humaine

● *Les Caractères* passent au crible la nature humaine pour en révéler les incohérences, l'émiettement, voire le néant. La Bruyère rejoint ainsi les **moralistes**, de La Rochefoucauld à Pascal.

MOT CLÉ **Un moraliste observe et décrit le comportement des hommes.**

● **Méthodiques et lucides**, les cent-cinquante-huit remarques du livre XI épinglent, sur un mode satirique, différents spécimens d'humanité avec leurs traits psychologiques et moraux. La Bruyère veut plaire à son lecteur, tout en cherchant à l'édifier, conformément à la **doctrine classique**.

6 O. de Gouges, *Déclaration des droits de la femme et de la citoyenne* (1791)

Dans sa *Déclaration des droits de la femme et de la citoyenne*, Olympe de Gouges revendique pour les femmes des droits égaux à ceux des hommes, au nom de la nature et de la raison.

A L'auteur et le contexte littéraire

Olympe de Gouges (1748-1793)

Repères biographiques

- Jeune veuve, Marie Gouze gagne Paris au début des années 1770. Sous le nom d'Olympe de Gouges, elle se fait une place dans les salons du temps.
- Pendant la Révolution, elle multiplie les écrits pour promouvoir les droits des opprimés.
- Elle est guillotinée en 1793 en raison de son hostilité à la Terreur.

Œuvres clés

- *Déclaration des droits de la femme et de la citoyenne* (1791)
- *L'Esclavage des Noirs, ou L'heureux naufrage* (1792)

Contexte littéraire

- Le mouvement des **Lumières** prône l'usage de la raison dans tous les domaines et combat l'arbitraire.
- Il inspire les principes de la **Révolution française**, qui s'expriment notamment dans la *Déclaration des droits de l'homme et du citoyen* (1789).

B La composition de l'œuvre et les thèmes

1. La composition

- Adressée à la reine Marie-Antoinette, la *Déclaration des droits de la femme et de la citoyenne* constitue un **pastiche** critique de la *Déclaration des droits de l'homme et du citoyen*, présentée au roi Louis XVI et votée le 26 août 1789.

● L'œuvre d'Olympe de Gouges imite la forme juridique de la *Déclaration* de 1789 : elle comporte un **préambule** et dix-sept **articles de loi**. L'auteure ajoute un **postambule** dans lequel elle appelle les femmes à s'emparer de leurs droits.

2. Les principaux thèmes

● La *Déclaration* rédigée par Olympe de Gouges revendique un **statut juridique, politique et social** pour les femmes.

● Demeurée sans valeur légale, cette œuvre a marqué une étape dans l'histoire de la **pensée féministe**, qui la relie au traité de Poullain de La Barre, *De l'égalité des deux sexes* (1673), et à l'essai de Simone de Beauvoir, *Le Deuxième Sexe* (1949).

C Le parcours : « Écrire et combattre pour l'égalité »

1. L'écriture au service de l'égalité des sexes

● La *Déclaration* d'Olympe de Gouges apparaît d'abord comme le **pendant absent** de celle de 1789, qui semble ne concerner que les individus de sexe masculin. En effet, les femmes de l'époque ne pouvaient ni voter ni exercer de fonctions politiques.

● Pourtant, le texte ne saurait se réduire à un simple contre-projet : c'est un **plaidoyer** en faveur de l'égalité des droits qui vise à établir la **concordance** entre les sexes au sein de la nation.

> CITATION **« La femme a le droit de monter sur l'échafaud ; elle doit avoir également celui de monter à la tribune [...] » (article X).**

2. Une femme engagée

● Afin de détruire les préjugés, Olympe de Gouges use des ressources de l'**art oratoire** : judiciaire, son discours dénonce les injustices faites aux femmes ; épidictique, il blâme les hommes pour leurs comportements ; délibératif, il propose un nouveau modèle de société égalitaire.

● Ses écrits témoignent de son combat en faveur de l'**égalité des droits pour tous**, sans distinction de sexe, de couleur ni de revenu. Elle s'est insurgée en particulier contre la traite des esclaves dans les colonies.

7 Prévost, *Manon Lescaut* (1731)

Ce roman propose l'une des plus célèbres histoires d'amour de la littérature française. Jugé « scandaleux » dans les années 1730, le récit connaît un véritable succès grâce au personnage éponyme, élevé au rang de mythe littéraire.

A L'auteur et le contexte littéraire

Abbé Prévost (1697-1763)

Repères biographiques

- L'abbé Prévost a d'abord été moine, puis prêtre en 1726, avant d'abandonner l'état ecclésiastique dès 1728.
- Endetté par amour pour une femme, il doit s'exiler à plusieurs reprises avant de revenir en France, en 1743.
- Traducteur, historien, journaliste, il fut surtout un romancier prolifique.

Œuvres clés

- *Manon Lescaut* (tome VII des *Mémoires et aventures d'un homme de qualité qui s'est retiré du monde*, 1731)
- *Cleveland* (1731-1739)

Contexte littéraire

- Au XVIIIe siècle, le **genre romanesque** connaît un succès croissant, mais reste souvent décrié pour ses invraisemblances, voire son immoralité.
- La **censure** s'abat sur les œuvres jugées déviantes – leur assurant parfois un certain succès, lié au scandale.

B Le résumé et les thèmes de l'œuvre

1. Le résumé de l'œuvre

- Le chevalier des Grieux, jeune noble destiné à une carrière ecclésiastique, s'éprend au premier regard d'une fille du peuple, Manon Lescaut, pour laquelle il quitte tout. Avide de plaisirs et de luxe, elle l'entraîne dans un **milieu trouble**.
- Tous deux fuient et s'installent à Paris, mais très vite, le couple manque d'argent. Ils enchaînent les vols et sont emprisonnés à plusieurs reprises. Leur amour est **réprouvé** par la société qui, rigide, ne tolère pas leurs **transgressions**.
- Déportée en Louisiane, où Des Grieux la suit, **Manon meurt** d'épuisement. Éprouvé, Des Grieux finit par rentrer en France.

2. Les principaux thèmes

- Des Grieux raconte ses aventures au narrateur qui lui-même retranscrit le récit du chevalier **à la première personne**. Un an après la mort de Manon, Des Grieux **analyse rétrospectivement** ses sentiments et motivations. Déchiré entre son aveuglement passionnel et une lucidité favorisée par le recul, il livre un témoignage **partial**. Il se présente comme une **victime de la fatalité**.

> MOT-CLÉ **Les romans-mémoires, récits rétrospectifs menés à la première personne, permettent d'accéder à une sensibilité individuelle et favorisent l'empathie.**

- Des Grieux décrit Manon comme une **héroïne ambiguë** et fascinante, une « charmante et perfide créature » qu'il rend **responsable** de sa perte, tout en justifiant son amoralité et son inconscience.

C Le parcours : « Personnages en marge, plaisirs du romanesque »

1. Manon et Des Grieux : des héros en marge

Les héros **transgressent les codes sociaux et moraux** de leur époque.

- Manon, « fille de rien », envoyée au couvent pour juguler un penchant précoce pour le **plaisir**, séduit d'emblée Des Grieux.
- Issu d'une famille aristocratique, celui-ci fait pour Manon le « choix d'une vie obscure et vagabonde » et sacrifie sa conscience, sa fortune et son honneur. Initié par le frère de Manon, Lescaut, il fréquente les **milieux peu recommandables** du jeu, vole, triche et en vient à commettre un meurtre.

2. Les sources du plaisir romanesque

- Les protagonistes sont **attachants** car ils conservent une pureté touchante. Manon émeut par son insouciance, Des Grieux ne s'arrache pas sans douleur à son sens de l'honneur et aux exigences de son milieu.
- Empruntant au répertoire romanesque traditionnel, les **multiples péripéties** s'enchaînent à un rythme soutenu et tiennent en haleine le lecteur. Prévost cherche bien à **divertir** son lecteur.

3. Une réflexion sur les valeurs

C'est également la dimension réflexive de l'œuvre qui fait son intérêt. L'auteur souhaite peindre un « exemple terrible de la force des passions », afin d'**instruire** le lecteur. Des débats sur la nature de l'existence ou le droit au **bonheur individuel** jalonnent le récit. En proposant une fin tragique, Prévost semble vouloir avertir le lecteur de la fatalité de la passion.

8 Balzac, *Mémoires de deux jeunes mariées* (1841)

Ces *Mémoires* livrent la correspondance passionnée de deux jeunes femmes, évoquant leur difficile expérience conjugale.

A L'auteur et le contexte littéraire

Honoré de Balzac (1799-1850)

Repères biographiques

- Doté d'une énergie débordante, Balzac a écrit plus de quatre-vingt-dix romans.
- Pilier du mouvement réaliste, il développe une conception originale du roman.
- Dans *La Comédie humaine*, vaste fresque qui englobe toute son œuvre, il entend « faire l'inventaire de la société française ».

Œuvres clés

- *La Peau de chagrin* (1831)
- *Eugénie Grandet* (1833)
- *Illusions perdues* (1837-1843)

Contexte littéraire

- Au XIXe siècle, le **roman** connaît un véritable âge d'or : il s'impose comme le principal genre littéraire.
- Le mouvement **réaliste**, qui s'épanouit dans la seconde moitié du XIXe siècle, s'inspire de la vie réelle de l'époque, sans souci de l'embellir.

B Le résumé et les thèmes de l'œuvre

1. La composition et le résumé de l'œuvre

- **Partie I (lettres I à XLVII).** À peine sorties du couvent où elles rêvaient d'amour, Louise de Chaulieu et Renée de Maucombe entament une correspondance intime. Renée est mariée la première par sa famille au baron Louis de l'Estorade. Elle mène une vie de résignation, mais connaît les joies de la maternité. Louise préfère le « fol Amour » : elle épouse par amour Macumer, un noble espagnol qui meurt en deux ans, étouffé par cette passion invivable.
- **Partie II (lettres XLVIII à LVII).** Cinq ans plus tard, Louise s'éprend d'un poète pauvre, Marie Gaston, qu'elle épouse en secret. Mais elle meurt consumée par sa jalousie, tandis que Renée travaille à la réussite de sa famille.

2. Les principaux thèmes

● *Mémoires de deux jeunes mariées* est une œuvre **polyphonique** : les cinquante-sept lettres échangées entre 1823 et 1835 par les deux femmes donnent à voir leur évolution respective. Chacune y expose sa **vision de la vie** et des moyens d'accéder au **bonheur**.

> MOT-CLÉ **Les mémoires sont des récits écrits postérieurement aux événements racontés, publics ou privés, dont l'auteur a été témoin.**

● Romancier des mœurs, Balzac décrit avec réalisme le **mariage** des filles dans les milieux aristocratiques du XIXe siècle. L'union est alors un contrat arrangé qui repose sur des considérations économiques et sociales.

● Le roman témoigne de la difficulté pour la femme à accéder au bonheur par le mariage. Les deux héroïnes tentent de **contourner les codes sociaux** établis à leur désavantage.

C Le parcours : « Raison et sentiments »

1. Deux héroïnes qui s'opposent

● Renée fait le **choix de la raison**. Mariée d'office à sa sortie du couvent, elle ne connaît pas la passion amoureuse. Elle comprend que la société, en instituant le mariage, vise l'équilibre familial et social, au détriment des élans du cœur.

● Louise ne peut concevoir l'existence sans l'**absolu des passions**. Elle s'enorgueillit de cet amour qui donne à sa vie son prix.

2. Une opposition à nuancer

● Renée et Louise sont des **héroïnes complexes**. Renée, à défaut de connaître les exaltations d'une passion, trouve des « joies illimitées » dans la maternité. Louise est capable de froids calculs et d'une véritable intelligence politique.

● Les deux femmes se rejoignent dans leur **quête de bonheur et d'indépendance**. Chacune prend sa vie en main et cherche à conserver sa **liberté**.

3. La raison contre le sentiment ?

● Renée prend le parti d'une vie mesurée : la réussite de son mari contribue à son bonheur, et elle **condamne** sévèrement Louise.

● Les morts de Felipe et de Louise semblent sanctionner les unions fondées sur la passion. Pourtant, Balzac concède à George Sand : « J'aimerais mieux être tué par Louise que de vivre longtemps avec Renée. » Il dresse un **constat sans illusions** et cherche pour la femme une voie qui ne la sacrifie pas aux exigences de la société, se gardant finalement de prendre parti.

9 Colette, *Sido* (1930) suivi de *Les Vrilles de la vigne* (1908)

Dans ses récits inspirés de sa propre vie, Colette nous emmène sur les traces de ses souvenirs et de ses sensations.

A L'auteure et le contexte littéraire

Sidonie Gabrielle Colette, dite Colette (1873-1954)

Repères biographiques

- Le premier mari de Colette, l'écrivain Henry Gauthier-Villars, dit Willy, l'introduit dans le Tout-Paris de la Belle Époque.
- Elle mène une vie de femme libre et indépendante.
- Romancière, reporter, rédactrice de publicité, épistolière et journaliste, Colette fait cependant scandale pour ses activités au music-hall.

Œuvres clés

- *La Maison de Claudine* (1922)
- *La Naissance du jour* (1928)
- *Gigi* (1943)

Contexte littéraire

- L'écriture de Colette, comme celle des poétesses Anna de Noailles et Renée Vivien, exprime le désir d'émancipation de la **femme moderne**.
- À la suite des expérimentations romanesques de Proust, Colette cherche à rendre compte, au plus près, des sensations éprouvées au contact de la nature.

B La composition des œuvres et leurs thèmes

1. La composition des œuvres

● *Sido* est une œuvre de maturité dans laquelle l'auteure évoque son **enfance** dans sa maison natale, à Saint-Sauveur-en-Puisaye, dans les années 1880. Le texte est divisé en trois parties : la première est consacrée à Sidonie, dite « Sido », la mère de Colette ; la deuxième, « Le Capitaine », à son père Jules ; la troisième, « Les Sauvages », à son demi-frère Achille, son frère Léo et sa demi-sœur Juliette.

● *Les Vrilles de la vigne*, œuvre de jeunesse publiée en 1908, rassemblent **dix-huit chroniques** composées à une époque où Colette s'affirme, libérée du contrôle de Willy. Oscillant entre **fiction et réalité**, elle y revendique ses choix et sa **propre liberté**.

2. Les genres et les thèmes

● *Sido* est un **récit autobiographique** romancé, composé par de « petites touches » et échappant à toute linéarité chronologique. La mère, **Sido**, est un personnage omniprésent, vers lequel chaque protagoniste converge.

● *Les Vrilles de la vigne* présentent une grande **variété de formes narratives** : des récits autobiographiques aux accents de poèmes en prose (« Nuit blanche », « Jour gris ») ; des « Dialogues de bêtes » à l'écriture théâtrale (« Toby-Chien et la musique ») ; des extraits de journal intime (« Partie de pêche »). Colette aborde des **thèmes divers**, notamment son désir de **liberté**. Elle livre ses sentiments les plus intimes et fait aussi une peinture satirique de la bourgeoisie parisienne (« Belles-de-jour »).

C Le parcours : « La célébration du monde »

1. Le monde célébré par Colette

● Le **jardin édénique** de la maison familiale est au centre des souvenirs évoqués dans *Sido*. Colette vante ce lieu de paix aux mille et une merveilles, dont Sido est la figure centrale. C'est un lieu symbolique d'**initiation** et de transmission entre mère et fille et l'occasion d'une **contemplation** de la nature.

● Dans *Les Vrilles de la vigne*, les **paysages** de la baie de Somme et de la Côte d'Azur sont célébrés pour leur beauté et le plaisir auquel ils sont associés (l'amour avec Missy, l'insouciance des festivités).

2. Le thème central de la nature

● Chaque être vivant évoqué, plante ou animal, suscite l'**admiration**. Les souvenirs visuels, tactiles et auditifs se mélangent.

> INFO **Charles Baudelaire utilisait déjà des « correspondances » symboliques pour exprimer la synesthésie produite par ce concert de sensations.**

● Cette célébration des sensations exprime un **vibrant bonheur** d'être au monde. La nature prend une dimension **panthéiste** : Sido, à l'image d'une prêtresse antique, en déchiffre les signes secrets.

3. L'écriture de la célébration

● La **faune** et la **flore** sont décrites précisément, et la baie de Somme fait l'objet d'un reportage **quasi journalistique**.

● Mais l'écriture de Colette frappe d'abord par son **caractère poétique**. L'auteure célèbre le pays quitté par de **saisissantes images**. Ses **phrases amples et musicales** sont aptes à recréer le souvenir, faisant écho à celles de Marcel Proust (*À la recherche du temps perdu*, 1913-1927).

10 Molière, *Le Malade imaginaire* (1673)

Dans *Le Malade imaginaire*, Molière nous fait rire aussi bien d'Argan, qui se croit toujours malade, que des médecins. À travers cette comédie-ballet où le théâtre se mêle au chant et à la danse, il crée un spectacle complet.

A L'auteur et le contexte littéraire

Molière (1622-1673)

Repères biographiques
- Né à Paris dans une famille bourgeoise, il fonde l'Illustre Théâtre en 1643.
- Au sein de cette troupe, il écrit et joue des farces et des comédies.
- En 1658, il entre sous la protection de la famille royale.

Œuvres clés
- *Le Misanthrope* (1666)
- *Le Bourgeois gentilhomme* (1670)
- *Le Malade imaginaire* (1673)

Contexte littéraire
- Il s'illustre dans le genre nouveau de la **comédie-ballet**, pièces destinées aux fêtes célébrant les victoires militaires de Louis XIV.
- Le XVIIe siècle est celui du **classicisme**, dont les valeurs s'incarnent dans la figure de l'« honnête homme ».

B La composition de la pièce et les thèmes

1. La composition

- La pièce se compose de **trois actes** ponctués d'intermèdes dansés et chantés, précédés d'un prologue précisant la volonté de « délasser [le roi] de ses nobles travaux ».
- Les **intermèdes** sont, au XVIIe siècle, de courts divertissements chorégraphiques qui interviennent entre les actes d'une comédie.

ŒUVRES

2. Les principaux thèmes

- Argan est un **hypocondriaque**, soumis à son médecin et à son apothicaire. La médecine est ainsi moquée à travers des personnages grotesques. Tout au long de la pièce, Molière fait la **satire de la médecine** de son époque.
- L'**amour filial** et le **mariage** : comique farcesque, quiproquos, travestissements rythment une pièce qui met en lumière les relations entre parents et enfants. Ainsi, bien que son mariage avec Cléante ne soit pas accepté par son père, Angélique l'aime profondément.

C Le parcours : « Spectacle et comédie »

1. La comédie : un genre conçu pour le spectacle

- Plus que tout autre genre théâtral, la comédie **trouve dans la mise en scène son aboutissement**. Le lecteur de la pièce rit en imaginant Toinette se déguiser en médecin de pacotille pour asséner à Argan un diagnostic burlesque, mais moins que le spectateur qui la voit à l'œuvre sur scène.
- La comédie utilise pleinement le principe de la double énonciation. Ainsi en est-il quand les personnages – pour parvenir à leurs fins – jouent la comédie, **sous l'œil complice du public**. Dans le *Malade imaginaire*, Béline feint son affection conjugale, puis Argan simule la mort, pour le plus grand plaisir du spectateur qui voit clair dans le jeu de chacun.

> **INFO** La **double énonciation** est une caractéristique essentielle du théâtre : les répliques d'un personnage sont destinées aux autres personnages, mais aussi au spectateur.

2. La comédie : un spectacle complet et varié

- La comédie peut **associer d'autres arts** pour se transformer en un spectacle complet. Ainsi Molière, dans ses comédies-ballets, ajoute des parties chantées et dansées, qui offrent au public un divertissement réjouissant. Deux ans après la première représentation du *Mariage de Figaro* de Beaumarchais (1784), Mozart adapte la pièce en opéra, avec l'aide du librettiste Lorenzo Da Ponte, créant un **spectacle dramatique et lyrique** d'une grande puissance.
- Genre plastique, la comédie peut réunir une **grande variété de registres**. La satire de la médecine atteint ainsi son apogée lors de la « cérémonie burlesque d'un homme qu'on fait médecin » qui clôt *Le Malade imaginaire*.

11 Marivaux, *L'Île des esclaves* (1725)

Présents dans la comédie depuis l'Antiquité, les rôles du maître et du valet se complètent et s'opposent. Dans *L'Île des esclaves*, Marivaux les inverse le temps du spectacle.

A L'auteur et le contexte littéraire

Marivaux (1688-1763)

Repères biographiques
- Journaliste, il est fasciné par les mœurs de son époque.
- Il se tourne rapidement vers le théâtre et connaît le succès.
- Tout au long de sa carrière théatrale, il collabore de manière fructueuse avec la troupe des Comédiens-Italiens.

Œuvres clés
- *L'Île des esclaves* (1725)
- *Le Jeu de l'amour et du hasard* (1730)
- *Les Fausses Confidences* (1737)

Contexte littéraire
- Marivaux s'inspire de la ***commedia dell'arte***, née en Italie au XVIe siècle, qui se fonde sur des types comiques et sur l'improvisation.
- Le mouvement culturel, artistique et philosophique des **Lumières** se répand en Europe et symbolise une période de renouveau intellectuel.

B La composition de la pièce et les thèmes

1. La composition

- Comédie en **un seul acte** et 11 scènes, la pièce est écrite en prose. L'intrigue se situe dans une Antiquité grecque fantasmée, miroir de la France du XVIIIe siècle. Arlequin et son maître Iphicrate, ainsi que Cléanthis et Euphrosine, font naufrage sur **une île utopique** dont les habitants sont des descendants d'esclaves ayant fui leur servitude.
- Sur cette île, afin de corriger les maîtres de leur inhumanité, les statuts et les noms s'inversent : **les esclaves deviennent les maîtres**, et réciproquement.

2. Les principaux thèmes

- Le **renversement** provisoire **des rôles** permet aux anciens maîtres de prendre conscience de leurs abus de pouvoir et d'en obtenir le pardon.
- Marivaux interroge ainsi avec subtilité les conséquences du renversement de la **hiérarchie sociale**. La mise en scène des inégalités maîtres-valets permet d'explorer les rapports sociaux et le dramaturge montre que les rôles fixés par l'histoire et les habitudes peuvent être renversés.
- Pour autant, c'est la **sagesse de la comédie** qui triomphe. La pièce n'appelle pas à la révolution, et tout finit par rentrer dans l'ordre. Si les maîtres sont critiqués, les valets ne sont pas épargnés : Marivaux ne veut pas changer les hommes, mais les inviter à se voir tels qu'ils sont.

C Le parcours : « Maîtres et valets »

1 Le reflet d'une hiérarchie sociale

- Dans la comédie traditionnelle, comme dans la société, les valets sont au service de leurs maîtres. La comédie naît du **contraste entre eux**. Chez Marivaux, la différence sociale, révélée par le langage, empêche le valet, même déguisé en maître, de séduire la femme que son maître aime en secret.

> INFO **Dans *Dom Juan* de Molière (1665), Sganarelle tient vainement tête à son maître, sans pouvoir l'égaler dans sa maîtrise de la parole.**

- Le valet est **souvent moqué par son maître**. Cléanthis fait la liste des surnoms déplaisants que lui donne Euphrosine. Dans *Ruy Blas* de Victor Hugo (1838), don Salluste affirme avec cruauté que le valet « n'est qu'un vase » que son maître remplit comme il l'entend.

2. La remise en cause du rapport de domination

- *L'Île des esclaves* donne lieu au **renversement carnavalesque des rôles** : les dominés semblent prendre le pouvoir. La première réaction moqueuse d'Arlequin face aux plaintes d'Iphicrate est de rire en continuant à s'enivrer.
- Le valet **peut alors à son tour se moquer de son maître** : Cléanthis montre la vanité et la coquetterie d'Euphrosine dans un portrait railleur. Dans *Le Mariage de Figaro* (Beaumarchais, 1784), Figaro va plus loin en dénonçant les privilèges indus d'une aristocratie abusive.
- Le théâtre offre une **réflexion sur l'injustice sociale**. Chez Marivaux, les maîtres sont punis pour leur arrogance et sont forcés de faire amende honorable. Dans *Maître Puntila et son valet Matti* (Brecht, 1948), la comédie se poursuit jusqu'à l'émancipation du domestique à l'heure de la lutte des classes.

12 J.-L. Lagarce, *Juste la fin du monde* (1990)

La pièce de Lagarce met en scène les retrouvailles impossibles d'un personnage avec sa famille ; elle cherche à explorer l'intimité familiale à travers les méandres du langage.

A L'auteur et le contexte littéraire

Jean-Luc Lagarce (1957-1995)

Repères biographiques

- Il étudie d'abord la philosophie.
- En 1977, il fonde le théâtre de la Roulotte.
- Il met en scène des pièces contemporaines déjà connues, puis ses propres créations.

Œuvres clés

- *Derniers Remords avant l'oubli* (1987)
- *Juste la fin du monde* (1990)
- *Le Pays lointain* (1995)

Contexte littéraire

- Dans les années 1970, le théâtre **se renouvelle profondément**, dans le sillage du théâtre de l'absurde de l'après-guerre.
- La tendance est à l'hybridation des formes : l'écriture théâtrale se poétise et/ou exprime une réflexion philosophique sur le sens de l'existence.

B La composition de la pièce et le résumé

1. La composition

● La pièce s'ouvre par un **prologue** et se termine par un **épilogue**, qui encadrent **deux parties**. La première partie et la seconde partie sont elles-mêmes séparées par un **intermède**, qui comporte 9 scènes très brèves.

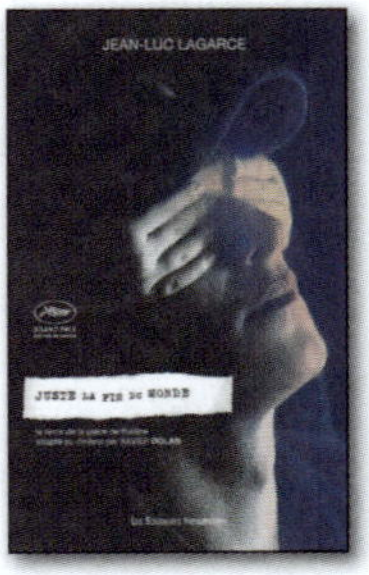

2. Le résumé

● Ténue, l'intrigue se résume au **retour de Louis auprès des siens** après des années d'absence : celui-ci essaye d'annoncer sa mort prochaine – sans jamais y parvenir.

● Chacun des membres de la famille s'exprime tour à tour dans des interventions qui tournent au monologue, voire au soliloque. La **tension** atteint son paroxysme au cours du face-à-face final entre Louis et son frère cadet Antoine.

● L'écriture en versets, quasiment poétique, accentue la **fragmentation du langage** et souligne l'indicibilité des sentiments. En écho au prologue, l'épilogue clôt la pièce ; comme surgie d'outre-tombe, la voix de Louis regrette son éternel mutisme.

C Le parcours : « Crise personnelle, crise familiale »

1. Soi-même face aux autres

● Les dramaturges se servent des histoires de famille pour interroger la complexité des rapports humains. *Juste la fin du monde* exhibe la **solitude de personnages en décalage avec leur famille.** Dans le théâtre antique déjà, c'est contre son oncle Créon qu'Antigone se dresse au nom de ses valeurs.

● La famille **enferme l'individu dans un rôle** dont il est difficile de s'affranchir. Louis est un avatar dégradé du « fils prodigue » de la Bible : il croit à tort pouvoir renouer avec les siens et se faire pardonner son absence.

● **Chacun reste largement insondable** pour les autres comme pour lui-même. Louis repart sans avoir pu confier sa mort imminente. Gaston, héros du *Voyageur sans bagage* (Anouilh, 1937), devenu amnésique à 18 ans, cherche à reconstituer son passé et à retrouver sa famille, découvrant peu à peu l'être méprisable qu'il était.

> CITATION **Dans sa *Poétique*, Aristote recommandait déjà de représenter des familles « dans lesquelles il s'est passé ou fait des choses terribles. »**

2. Une communication difficile

● « Rien ici ne se dit facilement, » déclare Antoine. Chacun **peine à trouver les mots justes** et scrute les failles de sa parole. Dans *Assoiffés* de Mouawad (2007), Murdoch, un adolescent tourmenté, se heurte au silence de parents incapables de lui accorder de l'attention.

● D'obscurs monologues témoignent des **confusions** de l'histoire familiale ; Louis subit les reproches de sa sœur et l'ironie de son frère. Dans *Le Retour au désert* (1988), Koltès donne également à voir la confrontation d'un frère et d'une sœur en proie au poids de leur passé.

● Les mots se heurtent à l'**hostilité** de qui les recueille : Antoine pense que Louis l'inonde « d'histoires ». Dans *Papa doit manger* (2003), Marie NDiaye met en scène les mensonges d'un père qui, après dix ans d'absence, cherche à reprendre sa place dans une famille qui s'est reconstruite sans lui.

S'approprier les méthodes des épreuves

INFOS et CONSEILS sur le bac de français

Quatre SUJETS ÉTAPE PAR ÉTAPE

1 En quoi consistent les épreuves du bac de français ?

Le bac de français est défini dans le Bulletin officiel spécial n° 7 du 30 juillet 2020. Il fait référence à un programme d'œuvres renouvelé tous les ans (voir p. 10 à 33).

A En résumé

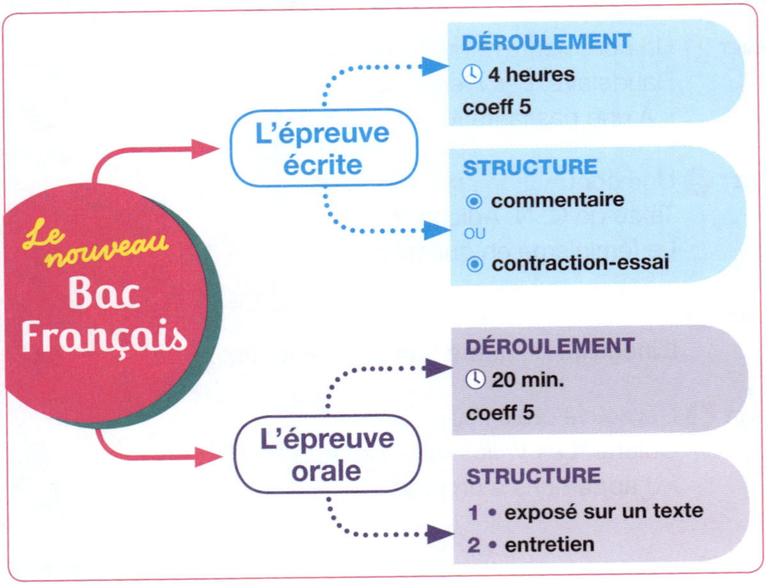

B L'épreuve écrite

1. Le commentaire

- Il porte sur un texte littéraire, en lien avec un des objets d'étude du programme de 1re, excepté celui de « littérature d'idées du XVIe au XVIIIe siècle ».
- Le sujet est formulé de manière à vous guider dans votre travail.
- Vous devez composer un devoir qui présente de manière **organisée** ce que vous avez retenu de votre lecture, et justifier par des **analyses précises** votre **interprétation** et vos jugements personnels.

2. La contraction de texte et l'essai

● Le sujet comprend un **texte à contracter** et un **sujet d'essai** qui se rapportent à un même thème, lié à l'œuvre de littérature d'idées que vous avez étudiée.

● Le texte initial est d'une longueur d'environ 750 mots ; il faut le réduire au quart. L'exercice évalue votre aptitude à **reformuler une argumentation**, en en respectant l'énonciation, la thèse, la composition et le mouvement.

● Le sujet d'essai vous invite à **défendre votre point de vue**, de manière organisée, sur une question en lien avec le thème.

C L'épreuve orale

1. Le déroulement précis de l'épreuve

● Vous vous présentez à l'épreuve orale avec un descriptif des textes des œuvres que vous avez étudiés en classe.

● L'examinateur choisit un des extraits et vous indique, également, la question de grammaire à laquelle vous devez répondre et qui consiste à analyser la syntaxe d'une courte phrase ou d'une partie de phrase.

● Vous avez ensuite un temps de préparation de 30 minutes.

2. L'exposé sur un texte (12 min.)

● Commencez par **lire** l'extrait à voix haute, de manière **expressive**, après l'avoir situé brièvement dans l'œuvre ou le parcours associé.

● Proposez-en une **explication au fil du texte**. Illustrez vos idées par des citations prises dans l'extrait.

● Enfin, répondez à la **question de grammaire** de manière précise.

> REMARQUE **Cette première partie de l'épreuve est notée sur 12 points. L'entretien quant à lui est noté sur 8 points.**

3. L'entretien (8 min.)

● Ce second temps de l'épreuve est consacré à la présentation d'une œuvre que vous avez lue au cours de l'année en lecture cursive. L'examinateur ne revient pas sur la première partie de votre oral.

● Vous commencez par présenter brièvement cette œuvre et exposer les raisons de votre choix.

● L'entretien se poursuit par un échange avec l'examinateur : il s'agit alors de montrer vos capacités à dialoguer, à **étoffer** votre réflexion, à **défendre votre point de vue** en vous appuyant sur la connaissance de l'œuvre.

2 Réussir le commentaire de texte

Le commentaire littéraire consiste à proposer une interprétation d'un texte de manière argumentée. Le texte proposé au bac relève de l'un des objets d'étude abordés pendant l'année, mais n'appartient pas à une œuvre au programme.

A Lire et comprendre le texte

- Lisez une première fois le **texte**, sans oublier le **paratexte** et les **notes** : cela vous permet d'établir la « carte d'identité » du texte.

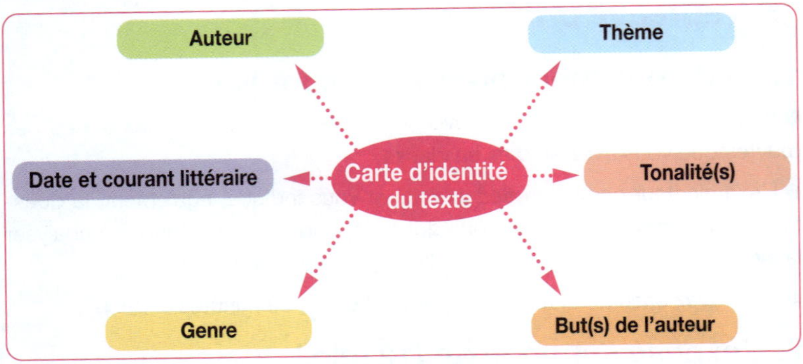

- Notez vos **impressions de lecture** : qu'avez-vous compris ? Quel effet le texte produit-il sur vous ?
- Relisez plusieurs fois le texte en l'annotant : identifiez sa **structure** et repérez les **procédés littéraires** qui vous semblent signifiants. Notez toutes vos remarques en vrac au brouillon.

B Organiser ses idées

- Essayez de résumer la spécificité du texte en une phrase afin de trouver votre **problématique** : quel est l'enjeu principal du texte ? Qu'est-ce qui le rend intéressant, selon vous ?
- Appuyez-vous sur le parcours de lecture suggéré par le sujet pour construire le plan de votre commentaire. La consigne vous donne **deux ou trois axes de lecture** qui structureront votre analyse.
- Identifiez ensuite **deux ou trois pistes de réponse** (ou axes de lecture) qui structureront votre analyse. Attention, un procédé littéraire ne constitue pas un axe de lecture !

Exemple : **Une description réaliste**
[Ce titre de partie constitue bien une piste d'interprétation du texte : vous allez montrer qu'il s'agit d'une description réaliste.]
Contre-exemple : **Le champ lexical de la nature**
[Il s'agit ici d'un procédé littéraire, qui n'a d'intérêt qu'au sein d'une analyse.]

- Classez les éléments relevés de manière à constituer des parties et des sous-parties équilibrées. Votre plan doit aller **du plus simple au plus complexe**.
- Chaque sous-partie doit comporter :

Des procédés littéraires → justifiés par → **Une idée clé** → illustrée par → **Des citations du texte**

C Rédiger le commentaire

- Rédigez d'abord votre **introduction** au brouillon. Elle doit comporter :
- une phrase d'amorce ;
- une courte présentation du texte (utilisez la carte d'identité élaborée) ;
- votre problématique, de préférence sous forme de question ;
- l'annonce de votre plan.
- Rédigez ensuite votre **développement** en suivant le plan établi au brouillon. Retenez que :

un paragraphe = une sous-partie

- Ménagez des transitions entre vos grandes parties.
- Rédigez enfin une **conclusion** qui synthétise votre démonstration et répond à la problématique. Vous pouvez terminer en ouvrant sur d'autres textes partageant les mêmes enjeux, mais évitez les ouvertures artificielles.

CONSEIL **Gardez au moins 10 minutes pour vous relire : la qualité de la langue fait partie des critères d'évaluation !**

L'ESSENTIEL

Bien gérer son temps le jour J !

Étapes	Durée
① Je choisis mon sujet.	10 min.
② Je travaille au brouillon (lecture et analyse du texte, élaboration de la problématique et du plan détaillé)	2 heures
③ Je rédige mon devoir au propre.	1 heure 30
④ Je me relis attentivement.	15 min.

3 Réussir la contraction et l'essai

L'un des sujets proposés au choix consiste à contracter un texte puis à rédiger un essai sur une problématique commune au texte initial et à l'œuvre de littérature d'idées que vous avez étudiée.

A Contracter le texte

Le texte proposé comporte environ 750 mots et vous devez le contracter au quart, soit 188 mots (+/– 10 %) en en respectant la thèse.

1. Lire le texte et préparer la contraction

● Lisez attentivement le paratexte, le texte et les notes. Faites un bilan après la première lecture :

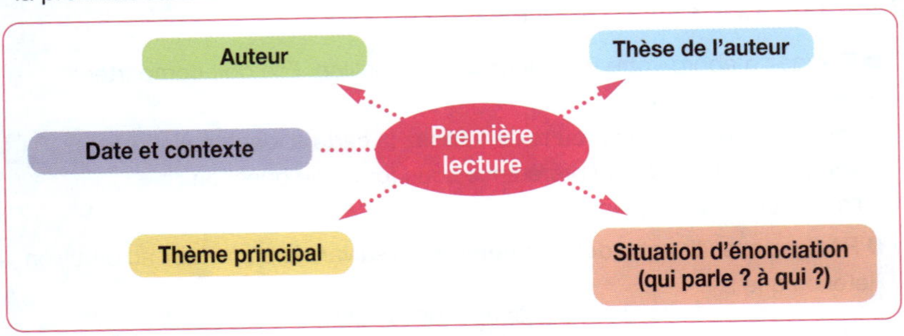

● Relisez le texte crayon à la main afin d'effectuer les premiers repérages :
– surlignez les **mots-clés** et soulignez les principaux **arguments** ;
– encadrez les **connecteurs logiques** ;
– barrez les éléments non essentiels (précisions inutiles…).

● Identifiez les différentes **étapes de l'argumentation** et essayez de résumer chacune d'entre elles en une phrase.

2. Rédiger la contraction

● **Cachez le texte** et écrivez le premier jet de votre contraction.

> CONSEIL **Rédiger un premier jet sans regarder le texte vous évitera de le paraphraser : vous devez reformuler l'essentiel avec vos propres mots.**

● **Retravaillez** ensuite votre texte en utilisant vos notes et le texte à contracter. Votre contraction doit :
– contenir les principaux **mots-clés** du texte de départ ;
– comporter toutes les **idées essentielles** du texte, dans le même ordre ;
– conserver les **marques d'énonciation** du texte (si l'auteur s'exprime à la 1re personne, votre contraction doit être à la 1re personne) ;
– respecter le nombre de mots indiqué.

● Recopiez enfin votre contraction au propre. N'oubliez pas d'**indiquer le nombre de mots utilisés** et de vous **relire** attentivement.

B Rédiger l'essai

1. Trouver des idées et les organiser

● Le sujet vous invite le plus souvent à **développer un point de vue nuancé** sur une question : dans ce cas, vous devez déterminer la thèse en jeu et trouver au moins deux arguments en sa faveur et deux arguments qui la nuancent.

● Il peut aussi s'agir de **prouver la validité** d'une thèse donnée : cherchez alors plusieurs arguments qui l'étayent.

● Quel que soit le type de sujet, vos arguments doivent toujours être illustrés par **un ou plusieurs exemples** tirés du texte à contracter, des œuvres étudiées en classe ou de votre culture générale (arts, actualité…).

2. Rédiger l'essai

● Rédigez d'abord votre **introduction** au brouillon. Elle doit comporter :
- une phrase d'amorce ;
- une reformulation du sujet ;
- l'annonce des grands mouvements de votre réponse.

> CONSEIL **En guise d'amorce, vous pouvez par exemple introduire le thème de l'essai ou faire le lien avec le texte de la contraction.**

● Rédigez ensuite votre **développement** en suivant le plan établi au brouillon. Celui-ci doit comporter entre deux et quatre paragraphes, correspondant chacun à un argument illustré par un ou plusieurs exemples.

● Rédigez enfin une **conclusion** qui répond de manière claire et synthétique à la question posée par le sujet.

● Gardez au moins une dizaine de minutes pour vous **relire**.

L'ESSENTIEL

Bien gérer son temps le jour J !

Étapes	⏱
① Je choisis mon sujet.	10 min.
② Je prépare et rédige la contraction.	1 heure 45
③ Je prépare et rédige l'essai.	1 heure 45
④ Je relis attentivement l'ensemble de ma copie.	15 min.

MÉTHODES

4 Réussir l'épreuve orale

L'épreuve orale dure 20 minutes et vous disposez de 30 minutes de préparation. Vous êtes évalué(e) tant sur vos connaissances que sur votre capacité à vous exprimer à l'oral.

A Comprendre l'épreuve

L'épreuve orale se déroule comme suit :

	Durée, barème	Structure
1re partie : exposé	12 min. ⏱ 12 points	• lecture du texte • explication linéaire • question de grammaire
2e partie : entretien	8 min. ⏱ 8 points	• présentation d'une œuvre intégrale • échange avec l'examinateur

B Bien gérer le temps de préparation

1. Préparer l'explication

● Commencez par **délimiter le passage à expliquer** : il ne correspond pas forcément à la totalité de l'extrait étudié en classe.

● **Lisez** une première fois le texte pour vous le remettre en mémoire, puis **relisez-le** en l'annotant au fil de votre lecture.

● Notez au brouillon les idées importantes, **dans l'ordre du texte**, en utilisant **un code couleur clair** qui vous permette de vous repérer facilement dans vos notes et dans le texte.

> CONSEIL **N'essayez pas de rédiger l'intégralité de votre explication : face à l'examinateur, vous devez être naturel(le) et spontané(e).**

● Contrairement au commentaire écrit, l'explication doit être linéaire, c'est-à-dire **suivre le fil du texte**. Vous pouvez la structurer en reprenant les mouvements du texte, mais il ne s'agit pas de construire un plan autour d'axes de lecture.

2. Garder du temps pour les autres parties de l'oral

● Prévoyez environ 5 minutes pour répondre à la question de grammaire, et 5 minutes pour préparer la 2e partie de l'oral, en notant les idées clés de votre présentation.

C Réussir la première partie de l'oral

● Présentez brièvement le texte (auteur, œuvre, époque, parcours dans lequel il s'inscrit), puis **lisez-le** à haute voix.

> CONSEIL **Soignez la lecture : ne parlez pas trop vite, faites les liaisons et utilisez une intonation adaptée.**

● Expliquez ensuite le texte **sans le paraphraser** : il ne s'agit pas de reformuler le propos de l'auteur, mais de proposer une interprétation du texte. Vous devez donc toujours **analyser** les procédés que vous relevez.

● **Concluez** votre explication en synthétisant vos observations : quels sont les principaux enjeux du texte ? Ouvrez éventuellement en évoquant d'autres textes du parcours.

● Répondez enfin à la question de grammaire :
– **citez** la phrase ou le passage concerné ;
– **décrivez**-en la structure en utilisant un vocabulaire adapté.

MÉTHODES

D Réussir la deuxième partie de l'oral

● Dans un premier temps, l'examinateur vous invite à présenter l'œuvre que vous avez choisie. Soyez **concis mais efficace** :
– résumez brièvement l'œuvre et ses principaux enjeux ;
– expliquez pourquoi vous avez choisi de la présenter.

● L'examinateur prendra appui sur votre présentation pour vous poser des questions. C'est surtout votre **aptitude à dialoguer** qui est évaluée : efforcez-vous de développer vos réponses et de réagir aux propositions de l'examinateur.

L'ESSENTIEL

Quelques conseils pour être à l'aise à l'oral

Pendant l'année	Le jour J
• Prendre la parole en public dès que possible. • Repérer les tics de langage et les gestes nerveux et s'entraîner à les éliminer.	• Prendre le temps de s'installer confortablement. • Ne pas parler trop vite ni trop bas. • Respirer profondément.

5 Préparer le bac français *sans stress*

les 5 cons
clés

SE MAINTENIR EN FORME

- Mangez **sainement** pour vous sentir bien. Le jour de l'épreuve, ne partez pas le ventre vide.
- Faites de bonnes nuits, **sans téléphone portable** !

RESTER ZEN

- Alternez les séances de révision avec **d'autres activités**. Pensez à bouger.
- Si vous êtes stressé(e) la veille des épreuves, faites des **exercices de respiration.**

TRAVAILLER SA MÉMOIRE

C'est en répétant que l'on apprend !
Tout au long de l'année, mettez **votre cours en fiches**.
Relisez-les pour les contrôles et en vue du bac.

BIEN ABORDER L'ÉPREUVE ÉCRITE

- **Lisez sérieusement** les œuvres au programme.
- Dans la dernière ligne droite, **mettez-vous en condition** et travaillez, en temps limité, sur des commentaires et des sujets de contraction-essai.

SE PRÉPARER À L'ORAL

Dans les semaines qui précèdent l'épreuve, **demandez à un(e) ami(e) de vous faire passer un oral blanc**, puis faites le point sur ce qui peut être amélioré (posture, voix, contenu).

1 Un commentaire *étape* par *étape*

Charles Baudelaire, *Les Fleurs du mal*, « À une passante »

4 heures
20 points

Commentez ce texte de Charles Baudelaire, extrait des *Fleurs du mal* en vous aidant du parcours de lecture ci-dessous.

I. Une rencontre fulgurante
II. Un retentissement profond sur le poète

TEXTE

À une passante

La rue assourdissante autour de moi hurlait.
Longue, mince, en grand deuil[1], douleur majestueuse,
Une femme passa, d'une main fastueuse[2]
Soulevant, balançant le feston[3] et l'ourlet ;

Agile et noble, avec sa jambe de statue.
Moi, je buvais, crispé comme un extravagant,
Dans son œil, ciel livide où germe l'ouragan,
La douceur qui fascine et le plaisir qui tue.

Un éclair… puis la nuit ! — Fugitive beauté
Dont le regard m'a fait soudainement renaître,
Ne te verrai-je plus que dans l'éternité ?

Ailleurs, bien loin d'ici ! trop tard ! *jamais* peut-être !
Car j'ignore où tu fuis, tu ne sais où je vais,
Ô toi que j'eusse aimée, ô toi qui le savais !

Charles Baudelaire, *Les Fleurs du mal,* « Tableaux parisiens » (1861).

---

1. En grand deuil : vêtue de noir.
2. Fastueuse : luxueuse.
3. Feston : broderie utilisée comme bordure d'une étoffe.

ÉTAPE 1 au brouillon

Étudier le paratexte

5 min

Repérez le titre de l'œuvre, son auteur et sa date de publication, puis puisez dans vos connaissances les éléments qui vous permettront de **situer rapidement le texte à étudier** dans l'histoire littéraire.

Charles Baudelaire — Baudelaire (1821-1867) a profondément renouvelé l'écriture poétique. Hanté par l'ennui, l'angoisse et la beauté, il fait figure de poète maudit par sa vie dissolue.

« À une passante » — Le titre évoque une rencontre furtive, en pleine rue, avec une femme.

1861 —
- Le Second Empire voit Paris se moderniser et la bourgeoisie triompher ; la littérature se fait l'écho de ces transformations.
- À sa publication, le recueil Les Fleurs du mal fait scandale.

ÉTAPE 2 au brouillon

Lire une première fois le texte

10 min

Cette première lecture va vous permettre de comprendre le texte et d'en dégager les grandes caractéristiques.

- Identifiez les **termes difficiles** et essayez d'en déduire le sens, à partir du contexte.
- Notez au brouillon vos **premiers repérages**, sous forme de courtes mentions.

Premiers repérages :
- femme fascinante
- sonnet régulier
- rencontre éphémère
- beauté
- lyrisme
- enthousiasme et dépit

MÉTHODES

ÉTAPE 3 au brouillon

Travailler sur le texte à travers des relectures successives

30 min

Ces relectures vont vous permettre d'approfondir progressivement votre compréhension et votre analyse du texte.

Étudiez l'énonciation : qui parle ? À qui ? Quels sont les pronoms personnels utilisés ? Y a-t-il des marques de subjectivité (termes mélioratifs ou péjoratifs, modalisateurs marquant le doute ou la certitude) ?

Qui parle ?
Le poète (voir l'emploi du pronom personnel sujet « je », « moi »)

À qui ?
La « passante » est d'abord évoquée à la 3e personne, mais on observe à partir du vers 11 un glissement énonciatif : cette femme, pourtant enfuie, est tutoyée, ce qui crée une proximité fictive entre elle et le poète.

Étudiez la composition du texte : y a-t-il une progression ? Y a-t-il des effets de répétition ? Quelles étapes peut-on dégager ?

On peut mettre en évidence deux étapes :
1. les deux quatrains narrent une rencontre fortuite, brève et unilatérale ;
2. les deux tercets expriment le dépit qu'elle fait naître.

Repérez les **registres** présents dans le texte, les émotions exprimées : est-ce un texte pathétique, lyrique, satirique, etc. ?

C'est un poème lyrique :
- forte présence de la 1re personne du singulier
- expression d'émotions intenses : enthousiasme, regret
- ponctuation exclamative et interrogative

Repérez les **éléments de style** : par exemple dans un poème, relevez les champs lexicaux, les images, les effets de rythme, les jeux de sonorités.

- Champs lexicaux : du corps (« main », « jambe », « œil ») et des mouvements (« agile », « balançant », « soulevant »)
- Figures de style : métaphores (v. 5, 7, 9), antithèse (v. 8), chiasme (v. 13)
- Effets de rythme : présence de nombreuses coupes (v. 2, 6, 9 et 12, notamment)
- Jeux de sonorités : assonances en [u], [ou] (v. 1) ; allitérations en [r] ; rime « beauté »/« éternité »

ÉTAPE 4 au brouillon

Formuler une problématique et établir un plan

15 min

Réfléchissez aux **questions que suscite le texte** et déduisez-en la **problématique.**

QUESTIONS

- *Pourquoi le titre du poème est-il suggestif ?*
- *Quel rôle le décor joue-t-il ?*
- *Qu'est-ce qui attire l'œil du poète ?*
- *Comment la passante est-elle décrite ? Comment le poète sublime-t-il la femme ?*
- *Quelles émotions Baudelaire exprime-t-il ? En quoi peut-on parler d'instant de grâce ?*

→ PROBLÉMATIQUE

Comment l'apparition fugitive d'une femme permet-elle à Baudelaire d'exprimer sa vision de la beauté ?

Organisez votre réponse en deux (ou trois) parties.

- Exposé des caractéristiques les plus évidentes :

De quoi parle le texte ?

Comment en parle-t-il ?

- Approfondissement :

Quelle vision du monde se dégage du texte ?

Partie 1

Une rencontre fulgurante

Partie 2

Un retentissement profond sur le poète

ÉTAPE 5 au brouillon

Chercher des idées pour chaque partie et construire votre plan détaillé

30 min

Pour chaque partie, vous devez recenser les passages pertinents dans le texte, et analyser les procédés employés. Appuyez-vous sur votre travail préliminaire (étapes 2 et 3) en vous efforçant de **répartir vos remarques de manière équilibrée** entre les parties et sous-parties.

MÉTHODES

Voici ce que le travail de recherche pourrait donner **pour la partie 1**.

Partie 1
Une rencontre fulgurante

Argument 1
Le sonnet prend pour décor un cadre urbain bruyant.
RÉFÉRENCES AU TEXTE : verbe « hurler » au v. 1, assonances et allitérations mimant les sonorités et le vacarme de la ville

Argument 2
Se détache une femme d'une élégance remarquable.
RÉFÉRENCES AU TEXTE : verbes de mouvement, champ lexical du corps et des vêtements, rythme du premier quatrain

Argument 3
La rencontre reste éminemment fugace.
RÉFÉRENCES AU TEXTE : lexique de la fugacité, métaphore de « l'éclair »

Voici ce que le travail de recherche pourrait donner **pour la partie 2**.

Partie 2
Un retentissement profond sur le poète

Argument 1
Le poète semble s'éprendre au premier regard.
RÉFÉRENCES AU TEXTE : jeu de regards, oxymore « plaisir qui tue », métaphores décrivant la femme

Argument 2
Le poète regrette amèrement ce qui ne sera probablement jamais possible.
RÉFÉRENCES AU TEXTE : jeu des temps verbaux, négations, adresse à la femme disparue

Argument 3
La passante devient l'incarnation d'un idéal inaccessible.
RÉFÉRENCES AU TEXTE : subjonctif imparfait du dernier vers, syntaxe du titre, rime signifiante (v. 9-11)

Les **transitions entre les parties** sont essentielles. Elles permettent de guider le lecteur dans la progression de votre commentaire, et de montrer les différents niveaux d'analyse selon lesquels vous traitez le texte. Rédigez-les à l'avance, au brouillon, au même titre que l'introduction et la conclusion.

Transition entre la 1re et la 2de partie
Ainsi, c'est une vision brève et foudroyante que relate le sonnet : l'apparition inattendue de cette femme magnétique bouleverse profondément le poète et lui laisse entrevoir un idéal de beauté.

ÉTAPE 6 *au propre*

Rédiger l'introduction

15 min

L'introduction doit présenter et caractériser le texte.

En vous appuyant sur le paratexte et votre première lecture du texte, **partez du plus général** (l'auteur, l'époque) **pour aller au particulier** (la forme du texte, ses thèmes).

La présentation et la caractérisation du texte vous amènent ensuite à proposer une **problématique** qui va guider votre commentaire.

[Accroche] *Au XIXe siècle, la ville s'impose comme une riche source d'inspiration pour les artistes.*

[Présentation de l'auteur et de l'œuvre] *Avide de modernité, Baudelaire s'en saisit dans ses Fleurs du mal (1857) et plus précisément dans ses « Tableaux parisiens » (1861). Le poète s'y présente comme un promeneur curieux, à l'affût de scènes et de rencontres insolites, attentif aux passants anonymes.*

[Présentation et caractérisation du texte étudié] *Le sonnet « À une passante » évoque une silhouette féminine entraperçue, captivante, mais vite évanouie.*

[Problématique et annonce du plan] *Comment l'apparition fugitive d'une femme permet-elle à Baudelaire d'exprimer sa vision de la beauté ? Nous verrons d'abord combien la rencontre s'avère fugace, avant d'analyser son retentissement profond sur le poète.*

CONSEIL
Respectez la logique de l'introduction : partez de considérations générales pour aboutir progressivement aux enjeux du texte précis à commenter.

CONSEIL
Caractérisez précisément et brièvement le texte étudié en identifiant sa forme et son thème. Si vous le pouvez, situez-le dans l'œuvre, par exemple lorsqu'il s'agit de l'incipit d'un roman ou du dénouement d'une pièce de théâtre.

ÉTAPE 7 au propre

Rédiger le développement

1 h 45

Le développement doit être **progressif** : appuyez-vous systématiquement sur des références précises au texte ou des citations commentées pour étayer vos arguments. Utilisez des connecteurs logiques afin de guider votre lecteur dans votre argumentaire.

I. Une rencontre fulgurante

1. Un cadre urbain bruyant

L'anecdote prend place dans un décor urbain, esquissé de manière lapidaire mais suggestive.

Personnifiée, la rue s'impose d'emblée comme une entité agressive, par le verbe « hurlait », à l'imparfait duratif, en valeur à la rime. L'adjectif « assourdissante », renforcé par le jeu rocailleux des allitérations en [r] et des assonances en [u] et [ou], accentue l'impression d'un chaos sonore. Désagréables à l'oreille, des hiatus miment le vacarme ambiant : « La rue assourdissante autour de moi hurlait. »

C'est dans ce cadre urbain déplaisant, peu propice à une rencontre amoureuse, qu'une femme fait alors irruption.

LÉGENDE
- Argument
- Références au texte
- Interprétation

CONSEIL
Prenez garde à ne pas confondre la démarche du commentaire et celle de l'étude linéaire : le premier exige une exploration structurée des enjeux du texte, tandis que la seconde vous invite à l'aborder phrase à phrase, de son début jusqu'à la fin.

2. Une femme d'une élégance remarquable

Celle-ci capte le regard du poète qui en esquisse les traits.

La focalisation s'opère instantanément sur la femme, dont l'apparition soudaine semble faire taire tous les bruits de la rue. La femme surgit à l'improviste et se détache brusquement du cadre, comme le montre le passé simple « passa » à la césure (v. 3). Le poète dévoile par touches sa silhouette élégante (« longue », « mince »), ses mouvements (« agile », « soulevant », « balançant »), puis les différentes parties de son corps (« main », « jambe », « œil »).

CONSEIL
Pensez à analyser la valeur des temps dans votre étude de texte. Elle peut vous permettre de repérer un effet de sens.

Les détails vestimentaires raffinés (« feston », « ourlet ») suggèrent un statut social aisé, impression renforcée par l'adjectif polysémique « noble » qui associe beauté physique et morale. Le vers 4 reproduit la sensualité de sa démarche par le retour du son [s] (« Soulevant,/balançant/le feston »).
L'expansion « en grand deuil » laisse entendre que cette inconnue, vêtue de noir, serait libre.

La passante se distingue donc par son élégance magnétique.

CONSEIL
À la fin de chaque sous-partie, veillez à revenir à l'idée directrice formulée dans la première phrase du paragraphe ; complétez-la avec votre interprétation, qui découle de l'analyse de procédés.

3. Une rencontre éphémère

Le poète esquisse sur le vif une ébauche instantanée.

L'écriture tente, comme un cliché photographique, de figer ce mouvement dans le temps.
Les vers épousent les ondulations des mouvements furtifs de la femme, tandis qu'abondent les termes liés à la rapidité : « fugitive » (v. 9), « fuis » (v. 13).
La métaphore de l'« éclair » (v. 9) et la syntaxe heurtée reflètent le choc de la rencontre et son extrême fugacité : « Un éclair... puis la nuit ! ».
Ici, le jeu des antithèses traduit l'extrême brutalité de ce qui s'est joué. Les points de suspension et le tiret renforcent la distance spatio-temporelle qui sépare le poète de la femme enfuie.

C'est donc un passage éphémère et fugace que le poète tente de fixer grâce à l'écriture, afin de l'immortaliser.

[Transition] Ainsi, l'apparition brève et inattendue de cette femme magnétique bouleverse profondément le poète et lui laisse entrevoir un idéal de beauté.

INFO+
Le sonnet est créé selon l'esthétique de l'ébauche et de l'instantané que Baudelaire a élaborée sous l'influence des aquarelles du peintre Constantin Guys : il s'agit d'exprimer « le transitoire, le fugitif, le contingent », caractéristiques de la modernité (*Le Peintre de la vie moderne*, 1863).

MÉTHODES

II. Un retentissement profond sur le poète

1. Un poète subjugué

D'emblée, la femme subjugue le poète, arraché à un quotidien infernal.

Le trouble du poète transparaît dans le rythme heurté et l'allitération en [r] des vers 6 et 7. Le participe passé « crispé » (v. 6) reflète son attitude figée. Cette immobilité contraste fortement avec le mouvement continu de la femme qui, indifférente, passe son chemin. Cette séduction naît d'un jeu de regards (« œil », v. 7, « regard », v. 10), tandis que le verbe hyperbolique « je buvais [...] dans son œil » dit avec force la fascination du poète ; la femme agit comme un poison à la beauté ambiguë, hypnotique et dangereuse. L'image de l'« éclair » (v. 9) exprime l'illumination de la rencontre, pourvoyeuse de « douceur » et de « plaisir » (v. 8).
Au vers 7, « l'ouragan » métaphorique qui « germe » dans son regard laisse présager un tempérament impétueux, propice au naufrage. En outre, l'oxymore du « plaisir qui tue » (v. 8) suggère que la femme est d'une beauté paradoxalement mortelle. Elle n'offre manifestement qu'une promesse de bonheur illusoire.

La passante fait ainsi naître une attirance trouble, qui laisse la place au spleen.

CONSEIL
Pensez à rythmer votre commentaire, en utilisant des mots de liaison : la rédaction gagnera en clarté et en élégance.

2. Un sentiment d'inachèvement

Le sonnet fait résonner la déception du poète, en proie au spleen, après avoir effleuré l'idéal.

Baudelaire tire profit de la forme du sonnet pour mettre en scène cette fugace rencontre. Les deux quatrains esquissent le portrait d'une femme répondant à l'idéal baudelairien. Les deux tercets, centrés sur l'intériorité du poète, expriment le spleen né de cette rencontre impossible, la beauté ne pouvant être que transitoire.
L'ivresse amoureuse permet la suspension du temps, une échappée hors d'une existence sans relief.

INFO+
Traditionnellement, le sonnet repose sur un basculement des quatrains aux tercets, qu'on appelle « volta ».

Mais sitôt la femme passée, le poète replonge dans la « nuit » (v. 9). La question rhétorique (v. 11) traduit la crainte du poète de ne plus la revoir. Les notations temporelles et spatiales se succèdent sur un rythme saccadé (v. 12), tandis que les gradations spatiales (« ailleurs, bien loin d'ici ») puis temporelles (« trop tard », « jamais ») pointent l'échec de la rencontre. La ponctuation exclamative témoigne du désespoir né de la frustration. Les tournures négatives explicitent la solitude du poète, comme l'illustrent le chiasme des pronoms personnels et le parallélisme (v. 13).

Le désespoir exprimé est à la mesure de l'enthousiasme violent provoqué par la rencontre.

INFO +
Selon Baudelaire, la femme provoque des sentiments ambigus : « une tête de femme, veux-je dire, c'est une tête qui fait rêver à la fois, mais d'une manière confuse, de volupté et de tristesse » (*Journaux intimes*, 1851-1862).

3. L'incarnation d'un idéal

La femme incarne un idéal hors de portée.

Le poète voit en cette femme sensuelle l'allégorie d'une beauté paradoxale, éternelle et transitoire (« fugitive beauté », v. 9). Le verbe « renaître », placé en évidence en fin de vers 10, indique sa force : la passante arrache le poète à sa vie médiocre. Pourtant, la femme demeure anonyme, comme le précise le déterminant indéfini du titre, « À une passante ». L'espoir d'un rapprochement est cependant formulé par le tutoiement (« Ô toi... »), sans parvenir pour autant à initier un dialogue. Le poète s'adresse désormais tragiquement à un être qui n'est déjà plus là. La rime « beauté »/« éternité » (v. 9 et 11) suggère ironiquement que l'absolu est hors d'atteinte ici-bas. Le spleen l'emporte donc : le désarroi du poète perce dans le dernier vers, construit sur un parallélisme (« Ô toi que j'eusse aimée, ô toi qui le savais ! »). Le subjonctif imparfait, marquant l'irréalité, renforcé par l'interjection lyrique, prend acte de l'occasion manquée. Seule l'émotion poétique perdure.

Le poète suggère que l'écriture poétique permet d'atteindre la beauté et l'idéal, inaccessibles en ce monde.

INFO +
L'idéal et la beauté sont de grands thèmes baudelairiens. Ils arrachent ponctuellement le poète au « spleen », état de mal-être profond et d'angoisse existentielle.

INFO +
Le registre lyrique est celui de l'expression des sentiments personnels. Il permet d'exprimer l'exaltation, et n'est pas réservé à l'expression de l'amour.

ÉTAPE 8 au propre — Rédiger la conclusion

10 min

La conclusion doit proposer un **bilan de votre réflexion**, en reprenant les grandes étapes de votre étude du texte. Le but est de répondre de manière claire et synthétique à la problématique énoncée en introduction, avant de **relier les enjeux du texte étudié à un autre texte**, ou à une œuvre d'art.

[Synthèse] *Ainsi Baudelaire parvient-il à fixer dans l'écriture un instant de grâce impromptu : l'éphémère accède à l'éternité grâce à la poésie ; la rencontre de la fascinante inconnue laisse un goût amer d'inachevé, tout en nourrissant l'inspiration créatrice.*

[Ouverture] *Dans d'autres poèmes, comme dans « L'amour du mensonge », Baudelaire décline les émotions ambiguës que lui inspirent les femmes, tantôt célébrées, tantôt décriées.*

CONSEIL
Sautez une ligne avant la conclusion et utilisez un connecteur logique qui marque explicitement l'étape finale.

CONSEIL
L'ouverture peut proposer un autre texte, évoquer l'histoire littéraire ou une œuvre d'art.

ÉTAPE 9 au propre — Se relire

20 min

Ne négligez pas l'étape de la relecture : elle vous permet de vous assurer de la clarté de votre propos, et d'éliminer les fautes d'orthographe ou de syntaxe.

Posez-vous ces **questions.**
- Les différentes étapes de mon plan apparaissent-elles clairement (choix des connecteurs, sauts de ligne entre vos différentes parties, présence d'alinéas) ?
- Ce paragraphe est-il compréhensible pour un lecteur extérieur ?
- Les citations sont-elles intégrées correctement ?

Vérifiez également la syntaxe et les **chaînes d'accord** : l'adjectif accordé avec le nom ou le pronom auquel il se rapporte, le verbe accordé avec son sujet, ainsi que la terminaison des verbes en fonction de leur temps et de leur groupe.

2 Une contraction étape par étape

Texte de C. N. Adichie • Le féminisme en question

2 heures
10 points

Réalisez la contraction du texte de Chimamanda Ngozi Adichie.

• Vous résumerez ce texte en 205 mots. Une tolérance de +/– 10 % est admise : votre travail comptera au moins 185 mots et au plus 225 mots.
• Vous placerez un repère dans votre travail tous les 50 mots et indiquerez, à la fin de la contraction, le nombre total de mots utilisés.

LÉGENDE
• Mot-clé
• Thèse
• Argument
• [Exemple]
• Connecteur logique

TEXTE

Ce texte est adapté d'une conférence prononcée en 2012 dans un colloque consacré à l'Afrique.

Une conversation sur la question du genre n'est jamais facile. Cela gêne ou même agace les gens. Hommes et femmes sont tout aussi hostiles au sujet, quand ils ne s'empressent pas de récuser les problèmes de discrimination sexiste. Parce que la remise en cause d'un statu quo n'est jamais chose aisée.

Certains demandent : « Pourquoi employer le mot *féministe* ? Pourquoi ne pas vous contenter de dire que vous croyez profondément aux droits de l'homme, ou quelque chose comme ça ? » Parce que ce serait malhonnête. Le féminisme fait à l'évidence partie intégrante des droits de l'homme, mais se limiter à cette vague expression des *droits de l'homme* serait nier le problème particulier du genre. Ce serait une manière d'affirmer que les femmes n'ont pas souffert d'exclusion pendant des siècles. Ce serait mettre en doute le fait que ce problème ne concerne que les femmes. Qu'il ne s'agit pas de la condition humaine mais de la condition féminine. Durant des siècles, on a séparé les êtres humains en deux groupes, dont l'un a subi l'exclusion et l'oppression. La solution à ce problème doit en tenir compte, ce n'est que justice.

Pour certains hommes, l'idée même du féminisme est une menace. À mon sens, c'est en raison d'un sentiment d'insécurité dû à leur

MÉTHODES

éducation, de la façon dont ils se sentent amoindris s'ils ne sont pas « naturellement » aux commandes en tant qu'hommes.

D'autres hommes peuvent réagir inversement : « C'est intéressant, j'en conviens, mais ce n'est pas ma façon de penser. La question du genre, je ne me la pose jamais. »

Peut-être.

Et c'est un élément du problème. Que les hommes ne réfléchissent pas à cette question, n'en soient pas conscients. Qu'un grand nombre d'entre eux disent, à l'instar de mon ami Louis, que la situation des femmes était sans aucun doute désastreuse dans le passé, mais que tout va bien désormais. De sorte que beaucoup d'hommes ne font rien pour améliorer les choses. [...]

Certains mettront en avant la biologie évolutive et les singes, la façon dont les femelles s'inclinent devant les mâles, etc. Sauf que nous ne sommes pas des singes. Les singes vivent dans les arbres et se nourrissent de vers de terre. Ce n'est pas notre cas. D'autres diront : « Eh bien, les hommes pauvres souffrent également. » Sans aucun doute.

Mais ce n'est pas le sujet de la conversation. La question du genre se distingue de celle de la classe sociale. Quelle que soit leur pauvreté, les hommes ne perdent pas leurs privilèges d'hommes, quand bien même ils ne jouissent pas des privilèges procurés par la richesse. [En discutant avec des Noirs, j'ai beaucoup appris sur les systèmes d'oppression et le fait que les uns ne prennent pas en compte les autres. Un jour où je parlais de la question du genre, un homme m'a lancé : « Pourquoi faut-il qu'il s'agisse de vous en tant que femme ? Pourquoi pas de vous en tant qu'être humain ? » Ce type de question est une façon de réduire au silence une personne et son expérience propre. Je suis un être humain, bien sûr, mais il m'arrive un certain nombre de choses en ce monde parce que je suis une femme. Soit dit en passant, cet homme ne se privait pas d'évoquer son expérience en tant que Noir.] [...]

D'autres diront que la femme est inférieure à l'homme à cause de la culture. Mais la culture est en constante évolution. [J'ai deux ravissantes nièces, des jumelles de quinze ans. Si elles étaient nées un siècle plus tôt, on les aurait embarquées pour les tuer parce que, à cette époque-là, la culture ibo considérait la naissance de jumeaux comme un mauvais présage. De nos jours, c'est une coutume inconcevable pour les Ibos.]

Quel est le but de la culture ? En fin de compte, elle est destinée à assurer la préservation d'un peuple. [Dans ma famille, je suis celle qui se passionne le plus pour notre histoire, notre identité, la terre de nos ancêtres, nos traditions. Mes frères y sont indifférents. Mais je ne peux participer à rien puisque la culture ibo privilégie les hommes et que seuls les hommes de la famille élargie assistent aux conseils où l'on prend des décisions primordiales pour la famille. J'ai beau être plus intéressée, je suis exclue des conseils. Je n'ai pas droit à la parole. Parce que je suis de sexe féminin.]

La culture ne crée pas les gens. Les gens créent la culture. S'il est vrai que notre culture ne reconnaît pas l'humanité pleine et entière des femmes, nous pouvons et nous devons l'y introduire.

Chimamanda Ngozi Adichie, extrait de *Nous sommes tous des féministes*, traduit par M. de Pracontal et S. Schneiter, © éditions Gallimard, 2015

ÉTAPE 1 au brouillon — Lire le texte

15 min

Repérez le **titre** de l'œuvre, son **auteur** et sa **date de publication** pour comprendre et situer l'extrait proposé. Notez ces informations au brouillon.

Chimamanda Ngozi Adichie → Auteur : écrivaine nigériane, militante féministe

Nous sommes tous des féministes → Œuvre : discours qui milite pour l'égalité homme-femme

2015 → Année de publication : texte contemporain, à l'heure où l'égalité homme-femme a progressé, mais reste insuffisante.

Résumez en une phrase l'**enjeu du texte.**

Enjeu : mettre en évidence et combattre les arguments opposés au discours féministe.

Lisez le texte plusieurs fois, surlignez les **mots-clés** et encadrez les **connecteurs logiques** pour en comprendre la progression. Reportez-vous aux marques dans le texte d'Adichie (p. 57 à 59).

ÉTAPE 2 au brouillon

Définir la situation d'énonciation et la thèse

10 min

Identifiez clairement la **situation d'énonciation** : qui parle, à qui ? L'auteur dit-il « je » ou adopte-t-il un ton neutre, sans s'impliquer davantage ? Cite-t-il les propos d'autres personnes ? Repérez les **citations** dans le texte.

- *Qui parle ?*

L'auteure, Chimamanda Ngozi Adichie, qui s'implique dans son discours en disant « je » (respecter cette subjectivité dans la contraction).

- *À qui ?*

À celles et ceux qui opposent des arguments au discours féministe. Aux auditeurs et aux lecteurs de son discours.

- *Citations :*

Propos typiques des hommes qui nient la pertinence du féminisme ou en sous-estiment la nécessité (l. 6-8, 22-24, 35-36, 43-45).

Identifiez la **thèse du texte** : soulignez-la si elle apparaît explicitement ou reformulez-la si elle est implicite. Dans le texte d'Adichie, la thèse est énoncée dès les premières lignes (lignes en orange et soulignées dans le texte p. 57).

ÉTAPE 3 au brouillon

Analyser chaque paragraphe

30 min

Repérez les **différents arguments** (en violet dans le texte d'Adichie p. 57 à 59) et mettez entre crochets les **exemples** sur lesquels ils s'appuient (en bleu et entre crochets).

Établissez le **plan du texte** en reprenant les **idées principales** de chaque paragraphe. Aidez-vous de votre relevé des mots-clés effectué à l'étape 1.

Paragraphe 1

Thèse : La question du genre est difficile à aborder. Nombreux sont les femmes et les hommes qui opposent des arguments au discours féministe.

Paragraphes 2 et 3

1er argument anti-féministe : Il faut lutter pour les droits de l'homme en général, le féminisme en particulier n'a pas lieu d'être nommé ni d'être distingué.

Contre-arguments d'Adichie : Les femmes subissent une exclusion et une oppression. Le féminisme est donc un combat justifié. Les réticences des hommes à l'égard du féminisme viennent d'un sentiment d'insécurité.

Paragraphes 4 à 6

2e argument : La question du genre ne se pose pas.

Contre-argument : Beaucoup d'hommes n'ont pas conscience du problème ou le considèrent comme résolu.

Paragraphe 7 (trois premières phrases)

3e argument : L'inégalité mâle-femelle est dans la nature.

Contre-argument : Nous avons évolué.

Paragraphes 7 (fin) et 8

4e argument : La pauvreté génère aussi des souffrances.

Contre-argument : L'égalité sociale et l'égalité des sexes sont deux combats différents et aussi légitimes l'un que l'autre.

Paragraphes 9 à 11

5e argument : L'inégalité homme-femme est culturelle.

Contre-argument et conclusion : La culture évolue. Faisons-la évoluer vers davantage d'égalité.

MÉTHODES

ÉTAPE 4 au brouillon — Rédiger la contraction au brouillon

40 min

À l'aide de votre plan, **reformulez** au brouillon, **dans l'ordre**, les idées du locuteur.

Attention à cacher le texte pour éviter de le recopier : vous ne pouvez en reprendre que les **mots-clés**.

Comptez le nombre de mots de votre écrit.

ÉTAPE 5 au propre — Revenir au texte et rédiger la contraction au propre

15 min

Reprenez le texte et vérifiez que votre contraction est **complète** et **fidèle aux propos de l'auteur**.

Ajustez le nombre de mots puis recopiez votre contraction au propre. Veillez à faire des phrases simples et claires.

Le débat sur l'inégalité homme-femme se heurte à de nombreuses récusations du problème.

Certains considèrent que le féminisme n'est pas un mouvement à part entière et qu'il doit se fondre dans un combat plus général pour les droits de l'homme. Cependant, les femmes subissent l'[50] exclusion et l'oppression en raison de leur genre. Le féminisme est donc légitime même si certains le jugent menaçant. D'autres ignorent le problème ou considèrent, à tort, qu'il n'est plus d'actualité.
À ceux qui évoquent l'inégalité naturelle entre mâle et femelle, je réponds que [100] nous avons évolué depuis le singe.

INFO
Les arguments anti-féministes 1 et 2 peuvent être rapprochés dans un même paragraphe car ils réfutent la **légitimité** d'un discours féministe.

CONSEIL
L'auteure s'implique dans son discours. Reprenez les **marques de l'énonciation** en disant « je ».

À ceux qui me parlent de pauvreté quand je leur parle de féminisme, je réponds que ce sont deux questions différentes, et que les privilèges des hommes par rapport aux femmes existent dans toutes les classes sociales.
Enfin, à ceux qui disent que l'[150] inégalité entre hommes et femmes est culturelle, je réponds que la culture n'est pas figée et que c'est notre devoir de la faire évoluer vers l'égalité. On ne tue plus les jumeaux par superstition dans la culture ibo, mais on me refuse toujours la possibilité de participer [200] aux conseils de famille.
[204 mots]

ÉTAPE 6 au propre

Se relire

10 min

Au cours de cette relecture, vérifiez la **construction des phrases** et la ponctuation.
Contrôlez les **différents accords** : celui du verbe avec son sujet ; celui de l'adjectif avec le nom (ou le pronom) auquel il se rapporte ; celui du participe passé selon l'auxiliaire avec lequel il est employé.

Veillez à la **bonne présentation de vos références** : mentionnez bien l'auteur et le titre ; soulignez les titres d'œuvres, mettez entre guillemets les titres de chapitres ou d'articles.

L'inégalité de genre : un problème résolu ?

2 heures
10 points

Que pourriez-vous répondre aux personnes qui disent que « la situation des femmes était sans aucun doute désastreuse dans le passé, mais que tout va bien désormais » ?

Vous développerez de manière organisée votre réponse à cette question en prenant appui sur la *Déclaration des droits de la femme et de la citoyenne* d'Olympe de Gouges, sur le texte de l'exercice de la contraction et sur ceux que vous avez étudiés pendant l'année dans le cadre de l'objet d'étude « La littérature d'idées du XVIe au XVIIIe siècle ». Vous pourrez aussi faire appel à vos lectures et à votre culture personnelle.

ÉTAPE 1 – au brouillon – Analyser le sujet

5 min

- Lisez attentivement le **sujet** et surlignez les mots-clés afin d'identifier le **thème** à traiter. Soulignez les références sur lesquelles devra s'appuyer votre réponse. (Voir le travail effectué ci-dessus.)
- Identifiez le **type de question** : s'agit-il de discuter une citation du texte à contracter, ou le point de vue de son auteur ? La question se présente-t-elle sous une forme fermée (réponse en oui/non) ou ouverte (« En quoi… ? », « Comment… ? »).

Déterminez **votre point de vue personnel** sur le sujet.

- *Question ouverte* qui invite à discuter une citation du texte à contracter.
- *Mon point de vue personnel :* L'égalité entre hommes et femmes reste un combat à mener et un débat à entretenir.

ÉTAPE 2 au brouillon

Construire un plan détaillé

15 min

À partir de votre première réponse à la question, organisez votre développement en **deux ou trois parties.** Chacune s'organise autour d'une **idée principale.**

Partie 1

La condition des femmes dans le monde est très variable et reste marquée par des inégalités.

Partie 2

C'est en continuant à dénoncer ces inégalités que l'on ira vers plus de justice.

Pour chaque partie, cherchez **deux ou trois arguments.** Chaque argument est illustré par un ou plusieurs **exemples.**

Voici ce que ce travail de recherche pourrait donner pour la **partie 1**.

Partie 1

La condition des femmes dans le monde est très variable et reste marquée par des inégalités.

Argument 1

Dans de nombreux pays, les droits de la femme sont encore limités.

- EXEMPLE 1 : Déclaration d'Olympe de Gouges, des revendications qui restent d'actualité dans certains pays
- EXEMPLE 2 : Malala Yousafzai, un combat pour le droit des filles à l'éducation

Argument 2

Dans les pays où l'égalité entre hommes et femmes est inscrite dans la loi, on constate qu'elle n'est pas acquise dans les faits.

- EXEMPLE 1 : En France, une parité à atteindre dans le monde politique et des inégalités persistantes au travail
- EXEMPLE 2 : Simone de Beauvoir, *Le Deuxième Sexe*, le mythe de « l'éternel féminin » à l'épreuve du temps

MÉTHODES

Voici ce que ce travail de recherche pourrait donner pour la **partie 2**.

Partie 2
C'est en continuant à dénoncer ces inégalités que l'on ira vers plus de justice.

Argument 1
Il est nécessaire de faire évoluer les mentalités sur la question du genre.
- EXEMPLE 1 : C. N. Adichie, *Nous sommes tous des féministes* et *Chère Ijeawele*, la lutte contre les stéréotypes de genre à l'école et à la maison
- EXEMPLE 2 : Pénélope Bagieu, *Culottées*, des modèles de femmes défiant les préjugés sexistes

Argument 2
Le débat doit être poursuivi afin de prévenir les régressions dans les droits des femmes.
- EXEMPLE 1 : Élisabeth Badinter, *Le Conflit : la femme et la mère*, dénonciation des discours culpabilisants à l'égard des mères
- EXEMPLE 2 : le débat autour du mouvement #metoo/#balancetonporc

ÉTAPE 3 au propre — Rédiger l'introduction

10 min

Dans une courte introduction, amorcez le **sujet** en faisant par exemple le **lien avec le texte à contracter**, puis reprenez la question du sujet et évoquez rapidement les **grandes étapes** de votre réponse.

[Amorce] Le discours féministe n'est pas toujours bien accueilli. L'auteure nigériane Chimamanda Ngozi Adichie l'a éprouvé de nombreuses fois, et s'étonne que certains nient tout simplement les problèmes que soulève la question du genre. [Énoncé de la question] On peut donc se poser la question suivante : que répondre aux personnes qui disent que « la situation des femmes était sans doute désastreuse dans le passé, mais que tout va bien désormais » ?

CONSEIL
Adaptez la **question posée** à votre écrit : introduisez-la pour qu'elle soit dans la continuité de votre amorce.

[Annonce des grandes idées] Je pense que, d'une part, il faut mettre ces personnes devant les faits qui prouvent que la condition des femmes reste marquée par des inégalités, et d'autre part, il faut leur faire prendre conscience de la nécessité d'entretenir le débat pour progresser vers davantage d'égalité.

CONSEIL
Un essai est un **écrit personnel**, qui reflète votre point de vue. N'hésitez pas à recourir au « je ».

ÉTAPE 4 au propre

Rédiger le développement

45 min

Rédigez un développement structuré en **plusieurs paragraphes** correspondant aux parties de votre plan. Chaque paragraphe commence par énoncer l'argument principal, puis l'illustre par des exemples. Enchaînez vos idées au moyen de **connecteurs logiques**.

Première partie

Dans un premier temps, il me semble important de rappeler aux personnes qui nient les inégalités entre hommes et femmes qu'à notre époque, la condition des femmes dans le monde reste très variable selon les contextes.

[Argument 1] Dans de nombreux pays, les droits de la femme sont encore limités.

[Exemple 1] Rappelons tout d'abord qu'à l'inverse de la Déclaration des droits de l'homme et du citoyen de 1789, la Déclaration des droits de la femme et de la citoyenne d'Olympe de Gouges n'a eu que peu de portée à son époque. En France, les femmes n'ont obtenu qu'en 1965 le droit d'ouvrir un compte en banque et de travailler sans l'autorisation de leur mari. Dans de nombreux pays comme l'Arabie saoudite, les Émirats arabes unis, l'Iran ou le Qatar, elles ont encore besoin de l'autorisation d'un tuteur masculin pour effectuer ces démarches, et elles sont limitées dans leurs droits à se déplacer librement ou à participer à la vie politique. Ces femmes ont besoin du discours féministe international pour conquérir leur liberté, et de propos semblables à ceux d'Olympe de Gouges qui

LÉGENDE
- Idée principale
- Argument
- Exemple
- Connecteur logique

CONSEIL
Un paragraphe commence toujours par un **argument**, jamais par un exemple.

À NOTER
On attend de vous que vous citiez au moins une fois **l'œuvre d'Olympe de Gouges** que vous avez étudiée en classe. Profitez de ce que vous connaissez bien l'œuvre pour développer l'exemple.

MÉTHODES

affirmait, dès 1791, que la femme devait avoir autant de part que l'homme à « la distribution des places, des emplois, des charges, des dignités et de l'industrie ».

[Exemple 2] Encore au XXIe siècle, les voix de nombreuses femmes dans le monde s'élèvent pour alerter sur le droit des filles à l'éducation. Malala Yousafzai a ainsi œuvré dans ce sens au Pakistan, notamment grâce à son journal qui, en 2009, dénonçait les violences des Talibans à l'égard des écoles pour filles dans la vallée de Swat. Elle n'avait alors que onze ans. Publié par la BBC, ce journal a permis à Malala de devenir un symbole de la lutte pour l'éducation des filles et d'acquérir une audience internationale.

À NOTER
Vous pouvez puiser quelques exemples dans l'**actualité**.

[Argument 2] Par ailleurs, dans les pays où l'égalité entre hommes et femmes est inscrite dans la loi, on constate qu'elle n'est pas complètement acquise dans les faits.

CONSEIL
Pour introduire une nouvelle idée qui vient en complément de la précédente, vous pouvez utiliser les **connecteurs** « par ailleurs », « en outre » ou des formulations du type : « On peut également évoquer… ».

[Exemple 1] En France, les femmes sont électrices et éligibles, au même titre que les hommes, depuis 1944. Cependant, le milieu politique reste majoritairement masculin : des lois ont dû être adoptées en 1999, 2001 et 2007 pour tendre vers la parité entre hommes et femmes. Dans l'univers du travail, même si la loi impose une égalité de rémunération pour un travail équivalent, les femmes du secteur privé gagnaient en moyenne 17 % de moins que les hommes en 2017, selon l'Insee.

[Exemple 2] Ce que constatait Simone de Beauvoir en 1949 dans Le Deuxième Sexe est donc toujours d'actualité : piégée par le mythe de l'« éternel féminin », la femme accepte trop souvent de rester dans un rôle passif et limité face à l'homme.

Seconde partie

Dans un second temps, j'attirerais l'attention des personnes qui nient l'utilité du discours féministe sur le fait que c'est en continuant à dénoncer les inégalités que l'on s'orientera vers une société plus juste.

[Argument 1] Faire évoluer les mentalités sur la question du genre reste en effet un enjeu majeur.

CONSEIL
Soulignez la progression de votre argumentation avec des **expressions** telles que « dans un premier temps », « dans un second temps »…

[Exemple 1] *C'est ce que souligne C. N. Adichie dans Nous sommes tous des féministes, où elle explique qu'il est de notre devoir de faire évoluer la culture lorsqu'elle ne reconnaît pas aux femmes « une humanité pleine et entière ». Dans ce discours, ainsi que dans Chère Ijeawele, ou un manifeste pour une éducation féministe, l'auteure signale que ce n'est pas seulement l'éducation des filles mais aussi celle des garçons qui est en cause. À l'école, comme à la maison, il faut parvenir à sortir des stéréotypes sur le caractère et le rôle de l'homme ou de la femme. En effet, Adichie soutient que la culture façonne très tôt ce qu'un garçon ou une fille doit être et qu'il faut faire évoluer cette situation parce que « la femme compte autant ».*

[Exemple 2] *De nombreux ouvrages cherchent aujourd'hui à déconstruire ces stéréotypes de genre en proposant à la jeunesse des modèles de femmes ayant réussi dans des domaines longtemps réservés aux hommes. Dans les deux tomes de sa série Culottées, Pénélope Bagieu évoque en images les destins exceptionnels de femmes ayant bravé les interdits ou les tabous sexistes pour devenir avocate, astronaute, médecin, espionne, volcanologue ou chef de gang. À toutes les époques, elles ont risqué, au mieux, leur réputation, au pire, leur vie pour accomplir leur destin.*

[Argument 2] *Il est donc important de maintenir le débat sur les inégalités entre hommes et femmes pour prévenir les régressions.*

[Exemple 1] *Dans Le Conflit : la femme et la mère, Élisabeth Badinter alerte notamment sur les discours culpabilisants à l'égard des mères, qui les éloignent de leurs droits de femme. Féministe dès les années 1960, l'auteure constate depuis les années 1990 un retour en arrière dans ce domaine. Elle montre comment le lobbying pro-allaitement et les théories de l'éducation entièrement centrés sur le bien-être de l'enfant finissent par faire renoncer certaines mères à leur carrière ou à leur épanouissement personnel.*

CONSEIL

Signalez par des **connecteurs** les liens logiques qui lient vos arguments : donc (conséquence), cependant (opposition), certes, mais (concession)…

[Exemple 2] *Alors que de nombreuses femmes trouvent aujourd'hui la force de dénoncer des violences sexuelles grâce aux mouvements #metoo ou #balancetonporc sur les réseaux sociaux, le débat se poursuit autour des dérives possibles de certaines formes de féminisme. Ainsi, en janvier 2018, un collectif de cent femmes, mené par Catherine Deneuve, a signé une tribune dans Le Monde dénonçant un féminisme qui tourne à la haine des hommes et met en avant la fragilité des femmes. On peut s'interroger sur cette critique qui émane de femmes privilégiées. Mais que deviendraient, en effet, certaines formes de féminisme qui finiraient par s'enfermer dans le rejet de l'autre ?*

CONSEIL
N'hésitez pas à donner un tour personnel à votre expression. Ici la **phrase interrogative** apporte de la variété et de la vivacité.

ÉTAPE 5 au propre — Rédiger la conclusion

5 min

Concluez en deux ou trois phrases : vous devez **résumer votre point de vue** et **élargir**, si possible, la réflexion.

[Synthèse] *Pour conclure, je pense que pour lutter contre l'indifférence face à la condition féminine, il faut rappeler les faits qui prouvent que le féminisme reste un combat légitime, et entretenir le débat pour changer les mentalités.* [Ouverture] *La culture est en constante évolution. Il nous appartient de l'orienter vers plus de justice.*

À NOTER
Cette ouverture vous permet de revenir sur une **idée clé** du texte à contracter d'Adichie.

ÉTAPE 6 au propre — Se relire

10 min

Au cours de la relecture finale, vérifiez la **construction des phrases**, la **ponctuation** et les **différents accords**.

Veillez à la **bonne présentation de vos références** : mentionnez bien l'auteur et le titre ; soulignez les titres d'œuvres, mettez entre guillemets les titres de chapitres ou d'articles.

Colette, *Les Vrilles de la vigne*, « J'appartiens à un pays… »

20 minutes
20 points

DOCUMENT

J'appartiens à un pays que j'ai quitté. Tu ne peux empêcher qu'à cette heure s'y épanouisse au soleil toute une chevelure embaumée de forêts. Rien ne peut empêcher qu'à cette heure l'herbe profonde y noie le pied des arbres, d'un vert délicieux et apaisant dont mon âme a soif… Viens, toi qui l'ignores, viens que je te dise tout bas : le parfum des bois de mon pays égale la fraise et la rose ! Tu jurerais, quand les taillis de ronces y sont en fleurs, qu'un fruit mûrit on ne sait où, – là-bas, ici, tout près, – un fruit insaisissable qu'on aspire en ouvrant les narines. Tu jurerais, quand l'automne pénètre et meurtrit les feuillages tombés, qu'une pomme trop mûre vient de choir, et tu la cherches et tu la flaires ici, là-bas, tout près…

Et si tu passais, en juin, entre les prairies fauchées, à l'heure où la lune ruisselle sur les meules rondes qui sont les dunes de mon pays, tu sentirais, à leur parfum, s'ouvrir ton cœur. Tu fermerais les yeux, avec cette fierté grave dont tu voiles ta volupté, et tu laisserais tomber ta tête, avec un muet soupir…

Et si tu arrivais, un jour d'été, dans mon pays, au fond d'un jardin que je connais, un jardin noir de verdure et sans fleurs, – si tu regardais bleuir, au lointain, une montagne ronde où les cailloux, les papillons et les chardons se teignent du même azur mauve et poussiéreux, tu m'oublierais, et tu t'assoirais là, pour n'en plus bouger jusqu'au terme de ta vie !

Il y a encore, dans mon pays, une vallée étroite comme un berceau où, le soir, s'étire et flotte un fil de brouillard, un brouillard ténu, blanc, vivant, un gracieux spectre de brume couché sur l'air humide… Animé d'un lent mouvement d'onde, il se fond en lui-même et se fait tour à tour nuage, femme endormie, serpent langoureux, cheval à cou de chimère… Si tu restes trop tard penché vers lui sur l'étroite vallée, à boire l'air glacé qui porte ce brouillard vivant comme une âme, un frisson te saisira, et toute la nuit tes songes seront fous…

Colette, *Les Vrilles de la vigne*, « Jour gris », 1908.

PREMIÈRE PARTIE : EXPLICATION DE TEXTE ET QUESTION DE GRAMMAIRE — 12 min

▶ Lisez le texte à voix haute. Puis expliquez-le.

▶ Analysez la structure syntaxique de la phrase suivante (l. 12 à 14) :
« Et si tu passais, en juin, entre les prairies fauchées, à l'heure où la nuit ruisselle sur les meules rondes qui sont les dunes de mon pays, tu sentirais, à leur parfum, s'ouvrir ton cœur. »
Délimitez les propositions et identifiez leur nature et leur fonction.

SECONDE PARTIE : PRÉSENTATION D'UNE ŒUVRE ET ENTRETIEN — 8 min

▶ Présentez l'œuvre que vous avez retenue et expliquez les raisons de votre choix.

ÉTAPE 1 avant le jour J

Préparer la 1re partie de l'épreuve — 2 heures

Imaginez que l'extrait ci-dessus figure dans le descriptif des œuvres et des textes que vous présenterez lors de l'épreuve orale. Ce texte, étudié en classe, aura donc fait l'objet d'un travail personnel avant l'épreuve. C'est ce travail personnel que nous décrivons ci-dessous.

Préparez la lecture à voix haute. Relisez attentivement le texte afin de vous assurer d'en avoir compris le sens général et de trouver le ton qui convient.

Repérez les passages difficiles à lire à voix haute puis lancez-vous. Faites-le si possible devant quelqu'un ou en vous enregistrant, pour vous améliorer.

Sens général

La narratrice décrit avec nostalgie un pays qu'elle a quitté et invite l'être aimé à la suivre dans ce paradis perdu.

Ton à adopter

Soulignez dans votre lecture le contraste entre la nostalgie du pays perdu et l'exaltation de la narratrice. Faites entendre que la narratrice s'adresse à la personne aimée pour décrire le paysage.

Difficultés

- Plusieurs phrases sont allongées par des appositions et des compléments circonstanciels. Identifiez la structure de ces phrases pour ne pas vous perdre dans la lecture.
- Ce texte est plus poétique que narratif. Mettez en valeur les effets de rythme et les sonorités, sources de musicalité.

Préparez l'explication de texte. Il s'agit d'approfondir le travail réalisé en classe. Relisez le texte et interrogez-vous sur vos impressions de lecture. Puis reprenez vos notes de manière à construire une fiche personnelle sur cet extrait. Vous pouvez la construire en trois parties. Voici ce que pourrait donner la rédaction de cette fiche :

Les Vrilles de la vigne de Colette
Extrait : « J'appartiens à un pays... »

1) Les éléments de contexte

- Colette séparée de Willy
- Texte dédié à Missy

2) L'enjeu de l'extrait

Comment la narratrice parvient-elle à plonger l'être aimé au cœur de sa rêverie ?

3) Les mouvements du texte

- Une invitation à un voyage mélancolique (1er §)
- Un voyage vers la volupté (2e §)
- La destination : un jardin de l'oubli (3e §)
- Une plongée dans la rêverie (4e §)

Voir le corrigé p. 76-78.

CONSEIL
Appuyez chaque point de l'analyse sur un **fait observé** dans le texte. N'hésitez pas à annoter celui-ci (dans une version de travail) avec des symboles et des couleurs différentes.

Préparez la question de grammaire. Relisez le texte en essayant d'anticiper la question de grammaire qui pourrait vous être posée en lien avec l'un des points du programme.

INFO
Voici les principaux points du **programme de langue** :
- les temps et modes verbaux ;
- la phrase complexe et les subordonnées ;
- l'expression de l'interrogation ;
- l'expression de la négation.

ÉTAPE 2 avant le jour J

Préparer la 2de partie de l'épreuve

4 heures

Imaginez qu'en lien avec le thème du parcours « La célébration du monde », votre enseignant vous a proposé la lecture cursive du roman Le Mas Théotime, *de Henri Bosco, paru en 1945.*

Préparez la présentation de l'œuvre retenue. Reprenez vos notes de lecture. Synthétisez-les, puis formulez deux ou trois raisons pour expliquer votre choix.

Le Mas Théotime (1945)

1) Éléments de présentation

- Auteur : Henri Bosco, écrivain du XXe siècle
- Thème : œuvre qui célèbre la Provence
- Résumé : Pascal, propriétaire d'un mas provençal, voue une passion à ses terres, entretenues par des métayers. Mais le retour de Geneviève – son amour de jeunesse – dans sa vie, et son conflit avec son voisin Clodius viennent troubler la paix de son domaine.

2) Raisons de mon choix

- J'ai trouvé cette lecture **palpitante** : l'intrigue comporte de nombreux rebondissements ; elle est enrichie par l'alternance de moments descriptifs des travaux des champs et de moments mystérieux et introspectifs centrés sur les protagonistes.
- J'ai été **émue** par les descriptions poétiques de la nature provençale.

Anticipez les questions de l'examinateur. Celui-ci vous demandera de préciser les caractéristiques clés de l'œuvre, ainsi que son lien avec l'une des œuvres au programme (ou avec le thème du parcours associé).

ÉTAPE 3 le jour J

Exploiter le temps de préparation le jour de l'examen

30 min

Utilisez bien la totalité du temps de préparation.

Principales étapes
❶ Relisez rapidement le texte (ou le passage sélectionné) pour vous le remettre en mémoire.
❷ Écrivez les éléments de contexte, l'enjeu du texte (sur lequel vous conclurez) et le plan du texte.
❸ Notez les éléments d'analyse, en indiquant le numéro de la ligne pour pouvoir retrouver les citations.
❹ Gardez 5 minutes pour préparer la question de grammaire.
❺ S'il vous reste du temps, mettez par écrit les grandes lignes de votre présentation pour l'entretien.

CONSEIL
Pour faciliter votre oral, **numérotez** les pages de brouillon. N'écrivez qu'au **recto** et utilisez une **page différente** pour chaque mouvement du texte.

MÉTHODES

ÉTAPE 4 le jour J

Présenter le texte, le lire à voix haute

3 min

L'épreuve commence. Avant de lire le passage demandé, **introduisez progressivement votre exposé.**

Publiées en 1908, Les Vrilles de la vigne marquent une période de transition dans la vie de Colette. Séparée de Willy, son premier mari, elle se produit dans des spectacles de music-hall et vit avec Mathilde de Morny.

C'est à cette compagne, surnommée Missy, que sont dédiés trois textes du début de l'œuvre, dont « Jour gris », dans lequel Colette exprime la nostalgie des paysages de son enfance.

Nous verrons comment la narratrice parvient à plonger l'être aimé au cœur de sa rêverie.

LÉGENDE
Présentation de l'œuvre
Situation de l'extrait
Enjeu du texte

Puis après avoir repris votre respiration, **lisez le passage demandé** de manière pertinente et expressive. Ne lisez pas trop vite, marquez des pauses.

ÉTAPE 5 le jour J

Développer l'explication de texte

7 min

Commentez le texte en vous appuyant sur ses mouvements que vous pouvez annoncer brièvement. Efforcez-vous de ne pas parler trop vite.

1. Une invitation à un voyage mélancolique

• Le verbe « j'appartiens » présente le pays de l'enfance comme un lieu d'enracinement. Le contraste entre ce présent et le passé composé « j'ai quitté » exprime la nostalgie de la narratrice.
• Le « je » s'adresse à un « tu » (Missy), d'abord étranger à ce paradis perdu, ce que soulignent les négations des lignes 1 et 3, puis invité à le découvrir avec l'impératif « Viens ». La description se fait ensuite à travers le regard du « tu » (dans l'anaphore « tu jurerais »).
• Le conditionnel présent, employé seul ici, puis dans des systèmes hypothétiques, a valeur d'irréel du présent : le pays de la narratrice n'est pour l'instant accessible au « tu » qu'à travers l'imagination.
• Le paysage se construit sur des synesthésies. La narratrice établit des correspondances entre les cinq sens : « vert délicieux », « le parfum [...] égale la fraise et la rose », « un fruit mûrit [...] qu'on aspire en ouvrant les narines ». Les sonorités donnent à la description une dimension musicale, avec les assonances en « i » (l. 7 à 9) et les allitérations en « s » (l. 8).
• La description brouille les repères spatiaux et temporels. La fraise et la rose du printemps côtoient la pomme d'automne, et le groupe d'adverbes « là-bas, ici, tout près » répété deux fois déroute le lecteur.

MOT CLÉ
La **synesthésie** désigne une association de plusieurs perceptions sensorielles.

2. Un voyage vers la volupté

• La sensualité apparaît dans le deuxième paragraphe, où l'on relève des métaphores à connotations sexuelles (« la lune ruisselle sur les meules rondes qui sont les dunes de mon pays »). Plongé dans la nuit, le paysage reflète les ébats amoureux.

CONSEIL
Enchaînez les différentes parties de l'explication de **manière fluide**. Évitez de rappeler le plan de manière trop scolaire.

• L'être aimé est ainsi envahi par la volupté (« avec cette fierté grave dont tu voiles ta volupté ») et s'abandonne au plaisir qui s'exprime dans l'oxymore d'un « muet soupir ».

3. La destination : un jardin de l'oubli

• « Et si tu arrivais, un jour d'été, dans mon pays » : dans cet écho au deuxième paragraphe, le verbe « passais » est remplacé par « arrivais ». Le « tu » a rejoint le « je ».
• Le paysage est décrit par touches de couleurs impressionnistes (« bleuir » et « azur mauve »).
• Mais le texte prend une tonalité sombre avec les adjectifs « noir », « poussiéreux », la négation « sans fleurs », et l'évocation de « cailloux » et de « chardons ».
• Le voyage dans le passé éloigne de la réalité : l'amante, subjuguée par le paysage, oublie paradoxalement la narratrice après l'avoir rejointe (l. 21).

MÉTHODE
Dans une explication linéaire, vous devez commenter précisément la **progression** du texte.

4. Une plongée dans la rêverie

• Mais le quatrième paragraphe relance la description avec l'adverbe « encore ». Le voyage dans le passé devient une plongée dans l'imaginaire. Le texte prend des accents fantastiques avec la personnification du brouillard (l. 25) et ses métamorphoses : l'univers merveilleux de la chimère se mêle à l'allusion au jardin d'Eden où rôde le « serpent langoureux ».
• Les images de vie et de mort se superposent : le « berceau » de la vallée abrite un « gracieux spectre de brume ». L'être aimé fusionne avec le paysage et s'y perd dans la rêverie autant que la narratrice.
• Dans le système hypothétique, on passe de l'irréel du présent au potentiel : le présent remplace l'imparfait dans la subordonnée (« si tu restes ») et le futur remplace le conditionnel (« un frisson te saisira »), ce qui réduit la distance entre le pays d'enfance de la narratrice et la personne interpellée.

Conclusion

L'évocation du pays de l'enfance de la narratrice prend ici la forme d'une invitation au voyage adressée à l'être aimé. Les paysages sont célébrés comme un spectacle complet pour les sens où les deux amantes finissent par se rejoindre et se perdre dans une rêverie fantastique.

Dans ce texte plus poétique que narratif, Colette semble faire écho aux synesthésies de la poésie baudelairienne, notamment développées dans le sonnet « Correspondances » des Fleurs du mal (1857).

LÉGENDE
Bilan de l'explication
Ouverture

ÉTAPE 6 le jour J

Répondre à la question de grammaire

2 min

Votre réponse doit être **précise** et **utiliser les termes grammaticaux** qui conviennent.

[Et si tu passais, en juin, entre les prairies fauchées, à l'heure [où la lune ruisselle sur les meules rondes] [qui sont les dunes de mon pays]], [tu sentirais, à leur parfum, s'ouvrir ton cœur].

Cette phrase est constituée de quatre propositions. Deux d'entre elles forment un système hypothétique : une subordonnée circonstancielle de condition introduite par « **si** », et une proposition principale. L'ensemble formule une hypothèse à valeur d'irréel du présent.

Les deux autres sont des subordonnées relatives : la première est épithète du nom « heure », la seconde est épithète du nom « meules ». Ce sont des expansions du nom qui apportent des précisions dans la phrase.

MÉTHODE
Pour repérer toutes les propositions d'une phrase, soulignez les **verbes conjugués** : à chaque verbe conjugué correspond une **proposition**.

ÉTAPE 7 le jour J

Présenter l'œuvre choisie

3 min

Présentez l'œuvre, l'auteur et le contexte de publication, puis **résumez** brièvement l'œuvre et citez-en quelques **caractéristiques clés.**

J'ai choisi de présenter Le Mas Théotime, roman d'Henri Bosco publié en 1945. Cet auteur est né en Provence, et son amour pour sa région natale transparaît dans ce roman.

Le narrateur, Pascal Dérivat, vit au Mas Théotime. Il entretient un vaste domaine de terres provençales avec ses métayers, la famille Alibert. Il mène une existence paisible et solitaire, jusqu'à l'arrivée de Geneviève, une cousine qu'il aimait dans sa jeunesse, mais qu'il a toujours rejetée. La jeune femme illumine le quotidien de Pascal, mais attise aussi la haine qu'il éprouve pour son voisin Clodius : à leurs habituelles querelles de territoire vient s'ajouter la jalousie de Pascal, notamment lorsqu'il trouve un soir Geneviève chez Clodius. Quelques jours après, le meurtre de ce dernier sème la confusion : Pascal découvre qu'il lui a légué ses terres. Malgré ses sentiments pour le narrateur, Geneviève s'enfuit avec le meurtrier, un amant jaloux épousé après son divorce, qu'elle fuyait en venant chez Pascal.

Le Mas Théotime est avant tout un roman rural : tous les personnages, Pascal, Clodius, les Alibert, Geneviève et le cousin Barthélémy, ont en effet un attachement profond à la terre qu'ils cultivent ou, dans le cas de Geneviève, qu'ils explorent. Clodius lègue ainsi son domaine à Pascal : malgré leur haine, il le respecte dans sa capacité à prendre soin de ses terres.

Plusieurs mystères donnent au récit des allures de roman policier : le meurtre de Clodius, le passé mouvementé de Geneviève ou la mystérieuse carte trouvée à l'ermitage de Saint-Jean mentionnant un trésor.

Le caractère passionné des personnages et leur proximité avec la nature teintent par ailleurs le roman d'accents romantiques.

LÉGENDE
Présentation brève
Résumé
Analyse

À NOTER
Dans cette présentation, vous pouvez essayer de rattacher le roman à un **sous-genre**.

MÉTHODES

Justifiez votre choix en évoquant votre expérience de lecture.

• J'ai d'abord apprécié les rebondissements palpitants de l'intrigue, comme la dispute avec Clodius, le meurtre, ou la présence angoissante du meurtrier chez Pascal. Tous ces événements sont liés à l'intrigue amoureuse, qui m'a profondément ému(e). Malgré son amour pour Geneviève, Pascal reste incapable de se rapprocher d'elle véritablement.

• Ensuite, j'ai été touché(e) par la célébration de la nature provençale. De nombreux passages décrivent la terre de façon très poétique, au gré des promenades de Pascal. Une sorte de communion s'établit entre les personnages et le paysage. Ainsi Pascal trouve l'apaisement dans les vergers du cousin Barthélémy, ou inversement, voit sa colère et ses angoisses vibrer dans un orage d'été. Cette symbiose avec la nature me rappelle les œuvres de Colette, notamment l'émerveillement de la narratrice devant le jardin de Sido, ou son mal-être face à la mer dans « Jour gris ».

CONSEIL
Cette partie de l'épreuve est très **personnelle**. Vous pouvez justifier votre choix en vous appuyant sur les **émotions** que vous avez ressenties au cours de votre lecture.

ÉTAPE 8 — le jour J — Répondre aux questions de l'examinateur

5 min

Prenez le temps de réfléchir avant de répondre. **Veillez à argumenter vos réponses** et à faire référence à des passages précis de l'œuvre.

> QUESTION. Vous évoquiez dans votre présentation le mystère de l'ermitage de Saint-Jean. Le lecteur aura-t-il le fin mot de cette énigme ?

> RÉPONSE. Non, sur la carte trouvée par Geneviève figure un dessin, que l'on retrouve sur les murs de la chapelle, et sur les draps brodés de toute la famille de Pascal : un cœur rappelant une rose, et transpercé par une croix. Ce dessin ne trouve pas d'interprétation dans le roman. Et le « trésor » mentionné sur la carte reste caché, malgré les travaux effectués à l'ermitage à la fin du roman. Il s'agit très certainement d'un trésor spirituel.

À NOTER
L'examinateur vérifiera votre **connaissance de l'œuvre** en vous posant des questions précises sur l'intrigue.

> QUESTION. Quel est le mode de narration dans Le Mas Théotime ? Que pensez-vous de ce choix ?

> RÉPONSE. Dans Le Mas Théotime, la narration est à la première personne. Le narrateur est le personnage principal du roman, et c'est à travers son point de vue que les éléments de l'intrigue nous sont livrés. Cela permet de ménager un grand mystère sur le personnage de Geneviève et sur les événements liés à Clodius : le lecteur mène l'enquête en même temps que Pascal. Par ailleurs, le texte revêt ainsi une grande sensibilité. Le lecteur s'identifie au personnage principal en étant plongé au cœur de ses pensées et émotions.

À NOTER

La narration peut se faire à la **première personne** (le narrateur est le personnage principal ou le témoin des événements) ou à la **troisième personne** (le narrateur est omniscient).

> QUESTION. Vous avez évoqué la dimension romantique du roman de Bosco. Pouvez-vous définir ce qu'est le romantisme, le situer dans le temps et déterminer si l'auteur appartient à ce courant ?

> RÉPONSE. Le romantisme est un courant littéraire européen de la première moitié du XIXe siècle. Il se caractérise par l'exaltation du moi, la mélancolie, le goût pour l'ailleurs et la revendication de liberté. Les auteurs les plus représentatifs du courant en France sont Victor Hugo, Alfred de Musset, Alphonse de Lamartine, Gérard de Nerval. Henri Bosco, auteur du XXe siècle, ne peut être qualifié de romantique, mais les personnages du roman ont bien un caractère romantique, exalté, centré sur leurs passions.

CONSEIL

Les **mouvements littéraires** font partie des connaissances attendues en classe de Première. Révisez-les avant l'examen.

> QUESTION. Quel rapprochement pouvez-vous faire entre Le Mas Théotime et les œuvres de Colette ?

> RÉPONSE. Colette et Henri Bosco partagent la même sensibilité à la nature et la même capacité à faire du paysage un objet poétique.
Comme Pascal, la narratrice des Vrilles de la vigne et de Sido voit dans la nature un reflet de ses propres émotions. Chez Colette, ce sont surtout les fleurs et les animaux (chats, chiens, rossignol) qui ont cet effet miroir. Chez Bosco, c'est plutôt la nature dans ce qu'elle a de monumental : la terre, le bois, l'orage.

MÉTHODES

Préparer l'épreuve écrite

Un SUJET COMPLET • France métropolitaine, juin 2022

14 SUJETS classés par type d'exercice

Les contractions-essais de littérature d'idées

Les commentaires de poème

Les commentaires d'extrait de roman

Les commentaires d'extrait de théâtre

5

France métropolitaine, juin 2022
Commentaire

Zola, *Germinal*

4 heures
20 points

INTÉRÊT DU SUJET • Cet extrait sensibilise le lecteur aux difficiles conditions de travail dans les mines au XIXe siècle.

Vous ferez le commentaire littéraire de ce texte en vous aidant des pistes suivantes.

1. Les chevaux : deux personnages bouleversants.
2. Une progressive descente aux enfers.

DOCUMENT

On utilisait dans les mines, au XIXe siècle, des chevaux que l'on descendait au fond des puits afin d'aider au transport du charbon. Dans cet extrait, Zola présente deux de ces animaux qui, à la différence des hommes, restaient des années durant sous terre, sans remonter.

C'était Bataille, le doyen de la mine, un cheval blanc qui avait dix ans de fond. Depuis dix ans, il vivait dans ce trou, occupant le même coin de l'écurie, faisant la même tâche le long des galeries noires, sans avoir jamais revu le jour. Très gras, le poil luisant, l'air bonhomme, il semblait y couler une existence de sage, à l'abri des malheurs de là-haut. Du reste, dans les ténèbres, il était devenu d'une grande malignité. La voie où il travaillait avait fini par lui être si familière, qu'il poussait de la tête les portes d'aérage, et qu'il se baissait, afin de ne pas se cogner, aux endroits trop bas. Sans doute aussi il comptait ses tours, car lorsqu'il avait fait le nombre réglementaire de voyages, il refusait d'en recommencer un autre, on devait le reconduire à sa mangeoire. Maintenant, l'âge venait, ses yeux de chat se voilaient parfois d'une mélancolie. Peut-être revoyait-il vaguement, au fond de ses rêvasseries obscures, le moulin où il était né, près de Marchiennes, un moulin planté sur le bord de la Scarpe, entouré de larges verdures, toujours éventé par le vent. Quelque chose brûlait en l'air, une lampe énorme, dont le souvenir exact échappait à sa mémoire de bête. Et il restait la tête basse, tremblant sur ses vieux pieds, faisant d'inutiles efforts pour se rappeler le soleil.

Cependant, les manœuvres continuaient dans le puits, le marteau des signaux avait tapé quatre coups, on descendait le cheval ; et c'était toujours une émotion, car il arrivait parfois que la bête, saisie d'une telle épouvante, débarquait morte. En haut, lié dans un filet, il se débattait éperdument ; puis, dès qu'il sentait le sol manquer sous lui, il restait comme pétrifié, il disparaissait sans un frémissement de la peau, l'œil agrandi et fixe. Celui-ci étant trop gros pour passer entre les guides, on avait dû, en l'accrochant au-dessous de la cage, lui rabattre et lui attacher la tête sur le flanc.

La descente dura près de trois minutes, on ralentissait la machine par précaution. Aussi, en bas, l'émotion grandissait-elle. Quoi donc ? est-ce qu'on allait le laisser en route, pendu dans le noir ? Enfin, il parut, avec son immobilité de pierre, son œil fixe, dilaté de terreur. C'était un cheval bai[1], de trois ans à peine, nommé Trompette.

« Attention ! criait le père Mouque, chargé de le recevoir. Amenez-le, ne le détachez pas encore. »

Bientôt, Trompette fut couché sur les dalles de fonte, comme une masse. Il ne bougeait toujours pas, il semblait dans le cauchemar de ce trou obscur, infini, de cette salle profonde, retentissante de vacarme. On commençait à le délier, lorsque Bataille, dételé depuis un instant, s'approcha, allongea le cou pour flairer ce compagnon, qui tombait ainsi de la terre. Les ouvriers élargirent le cercle en plaisantant. Eh bien, quelle bonne odeur lui trouvait-il ? Mais Bataille s'animait, sourd aux moqueries.

Il lui trouvait sans doute la bonne odeur du grand air, l'odeur oubliée du soleil dans les herbes. Et il éclata tout à coup d'un hennissement sonore, d'une musique d'allégresse, où il semblait y avoir l'attendrissement d'un sanglot. C'était la bienvenue, la joie de ces choses anciennes dont une bouffée lui arrivait, la mélancolie de ce prisonnier de plus qui ne remonterait que mort.

Émile Zola, *Germinal,* 1885.

1. Bai : entre le brun et le roux.

LES CLÉS DU SUJET

Définir le texte

Carte d'identité du texte

- **Auteur** : Zola, romancier naturaliste, dans la continuité du réalisme
- **Contexte** : XIXe siècle, le développement des mines, la révolution industrielle
- **Thème** : le labeur des chevaux dans les mines
- **Tonalités** : pathétique, tragique
- **But** : émouvoir face à la souffrance

Dégager la problématique

Comment Zola, dans cet extrait de roman, nous émeut-il face au sort réservé aux chevaux exploités dans les mines au XIXe siècle ?

Construire le plan

1 Les chevaux : deux personnages bouleversants	• Comment les chevaux sont-ils décrits ? • Quelles émotions ressentent-ils ? • Que sait-on de leur passé ? Pourquoi Zola insiste-t-il autant sur ce point ?
2 Une progressive descente en enfer	• Montrez que les chevaux vivent une expérience terrifiante d'engloutissement : comment se traduit l'angoisse de la descente dans la galerie ? • En quoi le destin de ces chevaux est-il tragique ?

5 CORRIGÉ FLASH

Les titres en couleur ou entre crochets ne doivent pas figurer sur la copie.

Introduction

[Présentation du contexte] Romancier naturaliste du XIXe siècle, Zola représente dans ses œuvres la société de son époque, en particulier les malheurs du peuple. [Présentation du texte] Son roman *Germinal*, publié dans un contexte de crise industrielle, décrit avec précision les conditions de vie délicates des mineurs. Au travail harassant, dangereux et sous-payé des ouvriers fait pendant l'exploitation des animaux. Notre extrait se focalise sur deux chevaux sollicités pour épauler les hommes, au fond des mines. [Problématique] Comment Zola, dans cet extrait de roman, nous émeut-il face au sort réservé aux chevaux exploités dans les mines ? [Annonce du plan] Nous verrons tout d'abord que les chevaux apparaissent comme deux personnages bouleversants ; puis, nous analyserons la progressive descente aux enfers décrite ici.

I. Les chevaux : deux personnages bouleversants

1. Des chevaux personnifiés

Les chevaux sont dépeints physiquement et moralement, comme de véritables humains.

- Les deux chevaux portent des noms qui les individualisent. « Bataille », donne à lire, métaphoriquement, la difficulté du quotidien dans la mine. Sa routine laborieuse est évoquée à l'imparfait d'habitude : « il travaillait », « il poussait » (l. 7 et 8). Divers termes soulignent la valeur de ce cheval, véritable ancien, et la richesse de son expérience : c'est le « doyen de la mine » (l. 1), qui a « dix ans de fond » et de « vieux pieds » (l. 18-19). Sa pénible vieillesse touche le lecteur.

> **À NOTER**
> On appelle « onomastique » l'étude de la formation et de la signification des **noms propres**. Très souvent en littérature, les noms inventés sont significatifs et donc à commenter !

- L'auteur attribue aux chevaux un comportement et une psychologie humaines. Bataille mène une « existence de sage » (l. 5) avec son « air bonhomme ». Il sait faire preuve de « malignité », c'est-à-dire d'intelligence, lorsqu'il circule dans des galeries auxquelles il a bien su s'adapter.
- Le lecteur pénètre également dans les pensées de Bataille qui « rêvasse » et se souvient avec nostalgie de son enfance passée au moulin.
- Tel un ouvrier engagé, conscient de sa charge de travail bien délimitée, Bataille, au caractère affirmé, « refusait d'en recommencer un autre » (l. 11), comme s'il n'admettait pas qu'on abuse de sa force de travail.

2. Une scène émouvante

Dotés d'une personnalité complexe et d'une psychologie, les chevaux suscitent la compassion et l'empathie du lecteur.

- La scène est entièrement centrée sur le spectacle qu'offrent les chevaux, objets de toutes les attentions : le narrateur observe les hommes qui eux-mêmes demeurent concentrés sur les chevaux. Cette construction du récit permet ainsi de capter l'attention du lecteur.
- Le recours au point de vue interne du cheval permet au lecteur de s'immiscer dans les souvenirs de Bataille et de partager ses émotions. L'aspect confus de ses souvenirs perce dans les expressions vagues ou modalisées « peut-être revoyait-il vaguement » (l. 13), « quelque chose brûlait en l'air » (périphrase qui désigne le soleil). Lointaine, sa vie satisfaisante se brouille.

• Le lexique pathétique employé décrit la souffrance physique et morale des chevaux. L'insistance sur le regard de Trompette, reflet de son trouble, – « œil agrandi » (l. 26), « dilaté de terreur » (l. 32) – touche le lecteur. Bataille, « gras » (l. 4) et « la tête basse » (l. 18), « tremblant sur ses vieux pieds » (l. 18-19), semble très affaibli, comme en sursis.

3. Des souvenirs poignants

Le contraste créé entre le passé heureux de Bataille et son sort cruel dans la mine offre une scène lyrique.

• L'évocation des souvenirs, avec la description bucolique d'un paysage agréable (un moulin au bord d'une rivière, sous le soleil, bordé de « larges verdures », vivifié par le « vent ») tranche brutalement avec les « ténèbres ».

• Dans ce contexte, l'arrivée impromptue de Trompette déclenche une réminiscence émouvante : le passé enfoui resurgit ; Bataille renoue après des années, par camarade interposé, avec la « bonne odeur du grand air » (l. 44), qui lui est définitivement interdite. L'odeur de Trompette évoque un passé heureux à jamais perdu.

[Transition] Attendrissants, ces chevaux le sont d'autant plus qu'ils sont voués à une existence tragique.

II. Une progressive descente aux enfers

1. Des chevaux enterrés vivants

Absorbés par la terre, les chevaux deviennent des créatures de l'ombre.

• Zola développe l'image d'un gouffre qui avale hommes et bêtes en décrivant un « fond » (l. 2), un « trou obscur » (l. 38), qui rappelle le caveau creusé pour inhumer les corps. Le lexique de l'obscurité rend le lieu plus terrifiant encore : les « galeries noires » (l. 3-4) se font bientôt « ténèbres » (l. 6).

• L'animal est soumis à une exploitation qui confine à l'esclavage. La morne routine transparaît dans les répétitions : « le même coin de l'écurie », « la même tâche » (l. 2-3), tandis que la structure négative « [...] dix ans [...] sans avoir jamais revu le jour » (l. 4) accentue la durée.

> **À NOTER**
> Ce texte fait écho aux luttes menées par Émile Zola, intellectuel engagé, qui se bat dans son œuvre contre les **injustices sociales** et la misère du monde ouvrier.

• Le terme « cauchemar » (l. 37) fait entendre l'expérience traumatisante de ces bêtes. L'obscurité permanente va jusqu'à colorer les pensées du cheval, qualifiées de « rêvasseries obscures » (l. 14), comme si la mine ternissait inexorablement leur monde intérieur. La blancheur de la robe de Bataille tranche avec la noirceur environnante et symbolise son innocence.

2. Une descente sans retour

L'auteur clôt sa description sur l'arrivée d'une nouvelle recrue.

- Mené à l'imparfait à valeur durative, le récit se dilate ; chacun, homme et animal, retient son souffle – « c'était toujours une émotion » (l. 22) –, en espérant éviter le pire, à savoir le décès du cheval saisi d'effroi.

- L'emploi du discours indirect libre (« Quoi donc ? est-ce qu'on allait le laisser en route, pendu dans le noir ? », l. 31) puis du discours direct (« Attention ! [...] Amenez-le [...] », l. 34-35) permet au lecteur de suivre la scène à chaque instant, en restituant les angoisses et les précautions des mineurs lors de la descente.

À NOTER
Le texte prend la forme d'une **catabase** (du grec ancien *katabasis*, « descente »), motif récurrent dans les épopées grecques, et qui traite de la descente aux enfers du héros.

- Des images fortes évoquent la sidération de Trompette : « il restait comme pétrifié » (l. 25), « avec son immobilité de pierre » (l. 32). L'étrangeté terrifiante de ce monde souterrain est marquée par la proposition relative « qui tombait ainsi de la terre » (l. 41), expression détournée de « tomber du ciel ». Trompette a été projeté dans un monde à l'envers, cauchemardesque.

3. Un sort tragique

Ces chevaux sont à présent promis à un destin funeste.

- Leur sort est entre les mains des hommes : les compléments d'objets directs (« on descendait le cheval », l. 21, « on allait le laisser », l. 31...) et les structures passives (« Trompette fut couché », l. 36) attestent que cette existence leur échappe.

- Le texte se clôt sur une métaphore significative : un « prisonnier de plus ». Le « filet » utilisé pour descendre dans les galeries prend une dimension symbolique : les chevaux sont pris au piège.

- La relative finale, qui comporte une négation restrictive, « ce prisonnier [...] qui ne remonterait que mort », scelle leur destin mortel.

Conclusion

[Synthèse] Ainsi, cette description de chevaux vivant dans les mines, partageant la souffrance humaine, parvient à toucher le lecteur et à le sensibiliser à leur sort tragique. [Ouverture] Cette description réaliste est fidèle aux engagements humains et politiques de Zola en faveur des opprimés. D'autres écrivains, comme Voltaire ou Hugo, s'intéressent également au sort réservé aux animaux, pour mieux réfléchir à notre destinée commune, en appelant à décentrer notre regard.

Une éducation intemporelle ?

4 heures
20 points

INTÉRÊT DU SUJET • Ce sujet vous invite à vous interroger sur la manière dont l'éducation peut s'adapter à un monde en changement permanent.

1. Contraction • Vous résumerez ce texte en 199 mots. Une tolérance de +/– 10 % est admise : votre travail comptera au moins 179 mots et au plus 219 mots.

Vous placerez un repère dans votre travail tous les 50 mots et indiquerez, à la fin de votre contraction, le nombre total de mots utilisés.

2. Essai • Dans un monde qui change, a-t-on forcément besoin d'une éducation nouvelle ?

Vous développerez de manière organisée votre réponse à cette question, en prenant appui sur *Gargantua* de Rabelais, sur le texte de l'exercice de la contraction et sur ceux que vous avez étudiés dans le cadre de l'objet d'étude « La littérature d'idées du XVIe siècle au XVIIIe siècle ». Vous pourrez aussi faire appel à vos lectures et à votre culture personnelle.

DOCUMENT

Je crois que la force de tout enseignement par rapport aux « événements qui font l'histoire du monde » est d'imposer aux esprits un détour. Si l'on veut s'orienter convenablement, dans une promenade au cours de laquelle on doit retrouver son chemin, il faut prendre, en pensée, du recul. Il faut se retourner, voir d'où vient le chemin que l'on est en train de parcourir et où sont les repères, recourir à une carte, sur laquelle le paysage confus, masqué de buissons et d'arbres, d'ombres et de creux, se ramène à un tracé schématique, couvrant un horizon bien plus étendu et qui soudain rend compte du paysage. Il en va de même dans les choses de l'esprit.

Complexe, notre société ? Ô combien ! Mais dans ce cas pour l'appréhender, pour la comprendre, pour en comprendre les problèmes et les tendances, il faut précisément faire le détour et apprendre à connaître d'autres sociétés plus simples. J'ai l'air en disant cela de présenter, une fois de plus, un plaidoyer pour le grec et le latin. En un sens, c'est parfaitement vrai. Je reste convaincue que l'on comprend mieux la collectivité qu'est l'État quand on connaît la cité grecque, avec les dévouements qu'elle suscitait si largement et les crises qu'elle traversa et surmonta, que l'on comprend mieux les relations entre les pays quand on a pratiqué la relation toute simple qui s'établit au niveau de deux cités de régime politique différent et luttant pour la suprématie[1], ou bien entre des cités grecques et un envahisseur barbare. Après tout, si l'on ne cesse de découvrir, dans la littérature grecque, l'« actualité » de tel passage ou de tel autre, cela n'est point dû au hasard de situations qui se répéteraient, mais au fait que des situations simples, analysées avec rigueur, fournissent divers schèmes[2] d'interprétation susceptibles d'être appliqués à des situations plus complexes. Je crois aussi que, dans l'ordre des conduites humaines, les problèmes peuvent être posés avec une force accrue, lorsque se découvre, au niveau de la famille ou de la cité, le premier exemple éclatant d'un dilemme humain : la mort d'Antigone et la mort de Socrate aident à comprendre l'héroïsme et à le sentir dans sa simplicité absolue. Je plaide donc bien pour le grec et le latin. Mais pas seulement. Je plaide pour tout ce qui est lointain, différent, et pourtant humain. Je plaide pour la sociologie, je plaide pour l'histoire, je plaide pour tout ce qui n'est pas de notre temps, pour tout ce qui lui ressemble et en diffère, pour tout ce qui nous donne, je le répète, du recul.

Et ce qui est vrai de la complexité du monde actuel l'est aussi pour le changement accéléré que connaît aujourd'hui notre civilisation. On dirait que le progrès scientifique et technique s'est emballé, que l'évolution sociale et les transformations morales se sont précipitées à un rythme sans précédent. Ma petite maison de Provence devait être, il y a quarante ans, une maison tenue pour confortable et moderne, voire raffinée. Or les jeunes qui y viennent croient un peu visiter une maison médiévale. Pourtant, au cours de ces quarante années, nous pensions l'avoir modernisée. Nous avions désormais l'eau sous pression, les tuyaux plastiques, les asperseurs… Les jeunes croient avec peine que cela n'existait pas, que l'on se débrouillait avec des petits canaux et des vannes, comme dans l'Antiquité ! […] Et cependant je suis la même personne, assise sur la même terrasse, et il me semble qu'il ne s'est guère écoulé de temps… […]

Seulement ces changements, dans le domaine moral du moins, peuvent avoir un aspect grave qui intéresse l'enseignement : ils peuvent en effet susciter le désarroi. Quand tout change, on ne sait plus très bien à quoi ou à qui se retenir. Parce que tout change, on condamne ce qui est venu avant. Parce que tout change, on ne croit plus ni aux valeurs d'hier, ni à celles d'avant-hier, et peut-être pas à celles de demain. Parce que tout change, on ne sait plus si ce qui était bien hier l'est encore, si ce qui était mal hier présente un risque ou un inconvénient. On flotte, on s'étourdit, parce que, dans cette grande marée du temps présent, toutes les amarres ont lâché.

Je ne vois aucun moyen d'aider les jeunes à trouver leurs valeurs ni leur voie : c'est à eux de le faire. En revanche, du point de vue intellectuel, je crois que l'enseignement peut les aider – à condition qu'ils s'attachent à l'intemporel et non à l'éphémère.

Jacqueline de Romilly, *Écrits sur l'enseignement*, 1984.

1. Suprématie : domination.
2. Schèmes : principes, modèles.

LES CLÉS DU SUJET

Observer le texte à contracter

Énonciation	Texte à la 1re personne
Thèse	L'étude du passé est indispensable pour comprendre le présent.
Composition	• 1. L'enseignement permet de prendre de la distance avec le présent pour mieux s'orienter dans sa pensée. (§ 1) • 2. L'étude des sociétés du passé permet de mieux comprendre la société actuelle. (§ 2) • 3. La société évolue vite et creuse un fossé entre les générations. (§ 3) • 4. Par le biais de l'enseignement, les jeunes peuvent retrouver des repères pour appréhender ces changements. (§ 4-5)

Chercher des idées pour l'essai

■ **1. L'éducation doit s'adapter au rythme du monde…**
Intéressez-vous à la nouvelle éducation prônée par Rabelais : quels sont ses principes ? À quel modèle d'éducation s'oppose-t-elle ? En quoi accompagne-t-elle les changements du monde à la Renaissance ?

■ **2. … cependant, elle doit conserver une part d'intemporalité**
Montrez que la « bonne éducation » est aussi celle qui transmet des valeurs et des principes intemporels en s'appuyant sur une tradition didactique.

■ **3. L'éducation permet d'acquérir un esprit ouvert au monde**
Démontrez en quoi l'éducation est nécessaire dans la formation d'un esprit humain libre, critique et ouvert au monde qui l'entoure.

6 CORRIGÉ GUIDÉ

1. CONTRACTION

Je pense que le mérite de l'enseignement est de permettre de prendre de la distance pour réfléchir plus efficacement.

Afin de saisir les enjeux complexes de la société actuelle, il est nécessaire de réfléchir aux sociétés du passé. L'étude des cités grecques antiques permet de mieux appréhender le [50] fonctionnement d'un État moderne et les relations internationales. On en déduit des modèles interprétatifs simples, applicables à des situations plus complexes. La lecture des histoires des héros de l'Antiquité délivre un enseignement moral utile à notre propre conduite. L'étude des choses passées est ainsi indispensable pour affûter [100] notre regard sur notre propre temps.

La civilisation évolue rapidement et se complexifie sur tous les plans : technique, scientifique, socioculturel, moral. Les jeunes générations ont des attentes différentes, ce qui creuse un fossé avec leurs aînés dans la compréhension du temps qui passe et dans le rapport aux choses.

Or, [150] ces changements provoquent une perte globale de repères. On a tendance à dévaloriser le passé au profit du présent, au risque de se fourvoyer et de ne plus savoir à quels principes se référer. Intellectuellement, l'enseignement peut amener les jeunes à prendre du recul sur le présent, et à [200] élargir leur regard sur le monde.

206 mots

2. ESSAI

Les titres des parties ne doivent pas figurer dans votre copie.

Introduction

L'éducation est un thème essentiel de la littérature et de la philosophie humanistes à la Renaissance. Dans *Gargantua*, Rabelais s'interroge sur la manière d'élever l'homme dans un monde bouleversé par de grandes découvertes dans tous les domaines, et propose ainsi un nouvel idéal éducatif. Un monde qui change nécessite-t-il forcément une éducation nouvelle ? Nous verrons d'abord que l'éducation doit s'adapter aux changements du monde ; nous montrerons ensuite que l'éducation doit malgré tout conserver une part d'intemporalité ; puis nous verrons qu'elle sert avant tout à construire des esprits humains libres et ouverts au monde.

I. L'éducation doit s'adapter au rythme du monde...

L'éducation doit évoluer dans ses méthodes et ses contenus pour s'adapter au rythme des changements du monde. Les humanistes de la Renaissance, tel Rabelais, défendaient cette vision et prônaient une éducation nouvelle.

- Dans *Gargantua*, Rabelais se moque vertement de l'enseignement scolastique hérité du Moyen Âge. Les premiers précepteurs de Gargantua, Thubal Holoferne et Jobelin Bridé, sont de « vieux tousseurs » aux méthodes d'un autre âge reposant sur la répétition abêtissante. Le sage Ponocrates, tenant d'une nouvelle éducation humaniste, parvient à faire sortir Gargantua de son ignorance crasse : sa méthode, longuement décrite au chapitre XXI, associe le soin du corps à celui de l'esprit. L'étude porte sur les nouvelles découvertes de ce temps, notamment en matière astronomique.

> **DES POINTS EN +**
> C'est à la Renaissance que **Copernic,** suivi de Galilée, défend la thèse de l'**héliocentrisme,** s'opposant à l'opinion de l'Église selon laquelle la Terre était au centre de l'univers.

- Montaigne aussi, dans ses *Essais* (seconde moitié du XVIe siècle), préfère les têtes « bien faites » aux têtes « bien pleines » : « Savoir par cœur n'est pas savoir. » Le professeur est invité à donner la parole à l'élève, dans une dialectique enrichissante. Au XVIIIe siècle, Rousseau poursuit cette idée avec l'*Émile* (1762) : la sensibilité de l'enfant, au moment de sa découverte du monde, y prend une importance essentielle. L'enfant expérimente à présent concrètement les choses, son précepteur ne lui assénant plus des leçons toutes faites.

II. … cependant, elle doit conserver une part d'intemporalité

Cependant l'éducation repose aussi en grande partie sur l'intemporalité.

- Rabelais, comme tous les auteurs humanistes, est lui-même un grand érudit, féru de textes antiques et médiévaux. Le géant Gargantua, placé sous la responsabilité de Ponocrates, étudie ainsi au chapitre XXIII les auteurs de l'Antiquité (Pline, Athénée, Discoride, Aristote…). De même, dès le prologue, *Gargantua* est placé sous le haut patronage de Socrate, emblème du dialogue philosophique depuis l'Antiquité.

- Certains auteurs prennent également le parti de formes didactiques traditionnelles qui ont prouvé leur efficacité. C'est le cas de Jean de La Fontaine, dont les *Fables* (1668-1693), qui contiennent « des vérités qui servent de leçons », sont mises en vers à partir de celles d'Ésope et de Phèdre, fabulistes antiques.

- De même, Jacqueline de Romilly souligne dans ses *Écrits sur l'enseignement* (1984) que les humanités classiques, et notamment l'étude de l'histoire antique, sont une condition nécessaire pour comprendre pleinement le monde du XXe siècle : « Je plaide pour tout ce qui est lointain, différent, et pourtant humain. »

DES POINTS EN +
On peut voir là un écho d'une réplique de l'*Heautontimoroumenos* de Térence (IIe siècle av. J.-C.) : « Je suis homme, et rien de ce qui est humain ne m'est étranger. »

III. L'éducation permet d'acquérir un esprit ouvert au monde

Le principal objectif de l'éducation n'en demeure pas moins l'ouverture au monde, nécessaire à tout esprit humain pour appréhender la complexité des êtres et des événements.

- Une bonne éducation ne doit pas uniformiser les enfants en gommant leurs différences, mais valoriser et respecter le meilleur de chacun. Ainsi Gargantua dispose-t-il dès son enfance d'un « esprit merveilleux » qu'il met à profit en découvrant le meilleur « torchecul » (chapitre XII). Tout le principe d'une bonne éducation est de faire fructifier cette amusante et prometteuse ingéniosité. Cet idéal d'apprentissage et d'émancipation rejoint ce que propose André Gide dans l'« Envoi » des *Nourritures terrestres* (1897) : « Ce qu'un autre aurait aussi bien fait que toi, ne le fais pas […] Ne t'attache en toi qu'à ce que tu ne sens qu'en toi-même, et crée de toi, impatiemment ou patiemment, ah ! le plus irremplaçable des êtres. »

• Une bonne éducation pousse également à cultiver une curiosité sans limites pour le monde : « La curiosité des enfants est un penchant de la nature, qui va comme au-devant de l'instruction ; ne manquez pas d'en profiter », conseille Fénelon dans son *Traité de l'éducation des filles* (1687). Jacqueline de Romilly abonde dans ce sens : c'est le rôle de l'éducation d'aider les jeunes à ouvrir leur regard sur le monde et à exercer leur esprit critique, « à condition qu'ils s'attachent à l'intemporel et non à l'éphémère », afin de combattre leur perte de repères dans la « grande marée du temps présent ». Chez Rabelais, l'esprit critique est essentiel pour combattre les préjugés religieux et les fausses croyances et superstitions, qui rabougrissent l'esprit humain.

Conclusion

Nous avons donc vu que l'éducation doit s'adapter aux changements du monde et intégrer notamment les changements scientifiques et techniques. Cependant l'étude des modèles classiques demeure une base solide et indispensable pour appréhender le monde moderne. Ainsi armé, épaulé par sa compréhension du passé et du présent, l'élève peut développer pleinement son esprit critique et sa créativité pour devenir lui-même.

7

France métropolitaine, juin 2022
Contraction – Essai

Peinture des Hommes et souci du vrai

4 heures
20 points

INTÉRÊT DU SUJET • Ce sujet permet de comprendre la spécificité du portrait littéraire et d'en saisir les enjeux.

1. Contraction • Vous résumerez ce texte en 202 mots. Une tolérance de +/– 10 % est admise : votre travail comptera au moins 182 mots et au plus 222 mots.

Vous placerez un repère dans votre travail tous les 50 mots et indiquerez, à la fin de votre contraction, le nombre total de mots utilisés.

2. Essai • Peindre les Hommes, est-ce toujours avoir « le souci d'être vrai » ?

Vous développerez de manière organisée votre réponse à cette question, en prenant appui sur le chapitre « De l'Homme » des *Caractères* de La Bruyère, sur le texte de l'exercice de la contraction et sur ceux que vous avez étudiés dans le cadre de l'objet d'étude « La littérature d'idées du XVIe siècle au XVIIIe siècle ». Vous pourrez aussi faire appel à vos lectures et à votre culture personnelle.

DOCUMENT

Essayons de définir ce qui distingue le portrait littéraire du portrait tout court. Le portrait non littéraire le plus simple, c'est le portrait photographique. Le photographe amateur dispose d'un instrument commode, prêt, dans certaines conditions faciles à réunir, à remplir sa tâche essentielle qui est d'isoler un moment du temps, de fixer un instant qu'on se flatte ainsi d'arracher à la durée, au flux incessant des choses. Il satisfait le très vieux rêve de lutter contre la menace permanente de la désagrégation[1]. Le photographe amateur n'est cependant pas hostile au temps. Il serait plutôt complice de la durée, car il pense que certaines minutes sont si privilégiées, certains

ÉCRIT

instants si parfaits qu'il convient de fixer leur valeur éphémère sans les dénaturer, sans leur faire perdre leur précieuse qualité temporelle. Le photographe amateur est en outre un être sensible. Un sentiment d'affection, d'amour ou d'amitié, le pousse. Il éprouve, en photographiant, le désir de fixer dans un certain décor, dans une certaine toilette, dans une certaine minute, la femme ou l'enfant aimé.

Le portrait plastique, peinture, pastel, dessin, gravure, sculpture même, implique souvent aussi un sentiment analogue. Il existe des peintres, des artistes amoureux, respectueux ou admirateurs de leur modèle. La passion, la ferveur conduisent fréquemment le pinceau du peintre ou le ciseau du sculpteur. Mais il y a loin de l'appareil photographique à la main frémissante de l'artiste, libre de satisfaire aux mouvements du cœur, d'user à son gré du raccourci, de la stylisation pour mettre en valeur les traits contemplés avec amour. Le portrait plastique est très différent de la photographie sous le rapport du temps. Il ne vise pas à fixer l'éphémère, son but est au contraire d'éliminer l'accidentel et le passager, de laver le visage humain des marques de l'instant. Le portraitiste s'efforce de dégager la valeur intemporelle d'une âme ou d'une apparence humaine, de les soustraire aux variations de la durée. Le portrait plastique est le résultat d'un travail de synthèse, une somme des instants qui modelèrent un visage, le raccourci d'une vie traversée par les succès et les échecs, par les douleurs et par les joies. Certains portraits nous donnent plus que le résumé d'une vie et d'un être, ils nous livrent en même temps l'image d'une époque et d'une civilisation.

On n'a pas toujours besoin d'une matérialisation de l'image. Chacun de nous porte en soi l'image d'êtres qui furent capables un jour d'éveiller notre intérêt ou notre passion. Ce portrait imaginaire, aussi réel que les autres, est fait parfois de la synthèse de plusieurs moments, mais le plus souvent le modèle reste fixé une fois pour toutes dans notre mémoire à l'âge et sous l'apparence qui déclenchèrent l'émotion.

Le portrait littéraire, de toute évidence, est très proche du portrait imaginaire, sous le rapport de la passion, du moins. L'amour ou la haine guide la plume du mémorialiste. Comme le portrait imaginaire et comme le portrait plastique, le portrait littéraire obéit au souci d'opérer une synthèse des moments heureux, le résumé d'une époque ou d'une civilisation dans sa fleur[2]. D'où le recours aux mêmes procédés de stylisation et de déformation pour aboutir au même résultat, à la confection d'une image soustraite à l'action pernicieuse[3] du temps. L'essentiel, c'est d'exécuter pour soi et pour les autres un portrait éternel, éternel et non pas instantané, mais d'une éternité qui porte quand même sa date, celle de la perfection de l'âge et de la vie.

Comme le portrait imaginaire encore, le portrait littéraire peut naître sous l'impulsion de la haine. L'écrivain éprouve le désir de laisser au jugement de la postérité l'image d'un être exécrable[4]. En dessinant le portrait d'un ennemi, l'écrivain assouvit sa haine ; il l'entretient chaque fois qu'il relit son écrit ou qu'il le fait lire à d'autres. Stylisation et déformation l'aideront à composer la caricature odieuse ou grotesque.

Le caractère le plus spécifique enfin du portrait littéraire est le souci de la vérité. Les amoureux, les polémistes, même guidés par l'amour et la haine, ont le respect de la vérité ; un mémorialiste ou un historien qui se pique d'impartialité[5] a le souci d'être vrai, même si la passion le pousse à déformer inconsciemment les caractères et les faits. Un portrait exécuté dans cette intention visera nécessairement à exprimer l'essence des modèles dans leur apparence physique et leur personnalité morale. L'instrument le plus propre est alors l'intelligence, qui permet de pénétrer par la psychologie l'être éternel parfois dissimulé sous l'apparence et de le restituer aux regards d'autrui.

D'après Henri Amer, « Littérature et portrait, Retz, Saint-Simon, Chateaubriand, Proust », revue *Études françaises*, mai 1967.

---

1. Désagrégation : décomposition, destruction.
2. Dans sa fleur : à son plus haut degré de développement.
3. Pernicieuse : ici destructrice.
4. Exécrable : détestable, odieux.
5. Se pique d'impartialité : affirme, revendique son objectivité.

LES CLÉS DU SUJET

Observer le texte à contracter

Énonciation	Texte à la 3e personne, avec une utilisation ponctuelle de la 1re personne du pluriel.
Thèse	Le portrait littéraire est une forme originale de portrait, qui se caractérise par son souci de vérité.

Composition

- 1. Le portrait photographique fixe un instant particulier de la vie de la personne photographiée. (§ 1)
- 2. Le portrait plastique, plus stylisé, s'efforce de fixer l'apparence du modèle de manière intemporelle. (§ 2)
- 3. Un portrait peut être une simple image mentale : celle qu'imprime en nous un être qui nous a marqués. (§ 3)
- 4. Le portrait littéraire reprend toutes les caractéristiques des portraits photographique, plastique et imaginaire. (§ 4-5)
- 5. La spécificité du portrait littéraire réside toutefois dans son souci de restituer la vérité et dans l'intelligence qu'il requiert. (§ 6)

Chercher des idées pour l'essai

1. La peinture des Hommes repose souvent sur une recherche de vérité

• Donnez des exemples des *Caractères* de La Bruyère ou d'autres œuvres du XVIIe siècle qui tendent, par la description de types humains, à l'universalité.

• Montrez, à l'aide d'exemples passés et/ou contemporains, comment la peinture des Hommes éclaire le fonctionnement d'une époque.

• Expliquez le lien entre ce « souci d'être vrai » et le désir d'instruire.

2. Mais cette peinture peut avoir d'autres motivations

• Nuancez en expliquant que l'écrivain qui peint les Hommes exprime avant tout sa sensibilité, un regard particulier sur le monde.

• Trouvez des exemples où l'évocation des comportements vise à faire rire ou à susciter l'indignation.

• Réfléchissez à l'idée que la peinture des Hommes peut aussi obéir à des intentions moins louables (recherche du succès, voyeurisme…). Vous pouvez donner des exemples contemporains non-littéraires.

7 CORRIGÉ **GUIDÉ**

1. CONTRACTION

Le portrait littéraire est singulier. Distinguons-le d'abord du portrait photographique, qui permet, au moyen d'une technique accessible à tous, d'isoler et de fixer un instant privilégié. En représentant des êtres aimés dans un espace et à un moment particulier de leur existence, le photographe exprime sa sensibilité [50].

Les arts plastiques, quant à eux, permettent à des artistes enthousiastes de concevoir de leurs mains des portraits, dont la priorité n'est pas l'exactitude, mais l'embellissement, quitte à user de simplifications. Le rapport au temps est aussi différent : leur objectif est d'atteindre l'intemporel en proposant [100] un condensé de tous les instants d'une existence.

Un portrait peut rester une simple image mentale : c'est le portrait imaginaire – synthétique ou instantané – que nous composons et mémorisons après la rencontre marquante d'un être.

C'est également la sensibilité qui guide l'écrivain dans la création d'un [150] portrait littéraire, lequel condense et stylise les instants emblématiques d'une vie. Ce portrait, à l'instar du portrait plastique et imaginaire, vise un caractère intemporel, tout en reflétant l'époque.

> **À NOTER**
> Observez bien les **indices énonciatifs** du texte (pronoms personnels, modes et temps verbaux) et veillez à les restituer dans votre contraction.

Cependant, ce qui le caractérise avant tout, c'est la recherche de vérité. L'écrivain entend dévoiler, au-delà [200] des apparences, la nature profonde, physique et morale, de l'être portraituré. Ce travail requiert une grande intelligence psychologique.

219 mots

2. ESSAI

Les titres des parties ne doivent pas figurer dans votre copie.

Introduction

La peinture des Hommes est au cœur de la production littéraire du XVIIe siècle, que cela soit dans *Les Caractères* de La Bruyère, les *Fables* de La Fontaine ou les comédies de Molière. Toutefois, comme le suggère le titre de l'ouvrage d'Henri Amer, « Littérature et portrait, Retz, Saint-Simon, Chateaubriand, Proust », cette thématique n'est pas l'apanage des moralistes classiques. Mais cette peinture des Hommes, si présente dans la littérature, obéit-elle toujours « au souci d'être vrai » ? Nous défendrons d'abord la thèse d'Henri Amer à travers différents exemples, pour envisager ensuite d'autres motivations pouvant animer les « peintres » de la nature humaine.

ÉCRIT

I. La peinture des Hommes repose souvent sur une recherche de vérité

• L'expression « peindre les Hommes », figurant dans le sujet, est à prendre au sens figuré : elle renvoie aux nombreux portraits humains que la littérature offre au cours des siècles, et notamment aux *Caractères* de La Bruyère dont la première publication date de 1688. Ce recueil, corrigé et enrichi par l'auteur tout au long de sa vie, présente une vaste collection de réflexions, maximes et portraits inspirés des *Caractères* du grec Théophraste (IVe siècle av. J.-C.). Le livre XI affiche l'ambition anthropologique de l'auteur de décrire la nature humaine dans toute sa vérité.

• Même si les contemporains de La Bruyère pouvaient sans doute reconnaître les individus visés par les portraits, ceux-ci cherchent d'abord à peindre des types humains universels. Ainsi, le portrait d'*Argyre* (83) qui « rit des choses plaisantes ou sérieuses pour faire voir de belles dents » représente le type même de la coquette, qui peut traverser les siècles et nous rappeler aujourd'hui la célèbre personnalité Nabilla ! De même, *Gnathon* (121) – qui « ne vit que pour soi » et qui est fort impoli lors des repas en faisant de la table « un râtelier » – fait penser à toutes les personnes égoïstes et sans éducation que nous pouvons rencontrer dans notre entourage.

> **DES POINTS EN +**
> L'humaniste **Montaigne** adopte, lui, le projet de « se peindre » lui-même dans ses *Essais* (1580), mais déclare œuvrer ainsi à la peinture de tous les hommes : « Chaque homme porte la forme entière de l'humaine condition. » (*Essais*, III, 2)

• Usant fréquemment de termes génériques et du présent de vérité générale, La Bruyère tente ainsi, tout au long de ce livre, de cerner au plus près l'être humain à travers les différents âges de la vie : l'enfance, la maturité, la vieillesse.

• Cette peinture des hommes permet d'éclairer l'époque. La Bruyère, à travers ses portraits, dessine ainsi en creux la figure idéale de l'honnête homme du XVIIe siècle, qui refuse les excès et recherche l'harmonie. Dans la remarque 78 par exemple, la violence de la calomnie est décrite comme « une chose monstrueuse », engendrant une vive colère chez les victimes qui se sentent injustement méprisées et humiliées.

• À l'époque classique, le « souci d'être vrai » procède souvent du désir d'instruire. Dans sa préface aux *Caractères*, La Bruyère affirme qu'« on ne doit parler, on ne doit écrire que pour l'instruction ». De même, les *Fables* de La Fontaine, où les travers humains sont plaisamment attribués à des animaux, entendent conjuguer le divertissement et la réflexion : ainsi, la cigale dépensière et inconséquente, et l'économe fourmi (« La Cigale et la Fourmi », livre I) nous invitent à méditer sur notre manière de vivre.

II. Mais cette peinture peut avoir d'autres motivations

> **CONSEIL**
> N'hésitez pas à faire **référence au texte de la contraction** pour soutenir votre propos ou exprimer votre désaccord avec la thèse défendue.

• L'écrivain qui peint les Hommes n'a toutefois pas vocation à se substituer à un scientifique : il décrit les hommes et la société à travers le prisme de sa sensibilité, un philtre embellissant ou déformant selon le cas, comme le mentionne Henri Amer dans son texte.

• Le romancier naturaliste Émile Zola affiche ainsi, dans ses romans, sa volonté de rendre compte de la réalité par une observation précise des hommes et des mécanismes sociaux, mais il le fait aussi en exprimant une vision particulière du monde. Le personnage de Nana, dans le roman éponyme publié en 1880, n'est pas seulement le portrait d'une prostituée. Il incarne aussi la théorie de l'hérédité défendue par Zola et sa vision pessimiste de la société. À la fin du roman, l'auteur décrit le cadavre en décomposition de Nana par une brève phrase qui révèle la dimension allégorique du personnage : « Vénus se décomposait. »

• D'autres auteurs veulent avant tout faire réagir leurs lecteurs. La peinture exacte des Hommes passe alors au second plan, au profit de procédés de persuasion destinés à amuser, choquer ou indigner. Dans *Tartuffe* (1669), Molière met en œuvre un comique de caractère qui dévoile toute l'hypocrisie du personnage : ce dernier feint en effet le zèle religieux en s'indignant devant le décolleté trop prononcé de la domestique, mais n'hésite pas à séduire sans scrupule la femme de son hôte.

• Pour finir, quittant le domaine de la littérature, on peut évoquer les émissions de téléréalité contemporaines. En suivant au quotidien des personnes anonymes ou des célébrités, plongées dans un cadre et des situations imposées par les producteurs des émissions, celles-ci ambitionnent en effet d'offrir une sorte de miroir grossissant de la société et des relations humaines. Mais l'objectif initial de ces émissions semble être dépassé au profit d'objectifs plus contestables : ces spectacles choisissent leurs participants pour faire de l'audimat et n'hésitent pas à accentuer et à exhiber les pires travers sans aucune visée morale.

Conclusion

Les auteurs classiques ou les romanciers réalistes du XIXe siècle, qui tous entreprennent de peindre les Hommes, sont d'abord animés par le « souci d'être vrai ». Mais leurs œuvres sont d'autant plus convaincantes qu'elles conjuguent cet objectif avec l'affirmation d'un regard artistique. Les dérives contemporaines de la téléréalité, qui prétend elle aussi « être vraie », ne doivent pas occulter l'intérêt qu'offrent les « portraits littéraires » qui permettent au lecteur de mieux se connaître et de s'interroger sur ses valeurs.

8 France métropolitaine, juin 2022
Contraction – Essai

Le combat pour l'égalité : quelle efficacité ?

4 heures
20 points

INTÉRÊT DU SUJET • Ce sujet vous permet de réfléchir à l'engagement pour l'égalité, à ses moyens d'action et à ses chances de réussir.

1. Contraction • Vous résumerez ce texte en 196 mots. Une tolérance de +/– 10 % est admise : votre travail comptera au moins 176 mots et au plus 216 mots.

Vous placerez un repère dans votre travail tous les 50 mots et indiquerez, à la fin de votre contraction, le nombre total de mots utilisés.

2. Essai • Martine Reid écrit : « George Sand milite sans relâche pour l'égalité, "beau rêve, dit-elle, dont je ne verrai pas la réalisation". » Selon vous, écrire et combattre pour l'égalité, est-ce viser forcément une efficacité immédiate ?

Vous développerez de manière organisée votre réponse à cette question, en prenant appui sur *La Déclaration des droits de la femme et de la citoyenne* d'Olympe de Gouges, sur le texte de l'exercice de la contraction et sur ceux que vous avez étudiés dans le cadre de l'objet d'étude « La littérature d'idées du XVIe au XVIIIe siècle ». Vous pourrez aussi faire appel à vos lectures et à votre culture personnelle.

DOCUMENT

Toute sa vie, George Sand s'est montrée très attentive à la condition des femmes de son temps. On en trouve d'innombrables preuves dans sa correspondance, mais aussi dans ses romans, dans sa monumentale *Histoire de ma vie* et dans les nombreux articles et brochures qu'elle a publiés.

George Sand s'intéresse particulièrement aux questions qui regardent la vie privée des femmes : le droit à la libre disposition de soi et de ses biens, le mariage et la maternité. Elle réclame inlassablement l'obtention des droits civils, dont le divorce (supprimé en 1816 et rétabli en 1884), qui feront des femmes les égales des hommes. Parce qu'à l'heure où elle écrit, celles-ci sont considérées comme « mineures », dépendantes de leur père puis de leur mari, comme le prévoit le Code civil en vigueur depuis 1804. George Sand juge qu'il est trop tôt pour réclamer pour les femmes des droits politiques, qui leur permettraient de voter et de se présenter aux élections.

Si elle réclame le divorce, elle juge toutefois que celui-ci ne doit être obtenu que pour pouvoir se remarier dans de meilleures conditions. Le « contrat social » qui lie un homme et une femme lui paraît absolument nécessaire. Le mariage assure à la femme un nom, un toit, du pain ; il assure aussi à ses enfants un devenir et un avenir stable. Quant aux femmes, elles doivent trouver dans cette structure l'équilibre qui convient au plein exercice de leur « nature », qui leur fait trouver le bonheur dans la maternité et l'éducation de leurs enfants. Ce combat relève avant tout pour George Sand de l'égalité, égalité des droits devant la loi, des époux dans le mariage, l'un ne pouvant disposer de l'autre comme de sa chose, notamment dans le domaine sexuel. Cette égalité va de pair à ses yeux avec l'égalité des conditions, la « cause de la femme et celle du peuple » offrant « une similitude frappante ».

Toutes les femmes attentives à ces questions ne sont pas du même avis. Les représentantes du saint-simonisme (mouvement d'inspiration socialiste) jugent bon de réclamer les droits politiques en même temps que les droits civils, et invitent par ailleurs, loin du mariage, à une certaine liberté dans le domaine sexuel. En février 1848, George Sand écrit régulièrement dans l'organe officiel du Gouvernement provisoire, le *Bulletin de la République*, et participe à la diffusion des idées socialistes ; les saint-simoniennes souhaitent que l'écrivaine se présente à la députation[1]. Parce qu'elle ne dispose pas des droits civils, et qu'elle considère qu'ils sont la condition de l'exercice des droits politiques, George Sand refuse. […]

En matière de « féminisme », George Sand n'est pas la plus audacieuse. Elle défend le mariage et la famille et voit dans leur refus une « déplorable fantaisie ». Elle distingue manifestement ce qu'elle a pu obtenir pour elle-même (une séparation légale), ce qu'elle a choisi de vivre (liberté affective, indépendance de ton et de conduite) de ce qu'elle souhaite pour les femmes des villes et celles de la campagne, auxquelles elle s'intéresse particulièrement.

Si elle n'est pas la plus audacieuse, elle est la plus efficace, et, de loin, la plus connue. Comme Hugo, Lamartine ou plus tard Zola, George Sand met au service de ses idées un talent exceptionnel et une matière romanesque considérable. Après avoir contesté le mariage dans ses premiers romans, elle élabore des scénarios dans lesquels les protagonistes finissent par se marier, mais non sans avoir travaillé d'abord, chacun à sa manière, à se trouver l'égal de son ou de sa partenaire. Tout oppose, par exemple, la petite Fadette, sauvageonne misérable, au fils de paysans fortunés amoureux d'elle, Landry Barbeau. Le roman de 1851 montre comment l'héroïne devient pourtant peu à peu l'égale de celui qu'elle finira par épouser, égale en savoir et en intelligence, mais aussi financièrement. Cette égalité passe notamment aux yeux de George Sand par une valorisation des savoirs traditionnels et des savoirs ménagers, pour lesquels elle imagine une rémunération dans *Nanon* (1872). Extrêmement attentive au quotidien des femmes, George Sand milite sans relâche pour l'égalité, « beau rêve, dit-elle, dont je ne verrai pas la réalisation ». Elle le fait en créant une revue, puis un journal d'opposition ; elle le fait en intervenant dans le débat public sous la forme de « lettres ouvertes » et de brochures ; elle le fait enfin par la création d'héroïnes pourvues « des meilleures qualités des deux sexes », courageuses, intelligentes et débrouillardes, amoureuses sans renoncer à leur indépendance, fières de ce qu'elles savent, de ce qu'elles font et de ce qu'elles aiment – féministes, incontestablement.

Martine Reid, « George Sand : le combat d'une romancière féministe », revue *Textes et documents pour la classe*, 15 septembre 2014.

---

1. Députation : fonction de député.

LES CLÉS DU SUJET

Observer le texte à contracter

Énonciation	Texte à la 3e personne, au présent de l'indicatif.
Thèse	George Sand a joué un rôle essentiel dans la conquête de l'égalité des droits entre les femmes et les hommes.
Composition	• 1. George Sand a beaucoup écrit pour que les femmes obtiennent plus de droits civils, afin d'assurer leur indépendance et la stabilité de leur mariage. (§ 1 à 3) • 2. D'autres femmes ont été beaucoup plus audacieuses dans leurs revendications. (§ 4 et 5) • 3. Mais la force de George Sand réside dans sa célébrité et son talent littéraire, mis au service de son engagement. (§ 6)

Chercher des idées pour l'essai

1. Se battre pour l'égalité exige des résultats rapides.

• Expliquez pour quelles raisons il peut y avoir parfois une urgence vitale à obtenir des progrès immédiats.

• Trouvez des exemples de lutte pour l'égalité dans des domaines différents : lutte pour l'égalité hommes-femmes, contre les injustices sociales, contre le racisme…

2. Mais certains combats demandent de la patience et du temps.

Demandez-vous quels obstacles peuvent empêcher les combats pour l'égalité d'obtenir des résultats rapides.

3. Ainsi, le combat est aussi affaire de transmission sur le long terme.

Trouvez des exemples de militants célèbres, morts aujourd'hui, mais dont on se souvient encore : comment sont-ils devenus des icônes ? Quel rôle ont-ils joué à leur époque et jouent-ils encore aujourd'hui ?

8 CORRIGÉ GUIDÉ

1. CONTRACTION

Dans nombre de ses écrits, George Sand s'est engagée pour l'égalité des droits entre les femmes et les hommes. Si elle défend l'institution du mariage, censée garantir aux épouses et à leurs enfants une existence rassurante et harmonieuse, elle n'en réclame pas moins pour elles le [50] droit au divorce, qui leur permettrait de s'émanciper de la tutelle de leurs maris. De même milite-t-elle contre les discriminations de classe.

Certes, bien des femmes de son temps sont allées plus loin dans leurs revendications, demandant par exemple l'égalité en matière politique, que refuse George Sand [100]. En comparaison, ses idées paraissent ainsi plus conventionnelles, quand elle défend des valeurs traditionnelles comme le mariage, qu'elle a pourtant peu respectées dans sa vie.

Mais ce qui la distingue des autres militantes, ce sont sa célébrité et son talent littéraire, qu'elle met à profit pour faire valoir [150] ses idées. Elle utilise ainsi des formes d'écriture très variées : articles journalistiques, textes argumentatifs divers, romans dont les héroïnes sont libres, égales aux hommes et dotées comme eux de qualités positives.

182 mots

2. ESSAI

Les titres des parties ne doivent pas figurer dans votre copie.

Introduction

Aujourd'hui, une nouvelle génération de jeunes militants, portés par l'exemple de Greta Thunberg, tente d'agir contre l'urgence climatique, mais les gouvernants tardent à prendre des mesures radicales et leur lenteur montre que les changements sont parfois longs à obtenir. En est-il de même dans le domaine plus particulier du combat pour l'égalité ? Peut-on espérer une efficacité immédiate, ou seul le temps peut-il remédier aux problèmes d'injustice ? Dans un premier temps, nous verrons que l'on peut, en s'engageant activement, obtenir des résultats rapides. Puis nous montrerons que ces combats demandent pourtant de la patience et que l'action est donc aussi une affaire de transmission.

I. Se battre pour l'égalité exige des résultats rapides.

Si ceux qui se battent pour l'égalité n'avaient pas l'espoir de progrès rapides, on peut craindre qu'ils ne s'engageraient pas avec autant de ténacité.

• C'est en effet, le sentiment d'urgence qui anime ces militants : combattre des situations d'inégalité, c'est vouloir changer l'existence souvent difficile de millions de personnes, c'est même parfois sauver des vies. Aux États-Unis, en 2020, l'affaire George Floyd, un afro-américain mort étouffé pendant une interpellation policière, a provoqué de nombreuses manifestations qui ont montré combien la communauté noire subit encore précarité et racisme de manière inquiétante, et qu'elle espère de rapides changements de mentalité et de comportement pour que les Noirs, comme les Blancs, puissent enfin vivre en paix et en sécurité.

> **À NOTER**
> Un ou deux **exemples** par paragraphe suffisent amplement, mais il faut penser à bien les développer, pour en faire une analyse détaillée.

• On comprend alors pourquoi le combat pour l'égalité possède une intensité particulière et se fait parfois de manière violente. Dans les années 1980-1990, l'association Act Up s'est battue pour l'égalité de traitements en matière médicale, accusant les laboratoires pharmaceutiques et les gouvernements de ne pas assez s'engager dans la lutte contre le sida sous prétexte que les homosexuels en étaient les principales victimes. L'activisme de ses membres a souvent choqué, mais ce sont ces provocations qui ont permis d'alerter l'opinion et d'obtenir des avancées significatives dans le domaine de la médecine et de la prévention, pour tous sans distinction.

II. Mais certains combats demandent de la patience et du temps.

Cependant le combat pour l'égalité implique un changement de mentalité qui, souvent, ne peut se faire rapidement.

• Dans toute société, il existe en effet des formes de résistance qui empêchent les progrès. Parfois même, c'est la société tout entière qui n'est pas prête au changement. Ainsi, quand Olympe de Gouges écrit sa *Déclaration des droits de la femme et de la citoyenne* pour lutter, notamment, contre les préjugés sexistes, elle s'attaque radicalement aux vieux fondements d'une société patriarcale. On comprend hélas pourquoi cette œuvre est passée inaperçue en son temps, voire pourquoi elle a été méprisée par des hommes qui refusaient de partager leurs droits et leurs pouvoirs avec les femmes.

• Ainsi, les militants ne peuvent pas toujours obtenir des résultats immédiats et doivent accepter que l'évolution se fasse progressivement, étape par étape. C'est ce que montre l'action de George Sand, très engagée pour que les femmes obtiennent plus de droits civils, mais persuadée qu'il était trop tôt, au XIXe siècle, pour qu'elles acquièrent des droits politiques. Il a d'ailleurs fallu attendre 1944 pour que le suffrage soit universel en France, quand Charles de Gaulle a signé une ordonnance accordant aux femmes le droit de vote.

III. Ainsi, le combat est aussi affaire de transmission sur le long terme.

Chaque combat doit être considéré au moment de son déroulement mais aussi à long terme : il sert d'abord à transmettre des valeurs et des modèles de lutte, dont les générations suivantes pourront s'inspirer.

• En effet, ceux qui se battent activement contre toutes les formes d'inégalité sont comme les maillons d'une longue chaîne : chacun reprend l'héritage de ses prédécesseurs et poursuit la lutte. Quand le président et poète sénégalais Léopold Sédar Senghor écrit « Élégie pour Martin Luther King » en 1979, il rend hommage au grand militant de la lutte pour les droits civiques des Noirs aux États-Unis, pour s'approprier ce combat et le relancer. Dans le domaine des inégalités sociales, Victor Hugo a montré, dans son épopée poétique *La Légende des siècles* (1859), que chaque siècle a dû combattre de nouvelles formes de despotisme et d'injustice, et que chaque héros est redevable des efforts réalisés par les combattants des générations précédentes.

> **À NOTER**
> Comme l'y invite le sujet, il est important d'utiliser des **exemples empruntés à l'histoire**, mais aussi des exemples d'écrivains engagés.

• Certains militants deviennent même des figures emblématiques, qui servent d'exemples inspirants aux générations suivantes, parfois des siècles après : l'efficacité de ces modèles peut donc être double, à la fois immédiat et sur le long terme. C'est le cas de Rosa Parks qui, en refusant de céder sa place de bus à un Blanc, comme la loi l'exigeait en 1955, est très vite devenue une figure majeure de la lutte contre la ségrégation raciale aux États-Unis : son image a été reproduite sur des timbres postaux ; on a donné son nom à de nombreuses écoles ; son visage est presque connu de tous aux États-Unis.

Conclusion

Ainsi, même si parfois la lutte ne s'accompagne pas de changements immédiats dans une société trop figée, il ne faut pas désespérer pour autant : les effets peuvent se produire sur le long terme, notamment par le souvenir de grandes figures du combat, devenues, avec le temps, des icônes inspirantes. À chacun, donc, d'être vigilant et de s'engager pour faire partie de cette longue histoire de la justice et de l'égalité.

9 Sujet d'écrit • Contraction – Essai

Enseigner, c'est résister

4 heures
20 points

INTÉRÊT DU SUJET • Ce sujet va vous permettre de réfléchir à l'importance de l'esprit critique à l'école : pourquoi et comment le développer ?

1. Contraction • Vous résumerez ce texte en 199 mots. Une tolérance de +/- 10 % est admise : votre travail comptera au moins 179 mots et au plus 219 mots.

Vous placerez un repère dans votre travail tous les 50 mots et indiquerez, à la fin de la contraction, le nombre total de mots utilisés.

2. Essai • Selon vous, comment l'école peut-elle permettre de passer « de la pensée captive à la pensée critique » ?

Vous développerez de manière organisée votre réponse à cette question en prenant appui sur les chapitres XI à XXIV du *Gargantua* de Rabelais, sur le texte de l'exercice de la contraction et sur ceux que vous avez étudiés dans le cadre de l'objet d'étude « La littérature d'idées du XVIe au XVIIIe siècle ». Vous pourrez aussi faire appel à vos lectures et à votre culture personnelle.

ÉCRIT

DOCUMENT

À côté [des dictateurs][1], les seigneurs de la publicité et du numérique paraissent jouer petit bras. Mais ne nous y trompons pas : ils racolent[2] nos jeunes à la certitude aussi efficacement que les séduisait, jadis, le joueur de flûte de Hamelin[3]. Ils colportent à grande vitesse les slogans les plus simplificateurs pour mettre les individus sous leur emprise. La sollicitation permanente des pulsions archaïques, la promesse du plaisir immédiat, la réduction du monde à ce qu'un slogan – ou un Tweet – permet d'en dire, la diffusion massive de fausses promesses et de vraies *fake news*[4], tout cela crée une addiction à l'évidence qui érode[5] toute velléité[6] critique. L'individu se croit libre parce qu'on flatte systématiquement ses caprices. Il croit revenir aux joies authentiques de l'enfance alors qu'il est maintenu sous séquestre[7] dans les filets de l'infantile. […]

Face à ces sirènes mensongères, l'éducateur paraît bien démuni. Il ne doit pas, pour autant, faire aux marchands de certitudes le cadeau de sa démission, ni même de son découragement. Je suis en fait profondément convaincu qu'il doit assumer délibérément sa fonction de résistant. Le philosophe américain et spécialiste des médias Neil Postman, auteur d'un ouvrage au titre prémonitoire, *Se distraire à en mourir*, avait écrit, dès 1979, un livre dont le titre français est plus que jamais d'actualité : *Enseigner, c'est résister*. Il y montrait que, dans toutes les sociétés, l'école ne joue véritablement son rôle que si elle prend le contre-pied des dérives qui la menacent. Jules Ferry n'a rien fait d'autre quand, dans un monde dominé par la superstition et la religiosité, il a voulu fonder l'enseignement sur la rationalité et la laïcité. C'est pourquoi, explique Postman, nous n'avons pas à avoir honte d'affirmer nos valeurs : la valeur du dialogue contre la collusion[8] des intolérances, la valeur de la culture contre celle des ignorances. […]

« Faire la classe » aujourd'hui n'est peut-être pas autre chose : instituer un espace-temps qui échappe – au moins un peu – au « bruit et [à] la fureur[9] » du monde pour qu'on y apprenne à parler et à vivre sans se sentir menacé par la terreur des certitudes. Construire un cadre suffisamment accueillant et sécure pour que chacun puisse se remettre en question sans être détruit dans son identité. Créer des relations assez apaisées pour que nul ne craigne d'affronter l'inquiétude et de se confronter à l'incertitude.

C'est ainsi que l'on apprendra à nos enfants à passer de la pensée captive[10] à la pensée critique, qui est à la source de tout progrès intellectuel. Car ce qui est une exigence absolue pour les scientifiques est, en réalité, une nécessité pour tous les citoyens dans un régime qui se veut démocratique. C'est pourquoi l'École a, sur ce point, un rôle fondateur : dans tous les enseignements et à tous les niveaux scolaires, elle doit mettre les enfants et les adolescents dans une posture de recherche active qui les amène à rencontrer l'imprévu et à se confronter à l'inconnu.

C'est pourquoi, aussi, elle doit introduire, bien plus systématiquement qu'elle ne le fait aujourd'hui, des expérimentations scientifiques et des débats à visée philosophique. De fait, face à la réalisation d'un montage électrique par exemple, les élèves butent toujours, plus ou moins, sur la résistance du réel à leurs velléités de toute-puissance : ils peuvent alors réviser leurs convictions à la lumière de ce qu'ils découvrent et se dégager quelque peu du dogmatisme[11] de l'ignorance. De même, quand ils sont contraints, au cours d'un échange rigoureusement préparé et animé, de reformuler le point de vue de l'autre avant de tenter de le réfuter, ils peuvent être déstabilisés et même, parfois, reconfigurer leur propre système de représentations. Ils font là l'apprentissage essentiel de la pratique de la « falsifiabilité[12] », dont l'épistémologue[13] Karl Popper a bien montré qu'elle était déterminante dans l'avancée de la connaissance : elle autorise, en effet, à émettre des hypothèses de toutes sortes dès lors que l'on s'astreint[14], méthodiquement, à rechercher ce qui pourrait les invalider. C'est cette capacité, si nécessaire et si difficile à acquérir, de *penser contre soi-même* qui constitue un des enjeux majeurs de l'éducation aujourd'hui. Il faut que nos enfants apprennent à l'exercer, tant sur les questions philosophiques et économiques, politiques et religieuses, qu'à toute petite échelle, chaque fois qu'à l'occasion d'une observation ou d'une manipulation, d'une enquête ou d'un débat, on leur permet de faire les premiers pas, même timides, vers leur émancipation : « Ah, je croyais… Mais ce n'est peut-être pas tout à fait ça… Il faut y réfléchir… »

Philippe Meirieu, *Ce que l'école peut encore pour la démocratie*,
chapitre 2 « Les certitudes ne font pas le printemps »,

---

1. Philippe Meirieu vient d'évoquer les dictateurs qui enferment le peuple dans de fausses certitudes pour mieux l'asservir.
2. Racolent : attirent.
3. Le joueur de flûte de Hamelin : personnage d'une légende allemande qui attire tous les enfants de la ville, en jouant de la flûte, pour les enlever à leurs parents.
4. *Fake news* : fausses informations.
5. Érode : affaiblit.
6. Velléité : volonté.
7. Sous séquestre : prisonnier.
8. Collusion : complot.
9. Au « bruit et [à] la fureur » : allusion à des vers de Shakespeare, extraits de *Macbeth*, qui comparent la vie à « une histoire racontée par un idiot, pleine de bruit et de fureur, et qui ne signifie rien ».
10. Pensée captive : pensée prisonnière de l'ignorance ou des préjugés.
11. Dogmatisme : système de pensée qui rejette le doute et la critique.
12. Falsifiabilité : capacité à montrer par l'expérimentation qu'une hypothèse est fausse.
13. Épistémologue : philosophe qui étudie l'histoire et les méthodes des sciences.
14. S'astreint : s'oblige.

LES CLÉS DU SUJET

Observer le texte à contracter

Énonciation	Texte à la 1re personne.
Thèse	Enseigner, c'est apprendre à sortir des certitudes et à penser de manière critique.
Composition	1. Le monde de la publicité et du numérique enferme les jeunes dans de fausses certitudes afin de les maintenir en leur pouvoir. (l. 1-13, paragraphe 1) 2. Le philosophe Neil Postman montre qu'enseigner, c'est résister aux tentatives d'emprisonner la pensée. (l. 14-29, paragraphe 2) 3. L'école doit créer un cadre où les élèves puissent développer leur pensée critique, et les encourager dans cette démarche. (l. 30-46, paragraphes 3 et 4) 4. Pour atteindre cet objectif, l'école doit proposer aux élèves des expérimentations scientifiques et des débats qui les incitent à remettre en question leur système de pensée. (l. 47-71, paragraphe 5)

Chercher des idées pour l'essai

1. Rendre les élèves actifs dans leur apprentissage.

• Expliquez les risques d'une transmission unilatérale du savoir, où l'élève apprend sans questionnement ni dialogue. Donnez des exemples en vous appuyant sur l'éducation de Gargantua.

• Montrez les bienfaits des démarches de recherche et intéressez-vous à l'utilisation des outils numériques.

2. Garder l'école ouverte sur le monde extérieur.

• Réfléchissez à l'idée « d'un espace-temps qui échappe » au monde extérieur.

• Nuancez les propos de Philippe Meirieu en montrant qu'une ouverture sur le monde est nécessaire pour rester en lien avec la réalité des élèves, et pour nourrir leur réflexion.

9 CORRIGÉ GUIDÉ

1. CONTRACTION

Les univers de la publicité et du numérique séduisent les jeunes par de fausses certitudes : ils les enferment dans une ignorance infantile en réduisant leur vision du monde à des slogans et en flattant leurs désirs.

Je pense que l'éducateur a le devoir de résister aux tentatives de manipuler [50] les esprits. C'est ce que défendait le philosophe Neil Postman en montrant que l'école doit s'opposer aux dérives qui la mettent en péril et promouvoir les valeurs du dialogue et de la culture.

> À NOTER
> La **référence** à Neil Postman est importante dans l'argumentation de Philippe Meirieu et doit être mentionnée.

Pour cela, il faut que l'École constitue un cadre préservé du monde extérieur, [100] où chacun se sente assez en confiance pour se confronter à l'autre et risquer de se remettre en question. Ce développement de l'esprit critique est nécessaire au progrès intellectuel et à la démocratie. Pour y parvenir, l'École doit toujours placer les élèves dans une démarche de recherche [150] active.

Il faut donc pratiquer l'expérimentation scientifique et les débats philosophiques qui favorisent la remise en question des certitudes en poussant les élèves à élaborer et vérifier des hypothèses, à reformuler ou réfuter des points de vue. Cette capacité à penser contre soi-même, dans tous les domaines et [200] à tout âge, est essentielle à acquérir à l'École.

210 mots

2. ESSAI

Les titres des parties ne doivent pas figurer dans votre copie.

Introduction

L'école a aujourd'hui la mission de transmettre le savoir, mais aussi l'ambition de former les citoyens de demain pour qu'ils soient actifs et responsables au sein d'une société démocratique. Elle doit donc apprendre aux futurs citoyens à penser par eux-mêmes. On peut alors s'interroger avec Philippe Meirieu : comment l'école permet-elle de passer « de la pensée captive à la pensée critique » ? Je pense que l'élève doit être actif dans son apprentissage, mais aussi qu'il doit évoluer dans un cadre qui reste ouvert sur le monde.

I. Rendre les élèves actifs dans leur apprentissage.

• Pour que les élèves puissent développer leur esprit critique, je pense qu'il est primordial de les rendre actifs dans leur apprentissage.

• En effet, l'école ne doit pas reposer sur une transmission unilatérale du savoir. Rabelais défendait ce point de vue, dès le XVIe siècle, en mettant en scène l'échec des précepteurs sophistes dans l'éducation du jeune Gargantua. Dans le chapitre XIV, ses maîtres abrutissent le héros de lectures savantes et de textes à apprendre par cœur ou à copier, sans jamais solliciter sa réflexion. Plus Gargantua étudie, plus il devient sot et ignorant. Il reste dans une pensée captive. À l'inverse, le sage Ponocrates invite systématiquement Gargantua à discuter de ses lectures afin de développer une pensée critique, selon les principes de l'éducation humaniste.

DES POINTS EN +
On pourrait également évoquer la **lettre de Gargantua** à son fils dans *Pantagruel*, qui l'invite à mesurer ses progrès dans des discussions publiques (chap. VIII).

• Inspirée par cet idéal, l'école publique cherche aujourd'hui à rendre les élèves plus actifs, en construisant les programmes non seulement sur les connaissances, mais aussi sur les compétences, et en développant les projets à réaliser en groupes. Cependant, elle a encore des progrès à faire pour que chaque élève se sente véritablement impliqué dans son apprentissage.

• Je rejoins donc Philippe Meirieu sur la nécessité de placer l'élève en situation de recherche pour qu'il se confronte à la difficulté et se remette en question. J'ajouterais qu'il faut l'inciter à développer des stratégies de recherche. De nos jours, certains élèves ont tendance à se tourner vers Internet sans vérifier leurs sources et restent dans une « pensée captive » en étant persuadés que tout ce qu'ils trouvent sur la Toile est fiable.

• Cette situation a incité des pédagogues à alerter sur les dangers de la surconsommation des outils numériques. Dans *La Fabrique du crétin digital,* Michel Desmurget attire l'attention des parents sur les dangers des écrans quand ils sont utilisés avec excès : loin de développer les capacités intellectuelles des enfants, ils réduisent la concentration, nuisent au développement du langage, et provoquent des troubles du comportement. Ainsi le passage de la pensée captive à la pensée critique implique-t-il une lutte contre les certitudes et un combat contre le goût de la facilité.

II. Garder l'école ouverte sur le monde extérieur.

• Rendre l'élève actif est une première étape, mais elle n'est pas suffisante si l'école reste fermée sur elle-même. Je suis convaincu(e) que, pour développer l'esprit critique, il ne faut jamais perdre de vue la tradition humaniste qui invite à l'ouverture sur le monde.

• Je nuancerais donc les propos de Philippe Meirieu lorsqu'il écrit qu'enseigner c'est « instituer un espace-temps qui échappe – au moins un peu – au " bruit et [à] la fureur " du monde ». Certes l'école doit constituer un cadre sécurisant, favorable à l'échange, mais elle ne doit pas se couper du monde. Je pense au contraire qu'il est important qu'elle reste très ouverte sur ce qui se passe à l'extérieur. Par ailleurs, la lutte de l'école contre les dérives qui la menacent passe par une connaissance et une analyse de celles-ci. C'est pourquoi l'enseignant doit faire le lien entre son enseignement et la vie de ses élèves pour susciter l'envie d'exercer leur esprit critique.

CONSEIL
Nuancer un **propos du texte à contracter** peut être un bon point de départ pour développer un argument.

• Le roman de François Bégaudeau *Entre les murs*, adapté au cinéma en 2008 par Laurent Cantet, rend compte de la difficulté de communication entre un enseignant et ses élèves dans un collège d'une zone d'éducation prioritaire à Paris. Le fossé qui existe entre les connaissances enseignées et le savoir des élèves est source de tensions, comme en témoigne la scène du cours consacré à l'imparfait du subjonctif, temps inconnu des élèves et trop éloigné de leur quotidien. Le titre du roman renvoie à la nécessité d'ouverture de l'école : quand celle-ci n'est qu'un lieu coupé du monde, imposant « entre les murs » un enseignement érudit, elle est vouée à l'échec.

• En outre, il me semble capital que cette ouverture sur le monde confronte les élèves à d'autres cultures, d'autres façons de penser, notamment grâce à des sorties et des voyages organisés par l'école. C'est par un voyage à Paris que débute la véritable éducation de Gargantua. Rencontrer des gens qui vivent et parlent différemment, et échanger avec eux dans la bienveillance poussent à s'interroger sur son propre mode de vie et de pensée.

Conclusion

En conclusion, je pense, comme Philippe Meirieu, qu'il est nécessaire de mettre l'élève dans une démarche active pour passer d'une pensée captive à une pensée critique, et qu'il est important que l'école s'oppose à tout ce qui véhicule des idées toutes faites. De plus, elle devrait rester au contact de ce qui se passe dans le monde afin que les jeunes, sans cesse confrontés à de nouvelles façons de penser, aient du recul sur la leur. Cette réflexion ne se limite pas à l'école : la mobilité professionnelle, la mobilité géographique et les échanges interculturels sont également très utiles pour permettre à chacun d'évoluer et de remettre en question ses préjugés.

10 Sujet d'écrit • Contraction – Essai

La nature humaine est-elle immuable ?

4 heures
20 points

INTÉRÊT DU SUJET • Ce sujet va vous permettre de réfléchir à la nature humaine et à la conception qu'en avait La Bruyère. L'être humain est-il voué à ne jamais changer ?

1. Contraction • Vous résumerez ce texte en 193 mots. Une tolérance de +/– 10 % est admise : votre travail comptera au moins 174 mots et au plus 212 mots.

Vous placerez un repère dans votre travail tous les 50 mots et indiquerez, à la fin de la contraction, le nombre total de mots utilisés.

2. Essai • Pensez-vous, comme La Bruyère, que la nature humaine est immuable ?

Vous développerez de manière organisée votre réponse à cette question en prenant appui sur le livre XI des *Caractères* de La Bruyère, sur le texte de l'exercice de la contraction et sur ceux que vous avez étudiés dans le cadre de l'objet d'étude « La littérature d'idées du XVIe au XVIIIe siècle ». Vous pourrez aussi faire appel à vos lectures et à votre culture personnelle.

DOCUMENT

Dans cet entretien, J. M. Delacomptée s'interroge sur l'actualité des Caractères *de La Bruyère et, en particulier, sur l'immuabilité de la nature humaine.*

La vie est un théâtre, affirmait-on à l'âge classique. Ou bien, pour plagier Shakespeare, le monde entier est un théâtre, tous les hommes, toutes les femmes sont des acteurs. Notre société du spectacle en témoigne mieux qu'aucune autre. La Bruyère dit la même chose, mais pas seulement. S'appuyant sur les *Caractères* de Théophraste, philosophe grec disciple d'Aristote, qu'il a traduits pour les présenter en avant-scène de ses propres *Caractères*, il pose comme un fait établi que le cœur de l'homme n'a jamais changé et ne changera jamais. La nature humaine est ce qu'elle est, immuable. Dieu a modelé l'homme (et la femme) avec ses tares[1] et ses vertus, sans qu'aucune puissance ne puisse modifier sa nature. Ce qui peut évoluer, en revanche, ce sont les comportements. D'où le devoir du moraliste, qui consiste à tendre au public, pour qu'il se réforme, un miroir qui reflète parfaitement l'âpre[2] réalité des choses. Dire que le cœur de l'homme reste identique à lui-même en tous lieux, en tout temps, revient à prendre acte de motivations, de réactions, d'attitudes en tous points semblables aujourd'hui à ce qu'elles étaient à l'époque de Théophraste, personnage de l'antiquité, comme de La Bruyère, personnage du XVIIe siècle. Mais revient aussi à condamner les tentatives prométhéennes[3] visant à changer l'homme. Les exemples monstrueux que nous offre l'histoire du XXe siècle valent enseignement définitif. Les comportements peuvent s'améliorer, pas le fond. « Qui a vécu un seul jour, a vécu un siècle, même soleil, même terre, même monde, mêmes sensations, rien ne ressemble mieux aujourd'hui que demain », écrit La Bruyère. À travers le temps, les corps restent les mêmes, comme le soleil et les cœurs. Voici encore, à titre d'illustration, ces lignes de Marguerite Yourcenar dans les *Mémoires d'Hadrien* : « La substance, la structure humaine ne changent guère. Rien de plus stable que la courbe d'une cheville, la place d'un tendon, ou la forme d'un orteil. Mais il y a des époques où la chaussure déforme moins ». Cette moindre déformation, appelons-la le progrès possible. Les mœurs peuvent tantôt régresser, tantôt s'améliorer. Mais la structure, elle, ne bouge pas.

[…]

[La Bruyère] dénonce l'injustice croissante, l'inégalité scandaleuse des conditions de vie, les abus de toutes sortes. Un homme comme lui, profondément chrétien, regardait nécessairement en arrière. Il plaçait le règne de la justice dans l'antiquité biblique, quand la société pastorale, pieusement rassemblée autour de la Loi[4] sous l'autorité des patriarches, respectait l'ordre immémorial des traditions et coutumes. Ce n'est pas prétendre pour autant que l'égalité régnait. Car, observe-t-il avec une lucide assurance, « une certaine inégalité dans les conditions qui entretient l'ordre et la subordination[5], est l'ouvrage de Dieu, ou suppose une loi divine : une trop grande disproportion, et telle qu'elle se remarque parmi les hommes, est leur ouvrage, ou la loi des plus forts ». Ce qui caractérise l'espèce humaine, c'est l'outrance[6], qui confine à la déraison alors même que l'homme se croit supérieur aux animaux par l'exercice de la raison.

ÉCRIT

Cette croyance se révèle un leurre[7] : le propre de l'homme est de se méconnaître, de s'aveugler sur sa valeur. Par nature il n'est ni bon, ni juste, ni honnête, ni généreux, mais menteur, présomptueux[8], infidèle, avide, etc. Et cela depuis toujours, avec toutefois une aggravation continue.

Aux yeux du moraliste qu'était La Bruyère, la vie à la Cour comme à la Ville ne cessait de se dégrader. Pour lui c'était mieux avant, « au temps de nos pères », selon l'expression consacrée qu'on retrouve par exemple chez Montaigne, auquel il se réfère et qu'il admire assez pour s'aventurer à le pasticher[9] avec un incroyable brio. L'époque le consterne[10], l'effondrement de tous les principes moraux le scandalise. Assistant à l'irrésistible promotion de la bourgeoisie d'affaires, il constate avec effarement[11] la violence du culte de l'argent, la cruauté des misères, l'énormité des disparités de destins. La situation vous paraît-elle très différente de celle qui prévaut aujourd'hui ? La cupidité sans bornes, l'égoïsme vorace, le narcissisme qui s'exhibe à tout va, l'obscénité du cynisme étalé, les écarts de fortune insensés, le goût effréné du pouvoir, le matérialisme le plus plat, le plus vain, en sommes-nous délivrés ? Notre époque souffre beaucoup moins que celle de La Bruyère, elle est infiniment moins dure, nettement moins sauvage, mais s'ils sont moins brutaux, les travers qu'il dénonce subsistent en sous-main.

Extrait de « Chez La Bruyère, la nature humaine est immuable »,
entretien avec Jean-Michel Delacomptée ; propos recueillis par Paul Sugy
© Paul Sugy / lefigaro.fr / 06.09.2019.

---

1. Tares : défauts.
2. Âpre : pénible, déplaisante.
3. Prométhéennes : du personnage mythologique, Prométhée, qui vola aux dieux le feu sacré pour le donner aux hommes.
4. La Loi : désigne les commandements donnés par Dieu au peuple juif dans la Bible.
5. Subordination : état de dépendance.
6. Outrance : excès.
7. Leurre : illusion.
8. Présomptueux : qui a une trop haute opinion de soi.
9. Pasticher : imiter le style d'un écrivain.
10. Consterne : désole.
11. Effarement : stupéfaction.

LES CLÉS DU SUJET

Observer le texte à contracter

Énonciation	Texte à la 3e personne.
Thèse	Comme La Bruyère, l'auteur soutient que le cœur de l'homme n'a jamais changé et ne changera jamais. Seuls les comportements humains peuvent évoluer.
Composition	1. La nature humaine a été définie une fois pour toute et le moraliste doit inciter les hommes à améliorer la seule chose qui peut l'être : leurs mœurs. (l. 1-33, paragraphe 1) 2. La Bruyère considère que l'homme se méprend sur sa véritable nature et accroît les injustices et les inégalités à cause de ses excès. (l. 35-53, paragraphe 2) 3. L'auteur des *Caractères* dénonce la déchéance morale des hommes de son temps. Ces travers restent d'actualité même si la société contemporaine est moins dure que celle du XVIIe siècle. (l. 54-70, paragraphe 3)

Chercher des idées pour l'essai

■ **1. La nature humaine : des caractères permanents sous des apparences variables.**

• Cherchez des traits qui vous semblent permanents dans la nature humaine à toutes les époques.

• Donnez des exemples en vous appuyant notamment sur les caractères décrits par La Bruyère.

■ **2. La perfectibilité : un trait essentiel de l'homme.**

• Demandez-vous quelle peut être l'ambition du moraliste ou de l'écrivain qui examine la nature humaine et peint la comédie sociale.

• Cherchez ce qui peut amener l'homme à modifier sa nature. Quelles activités peuvent encourager ses progrès ?

10 CORRIGÉ GUIDÉ

1. CONTRACTION

Fin observateur de la comédie sociale, La Bruyère considère que la nature humaine a été fixée pour toujours avec ses qualités et ses défauts. À l'inverse, les mœurs peuvent changer.

> À NOTER
> La Bruyère n'a pas le statut d'exemple dans le texte : il sert d'**argument** et de support à la réflexion. Il doit donc être mentionné dans votre contraction.

Le moraliste a donc pour fonction de renvoyer à ses contemporains une image fidèle de leurs travers pour les inciter [50] à corriger leurs comportements. Seuls ces derniers sont susceptibles d'amélioration. Tous les efforts pour modifier le cœur de l'homme sont voués à l'échec car son fond reste immuable.

Se référant à un idéal biblique, La Bruyère condamne les injustices et les abus des hommes de son temps. Si [100] l'inégalité peut trouver sa source dans une volonté divine, son accroissement considérable au fil des siècles est d'origine humaine. En effet, l'homme se définit par ses excès bien plus que par l'usage de sa raison, et il ne cesse de s'illusionner sur sa nature.

L'[150]auteur des *Caractères* jugeait sévèrement son époque marquée par le creusement des inégalités économiques et le cynisme des plus riches. La toute-puissance de l'argent et le culte du moi ont-ils disparu aujourd'hui ? Si les mœurs se sont adoucies, les défauts de l'homme demeurent.

197 mots

2. ESSAI

Les titres des parties ne doivent pas figurer dans votre copie.

Introduction

À l'époque classique, les moralistes entreprennent de décrire à travers leurs œuvres le cœur de l'homme : la nature humaine s'y trouve dépeinte sans fard et se révèle dans toute sa complexité. Doit-on penser, à la suite de La Bruyère, l'auteur des *Caractères*, que la nature humaine est immuable ? Pour le déterminer, nous nous demanderons d'abord si nous pouvons distinguer chez l'être humain des traits permanents, en dépit de comportements très variés à travers les âges. Puis, nous nous interrogerons sur la capacité de l'homme à s'améliorer et sur ses conséquences.

I. La nature humaine : des caractères permanents sous des apparences variables.

• Au-delà de l'instabilité des apparences, s'affirment, à travers les siècles, des caractères qui nous semblent immuables chez l'adulte aussi bien que chez l'enfant : de nos jours, les enfants « rient et pleurent facilement », « ont des joies immodérées et des afflictions amères sur de très petits sujets » (*Les Caractères*, remarque 50), comme ceux qui vivaient au temps de La Bruyère. Par ailleurs, la « férocité avec laquelle les hommes traitent d'autres hommes » (remarque 127) apparaît toujours, hélas, d'actualité.

• L'outrance, l'excès, semble être une autre caractéristique de la nature humaine : elle « confine à la déraison » ainsi que l'explique Jean-Michel Delacomptée dans son entretien au *Figaro*. Dans sa remarque 124, La Bruyère campe le portrait de « N** », un homme qui, en dépit de la maladie, multiplie les grands travaux : « Ce n'est pas pour ses enfants qu'il bâtit, car il n'en a point [...] : c'est pour lui seul, et il mourra demain. » Le moraliste dénonce ainsi l'ambition déraisonnable qu'il a pu observer chez ses contemporains.

• De nos jours, de nombreuses personnalités de la téléréalité soutiennent une notoriété fraîchement acquise en se donnant en spectacle sur les réseaux sociaux. Pour attirer l'attention du public, elles se livrent à des excès de tous ordres : langagiers, esthétiques et comportementaux.

• La Rochefoucauld, autre moraliste du Grand Siècle, a consacré plusieurs séries de maximes à l'amour propre qu'il définissait comme un trait essentiel de l'homme. Ce point de vue nous paraît toujours pertinent car le culte du moi s'observe plus que jamais à l'heure d'Instagram où chaque cliché est l'occasion de se mettre en scène, de valoriser son mode de vie ou de vanter ses talents, à grand renfort de cadrages et de filtres flatteurs.

• Sur son compte Instagram *les.caractères*, la comédienne et scénariste Lison Daniel renoue avec la tradition classique en proposant des portraits de types contemporains : Jérôme le coach sportif, Gaëtan le professeur de théâtre, Rébecca la trentenaire parisienne... Derrière des filtres déformants, se retrouvent les mêmes travers que ceux pointés par son illustre prédécesseur littéraire. Ainsi, Julien de Marseille « désire au-delà de sa portée » comme Télèphe dans *Les Caractères* (remarque 141).

> DES POINTS EN +
> N'hésitez pas à utiliser des **références contemporaines** pour relier les textes étudiés en classe à l'actualité.

• Doit-on considérer dès lors que les écrits des moralistes ne sont voués qu'à décrire un organe « vide et plein d'ordure », comme l'écrit Pascal dans ses *Pensées* ? Aucun progrès n'est-il envisageable pour le cœur humain ?

ÉCRIT

II. La perfectibilité : un trait essentiel de l'homme.

• Si l'on peut discerner des traits permanents chez les hommes, il nous semble néanmoins que l'aptitude de l'être humain à s'améliorer constitue l'une de ses caractéristiques essentielles. Dans son traité intitulé *Émile ou De l'éducation*, le philosophe des Lumières Jean-Jacques Rousseau affirme que la capacité de l'homme à se perfectionner, le hisse au-dessus de la condition animale. La perfectibilité serait inscrite dans la nature humaine et apparaîtrait comme l'instrument de sa réforme. Cette qualité proprement humaine s'observe notamment dans le domaine du sport : par l'entraînement, l'effort, la volonté, le sportif améliore ses performances et ses résultats.

• En nous invitant à porter un regard clairvoyant sur nous-mêmes, la littérature peut nous engager à devenir meilleurs. L'ambition du moraliste, par exemple, est de nous faire prendre conscience de nos défauts, mais c'est également l'objectif qui anime un dramaturge tel que Molière lorsqu'il offre une satire des travers humains afin d'inciter l'homme à se corriger.

• Pour autant, il ne s'agit pas de nier notre nature première et immuable mais d'en cultiver une seconde, celle de notre être social. C'est, pour l'homme, l'occasion de développer des vertus morales telles que la modestie ou la tempérance, souvent louées par les écrivains.

• L'éducation joue, dans ce domaine, un rôle primordial : par la transmission de savoirs et de valeurs, l'apprentissage de savoir-faire et de manières d'être, l'homme perfectionne sa nature et développe ses talents. C'est ainsi que la politesse, qui pourrait être perçue comme de l'hypocrisie par La Bruyère, manifeste plutôt notre aptitude au respect mutuel.

• Dans le champ de la création, l'art n'est pas une somme d'artifices, mais un reflet de l'intelligence et de la sensibilité humaines. Il constitue bien la preuve que nous sommes capables d'aller au-delà de notre nature, de notre instinct et de nos pulsions négatives pour atteindre le Beau.

Conclusion

La nature humaine semble bien présenter des traits constants dans le temps. Pourtant, la perfectibilité s'affirme également comme un trait propre à l'homme. Les écrivains, les sportifs et les artistes sont bien les témoins d'une humanité qui cherche à s'élever au-dessus de son état. Même l'artifice, tant décrié par La Bruyère, peut avoir une fonction positive chez certains écrivains. Dans un texte intitulé « Éloge du maquillage », publié dans *Le Peintre de la vie moderne*, Baudelaire soutient ainsi que l'artifice permet de corriger les imperfections de la nature pour s'approcher de la Beauté.

S'indigner contre les inégalités

4 heures
20 points

INTÉRÊT DU SUJET • Ce sujet vous invite à réfléchir à ce qui peut susciter l'engagement, notamment pour défendre les droits de l'homme et lutter contre les inégalités dans le monde.

▶ 1. Contraction • Vous résumerez ce texte en 206 mots. Une tolérance de +/– 10 % est admise : votre travail comptera au moins 185 mots et au plus 227 mots.

Vous placerez un repère dans votre travail tous les 50 mots et indiquerez, à la fin de la contraction, le nombre total de mots utilisés.

▶ 2. Essai • Selon vous, quel rôle les écrivains peuvent-ils jouer dans la lutte pour l'égalité ?

Vous développerez de manière organisée votre réponse à cette question en prenant appui sur la *Déclaration des droits de la femme et de la citoyenne* d'Olympe de Gouges, sur le texte de l'exercice de la contraction et sur ceux que vous avez étudiés dans le cadre de l'objet d'étude « La littérature d'idées du XVIe au XVIIIe siècle ». Vous pourrez aussi faire appel à vos lectures et à votre culture personnelle.

DOCUMENT

[…] Je vous souhaite à tous, à chacun d'entre vous, d'avoir votre motif d'indignation. C'est précieux. Quand quelque chose vous indigne comme j'ai été indigné par le nazisme, alors on devient militant, fort et engagé. On rejoint ce courant de l'histoire et le grand courant de l'histoire doit se poursuivre grâce à chacun. Et ce courant va vers plus de justice, plus de liberté mais pas cette liberté incontrôlée du renard dans le poulailler. Ces droits, dont la Déclaration universelle a été rédigée en 1948, sont universels. Si vous rencontrez quelqu'un qui n'en bénéficie pas, plaignez-le, aidez-le à les conquérir. […]

C'est vrai, les raisons de s'indigner peuvent paraître aujourd'hui moins nettes ou le monde trop complexe. Qui commande, qui décide ? Il n'est pas toujours facile de distinguer entre tous les courants qui nous gouvernent. Nous n'avons plus affaire à une petite élite dont nous comprenons clairement les agissements. C'est un vaste monde, dont nous sentons bien qu'il est interdépendant. Nous vivons dans une interconnectivité comme jamais encore il n'en a existé. Mais dans ce monde, il y a des choses insupportables. Pour le voir, il faut bien regarder, chercher. Je dis aux jeunes : cherchez un peu, vous allez trouver. La pire des attitudes est l'indifférence, dire « je n'y peux rien, je me débrouille ». En vous comportant ainsi, vous perdez l'une des composantes essentielles qui fait l'humain. Une des composantes indispensables : la faculté d'indignation et l'engagement qui en est la conséquence.

On peut déjà identifier deux grands nouveaux défis :

1. L'immense écart qui existe entre les très pauvres et les très riches et qui ne cesse de s'accroître. C'est une innovation des XXe et XXIe siècle. Les très pauvres dans le monde d'aujourd'hui gagnent à peine deux dollars par jour[1]. On ne peut pas laisser cet écart se creuser encore. Ce constat seul doit susciter un engagement.

2. Les droits de l'homme et l'état de la planète. J'ai eu la chance après la Libération d'être associé à la rédaction de la Déclaration universelle des droits de l'homme adoptée par l'Organisation des Nations unies, le 10 décembre 1948, à Paris, au palais de Chaillot. [...] C'est à René Cassin[2] que nous devons le terme de droits « universels » et non « internationaux » comme le proposaient nos amis anglo-saxons. Car là est bien l'enjeu au sortir de la Seconde Guerre mondiale : s'émanciper des menaces que le totalitarisme a fait peser sur l'humanité. Pour s'en émanciper, il faut obtenir que les États membres de l'ONU s'engagent à respecter ces droits universels. C'est une manière de déjouer l'argument de pleine souveraineté qu'un État peut faire valoir alors qu'il se livre à des crimes contre l'humanité sur son sol. Ce fut le cas d'Hitler qui s'estimait maître chez lui et autorisé à provoquer un génocide. Cette déclaration universelle doit beaucoup à la révulsion[3] universelle envers le nazisme, le fascisme, le totalitarisme, et même, par notre présence, à l'esprit de la Résistance. Je sentais qu'il fallait faire vite, ne pas être dupe de l'hypocrisie qu'il y avait dans l'adhésion proclamée par les vainqueurs à ces valeurs que tous n'avaient pas l'intention de promouvoir loyalement, mais que nous tentions de leur imposer.

Je ne résiste pas à l'envie de citer l'article 15 de la Déclaration universelle des Droits de l'homme : « Tout individu a droit à une nationalité » ; l'article 22 : « Toute personne, en tant que membre de la société, a droit à la Sécurité sociale ; elle est fondée à obtenir la satisfaction des droits économiques, sociaux et culturels indispensables à sa dignité et au libre développement de sa personnalité, grâce à l'effort national et à la coopération internationale, compte tenu de l'organisation et des ressources de chaque pays. » Et si cette déclaration a une portée déclarative, et non pas juridique[4], elle n'en a pas moins joué un rôle puissant depuis 1948 ; on a vu des peuples colonisés s'en saisir dans leur lutte d'indépendance ; elle a ensemencé[5] les esprits dans leur combat pour la liberté.

Je constate avec plaisir qu'au cours des dernières décennies se sont multipliés les organisations non gouvernementales, les mouvements sociaux comme Attac (Association pour la taxation des transactions financières), la FIDH (Fédération internationale des Droits de l'homme), Amnesty[6]… qui sont agissants et performants. Il est évident que pour être efficace aujourd'hui, il faut agir en réseau, profiter de tous les moyens modernes de communication.

Aux jeunes, je dis : regardez autour de vous, vous y trouverez les thèmes qui justifient votre indignation — le traitement fait aux immigrés, aux sans-papiers, aux Roms. Vous trouverez des situations concrètes qui vous amènent à donner cours à une action citoyenne forte. Cherchez et vous trouverez !

Stéphane Hessel, *Indignez-vous !*, © Éditions Indigène, 2010.

---

1. Deux dollars par jour : cette donnée est toujours d'actualité. Le seuil d'extrême pauvreté a été réévalué à 1,9 dollar (soit 1,57 €) par jour par la Banque mondiale en 2018.
2. René Cassin (1887-1976) : homme politique, juriste et diplomate français.
3. Révulsion : violent dégoût, rejet catégorique.
4. La Déclaration universelle des droits de l'homme énonce des droits mais n'a pas le pouvoir de les faire appliquer. Les pays signataires ne s'engagent que moralement à les faire respecter.
5. Ensemencé : inspiré.
6. Amnesty International : une organisation non gouvernementale qui lutte pour la défense des droits de l'homme dans le monde.

LES CLÉS DU SUJET

Observer le texte à contracter

Énonciation	Texte à la 1re personne.
Thèse	Il faut s'indigner et s'engager contre les injustices.
Composition	• 1. L'indignation est essentielle pour défendre les droits de l'homme (l. 1-10, paragraphe 1). • 2. Dans la complexité du monde actuel, les jeunes ne doivent pas sombrer dans l'indifférence, mais chercher des sujets d'indignation et d'engagement (l. 11-24, paragraphe 2) ; • 3. Premier sujet d'indignation : l'extrême pauvreté dans le monde (l. 25-30, paragraphes 3 et 4) • 4. Deuxième sujet d'indignation : le respect des droits de l'homme (l. 31-62, paragraphes 5 et 6) • 5. Aujourd'hui, il existe des moyens pour agir et des raisons de s'indigner (l. 63-74, paragraphes 7 et 8).

Chercher des idées pour l'essai

■ 1. Grâce à leur talent, les écrivains peuvent dénoncer efficacement les inégalités.

• Expliquez par quels moyens littéraires les écrivains peuvent mettre leur plume au service d'une cause qu'ils estiment juste.

• Interrogez-vous notamment sur l'efficacité argumentative des différents genres littéraires pour dénoncer les inégalités.

■ 2. En tant qu'intellectuels reconnus, ils peuvent lancer des appels à plus de justice.

Donnez des exemples de textes engagés de grands auteurs ayant pris la défense de victimes d'injustice.

■ 3. L'engagement personnel des écrivains peut servir de modèle à leurs lecteurs.

Montrez que de grands auteurs peuvent incarner des valeurs à défendre et nourrir la réflexion sur la nécessité de s'engager.

11 CORRIGÉ **GUIDÉ**

1. CONTRACTION

Indignez-vous. Je pense que l'indignation est nécessaire pour s'engager dans la défense des droits de l'homme.

Dans un monde très complexe, il est difficile d'identifier les cibles de nos luttes. Mais il ne faut surtout pas sombrer dans l'indifférence. J'invite donc les jeunes [50] à chercher des motifs d'indignation : l'engagement est en partie ce qui fonde notre humanité.

On peut s'indigner de l'extrême pauvreté dans le monde, et des inégalités qui se creusent actuellement entre pauvres et riches. Il faut lutter contre cet écart. On peut aussi défendre les droits [100] de l'homme. Adoptée par l'ONU après la Seconde Guerre mondiale, la Déclaration universelle des droits de l'homme entendait lutter contre les menaces totalitaires. Lors de sa rédaction, à laquelle j'ai participé, le choix du mot « universelle » était important pour obliger les États signataires à en respecter [150] les valeurs, quelle que soit leur politique intérieure. Cette Déclaration promeut notamment le droit à une nationalité et à une Sécurité sociale. Les peuples luttant pour leur indépendance s'en sont inspirés.

> **À NOTER**
> Les articles de la *Déclaration universelle des droits de l'homme* cités par Stéphane Hessel doivent être réduits au maximum.

Dans notre monde moderne, les ONG, les réseaux de lutte, soutenus par les moyens de communication actuels, sont [200] nombreux et efficaces.

Jeunes gens, ouvrez les yeux, indignez-vous et agissez !

212 mots

2. ESSAI

Les titres des parties ne doivent pas figurer dans votre copie.

Introduction

L'une des fonctions de la littérature est de susciter la réflexion chez ses lecteurs. Elle peut ainsi contribuer à faire évoluer les mentalités. Nous pouvons dès lors nous demander si les écrivains ont un rôle à jouer dans la lutte pour l'égalité. En premier lieu, je pense qu'ils ont, grâce à leur talent, le moyen de dénoncer efficacement les injustices. Par ailleurs, le statut d'intellectuel reconnu peut leur servir à lancer des appels en faveur des causes qu'ils défendent. Enfin, les écrivains peuvent incarner un modèle d'engagement.

I. Grâce à leur talent, les écrivains peuvent dénoncer efficacement les inégalités.

Les écrivains maîtrisent le pouvoir des mots : leur talent littéraire met en valeur leurs idées.

• Lorsqu'ils s'expriment sur l'inégalité, leur discours marque les esprits. Jean-Jacques Rousseau, par exemple, dans son *Discours sur l'origine et les fondements de l'inégalité parmi les hommes* (1755) et dans son essai *Du contrat social* (1762), adopte un ton didactique pour mieux convaincre ses lecteurs, en usant de maximes percutantes telles que « les fruits sont à tous, et la terre n'est à personne », ou « l'homme est né libre, et partout il est dans les fers ». Le jeu sur les oppositions frappe les lecteurs, et ces mots restent gravés dans les mémoires. Dans son *Discours sur le colonialisme* (1950), Aimé Césaire choisit un ton plus polémique. Il dénonce avec virulence les violences de la colonisation, et son propos prend parfois une dimension épique.

> **DES POINTS EN +**
> Les **citations** donnent du poids à votre essai. Apprenez-en quelques-unes au cours de l'année.

• Les auteurs peuvent aussi dénoncer les inégalités de façon indirecte à travers des récits, par exemple. Le plaisir de la fiction se mêle alors à la réflexion qui en émane. Dans son roman *Germinal* (1885), Émile Zola décrit l'univers des mines de charbon dans le Nord de la France, à la fin du XIXe siècle. Le lecteur découvre la misère du monde ouvrier et accompagne les protagonistes dans leur lutte pour leurs droits et leurs conditions de travail. Le discours social prend ainsi une dimension très humaine. De nos jours, la contre-utopie est un moyen efficace de dénoncer les injustices en montrant les conséquences désastreuses qu'elles pourraient avoir dans le futur. Alain Damasio, dans son roman *Les Furtifs* (2019), nous fait découvrir un univers de fiction gouverné par l'ultra-capitalisme. Des groupes de résistants s'organisent pour développer des espaces communautaires plus justes, en s'appropriant par la force des logements luxueux réservés aux riches, ou en réaménageant des terrains laissés à l'abandon. La dystopie fait ici écho aux mouvements altermondialistes actuels.

> **À NOTER**
> N'hésitez pas à puiser des exemples dans la **littérature contemporaine.**

II. En tant qu'intellectuels reconnus, les écrivains peuvent lancer un appel à plus de justice.

Je pense également que les écrivains, en tant qu'intellectuels reconnus, peuvent bénéficier d'une large audience lorsqu'ils appellent à lutter contre les inégalités.

• La littérature offre de nombreux exemples de prises de position de grands auteurs face à des injustices. Voltaire a pris la défense de Jean Calas, un protestant accusé à tort d'avoir tué son fils converti au catholicisme en 1761. De même, Émile Zola s'est violemment opposé à la condamnation du capitaine juif Alfred Dreyfus pour trahison. Le romancier a dénoncé un complot judiciaire antisémite dans son célèbre article intitulé « J'Accuse… ! », paru dans le journal *L'Aurore* en 1898. Voltaire et Zola ont tous deux montré que les convictions religieuses des accusés étaient à l'origine des injustices subies. Parce qu'ils étaient des écrivains reconnus, leur voix a été entendue. J. Calas a malheureusement été exécuté mais il a pu être réhabilité après sa mort ; A. Dreyfus a été innocenté en 1906.

• Des écrivains se sont également engagés dans la défense des droits de l'homme à travers des déclarations ou des manifestes. En 1791, Olympe de Gouges a écrit la *Déclaration des droits de la femme et de la citoyenne*, sur le modèle de la *Déclaration des droits de l'homme et du citoyen*, afin de revendiquer l'égalité juridique entre femmes et hommes. Si cette œuvre n'a rencontré que peu d'écho à la fin du XVIIIe siècle, elle est aujourd'hui considérée comme un texte fondateur de la pensée féministe. Au XXe siècle, les manifestes signés par des intellectuels engagés se sont multipliés. Le *Manifeste des 121*, par exemple, a été rédigé par Maurice Blanchot et Dionys Mascolo en 1960 pour défendre le droit à l'insoumission dans la guerre d'Algérie, et soutenir la lutte de ce pays en vue de son indépendance. Il a été signé par des écrivains tels que Jean-Paul Sartre, Simone de Beauvoir, Nathalie Sarraute ou encore Marguerite Duras.

III. L'engagement personnel des écrivains peut servir de modèle à leurs lecteurs.

Je pense enfin que l'écrivain peut devenir un modèle pour ses lecteurs et que son engagement peut susciter des prises de conscience.

• Ainsi Victor Hugo ne fascine-t-il pas seulement par ses talents littéraires mais aussi par son engagement politique. Élu à l'Assemblée législative, il a su prendre la parole pour dénoncer l'extrême pauvreté d'une partie de la population parisienne dans son discours du 9 juillet 1849, intitulé « Détruire la misère ». Son combat contre la peine de mort est également resté célèbre à travers ses discours, ses poèmes et ses romans (*Claude Gueux* et *Le Dernier Jour d'un condamné*) : Hugo y montre l'injustice d'un tel châtiment face à des délits, souvent mineurs, commis dans la misère.

• Un siècle plus tard, Jean-Paul Sartre théorise la nécessité d'engagement comme une composante essentielle de la condition humaine, et prend lui-même parti contre le racisme, l'antisémitisme, ou encore les inégalités causées par le capitalisme. Stéphane Hessel défend la même idée dans son essai *Indignez-vous !* Pour lui, l'inégalité sous toutes ses formes doit être un sujet d'indignation et de combat.

Conclusion

En conclusion, je pense que les trois atouts majeurs des écrivains dans la lutte contre les inégalités sont leur talent littéraire, leur aptitude à toucher un large public et leur capacité à incarner un modèle. Leur engagement peut avoir un retentissement réel dans la société. En effet, ce combat en faveur de l'égalité est, à mon sens, destiné à servir d'inspiration à des actions concrètes.

Musset, *Les Nuits*, « Nuit de décembre »

4 heures
20 points

INTÉRÊT DU SUJET • Un extrait d'un très long poème au rythme lancinant et répétitif qui, au fur et à mesure de son déroulement, accroît la solitude et le destin funèbre du poète romantique.

Commentez ce texte de Musset, extrait de *Les Nuits*, en vous aidant du parcours de lecture ci-dessous.

- Analysez la solitude du poète.
- Étudiez la thématique du destin dans ce poème.

DOCUMENT

Les Nuits *sont composées de quatre longs poèmes* (Nuit de décembre, de mai, d'août, d'octobre). *L'extrait étudié est le début de* Nuit de décembre, *sans doute la plus belle et la plus sombre des quatre* Nuits.

LE POÈTE

Du temps que j'étais écolier,
Je restais un soir à veiller
Dans notre salle solitaire.
Devant ma table vint s'asseoir
Un pauvre enfant vêtu de noir,
Qui me ressemblait comme un frère.

Son visage était triste et beau :
À la lueur de mon flambeau,
Dans mon livre ouvert il vint lire.
Il pencha son front sur sa main,
Et resta jusqu'au lendemain,
Pensif, avec un doux sourire.

Comme j'allais avoir quinze ans
Je marchais un jour, à pas lents,
Dans un bois, sur une bruyère.
Au pied d'un arbre vint s'asseoir
Un jeune homme vêtu de noir,
Qui me ressemblait comme un frère.

Je lui demandai mon chemin ;
Il tenait un luth d'une main,
De l'autre un bouquet d'églantine.
Il me fit un salut d'ami,
Et, se détournant à demi,
Me montra du doigt la colline.

Musset, *Les Nuits*,
« Nuit de décembre » (extrait), 1835-1837.

LES CLÉS DU SUJET

Définir le texte

- **Époque** : 1re moitié du XIXe siècle
- **Contexte** : le romantisme

Structure : sizains d'octosyllabes, rimes suivies puis embrassées (aabccb)

Carte d'identité du texte

Tonalités : lyrique, pathétique

Thème : la solitude du poète

Construire le plan

La problématique est la suivante : Le poème, à la première personne, retrace deux étapes de la vie du poète, l'enfance et l'adolescence, au cours desquelles il a croisé un personnage « vêtu de noir qui [lui] ressemblait comme un frère ». On est donc tenu à se demander quel rôle joue ce « frère » dans le poème comme dans la vie du poète.

❶ La solitude du poète	• Montrez que le poème exprime la profonde solitude du poète. • Demandez-vous si l'apparition peut vraiment briser la solitude du poète. • Expliquez en quoi l'apparition pourrait être un double du poète.
❷ La poésie comme destin	• Repérez les caractéristiques autobiographiques du poème. • Expliquez comment la structure du poème permet de montrer deux portraits du poète en deux âges différents. • Expliquez en quoi la dernière strophe est une allégorie de la poésie lyrique.

12 CORRIGÉ **FLASH**

Les titres en couleur ou entre crochets ne doivent pas figurer sur la copie.

Introduction

[Présentation du contexte] Dans les années 1835-1837, quand Musset, poète et dramaturge, écrit *Les Nuits*, après sa rupture douloureuse avec George Sand, le romantisme bat son plein.

[Présentation du texte] *Les Nuits* sont composées de quatre longs poèmes, sous forme de dialogue entre le poète et sa muse. Dans les quatre sizains qui ouvrent la « Nuit de décembre », le poète se trouve face à un être étrange qui semble plus une apparition qu'un être réel.

[Problématique] Nous nous demanderons quel est le sens de cette apparition.

[Annonce du plan] Nous verrons qu'elle est paradoxalement l'expression de la solitude du poète [I] et qu'elle surgit aux moments clés de la vie du poète pour le conduire dans le chemin de la poésie [II].

I. La solitude du poète

> ▶ **Le secret de fabrication**
>
> Le poème donne l'impression d'une grande solitude. Pourtant, le poète est toujours accompagné. On est conduit à se demander pourquoi l'impression de solitude persiste et quelle peut être la relation que le poète entretient avec cet étrange compagnon.

1. Un univers solitaire

• Le poème, à la première personne, donne la parole au poète, qui se présente d'emblée comme « solitaire ». En effet, non seulement l'adjectif apparaît dès le premier sizain mais il y occupe une place centrale (au vers 3) et est mis en valeur par sa position à la rime et en fin de phrase.

• Un autre aspect contribue à mettre l'adjectif en valeur : syntaxiquement, il peut aussi bien qualifier la salle (« notre salle solitaire ») que l'écolier lui-même. Le déterminant « notre » est la seule indication d'une famille, mais cette indication rend encore plus sensible la solitude de l'écolier, dans cette salle désertée.

• Sans qu'il soit besoin de répéter l'adjectif, on comprend immédiatement que le « bois » (v. 15), lieu de promenade du jeune homme est aussi désert que l'était la salle. Cet effet est dû en partie à l'emploi du déterminant indéfini (<u>un</u> jour, <u>un</u> bois, <u>une</u> bruyère) qui interdit toute relation personnelle aux lieux.

2. Un frère ?

• Pourtant un autre personnage, revient de manière lancinante dans le poème. Dans la strophe 2, c'est un « pauvre enfant » ; dans la quatrième strophe, c'est « un jeune homme ». Dans les deux cas, la proposition relative du dernier vers affirme une ressemblance si grande entre ce personnage et le « je » qu'il peut être qualifié de « frère », dernier mot du sizain et qui en constitue la chute.

• La chute et le refrain, puisque les trois derniers vers du premier sizain sont identiques aux trois derniers vers du troisième sizain à l'indication de lieu près (devant ma table / au pied d'un arbre). Les deux compléments de lieu se moulent dans le même cadre rythmique (premier hémistiche de l'octosyllabe) et apportent donc une simple variation à la reprise anaphorique.

• Mais si ce personnage ressemble au poète « comme un frère », s'il est très présent, il ne semble pas pouvoir briser sa solitude puisque dans le premier sizain « frère » est mis à la rime avec « solitaire ». De plus, le comparatif « comme » ne fait pas du personnage toujours « vêtu de noir » un frère. Mais alors qui est-il ?

3. Ou un double ?

• Bien que le terme « frère » connote une relation intime et une forte proximité entre deux individus, le « je » et cet autre ne partagent rien : les nombreux déterminants possessifs marquent la séparation : l'autre pose « sa » main sur « son » front, mais pas sur le livre qui reste la possession du « je » : « mon livre ».

À NOTER
On parle de leitmotiv quand un même thème, ou un même motif, revient de manière lancinante dans un texte ou dans une musique.

• De plus, aucune parole n'est échangée, comme on peut le remarquer dans la seconde strophe. Dans la quatrième strophe, si le poète s'adresse bien à l'autre (v. 19), celui-ci ne lui répond que par des gestes « un salut d'ami » (v. 22) et un geste du bras, qui ne supposent pas de contact entre les deux êtres.

• Plus qu'une personne réelle, cet autre serait alors le double du poète. Car s'il ressemble au poète, n'est-ce pas le portrait du poète que nous lisons dans la strophe 2 : un être « pensif », au « doux sourire », au visage « triste et beau » ?

[Transition] Le poète semble donc s'effacer derrière ce double, mais se voyant en ce miroir sans doute apprend-il qui il est.

II. La poésie comme destin

> ▶ **Le secret de fabrication**
> Une fois repéré le caractère autobiographique du poème, on doit se demander quel portrait du poète il propose et quel sera son destin.

1. Un poème autobiographique

• Ce début de poème trace comme la biographie de l'auteur, le passage du temps est marqué par l'utilisation de l'imparfait (v. 1), d'un futur proche dans le passé (v. 13) qui correspondent à des étapes importantes : l'enfance et le passage à l'adolescence.

• Le passage du temps est aussi rendu sensible par le rythme répétitif des vers 1 à 3 et des vers 9 à 11. Sont donnés dans le même ordre, et à la même place dans le vers : l'époque (écolier / quinze ans), le moment précis (un soir / un jour), le lieu (dans notre salle / dans un bois).

• L'utilisation du passé simple, « vint s'asseoir » marque comme une intrusion du double dans la vie du « je ». Le double grandit avec l'auteur, à l'écolier correspond un pauvre enfant ; à l'adolescent de quinze ans correspond un jeune homme

2. Un double autoportrait

• Les détails de couleurs, des objets, les adverbes de lieu qui permettent d'installer personnage et objets dans un cadre, la position des personnages, leurs gestes tout contribue à faire de ce poème un tableau, ou plutôt deux tableaux, comme deux stations dans le destin du poète.

• Chaque tableau forme un diptyque. Le premier est un face-à-face ; la première partie est le portrait de l'écolier lisant dans une salle vide, la nuit. La seconde partie

> **MOT CLÉ**
> Un diptyque est un tableau composé de deux panneaux dont les thèmes se complètent.

ÉCRIT

du diptyque précise la lumière – un clair-obscur – ajoute un personnage dont la position est celle du penseur. La couleur est le noir, le tableau est statique.

• Le second tableau présente une scène d'extérieur, un personnage se promène, la bruyère suggère l'automne et ses couleurs. L'arrivée du double, dans la seconde partie du diptyque, anime un peu la scène ; lui, est assis, se tourne de moitié et fait un geste du bras. L'églantine, le luth, la colline, suggèrent un paysage plus coloré. L'avenir sera-t-il plus riant ?

3. Le destin de poète

• C'est bien la question que le poète pose à l'apparition. Demander son « chemin » a en effet ici un double sens : le sens propre correspond au contexte, une promenade dans un bois, le sens figuré est évidemment le chemin à prendre dans sa vie. Vers quel destin se diriger ?

• Or, c'est la poésie elle-même qui est assise au pied de l'arbre. Le « jeune homme » a les attributs du poète : le luth, instrument de musique qui renvoie à la lyre d'Orphée, le bouquet d'églantine, symbole de l'amour. La colline qu'il indique du doigt renvoie au Parnasse, mont qui, dans la mythologie grecque, accueille les poètes.

• C'est donc une allégorie de la poésie qui est présentée au jeune garçon de quinze ans comme la voie qu'il doit suivre, son destin. Un destin empreint de mélancolie, de méditation, et de solitude, trois caractéristiques de la poésie romantique.

Conclusion

[Synthèse] Les quatre premières strophes du long poème de Musset, sont une sorte de mise en scène de son destin de poète et vont chercher dans son enfance ce qui le prédisposait à devenir poète : son goût de la solitude, de la lecture et de la méditation.

[Ouverture] Ce sont donc bien les « mémoires d'une âme » que nous lisons, cette âme romantique dont Musset se fait le porte-parole et dont il a cherché à rendre compte dans *La Confession d'un enfant du siècle* paru en 1836.

13 Sujet d'écrit • Commentaire

Éluard, *Pouvoir tout dire*, « Bonne Justice »

4 heures
20 points

INTÉRÊT DU SUJET • Après une série de malheurs, comment ne pas désespérer ? Éluard mobilise les ressources de la poésie pour nous donner des raisons d'espérer en ce qu'il appelle une « Bonne Justice ».

Commentez ce texte de Paul Éluard, extrait de *Pouvoir tout dire*, en vous aidant du parcours de lecture ci-dessous.

- En quoi ce poème est-il une leçon de vie ?
- Montrez que, tout en étant philosophe, Éluard reste poète et artiste.

DOCUMENT

Paul Éluard après avoir été pendant de longues années profondément désespéré par la mort de sa femme Nusch en 1946, apprend, grâce à des amis et à un nouvel amour qu'il épouse en 1951, à retrouver avec une sage lucidité le chemin de l'espoir et de la confiance en l'homme.

C'est la chaude loi des hommes
Du raisin ils font du vin
Du charbon ils font du feu
Des baisers ils font des hommes

C'est la dure loi des hommes
Se garder intact malgré
Les guerres et la misère
Malgré les dangers de mort

C'est la douce loi des hommes
De changer l'eau en lumière
Le rêve en réalité
Et les ennemis en frères

ÉCRIT

Une loi vieille et nouvelle
Qui va se perfectionnant
Du fond du cœur de l'enfant
Jusqu'à la raison suprême.

Paul Éluard, *Pouvoir tout dire*, « Bonne Justice », 1951 © Éditions Gallimard.

LES CLÉS DU SUJET

Définir le texte

Carte d'identité du texte

- **Époque :** 2e moitié du XXe siècle
- **Genre :** poème en vers réguliers
- **Type de texte :** descriptif, argumentatif
- **Buts :** donner une leçon de vie, définir la « bonne justice »
- **Thèmes :** la vie, l'humanité
- **Tonalités :** didactique, lyrique
- **Autres adjectifs :** imagé, pessimiste, optimiste

Construire le plan

1 Une leçon de vie et de vérité

- Montrez que le poème prend la forme d'une leçon.
- La vision du monde qui se dégage du poème est-elle négative ou positive, pessimiste ou optimiste ?

2 Peinture, musique et poésie

- En quoi ce poème se rapproche-t-il de la peinture ?
- Pourquoi peut-on parler d'un poème « musical » ?
- Quelle conception du poète et de la poésie se dégage implicitement de ce poème ?

13 CORRIGÉ GUIDÉ

Les titres en couleur ou entre crochets ne doivent pas figurer sur la copie.

Introduction

[Présentation du contexte] Les époques troublées poussent les poètes à s'engager. Ainsi Éluard, aux côtés d'Aragon, de Tardieu, de Desnos…, publie-t-il clandestinement en 1943 un recueil de poèmes de lutte et de résistance (dont son fameux « Liberté »). Les guerres finies, il poursuit sa quête d'une poésie ancrée dans la réalité (*Les Sentiers et les Routes de la poésie*, 1952).

[Présentation du texte] Dans son court poème en vers « Bonne justice », il fait un bilan lucide des « lois » (au sens large et non strictement juridique) qui régissent la vie des « hommes ».

[Annonce du plan] En observateur attentif du monde, il reconnaît que tout dans la vie n'est pas « merveille », mais qu'il faut garder espoir [I]. Cette « leçon » de vie, qui est à la fois peinture et musique, contient aussi un art poétique implicite [II].

I. Une leçon de vie et de vérité

> **▶ Le secret de fabrication**
> Il s'agit de montrer qu'Éluard propose une sorte de « leçon de vie » à son lecteur et d'en dégager le contenu philosophique et moral.

1. Un poème en forme de « leçon »

• Ce poème en vers réguliers est construit sur l'anaphore en tête de trois premières strophes d'une structure syntaxique identique « C'est la [adjectif] loi des hommes », comme si le poète procédait par définitions successives suivies d'exemples pour cerner la notion qu'il approfondit. La dernière strophe se distingue des précédentes par sa forme (phrase nominale) ; elle propose une synthèse à partir des trois strophes précédentes.

• Éluard emploie le présent de vérité générale (« font ») mais aussi l'infinitif, mode impersonnel et intemporel, qui désigne une action dans sa nature et non dans sa temporalité (« se garder » / « changer »).

• L'absence d'intervention directe du poète (le poème ne comporte aucune marque grammaticale de la 1re personne du singulier) donne au propos la valeur d'une vérité immuable. Néanmoins, Éluard étudie les lois humaines dans leur progression au fil de la vie (« Qui va se perfectionnant / Du fond du cœur de l'enfant / Jusqu'à la raison suprême »).

2. Fatalisme et optimisme

• Le poète accepte les misères de la vie avec un fatalisme lucide : c'est une « loi », c'est-à-dire une norme qui règle la vie individuelle et la vie collective. La récurrence du mot, comme un refrain, souligne son caractère inévitable.

• Cependant la leçon du poète est empreinte d'optimisme. Il a l'espoir d'un futur meilleur : la plupart des vers marquent la progression du négatif au positif, la transformation de la réalité brute (le « raisin » devient « vin », le « charbon », feu » qui réchauffe), du mal en bien (« ennemis » / « frères », « mort » / « intact »). Éluard place aussi son espoir dans l'entraide : de telles transformations sont les fruits d'un travail collectif des « hommes » (mot mis en relief à la rime à quatre reprises, avant de se transformer en « frères »).

• Ainsi, le poème résonne comme une profession de foi en l'homme dont il souligne la perfectibilité (« va se perfectionnant »). Éluard croit en l'amélioration des rapports humains ; il pense que la loi « nouvelle » sera comprise et acceptée de tous car l'homme est doué d'une « raison suprême » (l'expression est hyperbolique). Cette « loi nouvelle », fruit d'un large consensus, aboutira à la « Bonne justice », sereine et équilibrée, qu'annonce le titre.

3. Une profession de foi sans dieu

• Dans ce tableau de l'humanité, Dieu n'est pas mentionné : seule demeure la « Justice » qu'une majuscule transforme en figure tutélaire, au seuil du poème. L'homme est l'unique artisan de cette évolution qui aboutit à la perfection.

• Pourtant, le poème a les accents d'un hymne religieux. Éluard s'approprie de nombreux éléments chargés d'une connotation sacrée, présents dans la Bible : le « vin » (image du sang du Christ), « l'eau » purificatrice (du baptême), la « lumière » (du Saint-Esprit qui éclaire), le « feu » (qui purifie)…

• Il écrit donc un hymne profane et laïc, un credo matérialiste et humaniste, un « aime ton prochain » qui est dicté non par Dieu mais par le poète inspiré… qui est aussi un de ces hommes.

II. Peinture, musique et art poétique

> **▶ Le secret de fabrication**
> On étudie ici comment ce poème fait référence à d'autres arts et esquisse une conception de la poésie.

1. Des évocations graphiques

• Passionné par les arts graphiques et la peinture, Éluard avait conçu son poème comme un calligramme symbolique : les strophes s'enroulaient en une spirale parfaite qui culminait sur les derniers mots « raison suprême » – étape ultime de l'humanité en marche vers le progrès. Le poème garde des traces de ce travail visuel : quatre quatrains (4 × 4 vers) composent une sorte de carré poétique, qui rend d'emblée visible l'équilibre vers lequel tend la leçon d'humanité qu'il contient.

> **MOT CLÉ**
> Un calligramme est un poème-dessin qui, par la disposition des mots, reproduit la forme de ce qui est le sujet du poème (ex : « La pluie » d'Apollinaire).

• Les trois premières strophes constituent comme de rapides « croquis » souvent en contraste. Se succèdent une scène champêtre (« raisin, vin »), une scène d'intérieur en hiver (« charbon/feu »), puis une scène amoureuse (« baisers/hommes »), un champ de bataille, un paysage naturel plein de vie (« eau/lumière »), enfin une scène de réconciliation (« ennemis/frères »)…

2. Des airs de musique

• Les poèmes d'Éluard, comme celui-ci, ont été souvent mis en musique. De fait « Bonne Justice » a l'aspect d'une chanson avec une suite de couplets, des mots et formules-refrains (« C'est la loi », « hommes », « ils font »).

• Éluard y joue sur les sonorités : lorsqu'il évoque des réalités positives, il recourt à des rimes féminines qui prolongent un son doux à l'oreille (« hommes », « lumière », « frères », « nouvelle », « suprême ») ; il multiplie les rimes intérieures ou les échos **sonores** dans un même vers (raisin/vin ; charbon/font ; guerres/misère ; malgré/dangers ; vieille/nouvelle) en jouant sur des allitérations (sonorités dures en « r » : garder, malgré, guerres, misère, mort) ou des assonances.

3. Un art poétique

Enfin, de la lecture du poème se dégage implicitement un art poétique. Quels principes essentiels Éluard y défend-il ?

• Le poète puise son inspiration dans le quotidien, la « réalité » : la vie concrète (v. 2-3 ; v. 10) ; la vie affective et les réalités de l'amour (v. 4).

• Le poète doit « Pouvoir tout dire » (titre d'un poème d'Éluard, art poétique explicite cette fois autour des mêmes thèmes), sans chercher à embellir ou à « poétiser » (le terme est péjoratif pour Éluard).

• La poésie doit aborder des sujets sérieux : la vie, la « mort », « la guerre », la « justice », la « misère »… Et le poète doit s'engager : à la fois philosophe et artiste, il doit délivrer aux hommes des leçons de vie.

• En même temps qu'un hymne à la gloire de l'homme, le poème implicitement est l'affirmation d'une confiance en la parole poétique qui éclaire et peut guider les « hommes » sur la voie de la « Bonne Justice ».

Conclusion

[Synthèse] Ce poème est à la fois une leçon de vie, une peinture, un hymne, à travers lesquels se dessine un art poétique.

[Ouverture] Éluard semble confirmer la conception de la poésie de Théodore de Banville : « La poésie est à la fois musique, statuaire, peinture, éloquence […] ; aussi est-ce le seul art, complet, nécessaire, et qui contient tous les autres ». C'est ce qui en fait la force et la beauté.

ÉCRIT

Verlaine, *La Bonne Chanson*, poème X

4 heures
20 points

INTÉRÊT DU SUJET • Verlaine, éloigné de la jeune fille qu'il aime, transforme ses souffrances et ses doutes en un poème-chanson aux accents lyriques.

Commentez ce texte de Verlaine, extrait de *La Bonne Chanson,* en vous aidant du parcours de lecture ci-dessous.

- Quels sentiments provoque l'absence de l'être aimé ?
- Comment le poète exprime-t-il sa douleur ?

DOCUMENT

Les poèmes du recueil La Bonne Chanson *évoquent la liaison de Verlaine avec Mathilde Mauté de Fleurville, qu'il épousera. Il s'agit ici du poème X du recueil.*

Quinze longs jours encore et plus de six semaines
Déjà ! Certes, parmi les angoisses humaines,
La plus dolente[1] angoisse est celle d'être loin.

On s'écrit, on se dit comme on s'aime ; on a soin
D'évoquer chaque jour la voix, les yeux, le geste
De l'être en qui l'on mit son bonheur, et l'on reste
Des heures à causer tout seul avec l'absent.
Mais tout ce que l'on pense et tout ce que l'on sent
Et tout ce dont on parle avec l'absent, persiste
À demeurer blafard et fidèlement triste.

Oh ! l'absence ! le moins clément[2] de tous les maux !
Se consoler avec des phrases et des mots,
Puiser dans l'infini morose des pensées
De quoi vous rafraîchir, espérances lassées,
Et n'en rien remonter que de fade et d'amer !

Puis voici, pénétrant et froid comme le fer,
Plus rapide que les oiseaux et que les balles
Et que le vent du sud en mer et ses rafales
Et portant sur sa pointe aiguë un fin poison,
Voici venir, pareil aux flèches, le soupçon
Décoché par le Doute impur et lamentable.

Est-ce bien vrai ? Tandis qu'accoudé sur ma table
Je lis sa lettre avec des larmes dans les yeux,
Sa lettre, où s'étale un aveu délicieux,
N'est-elle pas alors distraite en d'autres choses ?
Qui sait ? Pendant qu'ici pour moi lents et moroses
Coulent les jours, ainsi qu'un fleuve au bord flétri,
Peut-être que sa lèvre innocente a souri ?
Peut-être qu'elle est très joyeuse et qu'elle oublie ?

Et je relis sa lettre avec mélancolie.

Paul Verlaine, *La Bonne Chanson*, X, 1870.

1. Dolente : douloureuse.
2. Clément : indulgent.

LES CLÉS DU SUJET

Définir le texte

Carte d'identité du texte

- **Époque** : 2e moitié du XIXe siècle
- **Genre** : poème en vers réguliers, autobiographique
- **Tonalités** : lyrique, élégiaque
- **Autres adjectifs** : mélancolique, pessimiste
- **Thème** : douleur causée par l'absence de l'être aimé

Construire le plan

1 Quels sentiments provoque l'absence de l'être aimé ?

• Identifiez les sentiments de Verlaine (ennui, douleur, soupçon, dépit amoureux, peur de l'indifférence).
• Analysez comment ils se succèdent dans les différentes strophes.

2 Comment le poète exprime-t-il sa douleur ?

• Analysez le lyrisme du poème. Repérez les indices personnels et les images.
• Comment évolue la tonalité dans la dernière strophe ?

14 CORRIGÉ GUIDÉ

Les titres en couleur ou entre crochets ne doivent pas figurer sur la copie.

Introduction

[Présentation du contexte] Le poète Verlaine pensait que lui était destinée « une bonne part de malheur ». Il crut cependant avoir trouvé le bonheur en se fiançant à la jeune Mathilde, qu'il célèbre dans *La Bonne Chanson*.

[Présentation du texte] Dans la pièce X du recueil, il évoque ses tourments pendant les quelques semaines d'absence de la jeune fille.

[Annonce du plan] Dans ces variations sur le thème traditionnel « Un seul être vous manque, et tout est dépeuplé » (vers du poète romantique Lamartine), Verlaine analyse les sentiments provoqués par l'absence de l'être aimé [I] et exprime la douleur qu'il éprouve dans un lyrisme nuancé [II].

I. Quels sentiments provoque l'absence de l'être aimé ?

▶ Le secret de fabrication

Cette première partie tend à mettre au jour les différents sentiments éprouvés par le poète loin de celle qu'il aime.

1. L'ennui et la solitude

• D'emblée l'alexandrin et la première strophe traduisent l'ampleur de l'ennui que ressent le poète condamné à la solitude. Les « heures » s'étirent et il compte les jours déjà écoulés, « plus de six semaines, déjà », et les « quinze longs jours » qui lui restent à attendre avec, comme deux soupirs après ce décompte, les adverbes « encore » et « déjà » (vers 1 et 2).

• Il existe « certes » différentes stratégies pour lutter contre le sentiment de solitude : échange de lettres d'amour, à lire, à relire et à écrire, causeries imaginaires avec l'aimée, évocation (au sens étymologique : faire apparaître par la parole une personne, disparue ou lointaine) de la jeune femme pour donner une présence virtuelle à sa « voix », ses « yeux », son « geste ».

2. La persistance de la souffrance

• Mais ces tentatives sont dérisoires et ne réussissent pas à « consoler » le poète, à dissiper sa « dolente [= douloureuse] angoisse ». Privé de la présence de celle qu'il attend, il n'a plus goût au monde qui l'entoure.

• Pour évoquer ce monde décoloré, il multiplie les termes négatifs, tantôt affectifs (« morose », « triste »), tantôt descriptifs, empruntés au vocabulaire des sens (vue : « blafard » ; goût : « fade », « amer »).

3. Le soupçon et la peur de l'abandon

• Mais l'absence lui réserve une épreuve encore plus pénible... Alors qu'il se morfond, « fidèlement triste », il se met à soupçonner Mathilde de lui être infidèle ou, pire, de l'oublier.

• Ses soupçons se marquent dans des interrogations qui jalonnent la troisième strophe et dans les oppositions entre les termes négatifs qui lui sont réservés (« larmes, lents, flétri, mélancolie ») et des termes qui connotent un bonheur que Mathilde vit loin de lui et sans lui (« délicieux, distraite, souri, joyeuse »).

II. Comment le poète exprime-t-il sa douleur ?

> **▶ Le secret de fabrication**
> On étudie ici comment Verlaine, en mêlant plusieurs formes de lyrisme, exprime ses tourments tantôt avec une certaine préciosité, tantôt sur un ton beaucoup plus direct.

1. Un lyrisme impersonnel

• On s'attendrait à ce que Verlaine exhale sa douleur sur le mode personnel propre au lyrisme. Or, dans les deux premières strophes, il s'exprime d'une façon générale : dans la première strophe, au lieu du *je* attendu, tous les verbes d'action ou de parole ont pour sujet le pronom personnel indéfini « on ». Les verbes de la deuxième strophe, eux, sont à l'infinitif, mode impersonnel.

ÉCRIT

• La périphrase « l'être en qui l'on mit son bonheur » pour désigner l'absente rend celle-ci bien vague, presque désincarnée. Tout cela donne au début du poème le tour général d'une réflexion assez distante sur les malheurs de l'éloignement entre deux amoureux.

2. Un raffinement précieux

• La troisième strophe évoque la naissance du soupçon d'infidélité, au moyen de différentes personnifications. Il est d'abord question des « espérances lassées » qui, dans le puits sans fond des pensées moroses, ne tirent qu'un breuvage « fade et amer ».

Puis Verlaine – imitant un procédé cher à Baudelaire – donne vie par l'allégorie à ses sentiments : version inversée du Cupidon mythologique, le Doute tire la flèche empoisonnée du « soupçon ».

> **MOT CLÉ**
> Une allégorie est une figure de style qui consiste à représenter sous une forme concrète une idée abstraite (la paix sous la forme d'une colombe).

• Ce tableau allégorique du Doute est précédé d'une série de comparaisons (« comme », « plus... que », « pareil »). L'ensemble est de nature à surprendre le lecteur contemporain : il serait sans doute plus touché par une expression plus directe de l'émotion. Mais la complication littéraire, le raffinement précieux ne sont-ils pas le seul moyen pour maintenir dans une forme d'irréalité et ainsi tenir à distance un sentiment trop pénible ?

3. Le temps de la confidence personnelle

• Dans la quatrième strophe apparaît enfin la première personne. Verlaine se peint simplement, dans une attitude familière : « accoudé sur [sa] table », « des larmes dans les yeux ». Scène d'intérieur, intime, d'un amant qui « li[t] » et « reli[t] » une lettre, qui contient « un aveu délicieux ». Cependant la femme reste dans le lointain : le poète ne s'adresse pas à elle par un tutoiement qui la rapprocherait, l'usage du pronom « elle » maintient la distance.

• L'impression dominante est celle d'une foncière inquiétude : la strophe est remplie d'interrogations (quatre, successives) ; « Peut-être » est répété deux fois en attaque de vers. La bien aimée est-elle toujours amoureuse ? L'oubli, lié à l'éloignement, ne fait-il pas son ouvrage ?

• Cependant, le poète adopte dans cette strophe ultime une attitude quasi chevaleresque : en comparant les heures qu'il vit à « un fleuve au bord flétri », il se place du côté de la dégradation tandis qu'il maintient la femme du côté de l'innocence (« lèvre innocente ») : innocence de l'aimée, de sa bouche (qui n'a embrassé personne d'autre !), de son sourire qui continue de rayonner.

Conclusion

[Synthèse] Derrière l'apparente simplicité de son motif, ce poème extrait de *La Bonne Chanson* est d'une grande richesse expressive. Verlaine y mêle plusieurs formes de lyrisme : il exprime ses tourments de façon directe ou, au contraire, avec un raffinement qu'on pourrait trouver artificiel, qui les rend moins douloureux à vivre.

[Ouverture] Parfois le poète semble prendre le pas sur l'amant. Verlaine, artiste d'une grande culture, inscrit son poème de « la bien aimée lointaine » non seulement dans sa veine personnelle et mélancolique, mais plus largement dans une longue tradition lyrique, courtoise et chevaleresque, remontant aux sources de notre poésie.

15 Sujet d'écrit • Commentaire

Madame de Lafayette, *La Princesse de Montpensier*

4 heures
20 points

INTÉRÊT DU SUJET • La princesse de Montpensier, « femme fatale » du XVIe siècle, est entourée de prétendants subjugués par sa beauté. Voici donc les tourments d'une femme tiraillée entre sa vertu et la passion amoureuse.

Commentez ce texte de Madame de Lafayette, extrait de *La Princesse de Montpensier*, en vous aidant du parcours de lecture ci-dessous.

- Montrez que les personnages font face à leurs passions.
- Étudiez le danger de ces passions.

DOCUMENT

Deuxième moitié du XVIe siècle. Mlle de Mézières, amoureuse dans sa jeunesse du duc de Guise, a dû se résoudre à épouser le prince de Montpensier. Quelques années plus tard, le duc de Guise la rencontre par hasard : ses sentiments renaissent. Le duc d'Anjou tombe aussi sous le charme de la princesse. Tous se retrouvent alors à la cour royale, à Paris.

La beauté de la princesse de Montpensier effaça toutes celles qu'on avait admirées jusques alors ; elle attira les yeux de tout le monde par les charmes de son esprit et de sa personne. Le duc d'Anjou ne changea pas en la revoyant les sentiments qu'il avait conçus pour elle à Champigny[1], et prit un soin extrême de les lui faire connaître par toutes sortes de soins et de galanteries, se ménageant[2] toutefois à ne lui en donner des témoignages trop éclatants, de peur de donner de la jalousie au prince son mari. Le duc de Guise acheva d'en[3] devenir violemment amoureux et, voulant par plusieurs raisons tenir sa passion cachée, il se résolut de la déclarer d'abord[4] à la princesse de Montpensier, pour s'épargner tous ces commencements qui font toujours naître le bruit et l'éclat[5]. Étant un jour chez la reine à une heure où il y avait très peu de monde, et la reine étant retirée dans son cabinet pour parler au cardinal de Lorraine, la princesse arriva.

Le duc se résolut de prendre ce moment pour lui parler, et, s'approchant d'elle : « Je vais vous surprendre, madame, lui dit-il, et vous déplaire en vous apprenant que j'ai toujours conservé cette passion qui vous a été connue autrefois, et qu'elle est si fort augmentée, en vous revoyant, que votre sévérité, la haine de M. le prince de Montpensier et la concurrence du premier prince du royaume[6] ne sauraient lui ôter un moment de sa violence[7]. Il aurait été plus respectueux de vous la faire connaître par mes actions que par mes paroles, mais, madame, mes actions l'auraient apprise à d'autres aussi bien qu'à vous, et je veux que vous sachiez seule que je suis assez hardi pour vous adorer. » La princesse fut d'abord si surprise et si troublée de ce discours qu'elle ne songea pas à l'interrompre, mais ensuite, étant revenue à elle, et commençant à lui répondre, le prince de Montpensier entra. Le trouble et l'agitation étaient peints sur le visage de la princesse sa femme. La vue de son mari acheva de l'embarrasser, de sorte qu'elle lui en laissa plus entendre que le duc de Guise n'en venait de dire.

La reine sortit de son cabinet, et le duc se retira pour guérir la jalousie de ce prince. La princesse de Montpensier trouva le soir dans l'esprit de son mari tout le chagrin à quoi elle s'était attendue. Il s'emporta avec des violences épouvantables, et lui défendit de parler jamais au duc de Guise. Elle se retira bien triste dans son appartement, et bien occupée[8] des aventures qui lui étaient arrivées ce jour-là.

Madame de Lafayette, *La Princesse de Montpensier*, 1662.

---

1. Champigny : endroit où le duc d'Anjou est tombé sous le charme de la princesse.
2. Se ménageant : faisant attention.
3. Acheva d'en : finit par.
4. D'abord : immédiatement.
5. Le duc de Guise semble vouloir éviter tout ce qui, au début d'une relation amoureuse, est trop visible et fait naître des rumeurs.
6. Il s'agit du duc d'Anjou, frère du roi Charles IX.
7. Guise affirme que malgré tous les obstacles (l'indifférence affichée de la princesse, le mari, le rival), son amour pour la princesse est extrêmement fort.
8. Bien occupée : préoccupée par.

ÉCRIT

LES CLÉS DU SUJET

Définir le texte

Carte d'identité du texte

- **Époque :** XVIIe siècle, le classicisme
- **Genre :** roman
- **Type de texte :** narratif
- **Thème :** les tourments de l'amour
- **Tonalités :** lyrique, pathétique
- **But :** montrer la force et le danger des passions amoureuses

Construire le plan

La problématique est la suivante : comment cette scène de déclaration d'amour montre-t-elle la force des passions, mais aussi leurs dangers ?

1 Des individus face à leurs passions

- Montrez ce qui fait de l'héroïne un personnage idéalisé.
- Intéressez-vous à la manière dont naît ou renaît l'amour chez les prétendants de la princesse.
- Comment cette passion s'exprime-t-elle ?

2 Des passions dangereuses

- Montrez comment les personnages cherchent à dissimuler leur amour.
- Comment perçoit-on le poids des apparences dans la société de l'époque ?
- Intéressez-vous au danger de la jalousie engendrée par la passion.

15 CORRIGÉ FLASH

Les titres en couleur ou entre crochets ne doivent pas figurer sur la copie.

Introduction

[Présentation du contexte] Au XVIIe siècle, le goût littéraire désire davantage de brièveté et de mesure.

[Présentation du texte] Madame de Lafayette s'empare du genre de la nouvelle en écrivant *La Princesse de Montpensier*, qui met en scène plusieurs personnages historiques du siècle précédent. La princesse est au centre d'une rivalité amoureuse : femme mariée à un prince jaloux, elle est courtisée par le duc d'Anjou, frère du roi, mais aussi par le duc de Guise, son amour de jeunesse.

[Problématique] Comment cette scène de déclaration d'amour montre-t-elle la force des passions, mais aussi leurs dangers ?

[Annonce du plan] Nous étudierons dans un premier temps des personnages face à leurs passions intenses [I]. Dans un second temps, nous verrons que ces passions sont soumises à de multiples périls [II].

I. Des individus face à leurs passions

1. Un personnage féminin idéalisé

L'héroïne est présentée comme un personnage exceptionnel, digne des passions qui apparaissent autour d'elle.

- « La beauté de la princesse de Montpensier effaça toutes celles qu'on avait admirées jusques alors » : description superlative de la beauté de la princesse. Madame de Lafayette fait du personnage un être d'exception.
- « Les charmes de son esprit et de sa personne » : la beauté physique s'allie à la vertu morale.
- « Elle attira les yeux de tout le monde » : aspect enchanteur du personnage, au centre des préoccupations de la cour. La beauté hyperbolique de la princesse a des effets merveilleux, à la manière des contes de fées.

2. Un amour omniprésent

L'amour naît de toutes parts autour de ce personnage idéalisé.

- « [Il] acheva d'en devenir violemment amoureux » ; « sa violence » : termes qui soulignent l'amour très intense du duc de Guise.
- « J'ai toujours conservé cette passion qui vous a été connue autrefois [...] elle est si fort augmentée, en vous revoyant » : discours lyrique, la passion amoureuse rejaillit avec puissance.
- Le duc d'Anjou « ne changea pas en la revoyant les sentiments qu'il avait conçus pour elle à Champigny » : négation et plus-que-parfait montrent la constance des sentiments du duc, lui aussi tombé sous le charme de la princesse.

> **CONSEIL**
> Ne négligez pas les procédés syntaxiques : tous les éléments pertinents à analyser ne contiennent pas forcément des figures de style !

ÉCRIT

3. Des démonstrations d'amour

L'amour se déclare sous diverses formes.

- Le duc d'Anjou « prit un soin extrême de les lui faire connaître par toutes sortes de soins et de galanteries » : les actions galantes permettent au duc de prouver la sincérité de son amour.
- Le duc de Guise déclare son amour par la parole plutôt que par ces « actions » galantes. Énumération de périls : « votre sévérité, la haine de M. le prince de Montpensier et la concurrence du premier prince du royaume ». L'amour rend capable de braver les obstacles.
- « Je suis assez hardi pour vous adorer » : l'aveu amoureux requiert également une certaine forme de bravoure.

[Transition] Ces passions amoureuses omniprésentes ont pourtant un aspect plus sombre.

II. Des passions dangereuses

1. Le sceau du secret

La passion est marquée par la nécessité de la discrétion.

- Le duc d'Anjou « se ménageant toutefois à ne lui en donner des témoignages trop éclatants » ; le duc de Guise « voulant par plusieurs raisons tenir sa passion cachée [...] pour s'épargner tous ces commencements qui font toujours naître le bruit et l'éclat » : les participes présents montrent la nécessité de ne pas attirer les regards d'autrui.
- Circonstances de la rencontre avec la princesse bien sélectionnées par le duc de Guise : « à une heure où il y avait très peu de monde, et la reine étant retirée dans son cabinet ». Le secret est nécessaire pour se soustraire aux regards.

2. Le poids des apparences

La société dans laquelle évoluent les personnages est marquée par l'importance des apparences.

- Système hypothétique « mes actions l'auraient apprise à d'autres aussi bien qu'à vous » : le duc de Guise justifie sa déclaration d'amour directe par la nécessité de la dissimulation.
- « La princesse fut d'abord si surprise et si troublée de ce discours qu'elle ne songea pas à l'interrompre [...] Le trouble et l'agitation étaient peints sur le visage de la princesse sa femme » : le champ lexical du bouleversement sentimental montre à quel point les troubles de la passion transforment la physionomie.

• « La vue de son mari acheva de l'embarrasser, de sorte qu'elle lui en laissa plus entendre que le duc de Guise n'en venait de dire » : dans une société où la parole a moins de force que les apparences, c'est le visage de la princesse qui trahit ses sentiments.

3. Le danger des passions

L'amour trop visible peut susciter la jalousie et mettre les amoureux en péril.

• Le duc d'Anjou reste discret « de peur de donner de la jalousie au prince son mari » ; après l'entretien « le duc [de Guise] se retira pour guérir la jalousie de ce prince » : l'amour renaissant, impossible à cacher, est une passion adultère qui transgresse la vertu conjugale.

• « Il s'emporta avec des violences épouvantables, et lui défendit de parler jamais au duc de Guise. Elle se retira bien triste dans son appartement, et bien occupée des aventures qui lui étaient arrivées ce jour-là » : démonstration de violence suite à la transgression des normes morales de la société. La princesse devient un personnage pathétique.

> **À NOTER**
> Dans l'Ancien Régime, le mariage aristocratique n'a quasiment jamais de lien avec l'amour : il s'agit souvent d'une union politique ou patrimoniale.

Conclusion

[Synthèse] Cette scène présente ainsi des personnages traversés par des passions intenses et secrètes, qui mènent irrémédiablement au malheur à cause de leur inadéquation avec les normes sociales de l'époque.

[Ouverture] Cette tension entre passion et vertu rappelle le dilemme que vit la princesse de Clèves face à son amour pour le duc de Nemours, dans une autre nouvelle de Madame de Lafayette.

16 Sujet d'écrit • Commentaire

Alexandre Dumas, *Le Comte de Monte-Cristo*

4 heures
20 points

INTÉRÊT DU SUJET • Avec cet extrait, vous allez comprendre d'où provient l'intensité d'une scène d'action et comment un héros de roman peut nous séduire.

Vous ferez le commentaire littéraire de ce texte d'Alexandre Dumas, en vous aidant des pistes suivantes :

1. Une scène d'action intense et palpitante.
2. Un personnage qui suscite émotion et admiration.

DOCUMENT

Pour s'évader du château d'If où il est emprisonné, Edmond Dantès a pris la place de son compagnon de cellule qui vient de mourir, le vieil abbé Faria, en se dissimulant dans le sac prévu pour le cadavre.

On transporta le prétendu mort du lit sur la civière. Edmond se raidissait pour mieux jouer son rôle de trépassé[1]. On le posa sur la civière ; et le cortège, éclairé par l'homme au falot[2], qui marchait devant, monta l'escalier.

Tout à coup, l'air frais et âpre de la nuit l'inonda. Dantès reconnut le mistral[3]. Ce fut une sensation subite, pleine à la fois de délices et d'angoisses.

Les porteurs firent une vingtaine de pas, puis ils s'arrêtèrent et déposèrent la civière sur le sol.

Un des porteurs s'éloigna, et Dantès entendit ses souliers retentir sur les dalles.

« Où suis-je donc ? » se demanda-t-il.

« Sais-tu qu'il n'est pas léger du tout ! » dit celui qui était resté près de Dantès en s'asseyant sur le bord de la civière.

Le premier sentiment de Dantès avait été de s'échapper, heureusement il se retint.

« Éclaire-moi donc, animal, dit celui des deux porteurs qui s'était éloigné, ou je ne trouverai jamais ce que je cherche. »

L'homme au falot obéit à l'injonction, quoique, comme on l'a vu, elle fût faite en termes peu convenables.

« Que cherche-t-il donc ? se demanda Dantès. Une bêche sans doute. »

Une exclamation de satisfaction indiqua que le fossoyeur[4] avait trouvé ce qu'il cherchait.

« Enfin, dit l'autre, ce n'est pas sans peine.

– Oui, répondit-il, mais il n'aura rien perdu pour attendre. »

À ces mots il se rapprocha d'Edmond, qui entendit déposer près de lui un corps lourd et retentissant : au même moment, une corde entoura ses pieds d'une vive et douloureuse pression.

« Eh bien ! le nœud est-il fait ? » demanda celui des fossoyeurs qui était resté inactif.

« Et bien fait, dit l'autre ; je t'en réponds.

En ce cas, en route. »

Et la civière soulevée reprit son chemin.

On fit cinquante pas à peu près, puis on s'arrêta pour ouvrir une porte, puis on se remit en route. Le bruit des flots se brisant contre les rochers sur lesquels est bâti le château arrivait plus distinctement à l'oreille de Dantès à mesure que l'on avança.

« Mauvais temps ! dit un des porteurs, il ne fera pas bon d'être en mer cette nuit.

– Oui, l'abbé court grand risque d'être mouillé, » dit l'autre, et ils éclatèrent de rire.

Dantès ne comprit pas très bien la plaisanterie, mais ses cheveux ne s'en dressèrent pas moins sur sa tête.

« Bon, nous voilà arrivés ! reprit le premier.

– Plus loin, plus loin, dit l'autre, tu sais bien que le dernier est resté en route, brisé sur les rochers, et que le gouverneur nous a dit le lendemain que nous étions des fainéants. »

On fit encore quatre ou cinq pas en montant toujours, puis Dantès sentit qu'on le prenait par la tête et par les pieds et qu'on le balançait.

« Une, dirent les fossoyeurs.

– Deux.

– Trois ! »

En même temps Dantès se sentit lancé en effet dans un vide énorme, traversant les airs comme un oiseau blessé, tombant, tombant toujours avec une épouvante qui lui glaçait le cœur. Quoique

ÉCRIT

tiré en bas par quelque chose de pesant qui précipitait son vol rapide, il lui sembla que cette chute durait un siècle. Enfin, avec un bruit épouvantable, il entra comme une flèche dans une eau glacée qui lui fit pousser un cri, étouffé à l'instant même par l'immersion.

Dantès avait été lancé dans la mer, au fond de laquelle l'entraînait un boulet de trente-six[5] attaché à ses pieds.

La mer est le cimetière du château d'If.

Alexandre Dumas, *Le Comte de Monte-Cristo*, 1846.

---

1. Trépassé : mort.
2. Falot : lanterne portative.
3. Mistral : vent violent de Méditerranée.
4. Fossoyeur : homme chargé d'enterrer les morts.
5. Trente-six : il s'agit du poids en livres. Le boulet pèse donc 18 kg.

LES CLÉS DU SUJET

Définir le texte

Carte d'identité du texte

- **Auteur** : Alexandre Dumas père, romancier
- **Genre** : XIXe siècle, époque de l'apogée du roman
- **Thème** : l'évasion héroïque d'un prisonnier
- **Buts de l'auteur** : préserver le mystère autour du dénouement, pour maintenir l'intérêt du lecteur ; susciter l'émotion

Dégager la problématique

Comment ce récit d'évasion parvient-il à captiver le lecteur ?

Construire le plan

❶ Une scène d'action intense et palpitante	• Qu'est-ce qui dynamise cette scène d'action ? Étudiez la composition du récit qui alterne dialogue et passages narratifs. • Intéressez-vous au point de vue adopté dans cet extrait : montrez que la scène est racontée d'après les sensations de Dantès. • Comment le romancier tient-il en haleine son lecteur ? Analysez le dévoilement progressif du mystère du « cimetière ».
❷ Un personnage qui suscite émotion et admiration	• Étudiez la passivité forcée de Dantès, contraint de subir toutes les actions de la scène. • Comment l'angoisse du personnage est-elle mise en évidence ? Montrez que son silence est héroïque. • Analysez la chute épique du héros, telle qu'elle est évoquée dans les trois derniers paragraphes.

16 CORRIGÉ FLASH

Les titres en couleur ou entre crochets ne doivent pas figurer sur la copie.

Introduction

[Présentation du contexte] Au XIXe siècle, le roman est un genre très apprécié. Lorsqu'il est publié en feuilleton dans une revue, il doit maintenir l'intérêt du lecteur à chaque chapitre, afin de lui donner envie de lire la suite.

[Présentation du texte] C'est le cas du *Comte de Monte-Cristo*, roman d'Alexandre Dumas père, publié dans *Le Journal des Débats* entre 1844 et 1846, qui raconte les aventures d'Edmond Dantès, emprisonné à tort au château d'If. Dans l'extrait que nous étudions, le héros tente de s'évader en prenant la place de son compagnon de cellule décédé.

[Problématique] Comment ce récit d'évasion parvient-il à captiver le lecteur ?

[Annonce du plan] Nous verrons d'abord combien cette scène d'action s'avère palpitante. Puis nous analyserons l'émotion et l'admiration que suscite le personnage principal.

I. Une scène d'action intense et palpitante

1. Un récit très rythmé

• Dans cet extrait, l'action progresse avec rapidité. Les phrases courtes sont construites avec des verbes de déplacement (« monta », « se rapprocha »,

« avança » …) et des verbes d'action (« déposèrent », « entoura » …), essentiellement au passé simple.

• Le récit est dynamisé par des discours rapportés comme ceux des fossoyeurs (par exemple, lignes 12-18), et celui qui retranscrit les pensées de Dantès (l. 12, 21-22). Ces discours directs rendent la scène plus vivante.

• Les propos des fossoyeurs prennent souvent la forme d'exclamations et sont ponctués d'interjections (« Eh bien ! »), voire d'insultes (« animal »).

2. Le point de vue du « mort »

• Le point de vue adopté dans l'extrait est celui d'Edmond Dantès. Le narrateur ne livre aucune autre information que celles perçues par le héros, à l'exception de l'explication fournie dans les deux dernières phrases du texte. Nous revenons alors à un point de vue omniscient.

> DES POINTS EN +
> On peut parler ici de **point de vue** ou **focalisation interne** : le narrateur ne révèle que ce que perçoit le personnage.

• Le lecteur vit donc la scène à travers les sensations de Dantès. Privé de la vue puisqu'il est censé être mort, ce dernier perçoit ce qu'il lui arrive grâce à l'ouïe et au toucher. « L'air frais et âpre de la nuit » et le « mistral » lui permettent de comprendre qu'il sort du château. Le lexique auditif est très présent dans le texte, avec les verbes « entendre » et « retentir », l'adjectif « retentissant », et les noms « bruit » et « oreille ». Le toucher est également sollicité avec, par exemple, la corde nouée aux pieds du héros.

3. Un mystère dévoilé progressivement

• L'objet qui va permettre d'« enterrer » Dantès est longtemps désigné par des périphrases qui ne permettent pas de l'identifier : « ce que je cherche », « un corps lourd et retentissant ». Le lecteur sait seulement que cet objet est attaché à « une corde » nouée aux pieds d'Edmond.

> MOT CLÉ
> Une **périphrase** est une figure de style qui évoque un être ou un objet de manière détournée.

• Les propos des fossoyeurs, teintés d'humour noir, livrent ensuite d'autres indices. Si l'« l'abbé » court « grand risque d'être mouillé », c'est à cause de la mer. Et lorsque le premier porteur suggère au second d'aller plus loin, il précise : « le dernier est resté en route, brisé sur les rochers ». Le lecteur comprend qu'il s'agit du dernier corps évacué du château.

• Les trois derniers paragraphes du texte lèvent le mystère : Dantès ne va pas être enterré mais immergé ! L'emploi du plus-que-parfait dévoile rétrospectivement la cause de sa chute : « Dantès avait été lancé dans la mer ». Le mystérieux objet est alors désigné comme « un boulet de trente-six ». La dernière phrase, au présent de vérité générale, achève la révélation : le château d'If étant situé sur une île, c'est la mer qui lui sert de cimetière !

II. Un personnage qui suscite émotion et admiration

1. Une passivité forcée

• Le début de l'extrait indique que Dantès « se raidissait pour mieux jouer son rôle de trépassé. » L'emploi de l'imparfait le fige dans une attitude immobile qu'il ne peut pas quitter.

• La construction des phrases met en évidence la passivité du héros, guidé par son instinct de survie. Jusqu'à sa chute, il n'est jamais sujet mais toujours objet des verbes d'action : « On transporta le prétendu mort » ; « on le posa ». Manipulé comme un pantin par les fossoyeurs, Dantès émeut le lecteur.

2. Une angoisse dissimulée

• Le lexique de la peur domine l'extrait. Le terme « angoisse » apparaît dès la ligne 7. Puis l'expression « ses cheveux ne s'en dressèrent pas moins sur sa tête » désigne le frisson de peur. À la fin du texte, le terme « épouvante » est repris en dérivation dans l'adjectif « épouvantable », et renforcé par la métaphore de la glace (« qui lui glaçait le cœur »), qui trouve un écho dans l'« eau glacée » de la mer.

> À NOTER
> Quand vous étudiez le **lexique**, commentez ses **occurrences**.

• La peur est parfois associée à la douleur, notamment lorsque les fossoyeurs entourent les pieds du « mort » avec une corde. Dans cette situation angoissante, Dantès reste immobile et silencieux tout en résistant au désir de s'échapper (l. 15-16). Il suscite l'admiration du lecteur par son stoïcisme héroïque.

3. Une chute vertigineuse, véritablement épique

• À partir de la ligne 55, l'action s'accélère. Le rythme des phrases devient plus saccadé, coupé par des virgules. Les formes verbales « traversant » et « précipitait » évoquent un mouvement rapide, de même que la comparaison de Dantès avec une « flèche ». La répétition du participe présent « tombant » (l. 56-57), associée à « toujours », souligne la hauteur de la chute.

• Des hyperboles amplifient le caractère exceptionnel de la situation, notamment la proposition « il lui sembla que cette chute durait un siècle ». Une telle épreuve confère au personnage qui la subit une dimension épique.

Conclusion

[Synthèse] L'évasion d'Edmond Dantès du château d'If constitue une scène intense. Le mystère levé progressivement maintient l'attention du lecteur et la situation angoissante suscite émotion et admiration pour le héros.

[Ouverture] Précipité dans la mer avec un boulet aux pieds, Edmond Dantès est voué à une mort certaine. L'admiration du lecteur n'en sera que plus grande lorsqu'il découvrira que le personnage a surmonté cette épreuve.

17 Sujet d'écrit • Commentaire

Henri Bosco, *Le Mas Théotime*

4 heures
20 points

INTÉRÊT DU SUJET • Ce texte pourrait vous donner envie de lire *Le Mas Théotime*, un roman d'Henri Bosco, dont l'intrigue poétique se déroule dans la campagne provençale du XXe siècle.

Vous ferez le commentaire littéraire de ce texte d'Henri Bosco, en vous aidant des pistes suivantes :

1. Un bois sauvage et bruissant de vie
2. Un paysage qui suscite une prise de conscience

DOCUMENT

Pascal Dérivat, le narrateur, est propriétaire d'un vaste domaine en Provence. Son voisin Clodius, mort assassiné, lui en a légué une partie, alors que les deux hommes se détestaient, et s'étaient disputés au sujet de Geneviève, la cousine de Pascal. Dérouté par cet héritage, Pascal part à la découverte d'une parcelle de ce terrain laissée à l'abandon.

Longtemps le vieil Alibert[1], immobile, contempla ce terrain inutilisable, puis il mit le caillou[2] dans sa poche, souleva sa bêche et repartit par où il était venu, sans me voir.

Alors j'entrai moi-même dans le champ et me dirigeai vers le bois de pins.

À mesure que j'en approchais il m'arrivait un bruit de vols et de ramages[3]. Des milliers d'oiseaux habitaient le bois. Le soleil déjà haut l'avait chauffé et les nids commençaient à tiédir, cependant que les pins distillaient leur résine amère. Quand je fus arrivé à cent mètres du bois, tous les oiseaux se turent. Ils m'avaient vu et j'en éprouvai une vive émotion. J'entrai néanmoins sous le couvert des arbres. La lisière était défendue par une impénétrable futaie[4] de houx épineux. Mais je découvris un couloir. À l'intérieur s'étendaient de vastes clairières jonchées de ramilles[5] flexibles. Les arbres étaient vieux et grands et d'en haut descendait une très douce lumière qui faisait fermenter le sol. Il sentait la résine et le champignon. Un sentier s'enfonçait dans le sous-bois où l'épaisseur de la végétation créait des profondeurs plus sombres, des retraites à peu près accessibles. Le silence, tombé si brusquement des branches, à travers l'immense ramage des oiseaux, me paraissait étrange. Parfois un pépiement vite étouffé, un frémissement d'ailes, en décelaient la vraie nature et la fragilité. J'avançais, ravi, dans le bois. Je jouissais de l'amère ivresse des arbres sous les yeux attentifs de ces milliers de bêtes, rampantes ou ailées, qui de toutes parts m'observaient et attendaient de moi quelque signe de haine ou d'amitié avant de reprendre leurs chants et leurs ébats. Mais ce signe, j'avais beau en sentir la nécessité, je n'en trouvais pas la figure ; et pourtant j'étais seul, inoffensif, heureux ; pour quelques instants j'avais oublié toutes mes peines[6]. Mais sans doute portais-je en moi un tel poids de misères que je ne pouvais pas en dégager ce geste, ce mot, ce regard (ou peut-être ce simple sentiment), qui eût aussitôt déchaîné la joie des bêtes. Je devinais, sous moi, autour de moi, et un peu partout sur ma tête, des milliers de petites inquiétudes, et que, malgré mon éphémère innocence, je n'en étais pas moins un homme. Car les bêtes sont payées pour savoir[7] ce qu'annonce souvent une telle présence ; et sans doute depuis longtemps n'avaient-elles rien vu de pareil dans ce quartier. J'avais troublé la paix du site et violé par mon intrusion[8] les accords d'une antique loi de ce refuge. Je sortis du bois, un peu attristé. Quand j'en fus à quelque distance, je m'arrêtai pour écouter si le chant des oiseaux avait repris. Mais le bois gardait le silence. Alors je me mis à la recherche d'Alibert.

Henri Bosco, *Le Mas Théotime*, chapitre XII, 1945.

1. Les Alibert sont une famille de métayers qui cultivent les terres de Pascal. Quand le narrateur arrive sur le terrain, il observe un instant le père Alibert, perplexe devant le champ en friche.
2. Le vieil Alibert examinait l'un des cailloux du champ.
3. Ramages : chants d'oiseaux.
4. Futaie : forêt de grands arbres.
5. Ramilles : petits rameaux.
6. Toutes mes peines : le narrateur évoque à la fois son incompréhension face à la mort de Clodius et à l'héritage, et sa peine liée à Geneviève.
7. Sont payées pour savoir : apprennent à leurs dépens.
8. Intrusion : fait de s'introduire sans en avoir le droit.

ÉCRIT

LES CLÉS DU SUJET

Définir le texte

Carte d'identité du texte

- **Auteur :** Henri Bosco
- **Type de texte :** descriptif
- **Contexte :** XXe siècle, essor du roman rural (Giono, Pagnol)
- **Thèmes :** un bois de pins, les animaux et les plantes qu'il abrite
- **Buts de l'auteur :** rendre compte du charme qu'exerce le lieu ; dévoiler les émotions qu'il suscite

Formuler la problématique

Comment la description de ce paysage sauvage fait-elle transparaître les émotions du narrateur ?

Construire le plan

1 Un bois sauvage et bruissant de vie	• Montrez que le narrateur explore un bois impénétrable. • Comment la description donne-t-elle vie au paysage ? • Analysez les sensations qui naissent dans ce bois.
2 Un paysage qui suscite une prise de conscience	• Comment le narrateur se laisse-t-il gagner par l'atmosphère du paysage ? • Montrez que le bois refuse de lui livrer ses secrets. • Analysez la prise de conscience par le narrateur de ses propres limites.

17 CORRIGÉ GUIDÉ

Les titres en couleur ou entre crochets ne doivent pas figurer sur la copie.

Introduction

[Présentation du contexte] Aux XIXe et XXe siècles, se développe le roman rural qui s'attache à décrire le monde paysan. [Présentation de l'œuvre et de l'extrait] Henri Bosco s'inscrit dans cette tendance romanesque avec *Le Mas*

Théotime. Le narrateur, Pascal, possède et entretient un vaste domaine de terres en Provence, auxquelles viennent s'ajouter celles de son voisin Clodius, léguées en héritage malgré la haine que les deux hommes se vouaient. Pascal y découvre notamment un terrain en friche, décrit dans cet extrait. [Problématique] Comment la description de ce paysage sauvage fait-elle transparaître les émotions du narrateur ? [Annonce du plan] Nous analyserons tout d'abord la découverte de ce bois et la description qu'en donne l'auteur, puis nous verrons comment le lieu suscite une prise de conscience chez le personnage et crée un sentiment d'échec.

I. Un bois sauvage et bruissant de vie

▶ Le secret de fabrication

Dans une description, analysez les procédés d'écriture qui la dynamisent et rendent plus vivant l'objet ou le lieu décrit : organisation de la description, précisions sensorielles, personnifications…

1. L'exploration d'un bois impénétrable

Le texte nous livre le récit d'une exploration.

- Les verbes de mouvement indiquent la progression du narrateur : « entrai », « dirigeai », « approchais », « avançais ».
- La végétation fait obstacle à sa progression. Sa densité est soulignée par les pluriels (« pins », « arbres », « ramilles ») et par le lexique (« impénétrable », « jonchées », « s'enfonçait », « épaisseur », « profondeurs »).
- Le bois révèle un lieu caché : l'entrée se fait par un « couloir » difficile à trouver, et la végétation touffue laisse place à des « clairières ».

2. Une nature vivante

- Le bois est habité par des oiseaux, qui apparaissent d'abord dans le « bruit de vols et de ramages » et dans la présence de « nids ». Le narrateur souligne leur multitude avec la répétition de « milliers » (l. 7, 23 et 32), l'indéfini « *tous* les oiseaux » (l. 10) et l'adjectif « *immense* ramage » (l. 19).
- Derrière le champ en friche, le bois est un lieu fertile : la présence de « ramilles », de « sève », de « résine » et de « champignon » indique que les végétaux s'y développent.
- La nature est presque personnifiée : la futaie de houx « défend » la lisière du bois. Le narrateur évoque également « l'ivresse des arbres », expression ambiguë : s'agit-il de l'ivresse qu'ils procurent ou qu'ils connaissent dans ce bois sauvage ?

À NOTER
Quand un passage peut être **interprété de façons différentes**, signalez-le : ces ambiguïtés font la richesse du texte.

3. Un lieu qui sollicite tous les sens

Le bois suscite une multitude de sensations.

• Le toucher est tantôt agréable, avec la chaleur du bois évoquée aux lignes 7-8, tantôt désagréable, avec les épines du houx (l. 12).

• Les odeurs de « résine » et de « champignon » (l. 16) émanent du sol.

• La vue est sollicitée dans un jeu de clair-obscur à travers l'opposition entre « douce lumière » et « profondeurs plus sombres ». Cette description peut ainsi faire penser à *La Forêt de Bere* peinte par William Turner en 1808.

• Les chants d'oiseaux du début du texte créent un contraste sonore avec le silence à l'arrivée du narrateur (l. 19), brisé seulement par quelques faibles bruits (« pépiement vite étouffé », « frémissement d'ailes »).

[Transition] Ce paysage mystérieux émerveille le narrateur et fait naître en lui des émotions intenses.

II. Un paysage qui suscite une prise de conscience

> ▶ **Le secret de fabrication**
> Dans cette partie, analysez l'impact du paysage sur le narrateur : ses émotions quand il découvre le bois, son désir de complicité avec la faune, et la tristesse venue de l'absence de réponse des animaux à son approche.

1. Le narrateur gagné par l'atmosphère du paysage

• Le lexique souligne le plaisir du narrateur dans la découverte du paysage, dans une gradation de « ravi » à « jouissais » (l. 22).

• Il s'établit une proximité entre la nature et le narrateur qui se laisse gagner par « l'amère ivresse des arbres ». Le mot « amère », en créant un oxymore avec « ivresse », annonce cependant un revirement.

• Pascal recherche une forme d'osmose avec le paysage. Il pense l'atteindre au moyen d'un « signe » qui susciterait la confiance des animaux du bois et lui permettrait d'être accueilli parmi eux (l. 25).

2. Un bois qui ne livre pas ses secrets

• Mais Pascal se heurte à un refus de communication de la part des habitants du bois : les négations se multiplient à la fin du texte (« je n'en trouvais pas », « je ne pouvais pas », « je n'en étais pas moins »). En demeurant cachés, les animaux du bois restent non identifiables : le narrateur ne parle plus d'oiseaux mais de « bêtes, rampantes ou ailées ».

• Plusieurs procédés d'opposition révèlent un désaccord entre l'homme et la nature : la conjonction de coordination « mais » répétée trois fois (l. 26, 28 et 40), l'adverbe « pourtant » (l. 27), ou l'antithèse entre « inoffensif » (l. 27) et « inquiétudes » (l. 33). Le subjonctif dans l'expression « eût aussitôt déchaîné la joie des bêtes » rejette la complicité entre les animaux et le narrateur dans l'irréel du passé et souligne l'échec de l'entreprise du personnage.

3. Le retour au monde des hommes

- Pascal prend conscience de ses limites, liées à sa condition d'homme. Le lexique utilisé à la fin de l'extrait donne à son exploration des allures de sacrilège : les termes « troublé la paix » puis « violé » forment une gradation. La nature reste un temple impénétrable, ce qui suscite la tristesse de Pascal (l. 38) et son retour à ses occupations humaines (l. 40-41).
- Cette prise de conscience le renvoie à ses propres émotions. Malgré la beauté du paysage, Pascal ne peut oublier les soucis du monde des hommes : les « peines » (l. 28) et le « poids de misères » (l. 29) qui l'affligent rendent l'osmose avec la nature impossible et le poussent à quitter le bois.

À NOTER
Appuyez-vous sur les indications données dans l'introduction du texte pour **interpréter les émotions** du personnage.

Conclusion

[Synthèse] La description du bois de pins évoque une nature sauvage, source d'exaltation et de plénitude. Mais malgré la fascination de Pascal pour le paysage, celui-ci ne livre pas ses secrets. Face à l'échec de son exploration, le narrateur prend conscience de ses limites humaines et revient à sa propre tristesse, plus intense qu'il ne l'imaginait.

[Ouverture] Ce texte expose une variante étonnante d'un topos littéraire, celui de la nature miroir de l'âme : c'est en restant impénétrable que le paysage révèle au narrateur ses propres émotions.

MOT CLÉ
Topos : lieu commun de la littérature, thème souvent abordé.

ÉCRIT

18 Sujet d'écrit • Commentaire

Molière, *Le Bourgeois gentilhomme*, acte III, scène 3

4 heures
20 points

INTÉRÊT DU SUJET • À travers une scène de ménage animée et comique, Molière, tout en divertissant le public, utilise toutes les ressources du théâtre pour faire la satire des riches bourgeois et de leur ambition sociale.

Commentez ce texte de Molière, extrait du *Bourgeois gentilhomme*, en vous aidant du parcours de lecture ci-dessous.

• Étudiez la vivacité de cet affrontement entre les trois personnages et son efficacité à la représentation.
• Montrez comment M. Jourdain est ridiculisé dans cette scène et dégagez la portée de la satire.

DOCUMENT

Au XVIIe siècle, les bourgeois étaient riches mais socialement déconsidérés : les nobles étaient au sommet de l'échelle sociale. M. Jourdain est un bourgeois qui s'est mis en tête d'imiter le comportement des nobles. Pour cela, il prend des cours de danse, de chant, d'armes et de philosophie et s'habille à leur façon. Dans l'extrait suivant, Mme Jourdain, son épouse, entre en scène.

MME JOURDAIN.

– Ah, ah, voici une nouvelle histoire. Qu'est-ce que c'est donc, mon mari, que cet équipage-là[1] ? Vous moquez-vous du monde, de vous être fait enharnacher de la sorte ? et avez-vous envie qu'on se raille partout de vous ?

M. JOURDAIN. – Il n'y a que des sots et des sottes, ma femme, qui se railleront de moi.

MME JOURDAIN. – Vraiment on n'a pas attendu jusqu'à cette heure, et il y a longtemps que vos façons de faire donnent à rire à tout le monde.

M. JOURDAIN. – Qui est donc tout ce monde-là, s'il vous plaît ?

MME JOURDAIN. – Tout ce monde-là est un monde qui a raison, et qui est plus sage que vous. Pour moi, je suis scandalisée de la vie que vous menez. Je ne sais plus ce que c'est que notre maison. On dirait qu'il est céans[2] carême-prenant[3] tous les jours ; et, dès le matin, de peur d'y manquer, on y entend des vacarmes de violons et de chanteurs, dont tout le voisinage se trouve incommodé.

NICOLE. – Madame parle bien. Je ne saurais plus voir mon ménage propre, avec cet attirail de gens que vous faites venir chez vous. Ils ont des pieds qui vont chercher de la boue dans tous les quartiers de la ville, pour l'apporter ici ; et la pauvre Françoise est presque sur les dents, à frotter les planchers que vos biaux[4] maîtres viennent crotter régulièrement tous les jours.

M. JOURDAIN. – Ouais, notre servante Nicole, vous avez le caquet bien affilé pour une paysanne.

MME JOURDAIN. – Nicole a raison, et son sens est meilleur que le vôtre. Je voudrais bien savoir ce que vous pensez faire d'un maître à danser à l'âge que vous avez.

NICOLE. – Et d'un grand maître tireur d'armes, qui vient, avec ses battements de pied, ébranler toute la maison, et nous déraciner tous les carriaux de notre salle ?

M. JOURDAIN. – Taisez-vous, ma servante, et ma femme.

MME JOURDAIN. – Est-ce que vous voulez apprendre à danser, pour quand vous n'aurez plus de jambes ?

NICOLE. – Est-ce que vous avez envie de tuer quelqu'un ?

M. JOURDAIN. – Taisez-vous, vous dis-je, vous êtes des ignorantes l'une et l'autre, et vous ne savez pas les prérogatives[5] de tout cela.

Molière, *Le Bourgeois gentilhomme*, acte III, scène 3 (extrait), 1670.

---

1. Équipage : tenue vestimentaire.
2. Céans : dans cette maison.
3. Carême-prenant : carnaval.
4. Biaux : patois pour « beaux », comme « carriaux » pour carreaux.
5. Prérogatives : avantages.

ÉCRIT

LES CLÉS DU SUJET

Définir le texte

Carte d'identité du texte

- **Époque** : 2e moitié du XVIIe siècle
- **Mouvement** : classicisme

- **Genre** : théâtre, comédie de caractère
- **Type de texte** : argumentatif

But : faire rire, caricaturer, critiquer

Thèmes : la bourgeoisie et ses prétentions sociales, affrontement entre un bourgeois, sa femme et sa servante

- **Tonalités** : comique, satirique, polémique
- **Autres adjectifs** : conflictuel, vivant, critique

Construire le plan

1 Un vif affrontement	• Identifiez les « camps » en présence et ce qui les oppose. • Identifiez et commentez les différents procédés dramatiques (= propres au théâtre) auxquels recourt Molière pour donner de la vivacité à cet affrontement.
2 Un personnage ridicule	• Quels sont les travers de M. Jourdain ? Identifiez les procédés par lesquels Molière les rend risibles. • Imaginez que vous assistez à la représentation : quelles seraient vos réactions ?

18 CORRIGÉ GUIDÉ

Les titres en couleur ou entre crochets ne doivent pas figurer sur la copie.

Introduction

[Présentation du contexte] L'affrontement, et plus spécialement la scène de ménage, est un ressort traditionnel de la comédie, et Molière, dès ses premières farces (*Le Médecin malgré lui* par exemple), en a tiré parti.

[Présentation du texte] Plus tard, dans ses comédies d'une plus grande ampleur, il continue d'utiliser cet ingrédient pour faire rire son public. Ainsi, dans *Le Bourgeois gentilhomme*, comédie-ballet en cinq actes, il met en scène un riche bourgeois qui s'est mis en tête d'imiter les aristocrates et, pour cela, prend des « leçons » de philosophie, de musique, de danse, d'escrime.

Dans la scène 3 de l'acte III, M. Jourdain doit faire face aux reproches exaspérés de sa femme et de sa servante Nicole.

[Annonce du plan] La scène prend toute son efficacité d'abord par la vivacité de l'affrontement [I], mais aussi par sa puissance comique, qui ridiculise le personnage principal [II].

I. Un vif affrontement

> **▶ Le secret de fabrication**
> Dans cette partie, on analyse par quels procédés Molière donne de la vivacité à ce conflit sur scène. On apprécie sa progression et son issue en identifiant précisément les forces en présence, la personnalité et le langage des personnages.

La scène est dynamisée par la confrontation de personnalités tranchées et par des manières de parler contrastées.

1. Une scène de ménage

- Elle présente le schéma traditionnel de la scène de ménage : les deux personnages prennent d'ailleurs le soin de préciser eux-mêmes, au détour des répliques, leur statut de « mari » (« Qu'est-ce donc, mon mari que cet équipage-là ? ») et de « femme » (« Taisez-vous, […], ma femme »). Leurs rapports conflictuels se traduisent par divers procédés dramatiques propres au dialogue.

- Le type des phrases et la longueur des répliques révèlent la supériorité de Mme Jourdain. Dès sa première réplique, sur un ton très vif dont témoigne la double interjection « ah ! ah ! » et le présentatif « voici », elle assaille son mari de questions, sans lui laisser le temps de répondre. À la fin de l'extrait, c'est encore elle qui pose les questions, mais cette fois-ci sur un ton particulièrement ironique : « Est-ce que vous voulez apprendre à danser *pour quand vous n'aurez plus de jambes* ? ». Mme Jourdain affirme son ascendant : ses répliques sont de plus en plus longues, celles de M. Jourdain s'amenuisent.

- Mme Jourdain recourt à des termes péjoratifs pour qualifier le comportement de son mari : elle parle de « vacarmes » pour désigner la musique, affirme qu'on « se *raille* partout » de lui, que « le voisinage se trouve *incommodé* ». Certaines de ses images pittoresques sont dégradantes pour son mari : le voici « enharnach[é] » comme un cheval d'« équipage » !

> **MOT CLÉ**
> Les mots peuvent prendre des nuances positives ou négatives selon le jugement de celui qui parle : un mot péjoratif est dévalorisant (*un taudis*) ; un mot mélioratif est valorisant (*un palace*).

2. Deux camps déséquilibrés : un homme contre deux femmes

Dans cet affrontement, le déséquilibre entre les deux camps s'intensifie au cours de la scène, du fait de la présence de la servante Nicole.

• Nicole prend le relais dans les hostilités : elle aussi pose des questions, utilise des termes péjoratifs, mais sur le mode familier : tout un « attirail de gens » lui « crotte » son ménage, elle s'apitoie sur la femme de ménage, Françoise, qui est « sur les dents » à force de frotter. La longueur de ses interventions dépasse de loin celle de M. Jourdain, qui est pourtant son maître.

• Et les deux femmes se soutiennent l'une l'autre : « Madame parle bien », « Nicole a raison ». À la fin de la scène, leurs répliques se complètent (Mme Jourdain : « *ce que vous pensez faire d'un maître à danser* », Nicole : « *et d'un grand maître tireur d'armes* ») ou se font écho (« Est-ce que vous voulez apprendre à danser ? » ; « Est-ce que vous avez envie de tuer quelqu'un ? »), le plus souvent sur le même mode ironique.

• On assiste ici à la victoire de la femme sur son mari mais aussi de la servante sur son maître. Au terme de l'affrontement, M. Jourdain est vaincu : il ne peut plus parler et sa seule défense, bien peu convaincante, est d'imposer le silence pour couper court à toute discussion et de rappeler qu'il est, arbitrairement, le maître dans le couple et dans le groupe social (« Taisez-vous, *ma servante, et ma femme* »).

II. Un personnage ridicule

> **▶ Le secret de fabrication**
> Il faut ici étudier comment Molière rend cette situation – peu comique en soi – amusante, et identifier quels défauts de M. Jourdain cette scène met en lumière.

Un affrontement ne prête pas nécessairement à rire, surtout s'il est tendu. Pourtant la scène est amusante : c'est en fait M. Jourdain, qui est le personnage comique de cette confrontation. Comment Molière ridiculise-t-il son personnage et dans quel but ?

1. Comique de décalage et effets de contraste

• Mme Jourdain et Nicole se moquent de M. Jourdain en mettant en évidence le décalage entre ses prétentions aristocratiques d'une part (apprentissage de la danse, de la musique, des armes, habillement d'une richesse extravagante) et, d'autre part, sa nature profondément bourgeoise et son âge avancé.

> **MOT CLÉ**
> Un décalage est une discordance, un écart entre deux éléments. Ex : « il y a un décalage entre ses principes et son comportement : il prétend qu'il ne faut dire la vérité ; or il ne cesse de mentir ! »

• Pour mieux souligner l'excentricité du personnage, Mme Jourdain oppose les excès de son mari à la sagesse de gens « normaux » de son voisinage « qui a raison et qui est plus sage » ou encore de sa simple servante, qui elle aussi « a raison », dont le « sens est meilleur » et dont elle fait l'éloge. Cela met en relief, par contraste, la folie du bourgeois.

• De même l'opposition entre l'aspiration à la « culture » de M. Jourdain et les préoccupations domestiques terre à terre et réalistes de Nicole renforce encore le ridicule du personnage.

2. Le regard des autres

Molière fait percevoir et mesurer le ridicule de M. Jourdain de façon indirecte, à travers ce que sa femme révèle du regard que les autres portent sur lui, comme un miroir qu'elle lui tend. Elle souligne ainsi que sa folie est la risée de tous (« on se raille *partout* de vous », « vos façons de faire donnent à rire à *tout le monde* »).

3. Comique de caractère : excès, faiblesse, ambition ridicules

Enfin, le portrait de M. Jourdain dressé par les deux femmes comme ses répliques font de lui un personnage caricatural risible.

• Cheval de parade « enharnach[é] », personnage de carnaval, vieillard (« à l'âge que vous avez ») futur cul-de-jatte ou futur assassin (« tuer quelqu'un »), le personnage se transforme de façon pittoresque tout au long de la scène.

• Son incapacité à se défendre révèle, sous ses dehors autoritaires, sa faiblesse. Ses répliques sont courtes, répétitives et ses accès d'autorité inopérants : il multiplie les impératifs et notamment « taisez-vous », ce qui n'empêche pas les deux femmes de parler ; son agressivité croissante se traduit par des injures stériles (« sots, sottes », « ignorantes »).

• Derrière ce portrait, Molière fait la satire de certains personnages de son siècle qui, désireux de sortir de leur condition, renient leur rang social, aspirent à devenir « gentilshommes », et en viennent à mépriser leur entourage, alors même qu'ils manquent de finesse (M. Jourdain utilise lui aussi des expressions familières comme « caquet bien affilé »).

Conclusion

[Synthèse] Si le lecteur perçoit la portée comique de cette scène de ménage, il ne faut pas oublier que son efficacité tient aussi à la représentation qui ajoute au comique du texte les effets visuels scéniques : l'accoutrement de M. Jourdain chargé de rubans et d'ornements, sa silhouette pataude, ses mimiques, en contraste avec l'allure fruste de Nicole, rendent le personnage encore plus ridicule et l'affrontement plus divertissant.

[Ouverture] Car, comme le dit Molière, « les comédies ne sont faites que pour être jouées ».

19 Sujet d'écrit • Commentaire

Marivaux, *La Fausse Suivante*, acte I, scène 5

4 heures
20 points

INTÉRÊT DU SUJET • Le théâtre de Marivaux marque une évolution des rapports maître-valet : le spectateur assiste ici à une sorte de jeu du chat et de la souris amusant où le valet triomphe du maître.

Commentez ce texte de Marivaux, extrait de *La Fausse Suivante*, en vous aidant du parcours de lecture ci-dessous.

- Étudiez la dimension comique de ce passage.
- Montrez ensuite comment évolue le rapport de force entre le Chevalier et Trivelin.

DOCUMENT

Frontin est le domestique d'un Chevalier. Envoyé à Paris, il propose à Trivelin de le remplacer en son absence auprès de son maître et lui révèle par mégarde le secret de ce dernier : le Chevalier est en réalité une femme qui dissimule sa véritable identité. Dans cet extrait, Trivelin se présente à son nouveau maître.

TRIVELIN. – Cependant, Monsieur, j'aurai l'honneur de vous dire que je m'appelle Trivelin. C'est un nom que j'ai reçu de père en fils très correctement, et dans la dernière fidélité ; et de tous les Trivelins qui furent jamais, votre serviteur en ce moment s'estime le plus heureux de tous.

LE CHEVALIER. – Laissez là vos politesses. Un maître ne demande à son valet que l'attention dans ce à quoi il l'emploie.

TRIVELIN. – Son valet ! le terme est dur ; il frappe mes oreilles d'un son disgracieux ; ne purgera-t-on jamais le discours de tous ces noms odieux ?

LE CHEVALIER. – La délicatesse est singulière !

TRIVELIN. – De grâce, ajustons-nous[1] ; convenons d'une formule plus douce.

LE CHEVALIER, *à part*. – Il se moque de moi. Vous riez, je pense ?

TRIVELIN. – C'est la joie que j'ai d'être à vous qui l'emporte sur la petite mortification[2] que je viens d'essuyer.

LE CHEVALIER. – Je vous avertis, moi, que je vous renvoie, et que vous ne m'êtes bon à rien.

TRIVELIN. – Je ne vous suis bon à rien ! Ah ! ce que vous dites là ne peut pas être sérieux.

LE CHEVALIER, *à part*. – Cet homme-là est un extravagant[3]. (*À Trivelin.*) Retirez-vous.

TRIVELIN. – Non, vous m'avez piqué ; je ne vous quitterai point, que vous ne soyez convenu avec moi que je vous suis bon à quelque chose.

LE CHEVALIER. – Retirez-vous, vous dis-je.

TRIVELIN. – Où vous attendrai-je ?

LE CHEVALIER. – Nulle part.

TRIVELIN. – Ne badinons[4] point ; le temps se passe, et nous ne décidons rien.

LE CHEVALIER. – Savez-vous bien, mon ami, que vous risquez beaucoup ?

TRIVELIN. – Je n'ai pourtant qu'un écu à perdre.

LE CHEVALIER. – Ce coquin-là m'embarrasse. (*Il fait comme s'il s'en allait.*) Il faut que je m'en aille. (*À Trivelin.*) Tu me suis ?

TRIVELIN. – Vraiment oui, je soutiens mon caractère : ne vous ai-je pas dit que j'étais opiniâtre[5] ?

LE CHEVALIER. – Insolent !

TRIVELIN. – Cruel !

LE CHEVALIER. – Comment, cruel !

TRIVELIN. – Oui, cruel ; c'est un reproche tendre que je vous fais. Continuez, vous n'y êtes pas ; j'en viendrai jusqu'aux soupirs ; vos rigueurs me l'annoncent.

LE CHEVALIER. – Je ne sais plus que penser de tout ce qu'il me dit.

TRIVELIN. – Ah ! ah ! ah ! vous rêvez, mon cavalier, vous délibérez ; votre ton baisse, vous devenez traitable, et nous nous accommoderons, je le vois bien. La passion que j'ai de vous servir est sans quartier[6] ; premièrement cela est dans mon sang, je ne saurais me corriger.

LE CHEVALIER, *mettant la main sur la garde de son épée*. – Il me prend envie de te traiter comme tu le mérites.

TRIVELIN. – Fi ! ne gesticulez point de cette manière-là ; ce geste-là n'est point de votre compétence ; laissez là cette arme qui vous est

ÉCRIT

étrangère : votre œil est plus redoutable que ce fer inutile qui vous pend au côté.

LE CHEVALIER. – Ah ! je suis trahie !

Marivaux, *La Fausse Suivante*, acte I, scène 5 (extrait), 1724.

1. Ajustons-nous : accordons-nous.
2. Mortification : humiliation, blessure d'orgueil.
3. Extravagant : fou.
4. Ne badinons point : ne plaisantons pas.
5. Opiniâtre : têtu.
6. Sans quartier : pleine et entière.

LES CLÉS DU SUJET

Définir le texte

Carte d'identité du texte

- **Époque :** 1re moitié du XVIIIe siècle
- **Mouvement :** les Lumières

- **Genre :** scène de comédie
- **Type de texte :** argumentatif

Buts : faire rire, montrer la supériorité du valet sur le maître

Thèmes : affrontement entre un valet et son maître (une maîtresse !)

- **Tonalités :** comique
- **Autres adjectifs :** vivant, traditionnel et nouveau à la fois, plaisant

Construire le plan

1 La dimension comique

- Répertoriez les diverses sources du comique (situation, gestes, mots, caractère…) ; lesquelles repérez-vous ici ?

2 Un maître déguisé, un valet protéiforme

- Qui semble avoir le dessus au début de la scène ? à la fin ?
- Étudiez la stratégie de Trivelin pour prendre l'avantage.

19 CORRIGÉ GUIDÉ

Les titres en couleur ou entre crochets ne doivent pas figurer sur la copie.

Introduction

[Présentation du contexte] Marivaux, au début du XVIIIe siècle, crée un théâtre qui fait du neuf avec de l'ancien : des personnages traditionnels – maîtres et valets, couples d'amoureux – se croisent, se cherchent, parfois sous des déguisements prétextes à bien des quiproquos ; leurs préoccupations, leur langage portent la marque du « marivaudage », façon raffinée d'explorer avec une apparente légèreté mais une réelle gravité les mystères de l'amour et le poids des préjugés sociaux.

[Présentation du texte] Dans *La Fausse Suivante*, une jeune aristocrate se fait passer tantôt pour un Chevalier, tantôt pour une domestique (une « fausse suivante »), afin de connaître les sentiments d'un prétendant. Ici, elle/il affronte Trivelin qui lui propose d'être son valet pour remplacer Frontin, son serviteur habituel.

[Annonce du plan] Dans cette scène comique et vive [I], Trivelin aborde le Chevalier d'abord avec respect mais c'est une stratégie car, connaissant le travestissement du Chevalier, il s'en sert pour inverser les rôles et s'imposer [II].

ÉCRIT

I. La dimension comique

> **▶ Le secret de fabrication**
>
> L'objectif de cette première partie est de montrer en quoi cette scène d'affrontement obéit à la tradition théâtrale du couple maître-valet. Elle s'attache à bien distinguer les diverses sources du comique et à les analyser avec précision.

Marivaux recourt aux moyens traditionnels de la comédie : comique de situation, de caractère, de geste, de mot…

1. Une situation et des jeux de scène comiques

- Pas de scène de théâtre réussie sans conflit ! Le spectateur s'amuse d'une situation où s'opposent deux volontés : Trivelin, bien décidé à devenir le valet du Chevalier, s'impose peu à peu, alors que le Chevalier cherche à se débarrasser de ce valet de plus en plus sûr de lui. Car le combat n'est pas égal : Trivelin – tout comme le spectateur – connaît le secret du Chevalier et mesure l'inutilité des efforts de celui-ci pour se libérer du nœud que le valet resserre autour de lui.

• L'exaspération d'abord puis le désarroi croissant du Chevalier se marquent dans ses apartés : « il se moque de moi », « cet homme-là est un extravagant », « ce coquin-là m'embarrasse », « je ne sais plus que penser de tout ce qu'il me dit »…

• Ses gestes, suggérés par les didascalies (« il fait comme s'il s'en allait, mettant la main sur la garde de son épée »), sont d'autant plus drôles que le spectateur sait que le Chevalier ne saurait mettre ses menaces à exécution.

• Le jeu des acteurs peut amplifier le contraste entre un Chevalier, de plus en plus troublé, s'agite, « gesticule […] » et un Trivelin qui, après les courbettes du début, se redresse et s'affirme.

2. Le comique de caractère

• Trivelin appartient à la lignée des serviteurs issus de la *commedia dell'arte*, rusé, beau parleur, déterminé. Il joue d'abord les serviteurs exemplaires et parle avec solennité de ses origines et de sa passion de servir.

• Il sait manipuler le Chevalier, il le provoque puis esquive son agressivité avant de prendre l'avantage en laissant penser, par des remarques à double sens, qu'il devine son déguisement. Le Chevalier paraît bien désarmé, avec son épée « inutile », face à ce serviteur tenace et perspicace.

> **À NOTER**
> Genre de théâtre populaire italien du XVIe siècle : les acteurs, masqués, improvisaient à partir de schémas d'intrigue et interprétaient des personnages stéréotypés (Arlequin, Scapin, Polichinelle, Pantalon, Colombine…).

3. Le comique de mots

• Les personnages de Marivaux sont experts dans l'art des sous-entendus, des mots à double sens et le spectateur prend beaucoup de plaisir à ce détournement du langage. Quand le Chevalier menace Trivelin (« vous risquez beaucoup »), il veut dire qu'il pourrait bien le frapper s'il s'obstine, mais Trivelin feint de croire que le Chevalier lui lance un pari et que lui, Trivelin, n'y perdrait qu'« un écu », alors que le Chevalier risque beaucoup plus gros…

• En qualifiant d'« arme étrangère » et de « fer inutile » l'épée du Chevalier, Trivelin fait comprendre que son déguisement ne l'abuse pas. Dans ses dernières répliques, il s'adresse au Chevalier comme un amant à une maîtresse insensible au « reproche tendre », « aux soupirs » – autant de sous-entendus qui font sourire le spectateur, qui sait que Trivelin « sait ».

• Parfois, les répliques se font écho : le Chevalier renvoie Trivelin qui ne lui est « bon à rien », reproche que le valet reprend puis modifie en « bon à *quelque chose* ». Au début de l'échange, le chevalier exige de Trivelin : « *Laissez là* vos politesses » et Trivelin, à la fin de la scène, se moque : « *Laissez là* cette arme qui vous est étrangère ».

II. Un maître déguisé, un valet protéiforme

> ▶ **Le secret de fabrication**
>
> On étudie en quoi cet affrontement dépasse l'image traditionnelle du couple théâtral maître-valet : face à un maître enfermé dans son déguisement (le Chevalier est une femme), le valet, mobile et changeant, se métamorphose et finit par inverser complètement le rapport de force entre les deux protagonistes.

1. Une apparente modestie

• Trivelin se présente d'abord comme un serviteur humble et soumis, et multiplie les marques de politesse et de respect à l'égard du Chevalier. C'est pour lui un « honneur » et un bonheur de devenir le « serviteur » du Chevalier. Il accumule les hyperboles pour donner de lui une image flatteuse, pour dire son nom et revendiquer une lignée où l'on est serviteur fidèle de père en fils.

• Trivelin ne se laisse pas déstabiliser par la réponse brutale du Chevalier qui n'apprécie guère sa « politesse » alambiquée et le remet à sa place de « valet ». Trivelin fait semblant d'accuser le coup et d'être meurtri par ce nom « odieux ». Il y a une certaine solennité dans sa déclaration (« il frappe mes oreilles d'un son disgracieux ») martelée comme un alexandrin. Trivelin est bien un serviteur du XVIIIe siècle et ses protestations de dévouement ne servent qu'à cacher son désir d'émancipation et son intention de renverser les rôles.

• Il propose néanmoins un compromis qui mêle une formule de politesse (« de grâce ») à deux impératifs (« ajustons-nous », « convenons ») : il donne déjà des ordres à son futur maître et la première personne du pluriel matérialise ce nouveau couple de maître/valet. Le Chevalier sent bien que l'affaire est « singulière » (= étrange) et pense seulement être victime d'un mauvais plaisant qui se « moque » de lui. La réponse de Trivelin est ambiguë, car il associe une nouvelle protestation hyperbolique d'amitié (« la joie d'être à vous ») à un rappel de « la mortification » que lui a infligée le Chevalier ; il a beau adoucir l'offense qualifiée de « légère », il n'oublie rien et pourrait bien se venger.

2. Impertinent et provocateur

• Quand le Chevalier le congédie à deux reprises, Trivelin feint d'abord la surprise en reprenant ironiquement les paroles du Chevalier puis change de ton : il marque fermement sa détermination par deux négations (« non, vous m'avez piqué », « je ne vous quitterai point ») ; c'est lui qui fixe les conditions de son abandon éventuel au terme d'une négociation où maître et valet ont un poids égal (« vous ne soyez convenu avec moi »).

• Il ne tient plus compte des ordres du Chevalier qui l'enjoint de se retirer et suit son idée : « Où vous attendrai-je ? ». Désormais, il s'impatiente, ordonne (« ne badinons point ») et, en se servant du « nous », prétend ne faire plus qu'un avec ce maître peu obéissant. Le dialogue s'accélère avec une succession de répliques très courtes. Le Chevalier, poussé à bout, en vient à l'insulte (« insolent »)…

3. Un soupirant de… la Chevalière ?

• Trivelin lui répond du tac au tac mais choisit bien son apostrophe : « cruel » appartient au vocabulaire du reproche amoureux et le Chevalier s'étonne de cette épithète. Mais Trivelin triomphe et se moque ouvertement (« ah ! ah ! ah ! »), interpelle familièrement son adversaire (« mon cavalier »), commente à haute voix la surprise du Chevalier qui « rêve […] », « délibère […] », « baisse le ton », devient « traitable ».

• Bien décidé à achever le Chevalier en lui faisant comprendre qu'il sait tout de son déguisement, Trivelin poursuit sur le même ton, comme s'il s'adressait désormais à une maîtresse – au sens amoureux du terme : il se présente comme un amoureux « tendre », dont les « soupirs » n'arrivent pas à vaincre les « rigueurs » de la belle malgré sa « passion ».

• Trivelin parle comme un soupirant malheureux qui craint davantage les effets « redoutables » de la beauté ou de la dureté de « l'œil » de la belle que la menace de l'épée qu'elle porte. Trivelin a gagné et le Chevalier reconnaît sa défaite : « je suis trahie », comme si son déguisement venait de lui être arraché…

Conclusion

[Synthèse] Cette scène de *La Fausse Suivante* condense certains traits et thèmes des comédies de Marivaux : le personnage du valet déterminé et manipulateur comme le Dubois des *Fausses confidences*, le recours au travestissement pour faire éclater la vérité, un dialogue vif, au comique léger, où les mots eux-mêmes sont déguisés.

[Ouverture] Le couple maître-valet qui permet une réflexion sur les relations sociales et sur le rapport à l'autre, quitte progressivement, au gré des contextes sociaux, la comédie pour investir au XIXe siècle le drame (*Ruy Blas* de Hugo) et au XXe siècle la tragédie moderne (*Les Bonnes* de Genet, *Fin de partie* de Beckett).

20 Sujet d'écrit • Commentaire

Beaumarchais, *Le Barbier de Séville*, acte III, scène 5

4 heures
20 points

INTÉRÊT DU SUJET • Confronté à la jalousie arrogante du vieux docteur Bartholo, le barbier Figaro ne manque ni de ressources ni de repartie, comme vous allez le découvrir…

Commentez ce texte de Beaumarchais, extrait du *Barbier de Séville*, en vous aidant du parcours de lecture ci-dessous.

- Étudiez la scène de confrontation.
- Analysez la ruse comique mise en place par Figaro.

DOCUMENT

Le comte Almaviva est amoureux de Rosine, que son vieux tuteur Bartholo séquestre chez lui afin de l'épouser. Le comte, déguisé en bachelier, est entré chez Bartholo : il souhaite faire sortir le vieillard pour s'entretenir librement avec Rosine. Figaro, adjuvant du comte, fait son apparition.

BARTHOLO. – Et dites-moi un peu comment la petite Figaro a trouvé les bonbons que vous lui avez portés[1] ?

FIGARO. – Quels bonbons ? Que voulez-vous dire ?

BARTHOLO. – Oui, ces bonbons, dans ce cornet fait avec cette feuille de papier à lettre… ce matin.

FIGARO. – Diable emporte si…

ROSINE, *l'interrompant*. – Avez-vous eu soin au moins de les lui donner de ma part, monsieur Figaro ? Je vous l'avais recommandé.

FIGARO. – Ah ! ah ! les bonbons de ce matin ? Que je suis bête, moi ! j'avais perdu tout cela de vue… Oh ! excellents, madame, admirables !

BARTHOLO. – Excellents, admirables ! Oui, sans doute, monsieur le barbier, revenez sur vos pas ! Vous faites là un joli métier, monsieur !

FIGARO. – Qu'est-ce qu'il a donc, monsieur ?

BARTHOLO. – Et qui vous fera une belle réputation, monsieur !

FIGARO. – Je la soutiendrai, monsieur.

BARTHOLO. – Dites que vous la supporterez, monsieur.

FIGARO. – Comme il vous plaira, monsieur.

BARTHOLO. – Vous le prenez bien haut[2], monsieur ! Sachez que, quand je dispute avec un fat[3], je ne lui cède jamais.

FIGARO *lui tourne le dos.* – Nous différons en cela, monsieur : moi, je lui cède toujours.

BARTHOLO. – Hein ? qu'est-ce qu'il dit donc, bachelier ?

FIGARO. – C'est que vous croyez avoir affaire à quelque barbier de village, et qui ne sait manier que le rasoir ? Apprenez, monsieur, que j'ai travaillé de la plume à Madrid, et que sans les envieux…

BARTHOLO. – Eh ! que n'y restiez-vous ? sans venir ici changer de profession ?

FIGARO. – On fait comme on peut ; mettez-vous à ma place.

BARTHOLO. – Me mettre à votre place ! Ah ! parbleu, je dirais de belles sottises !

FIGARO. – Monsieur, vous ne commencez pas trop mal ; je m'en rapporte à votre confrère, qui est là rêvassant…

LE COMTE *revenant à lui.* – Je… je ne suis pas le confrère de monsieur.

FIGARO. – Non ? Vous voyant ici à consulter, j'ai pensé que vous poursuiviez le même objet.

BARTHOLO *en colère.* – Enfin, quel sujet vous amène ? Y a-t-il quelque lettre à remettre encore ce soir à madame ? Parlez, faut-il que je me retire ?

FIGARO. – Comme vous rudoyez[4] le pauvre monde ! Eh ! parbleu, monsieur, je viens vous raser, voilà tout : n'est-ce pas aujourd'hui votre jour ?

BARTHOLO. – Vous reviendrez tantôt.

FIGARO. – Ah ! oui, revenir ! toute la garnison prend médecine[5] demain matin ; j'en ai obtenu l'entreprise par mes protections. Jugez donc comme j'ai du temps à perdre ! Monsieur passe-t-il chez lui ?

BARTHOLO. – Non, monsieur ne passe point chez lui. Et mais… qui m'empêche qu'on me rase ici ?

ROSINE *avec dédain.* – Vous êtes honnête. Et pourquoi pas dans mon appartement ?

BARTHOLO. – Tu te fâches ? Pardon, mon enfant, tu vas achever de prendre ta leçon ; c'est pour ne pas perdre un instant le plaisir de t'entendre.

FIGARO *bas au comte*. – On ne le tirera pas d'ici ! (*Haut.*) Allons, L'Éveillé ? La Jeunesse[6] ? le bassin, l'eau, tout ce qu'il faut à Monsieur.

BARTHOLO. – Sans doute, appelez-les ! Fatigués, harassés, moulus de votre façon[7], n'a-t-il pas fallu les faire coucher !

FIGARO. – Eh bien ! j'irai tout chercher : n'est-ce pas dans votre chambre ? (*Bas au comte.*) Je vais l'attirer dehors.

BARTHOLO *détache son trousseau de clefs et dit par réflexion* : – Non, non, j'y vais moi-même. (*Bas au comte, en s'en allant.*) Ayez les yeux sur eux, je vous prie.

Beaumarchais, *Le Barbier de Séville*, acte III, scène 5, 1775.

---

1. Plus tôt dans la pièce, Rosine a menti à Bartholo à propos d'une feuille de papier à lettre, dont elle aurait soi-disant fait un cornet à bonbons confié à Figaro, mais qu'elle a en fait utilisée pour écrire au comte. Figaro n'est pas au fait du mensonge de Rosine.
2. Vous le prenez bien haut : avec arrogance.
3. Un fat : sot prétentieux.
4. Rudoyer : traiter sans ménagement, en parlant avec brutalité.
5. Prendre médecine : se purger.
6. L'Éveillé et La Jeunesse sont deux valets de Bartholo.
7. De votre façon : à cause de vous. Figaro a drogué L'Éveillé et la Jeunesse avec des médicaments.

LES CLÉS DU SUJET

Définir le texte

Carte d'identité du texte

- **Époque** : fin du XVIIIe siècle, les Lumières
- **Tonalités** : comique, ironique
- **Thème** : la lutte entre un valet astucieux et un vieillard jaloux
- **Buts** : divertir le spectateur par l'invention de Figaro, se moquer d'un personnage excessif

Construire le plan

La problématique est la suivante : comment cette confrontation permet-elle à Beaumarchais de mettre en valeur l'inventivité comique d'un personnage rusé ?

① Une scène de confrontation	• Montrez que cette confrontation est dynamique en étudiant l'enchaînement des répliques. • Analysez la finesse de la repartie de Figaro face aux attaques de Bartholo. • Comment les abus d'autorité de Bartholo sont-ils dénoncés ?
② Une ruse comique	• Montrez que Figaro intervient au beau milieu d'un quiproquo comique. • Observez les ressources du langage mobilisées par Figaro pour se jouer de Bartholo. • Comment la ruse se met-elle concrètement en œuvre ?

20 CORRIGÉ FLASH

Les titres en couleur ou entre crochets ne doivent pas figurer sur la copie.

Introduction

[Présentation du contexte] À la fin du XVIIIe siècle, le théâtre renouvelle le personnage du valet, typique de la comédie.

[Présentation du texte] Beaumarchais, dans *Le Barbier de Séville*, imagine le personnage de Figaro, valet devenu barbier, qui mobilise sa ruse afin d'aider son ancien maître à enlever Rosine au vieux médecin Bartholo.

[Problématique] Comment cette confrontation permet-elle à Beaumarchais de mettre en valeur l'inventivité comique d'un personnage rusé ?

[Annonce du plan] Nous étudierons dans un premier temps la construction d'une confrontation entre deux personnages que tout oppose [I]. Nous verrons ensuite comment Beaumarchais met en valeur la ruse astucieuse de Figaro [II].

I. Une scène de confrontation

1. Une confrontation expressive et dynamique

Cette scène consiste en une intense confrontation entre le barbier Figaro et le docteur Bartholo.

• « Vous faites là un joli métier, monsieur ! » : accusation ironique de Bartholo contre Figaro. « Eh ! que n'y restiez-vous ? » : les agressions s'amplifient.

• « Je la soutiendrai, monsieur. – Dites que vous la supporterez, monsieur. – Comme il vous plaira, monsieur. [...] » : stichomythie, répétition en fin de phrase de l'apostrophe « monsieur » qui créent un duel verbal entre Figaro et Bartholo.

• Ponctuation expressive : rythme dynamique, enlevé.

MOT CLÉ
La stichomythie consiste en un enchaînement de brèves répliques, qui donne de la rapidité au dialogue.

2. Une repartie savoureuse

Figaro fait preuve d'inventivité pour sortir vainqueur de cette confrontation.

• Didascalie « *lui tourne le dos* » ; « Sachez que, quand je dispute avec un fat, je ne lui cède jamais. – [...] Moi, je lui cède toujours. » : Figaro retourne l'accusation de fatuité contre Bartholo.

• « Me mettre à votre place ! [...] Je dirais de belles sottises ! – Monsieur, vous ne commencez pas trop mal » : autodérision de Figaro et litote ironique qui en font le vainqueur de cette joute oratoire.

3. La dénonciation d'un barbon tyrannique

Le vrai visage de Bartholo est révélé au grand jour : celui d'un barbon autoritaire et jaloux à l'excès.

• La didascalie « *en colère* » et les questions sarcastiques « Y a-t-il quelque lettre à remettre encore ce soir à madame ? Parlez, faut-il que je me retire ? » montrent la jalousie tyrannique de Bartholo.

• Accusation exclamative « Comme vous rudoyez le pauvre monde ! » : Figaro ose tenir tête au docteur.

MOT CLÉ
Le barbon est un emploi comique traditionnel : il s'agit d'un vieillard ridicule qui cherche souvent à épouser une femme beaucoup plus jeune que lui.

[Transition] Cette confrontation comique et dynamique entre Figaro et Bartholo laisse voir l'inventivité astucieuse de Figaro, à travers une scène de ruse particulièrement bien ficelée.

II. Une ruse comique

1. Le quiproquo à la source du comique

La scène se construit autour du comique de situation.

• « Quels bonbons ? Que voulez-vous dire ? [...] Diable m'emporte si... » : incompréhension comique de Figaro, qui ne saisit pas immédiatement que Rosine a menti. Il s'agit d'un quiproquo qui amuse le spectateur.

• « Avez-vous eu soin au moins de les lui donner de ma part, monsieur Figaro ? » : Rosine s'empresse, avec ruse, de créer une complicité avec Figaro.

• Interjections exclamatives « Ah ! ah ! » et adjectifs très mélioratifs « excellents, [...] admirables » : Figaro se saisit du mensonge. Les personnages s'allient contre Bartholo.

2. Un barbier plein de ressources

Beaumarchais fait de Figaro un personnage astucieux et inventif.

• Expression métonymique « Apprenez, monsieur, que j'ai travaillé de la plume à Madrid » : Figaro n'est pas un simple « barbier de village ».

• « Vous voyant ici à consulter, j'ai pensé que vous poursuiviez le même objet. » : Figaro joue sur la polysémie du mot « objet » (sujet d'étude d'un docteur / femme aimée) pour se moquer de Bartholo sans qu'il ne s'en rende compte. Il est maître de la parole.

> **À NOTER**
> Figaro, ancien dramaturge, serait-il en partie un porte-parole, de Beaumarchais ? C'est en tout cas un personnage qui ne cesse de surprendre le spectateur.

• « Je viens vous raser, voilà tout [...] Toute la garnison prend médecine demain matin [...] Jugez donc comme j'ai du temps à perdre ! » : inventivité verbale de Figaro ; l'impératif ironique oblige Bartholo à se laisser raser. Figaro est maître en improvisation.

3. Les « fourberies » de Figaro

L'enjeu de la scène est de faire sortir Bartholo, quel qu'en soit le moyen.

• Interrogation qui se veut oratoire : « Monsieur passe-t-il chez lui ? » mais qui échoue : « Non, monsieur ne passe point chez lui. »

• Dialogue secret entre Figaro et le comte : « On ne le tirera pas d'ici [...] Je vais l'attirer dehors. » La mise en scène insiste sur les stratagèmes du barbier rusé.

• Dernière interrogation oratoire : « J'irai tout chercher : n'est-ce pas dans votre chambre ? » C'est enfin un succès : Bartholo, méfiant, fait l'erreur de quitter la scène ; Figaro a gagné. Cette réussite est renforcée par la méprise finale du vieillard, qui croit s'adresser à un allié en la personne du comte déguisé en bachelier : « Ayez les yeux sur eux, je vous prie. »

> **DES POINTS EN +**
> Il est nécessaire de toujours envisager, dans le cadre de l'étude d'un texte théâtral, les conditions connues de sa représentation.

Conclusion

Cette scène permet de mettre en œuvre l'inventivité de Figaro, personnage plein de ressources pour la ruse et l'intrigue, qui sait s'adapter aux situations les plus inextricables et braver un barbon tyrannique. On retrouve une situation similaire dans *Le Mariage de Figaro*, où l'adversaire de Figaro n'est plus Bartholo mais le comte lui-même, désormais marié : au début de l'acte III, Figaro déploie toute sa maîtrise du langage pour faire croire au comte tout et son contraire.

Giraudoux, *La guerre de Troie n'aura pas lieu*, acte II, scène 5

4 heures
20 points

INTÉRÊT DU SUJET • Le général troyen Hector est ici le porte-parole de Giraudoux, qui se profile derrière son personnage, et transmet à travers un discours aux morts insolite sa conception de la vie et de la condition humaine.

Commentez ce texte de Jean Giraudoux, extrait de *La guerre de Troie n'aura pas lieu*, en vous aidant du parcours de lecture ci-dessous.

- Montrez que le discours d'Hector ressemble à un éloge funèbre.
- En quoi cependant ce discours s'en démarque-t-il ?
- Quelle vision de l'homme et du monde propose implicitement l'intervention d'Hector ?

DOCUMENT

Le héros et général troyen Hector – au fond pacifiste – doit prononcer un discours aux morts, alors que les ennemis grecs sont en train de débarquer. Il se place au pied des portes de Troie.

HECTOR. – Ô vous qui ne nous entendez pas, qui ne nous voyez pas, écoutez ces paroles, voyez ce cortège. Nous sommes les vainqueurs. Cela vous est bien égal, n'est-ce pas ? Vous aussi vous l'êtes. Mais, nous, nous sommes les vainqueurs vivants. C'est ici que commence la différence. C'est ici que j'ai honte. Je ne sais si dans la foule des morts on distingue les morts vainqueurs par une cocarde. Les vivants, vainqueurs ou non, ont la vraie cocarde, la double cocarde. Ce sont leurs yeux. Nous, nous avons deux yeux, mes pauvres amis. Nous voyons le soleil. Nous faisons tout ce qui se fait dans le soleil. Nous mangeons. Nous buvons… Et dans le clair de lune !… Nous couchons avec nos femmes… Avec les vôtres aussi…

DÉMOKOS. – Tu insultes les morts, maintenant ?

HECTOR. – Vraiment, tu crois ?

DÉMOKOS. – Ou les morts, ou les vivants.

HECTOR. – Il y a une distinction…

PRIAM. – Achève, Hector… Les Grecs débarquent…

HECTOR. – J'achève… Ô vous qui ne sentez pas, qui ne touchez pas, respirez cet encens, touchez ces offrandes. Puisque enfin c'est un général sincère qui vous parle, apprenez que je n'ai pas une tendresse égale, un respect égal pour vous tous. Tout morts que vous êtes, il y a chez vous la même proportion de braves et de peureux que chez nous qui avons survécu et vous ne me ferez pas confondre, à la faveur d'une cérémonie, les morts que j'admire avec les morts que je n'admire pas. Mais ce que j'ai à vous dire aujourd'hui, c'est que la guerre me semble la recette la plus sordide et la plus hypocrite pour égaliser les humains et je n'admets pas plus la mort comme châtiment ou comme expiation au lâche que comme récompense aux vivants. Aussi, qui que vous soyez, vous absents, vous inexistants, vous oubliés, vous sans occupation, sans repos, sans être, je comprends en effet qu'il faille en fermant ces portes excuser près de vous ces déserteurs que sont les survivants, et ressentir comme un privilège et un vol ces deux biens qui s'appellent, de deux noms dont j'espère que la résonance ne vous atteint jamais, la chaleur et le ciel.

Jean Giraudoux, *La guerre de Troie n'aura pas lieu*,
acte II, scène 5 (extrait), Grasset, 1935.

LES CLÉS DU SUJET

Définir le texte

Carte d'identité du texte

- **Époque :** 1re moitié du XXe siècle
- **Mouvement :** théâtre de l'après-guerre

- **Genre :** tirade de théâtre
- **Type de texte :** argumentatif

Buts : dénoncer les discours mensongers et la guerre, faire l'éloge de la vie

Thèmes : l'absurdité de la guerre, la beauté de la vie

- **Tonalités :** lyrique, pathétique, parodique
- **Autres adjectifs :** déroutant, inspiré de l'Antiquité, modernisé

Construire le plan

❶ La tradition de l'éloge funèbre	• Interrogez-vous sur le genre du texte et sur sa forme (il s'agit d'un discours officiel, forme traditionnelle qui a ses règles et ses contraintes).
❷ Un anti-discours	• Mesurez la conformité de ce discours avec le discours aux morts traditionnel. • Étudiez le réalisme et le mélange des tons ; analysez la manière dont Giraudoux a modernisé un personnage et un épisode de la tradition antique.
❷ Un message pacifiste	• Quelles idées, quel message implicite de Giraudoux révèle ce discours ? • Qu'est-ce qui marque l'engagement de Giraudoux ? Quelles critiques adresse-t-il aux cérémonies militaires ? • Quelles sont les valeurs célébrées par Hector, et par Giraudoux à travers lui ?

21 CORRIGÉ GUIDÉ

ÉCRIT

Les titres en couleur ou entre crochets ne doivent pas figurer sur la copie.

Introduction

[Présentation du contexte] Les guerres du XXe siècle ont exercé une influence notoire sur la littérature : de nombreux écrivains ont dénoncé l'horreur de la guerre. Ainsi, en 1935, Giraudoux, soldat lui-même en 1914-1918 et conscient qu'une nouvelle guerre se prépare, reprend la légende de la guerre de Troie dans sa pièce *La guerre de Troie n'aura pas lieu*. Il y met en scène Hector, un ancien combattant qui a vécu l'horreur de la guerre.

[Présentation du texte] Dans la scène 5 de l'acte II, ce fils de Priam, le roi de Troie, prononce avec réticence le traditionnel discours aux morts.

À NOTER
De nombreux dramaturges du XXe siècle ont adapté les mythes antiques en les modernisant pour mettre en scène les grands problèmes des temps modernes et faire part de leur conception de la condition humaine : *Antigone*, d'Anouilh, *Les Mouches* de Sartre…

[Annonce du plan] Le discours se plie apparemment aux exigences du genre [I]. En réalité il s'agit d'un anti-discours [II], parodie vigoureuse et poétique, à la fois réquisitoire contre la guerre et hymne à la vie [III].

I. La tradition de l'éloge funèbre

> **▶ Le secret de fabrication**
> Le texte se présente explicitement comme un discours aux morts ; il est donc logique, après avoir recherché les caractéristiques traditionnelles de ce type d'intervention orale, d'analyser en quoi l'intervention d'Hector dans son ton, son style et sa structure se conforme à ce « genre ».

1. Le ton : tendresse et solennité émouvantes

• La tendresse et la mélancolie des apostrophes aux morts suscitent la pitié et l'émotion du spectateur pour les victimes : « pauvres amis », « vous absents, vous oubliés »...

• Le ton rappelle les épopées (l'*Iliade*) ou les tragiques grecs (Eschyle) par un ton solennel et dramatique « à l'antique » :

– les apostrophes oratoires : « Ô vous qui ne nous entendez pas... », « Ô vous qui ne sentez pas » ;

– l'impératif dramatique, presque religieux, pour interpeller et implorer les morts (« Respirez cet encens... »), qui crée une tonalité sacrée ;

– de nombreux termes négatifs (« sans être... sans repos... », « oubliés ») qui dramatisent l'instant.

> **MOT CLÉ**
> Une épopée est un long poème qui célèbre les exploits d'un héros à travers des épisodes où sont représentées, mises en évidence et incarnées les valeurs d'une société.

2. Une structure très équilibrée et lyrique

• Hector suit les règles du genre oratoire, notamment dans la structure très « classique » du discours :

– il garde un équilibre entre les deux parties presque symétriques de sa tirade, placées sous le signe de l'invocation et de l'imploration ;

– il recourt à de longues périodes au rythme travaillé, éloquent et lyrique.

[Transition] On reconnaît Hector tel qu'il apparaît dans l'*Iliade* et on comprend pourquoi Giraudoux l'a choisi pour exprimer ses convictions sur les grandes questions que se pose l'homme (l'amour, la guerre, la mort).

> **MOT CLÉ**
> Une période est, en art oratoire, une longue phrase qui enchaîne les idées dans un ample mouvement rythmique et dont la cadence, la musicalité et parfois les sonorités, font effet sur l'auditeur.

II. Un anti-discours

▶ Le secret de fabrication

Cette partie se concentre sur l'écart entre cette intervention d'Hector et ce que l'on attendrait (situation d'énonciation, sentiments à l'égard des morts, mélange des tons…) et sur ce qui peut surprendre l'auditeur habitué à ce type de discours traditionnel.

1. Affectation sans artifice et pitié pour les absents

• Habituellement, un discours s'adresse à un public présent et vivant. Ici, il s'adresse à des absents.

• Cependant l'invocation d'Hector est si expressive que l'on a l'impression d'assister à un vrai dialogue entre le général et ses soldats disparus (marqué par la présence d'indices personnels de la 2e personne).

• Alors qu'il est leur général, Hector voit ses soldats comme des compagnons et non comme des héros. Il exprime explicitement l'affection et la pitié qu'il ressent pour eux (« pauvres amis »).

2. Une sincérité inhabituelle et un réalisme cru

Persuadé de l'hypocrisie convenue des discours aux morts, Hector déploie dans le sien une sincérité inhabituelle.

• Il refuse l'hommage inconditionnel de ce type de discours. Il fait une constatation sincère (« Il y a chez vous la même proportion de braves et de peureux que chez nous qui avons survécu ») et avoue une certaine partialité : « apprenez que je n'ai pas […] un respect égal pour vous tous ».

• Un réalisme cru : Hector frise l'irrespect par son langage familier et réaliste (« mangeons, buvons, couchons ») et fait un aveu inconvenant (« Nous couchons avec nos femmes… Avec les vôtres aussi… »).

3. Un discours aux vivants ?

Pas de malice chez Hector, mais un désir d'honnêteté et le refus de l'artifice des discours de circonstance, des clichés héroïques et des louanges.

• Cela provoque la réaction choquée de Démokos, le poète officiel, qui prend cette sincérité pour des « insultes » (« Tu insultes les morts, maintenant ? »).

• Démokos perçoit dans le discours d'Hector une attaque directe contre les vivants, le ridicule de leurs traditions dont il parodie les rites inutiles.

• Le discours aux morts d'Hector est donc insolite : Giraudoux l'a modernisé, autant dans le ton que dans les idées.

[Transition] À travers Hector, c'est Giraudoux qui s'exprime ; le discours prend alors un tour polémique, philosophique.

ÉCRIT

III. Un message pacifiste

> **▶ Le secret de fabrication**
> On montre ici comment un personnage de théâtre porte des idées : on dégage la manière dont ce discours dessine le portrait d'un général insolite ; puis on explicite les valeurs, la conception du monde et l'attitude face à la vie que Giraudoux suggère à travers Hector, son porte-parole.

1. Hector, une figure d'anti-général

• Il fait preuve d'affection et de sincérité (« c'est un général sincère qui vous parle »), ce qui n'est pas la vertu première qu'on imagine pour un chef d'armée.

• Il ne se prend pas au sérieux : il admet qu'il est incapable de rendre des morts sensibles aux valeurs militaires, gloire ou victoire (« Je ne sais si, dans la foule des morts, on distingue les morts vainqueurs par une cocarde »).

• Il est clairvoyant et sait que ses mots importent peu aux destinataires de son discours (« Cela vous est bien égal, n'est-ce pas ? »).

2. La haine de la guerre et le pacifisme de Giraudoux

• Le texte est un réquisitoire d'une part contre la guerre, « sordide » et « hypocrite » (termes forts), où il n'y a aucun vainqueur réel, mort ou vivant, d'autre part contre les bellicistes indifférents aux dangers qui pèsent sur l'Europe en 1935 et qui planifient la guerre comme une « recette » (métaphore culinaire).

• Giraudoux fait du discours d'Hector une ode à la paix et à la vie. Il y exprime ses convictions profondes : la revendication d'un pacifisme inconditionnel, la célébration des bonheurs simples et naturels et des plaisirs suggérés par la présence du champ lexical des sens (« Nous voyons le soleil. », « Nous, nous avons deux yeux »).

> **MOT CLÉ**
> Une ode, en littérature grecque, est un poème lyrique accompagné de musique en l'honneur d'un dieu ou d'un héros. Par extension, cela désigne un texte qui célèbre un personnage ou une valeur.

• La fréquence de la mention de la vie, en contraste avec les morts, en fait la valeur humaine fondamentale : « Les vivants… ont la vraie cocarde », « *Nous, nous* sommes les vainqueurs vivants ». La vie est un don plus précieux que la gloire.

3. Des tons variés et des procédés originaux

• L'ironie et l'humour soulignent la lucidité de Giraudoux par rapport aux honneurs dérisoires rendus aux victimes.

• Le réalisme de l'écriture présente la mort dans sa brutalité aveugle : la mort est la perte d'un bien précieux, la vie, et non la consécration suprême.

• En contraste, une certaine poésie se dégage de l'emploi d'un vocabulaire très simple (*sentir*, *entendre*, *voir*), de la mention de la nature (« la chaleur et le ciel ») et de la métaphore audacieuse et anachronique des « cocardes » (en assimilant les yeux à des « cocardes », elle transforme ce symbole républicain, nationaliste et guerrier).

Conclusion

[Synthèse] Ce discours original, plus qu'un éloge des morts, est une ode à la vie et à la paix qui s'adresse à l'humanité entière. Cependant, dans cette « guerre de Troie », ce n'est plus la fatalité divine qui pousse au conflit, mais la folie meurtrière des hommes que Giraudoux n'a pas réussi à contrecarrer.

[Ouverture] En effet, ce réquisitoire provocateur, écrit en 1935, destiné à démystifier l'imposture de cet exercice d'éloquence faux et hypocrite qu'est le discours aux morts, visait à alerter les esprits sur la menace d'un nouveau conflit après la Première Guerre mondiale. Mais l'écrivain prêche parfois dans le désert : quatre ans plus tard éclatait la Seconde Guerre mondiale…

22 Sujet d'écrit • Commentaire

Ionesco, *La Leçon*

4 heures
20 points

INTÉRÊT DU SUJET • Ionesco met en scène la leçon de langue insolite que dispense à une jeune élève un professeur inquiétant. À travers elle, il montre l'impuissance des mots et l'incommunicabilité entre les êtres.

Commentez ce texte d'Eugène Ionesco, extrait de *La Leçon*, en vous aidant du parcours de lecture ci-dessous.

- Montrez que le professeur est un personnage comique et caricatural.
- Pourquoi l'atmosphère de la scène est-elle inquiétante ?
- Quelle vision de l'homme et du monde se dégage de la scène ?

DOCUMENT

Dans La Leçon, *Eugène Ionesco met en scène un professeur qui tente d'enseigner son savoir à une jeune élève. Patient et doux au début de la leçon, il perd peu à peu son calme.*

LE PROFESSEUR. – Toute langue, Mademoiselle, sachez-le, souvenez-vous-en *jusqu'à l'heure de votre mort*…

L'ÉLÈVE. – Oh ! Oui, Monsieur, jusqu'à l'heure de ma mort… Oui, Monsieur…

LE PROFESSEUR. –… et ceci est encore un principe fondamental, toute langue n'est en somme qu'un langage, ce qui implique nécessairement qu'elle se compose de sons, ou…

L'ÉLÈVE. – Phonèmes…

LE PROFESSEUR. – J'allais vous le dire. N'étalez donc pas votre savoir. Écoutez, plutôt.

L'ÉLÈVE. – Bien, Monsieur. Oui, Monsieur.

LE PROFESSEUR. – Les sons, Mademoiselle, doivent être saisis au vol par les ailes pour qu'ils ne tombent pas dans les oreilles des sourds. Par conséquent, lorsque vous vous décidez d'articuler, il est recommandé, dans la mesure du possible, de lever très haut le cou et le menton, de vous élever sur la pointe des pieds, tenez, ainsi, vous voyez…

L'Élève. – Oui, Monsieur.

Le Professeur. – Taisez-vous. Restez assise, n'interrompez pas… Et d'émettre les sons très haut et de toute la force de vos poumons associée à celle de vos cordes vocales. Comme ceci : regardez : « Papillon », « Eurêka », « Trafalgar », « papi, papa ». De cette façon, les sons remplis d'un air chaud plus léger que l'air environnant voltigeront, voltigeront sans plus risquer de tomber dans les oreilles des sourds qui sont les véritables gouffres, les tombeaux des sonorités. Si vous émettez plusieurs sons à une vitesse accélérée, ceux-ci s'agripperont les uns aux autres automatiquement, constituant ainsi des syllabes, des mots, à la rigueur des phrases, c'est-à-dire des groupements plus ou moins importants, des assemblages purement irrationnels de sons, dénués de tout sens, mais justement pour cela capables de se maintenir sans danger à une altitude élevée dans les airs. Seuls, tombent les mots chargés de signification, alourdis par leur sens, qui finissent toujours par succomber, s'écrouler…

L'Élève. –… dans les oreilles des sourds.

Le Professeur. – C'est ça, mais n'interrompez pas… et dans la pire confusion… Ou par crever comme des ballons. Ainsi donc, Mademoiselle… (*L'Élève a soudain l'air de souffrir.*) Qu'avez-vous donc ?

L'Élève. – J'ai mal aux dents, Monsieur.

Le Professeur. – Ça n'a pas d'importance. Nous n'allons pas nous arrêter pour si peu de chose. Continuons…

L'Élève. – qui aura l'air de souffrir de plus en plus. Oui, Monsieur.

Le Professeur. – J'attire au passage votre attention sur les consonnes qui changent de nature en liaisons. Les *f* deviennent en ce cas des *v*, les *d* des *t*, les *g* des *k* et vice versa, comme dans les exemples que je vous signale : « trois heures, les enfants, le coq au vin, l'âge nouveau, voici la nuit ».

L'Élève. – J'ai mal aux dents.

Le Professeur. – Continuons.

L'Élève. – Oui.

Le Professeur. – Résumons : pour apprendre à prononcer, il faut des années et des années. Grâce à la science, nous pouvons y arriver en quelques minutes. […] La prononciation à elle seule vaut tout un langage. Une mauvaise prononciation peut vous jouer des tours. À ce propos, permettez-moi, entre parenthèses, de vous faire part d'un souvenir personnel. (*Légère détente, le Professeur se laisse un instant aller à ses souvenirs ; sa figure s'attendrit ; il se reprendra vite.*) J'étais tout jeune, encore presque un enfant. Je faisais mon service militaire. J'avais, au régiment, un camarade, vicomte, qui avait un défaut de prononciation assez grave : il ne pouvait pas prononcer la lettre *f*. Au lieu de *f*, il disait *f*. Ainsi, au lieu de : « fontaine, je ne boirai pas de ton eau », il disait : « fontaine, je ne boirai pas de ton eau ». Il prononçait « fille » au lieu de « fille », « Firmin » au lieu de « Firmin », « fayot » au lieu de « fayot », « fichez-moi la paix » au lieu de « fichez-moi la paix », « fatras » au lieu de « fatras », « fifi, fon, fafa » au lieu de « fifi, fon, fafa » [...].

L'ÉLÈVE. – Oui. J'ai mal aux dents.

Eugène Ionesco, *La Leçon*, 1951 © Éditions Gallimard.

LES CLÉS DU SUJET

Définir le texte

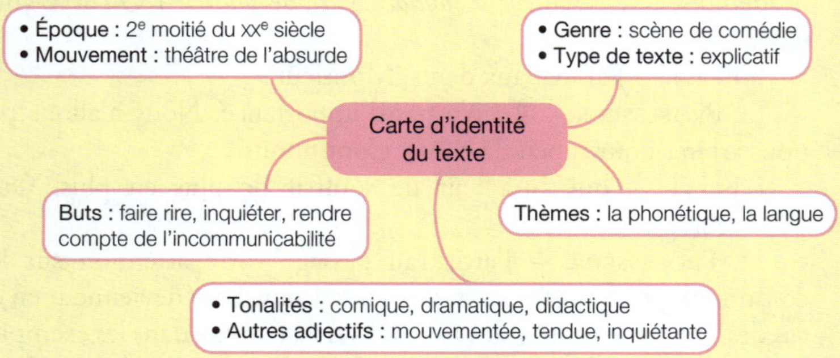

Construire le plan

❶ Le Professeur, personnage grotesque	• Cherchez ce qui fait rire chez le Professeur – imaginez en particulier comment cette scène est représentée. • Quels traits, exagérés ou déformés, du Professeur font de lui une caricature ? • Analysez sa façon de parler.
❷ Une scène inquiétante à jouer	• Cherchez ce qui peut faire peur dans cette scène. • Analysez la tension dramatique de la leçon.
❸ Une vision pessimiste de l'homme et du monde	• Étudiez quelle image la scène donne de l'homme, des rapports entre les gens, du savoir, de la langue. • Dégagez la vision du monde révélée ici. • Pourquoi peut-on parler ici de théâtre de l'absurde ?

22 CORRIGÉ GUIDÉ

Les titres en couleur ou entre crochets ne doivent pas figurer sur la copie.

Introduction

[Présentation du contexte] Le XXe siècle est marqué par les traumatismes de l'histoire (guerres mondiales, génocides, régimes totalitaires) et la perte des repères (religieux, moraux…) traditionnels. Le théâtre de l'absurde se caractérise par un mélange des registres très dérangeant : le spectateur rit en même temps qu'il est mal à l'aise.

À NOTER
Le théâtre de l'absurde refuse les conventions du théâtre (d'où : une intrigue incohérente, une déstructuration du langage, des personnages marionnettes) et met en évidence le non-sens du monde et de la vie.

[Présentation du texte] Dans *La Leçon*, Ionesco met en scène un vieux professeur qui reçoit chez lui une jeune élève : il lui donne un cours d'arithmétique, puis passe à l'étude des langues. Au fur et à mesure de la leçon, le Professeur perd son calme devant son élève qui se déconcentre en raison d'un mal de dents tenace.

[Annonce du plan] Le Professeur, personnage grotesque et caricatural, fait rire [I]. Mais la scène dépasse la dimension comique et installe une atmosphère inquiétante [II], révélatrice d'une vision pessimiste du monde [III].

ÉCRIT

I. Le Professeur, un personnage grotesque

> **▶ Le secret de fabrication**
> En partant des premières impressions produites par cette scène et sa représentation, et de l'analyse du personnage du Professeur (attitude et répliques), cette partie vise à montrer son côté caricatural et grotesque.

1. Un tyran

• Le Professeur maintient froidement les distances : son adresse polie à l'Élève (« Mademoiselle ») n'exprime aucune cordialité. Il est brusque et autoritaire, multiplie les ordres et les défenses, à l'impératif. Il refuse de donner la parole à l'Élève et la réduit au silence : « Taisez-vous », « ne m'interrompez pas ».

• Sur le plan humain, il est insensible à la douleur de la jeune fille : aux plaintes de l'Élève, il répond sèchement : « Ça n'a pas d'importance », « Continuons ».

• Il semble même vouloir la terrifier : l'expression « jusqu'à l'heure de votre mort » résonne comme une menace gratuite et peu opportune dans la situation. Son discours est émaillé d'allusions à la mort angoissantes : pour lui, les oreilles sont « les *tombeaux* des sonorités ».

2. Un faux savant pédant

Sur le plan pédagogique, le personnage est une caricature de savant

• Le fond de son cours est inepte et absurde : il multiplie les évidences (« toute langue n'est en somme qu'un langage »), il énonce des idées simplistes, formulées avec des périphrases qui en compliquent la compréhension (une idée aussi banale que « il faut écouter » est exprimée par « les sons doivent être saisis au vol »). L'emploi de mots savants (« phonèmes ») et de phrases de jargon rend le propos hermétique.

• Il tente de masquer le vide de sa pseudo-démonstration par une rhétorique creuse : phrases longues et pompeuses, rythme ample qui se perd dans du galimatias, affirmations péremptoires (« Toute langue n'est en somme… »). Il donne à son discours une allure de démonstration, multipliant les (fausses) articulations logiques (« par conséquent, de cette façon,… »).

• Ionesco s'amuse à dresser une caricature grotesque de cours. Les métaphores du Professeur ne sont que des amalgames de mots qui n'ont rien à voir les uns avec les autres. Ainsi, les « sons » deviennent des objets (« remplis d'air chaud ») puis, par une métaphore filée farfelue qui complique une notion simple, des sortes d'insectes volants : « saisis […] par les ailes », ils « voltigeront,… », etc. Ses exemples sont totalement inadéquats et illogiques : aucune des expressions fournies pour illustrer les règles de « liaisons » ne correspond aux lettres qu'il a mentionnées (l. 47-49).

3. Un pantin caricatural

Sous ses dehors de savant, se cache un être vide.

• Le spectateur voit s'agiter devant lui un personnage qui n'existe que par des gestes caricaturaux. Ses expressions qui indiquent un mime grotesque de la parole (l. 17-19, 22-24) permettent d'imaginer la mise en scène et sa gesticulation : « vous voyez », « regardez », il lève « très haut le cou et le menton », « sur la pointe des pieds » – on dirait un volatile qui prend son envol.

> **CONSEIL**
> Dans un commentaire de théâtre, il faut toujours étudier la « **théâtralité** » du texte, c'est-à-dire ce qui est suggéré pour sa mise en scène.

• Il donne l'impression de retourner en enfance : il se gargarise de mots comme un enfant qui apprend à parler. La séquence « papi papa » fait-elle écho au « pipi caca » ? C'est un personnage qui n'a pas grandi.

À travers le Professeur, Ionesco fait la satire des pédants, des faux savoirs. Mais ce personnage ridicule est aussi inquiétant parce qu'il a le pouvoir.

II. Une scène inquiétante à jouer

> **▶ Le secret de fabrication**
> On s'applique dans cette partie à montrer que la scène produit sur le spectateur des impressions mêlées : en se concentrant sur l'Élève et sur les rapports entre les deux personnages, on étudie la progression de la tension dramatique et on analyse ce qui met le spectateur mal à l'aise.

1. Une crise de folie

• La scène peut être vue comme une crise de folie qui va en empirant. Le spectateur assiste à la progression de cette crise au cours de laquelle le Professeur sombre dans l'incohérence et la démence.

• Cet aspect inquiétant prend toute sa mesure à la représentation : il faut imaginer les jeux de scène et les mimiques du Professeur potentiellement terrorisants, quand il évoque « l'heure de [la] mort » de l'Élève (expression en italiques, ce qui suppose une intonation spécifique).

2. Une scène cruelle de torture

• Mais il faut aussi prendre en compte le personnage de l'Élève qui subit ici une véritable séance de torture. L'Élève est réduite au silence, comme en témoignent la disproportion des répliques entre elle et le Professeur et les injonctions de se taire qu'il lui adresse : la parole lui est refusée (« ne m'interrompez pas ») et elle se trouve contrainte à une soumission servile (« Oui, Monsieur », « Bien, Monsieur »).

• Ionesco marque la progression du supplice par le décalage entre le discours poli du début (« Mademoiselle » répété et vouvoiement) et la cruauté des rapports réels.

• Enfin, la scène est ponctuée par les protestations de souffrance physique de l'Élève qui a mal aux dents, mais qui voit sa douleur niée. Les didascalies : « *L'Élève a l'air de souffrir* » et « *aura l'air de souffrir de plus en plus* » indiquent à l'actrice qu'elle doit rendre la douleur sensible par des mimiques significatives, qui dramatisent l'atmosphère de la scène.

III. Une vision pessimiste de l'homme et du monde

> **▶ Le secret de fabrication**
> À partir de l'étude des relations entre les deux personnages et du fonctionnement de la communication, on s'interroge sur le sens plus général que prend implicitement cette leçon burlesque et on en dégage la vision du monde propre à Ionesco.

1. La vanité de tout enseignement et de la logique ?

• Par cette parodie de leçon, Ionesco tourne en dérision toute tentative d'enseignement et montre la vanité et l'échec de tout apprentissage.

• Même la logique, pourtant considérée comme un gage de certitude, devient absurde. Pour le montrer, Ionesco se joue du principe d'analogie et de la règle de non-contradiction. Ainsi le Professeur énonce-t-il avec le même aplomb deux propositions totalement contradictoires : le vicomte « ne pouvait pas prononcer la lettre *f*. Au lieu de *f*, il disait *f*. Ainsi au lieu de "fontaine, je ne boirai pas de ton eau", il disait "fontaine, je ne boirai pas de ton eau" ».

2. Les rapports entre les hommes

• Il faut lire entre les lignes : implicitement, Ionesco semble indiquer que, dans la vie courante (le Professeur est un personnage du quotidien), toute situation, même la plus banale, peut dégénérer, être source de danger.

• Le monde humain de Ionesco semble divisé en deux catégories : à travers les réactions du Professeur, il souligne l'indifférence à la douleur de l'autre et l'absence d'empathie chez les humains. Pire, l'homme, lorsqu'il est en position de supériorité, se transforme volontiers en bourreau et se laisse aller au sadisme. Les autres êtres, par désir de plaire et de se conformer à ce que le bourreau attend d'eux, se comportent en victimes. L'Élève, soumise, met tout son zèle à terminer les phrases du Professeur, pour montrer qu'elle connaît sa « leçon ».

• Enfin, par le contraste entre le discours du Professeur et sa cruauté, Ionesco laisse comprendre que, dans la vie, les apparences sont souvent trompeuses.

3. La communication et le langage en danger

• Le propos de Ionesco est aussi plus philosophique : la scène marque l'impossibilité des êtres humains à communiquer. Les discours des personnages ne se répondent qu'en apparence. Le Professeur ne tient pas compte des interventions de l'Élève, pourtant pertinentes : le dialogue ne fonctionne pas.

• Les mots eux-mêmes sont en danger. Ionesco, à travers la métaphore poétique des paroles qui « crèvent comme des ballons », suggère la vanité des mots, qui ne « vivent » plus. Les répliques tombent dans « la pire confusion », les lettres – « consonnes » – ne sont plus elles-mêmes : c'est le constat implicite que le langage – qui distingue l'être humain des bêtes – est inopérant.

Ionesco donne ainsi l'image d'un monde absurde, qui ne peut qu'engendrer le néant et la mort, et annonce par là la fin de la pièce.

Conclusion

[Synthèse] Le théâtre moderne abolit la distinction traditionnelle entre la comédie et la tragédie, et propose un mélange de tons qui déstabilise. Son humour noir et grinçant nous fait rire de ce qui fait notre misère.

[Ouverture] Le théâtre remplit alors sa double fonction : divertir et porter à la réflexion sur notre condition d'homme.

Préparer l'épreuve orale

POÉSIE : 6 explications de texte

LITTÉRATURE D'IDÉES : 5 explications de texte

ROMAN : 5 explications de texte

THÉÂTRE : 6 explications de texte

Rimbaud, *Cahiers de Douai*, « Ma Bohême »

20 minutes
20 points

**1. Lisez le poème à voix haute.
Puis proposez-en une explication linéaire.**

DOCUMENT

Poète précoce et attiré par la vie de bohème, le jeune Rimbaud multiplie les fugues adolescentes loin de sa famille et de sa ville natale.

Ma Bohême
(Fantaisie)

Je m'en allais, les poings dans mes poches crevées ;
Mon paletot aussi devenait idéal ;
J'allais sous le ciel, Muse ! et j'étais ton féal ;
Oh ! là ! là ! que d'amours splendides j'ai rêvées !

Mon unique culotte avait un large trou.
– Petit-Poucet rêveur, j'égrenais dans ma course
Des rimes. Mon auberge était à la Grande-Ourse.
– Mes étoiles au ciel avaient un doux frou-frou[1]

Et je les écoutais, assis au bord des routes,
Ces bons soirs de septembre où je sentais des gouttes
De rosée à mon front, comme un vin de vigueur[2] ;

Où, rimant au milieu des ombres fantastiques,
Comme des lyres, je tirais les élastiques
De mes souliers blessés, un pied près de mon cœur !

Arthur Rimbaud, *Cahiers de Douai*, « Ma Bohême » (1870).

1. Frou-frou : bruit léger produit par le froissement d'une étoffe.
2. Vin de vigueur : vin fort.

2. QUESTION DE GRAMMAIRE.
Étudiez les accords dans le vers 4 : « Que d'amours splendides j'ai rêvées ! »

CONSEILS

1. Le texte

Faire une lecture expressive

• Respectez la variation rythmique des vers : Rimbaud déstructure les vers classiques du sonnet et crée des effets d'élan grâce à des rejets (v. 7) ou des enjambements (la dernière phrase du second quatrain se poursuit dans les tercets).

• Montrez que le lyrisme du poème se mêle à la dérision : marquez en particulier l'humour du vers 4.

Situer le texte, en dégager l'enjeu

• Intéressez-vous au titre et au sous-titre, à l'attente qu'ils suscitent chez le lecteur ; et dites en quoi ils sont confortés par la suite.

• Comment le poète exprime-t-il le plaisir de l'errance ? Comment ce vagabondage nourrit-il son inspiration poétique ?

• Analysez le regard que Rimbaud pose sur lui-même : cherchez, au-delà du lyrisme, des indices porteurs d'une forme de dérision.

2. La question de grammaire

• Faites une recherche sur la spécificité du genre du substantif « amour ».

• Avec quoi s'accorde le participe passé « rêvées » ? Pourquoi porte-t-il ces marques ?

ORAL

23 PRÉSENTATION

1. L'EXPLICATION DE TEXTE

Introduction

INFO +
Œuvre de jeunesse écrite par un adolescent de seize ans, les *Cahiers de Douai* annoncent déjà formellement et thématiquement les recueils plus aboutis que seront *Une saison en enfer* (1873) et les *Illuminations* (1886).

[Présenter le contexte] Au XIXe siècle, l'écriture poétique se renouvelle, notamment sous l'impulsion des romantiques et de Baudelaire. Adolescent révolté et fugueur, grand admirateur de Baudelaire, Rimbaud compose ses premiers poèmes à quinze ans et remet en cause les codes et traditions du genre. Ses *Cahiers de Douai* portent la trace des multiples fugues auxquelles l'adolescent s'est livré. [Situer le texte] « Ma Bohême », écrit en 1870, fait partie de ces textes. Ce sonnet, sous-titré « Fantaisie », raconte l'errance exaltée du jeune poète. [En dégager l'enjeu] Comment, à travers cet éloge enthousiaste et amusé d'une vie d'errance et de liberté, Rimbaud livre-t-il sa vision du monde et de la poésie ?

Explication au fil du texte

Le bonheur de l'errance (v. 1-8)

- Le titre du poème renvoie à une vie en marge de la société, pauvre mais insouciante, sans souci du lendemain. Étymologiquement, le terme « Fantaisie », figurant en sous-titre, désigne une œuvre de l'imagination, ce que confirme bien la suite du poème, caractérisé par sa liberté de création ; ce poème s'écartant effectivement des règles traditionnelles du sonnet.

- Les nombreuses occurrences du pronom « je » sont l'indice lyrique d'un ancrage autobiographique. L'imparfait domine pour exprimer des actions passées, étirées dans le temps.

- Le poème s'ouvre sur un verbe de mouvement : « Je m'en allais », le vers 3 reprenant en écho cette errance sans but précis : « J'allais sous le ciel ». Le poète se livre au pur plaisir du vagabondage.

- L'allusion prosaïque aux « poches crevées » (v. 1) témoigne d'une certaine pauvreté. Le vers 2 évoque avec humour un « paletot » devenu « idéal », comme si l'errance transfigurait les objets les plus dérisoires. Le manteau du poète est si usé qu'il n'a pas plus de consistance qu'une idée, devenant presque impalpable.

• La mention du « ciel » (v. 3) ouvre les horizons du poète qui apostrophe lyriquement la « Muse », tutoyée, dont il se dit avec humour le « féal », le serviteur dévoué, jouant ainsi avec les clichés romantiques dans le sillage de l'amour courtois. Solitaire, le poète choisit donc la poésie comme seule compagne de route – nous verrons plus tard que la poésie envahit progressivement son univers : « rimes » (v. 7), « rimant » (v. 12), « lyres » (v. 13), « pied » (v. 14).

• Le vers 4 constitue une véritable rupture dans le sonnet, marquée par les interjections exclamatives familières qui créent un rythme saccadé : « Oh ! là ! là ! ». Elles font entendre l'enthousiasme naïf du jeune poète, porté par l'allusion aux « amours » exaltantes. Rimbaud suggère ainsi son attrait pour l'imaginaire et le monde immatériel (« idéal », « rêvées »), mais, avec recul, il se moque aussi de ce qu'il a été et tourne en dérision la poésie romantique.

• Le deuxième quatrain joue ironiquement du contraste entre les hautes aspirations du poète et le dénuement de la vie de bohème : « Mon unique culotte avait un large trou ». Cette trivialité reflète le refus rimbaldien du matérialisme petit-bourgeois et son désir de liberté, indispensable à la création poétique.

• Des tirets modulent le rythme, ouvrant une parenthèse enchantée : au vers 6, le poète se transforme en personnage de conte, « Petit-Poucet rêveur » qui sème, non pas des cailloux, mais « des rimes » – terme qui fait l'objet d'un rejet (v. 7) qui le met en valeur. La liberté apparaît comme nécessaire à la création poétique.

À NOTER
Rimbaud compose son sonnet en jouant avec les règles de la poésie traditionnelle : dans un alexandrin classique, la césure se trouve après la 6e syllabe (césure dite à l'hémistiche). Ici, le poète ne respecte pas cette césure et varie le rythme.

• Le plaisir de la déambulation se lit dans le mot « course » qui rime avec « Grande-Ourse », constellation qui guide le voyageur et qui devient ici une « auberge » (v. 7) pour le poète errant et pauvre, dormant à la belle étoile. Après s'être approprié comiquement les lieux (« Mon auberge », « Mes étoiles »), Rimbaud donne peu à peu à son errance une dimension cosmique.

Une contemplation inspirante (v. 9-14)

• Désormais « assis au bord des routes » (v. 9), le poète ne semble manquer de rien, en communion avec une nature sublime, nourricière et inspirante.

• La réalité se transfigure poétiquement dans l'errance : ainsi, les étoiles portent un « doux frou-frou » (v. 8) : les sonorités semblent faire bruire la lumière.

• Rimbaud retranscrit ses sensations : les « gouttes/De rosée » sont comparées à un « vin de vigueur » (v. 11) sur le front, tel un baptême original lors de vendanges.

À NOTER
Par la **synesthésie** (symbiose entre les sens : la vue, l'ouïe, l'odorat…), le poète rend compte de sa connaissance intime du monde.

ORAL

• Ces « bons soirs de septembre » (v. 10), le temps paraît s'arrêter, comme suspendu ; perce la nostalgie du jeune homme pour une époque passée.

• L'exaltation poétique se traduit par un rythme élancé : les vers 8 à 14 forment une seule et même phrase, bâtie sur des enjambements dynamiques qui font écho à une forme d'élan intérieur.

• Le sonnet s'achève sur l'image d'un poète vagabond démuni, « rimant » au milieu de la nuit. Le poète galvanisé voit sa perception du monde transfigurée. La nature se transforme, devient irréelle et inquiétante, peuplée d'« ombres fantastiques » (v. 12).

• Rimbaud s'amuse de la figure traditionnelle du poète lyrique. Ainsi, aux vers 13 et 14, la magie de l'imaginaire remplace les cordes de la lyre – instrument traditionnel et noble du poète, selon le mythe d'Orphée – par les « élastiques » (les lacets) triviaux de ses chaussures. Il met ainsi à distance l'idéal du poète inspiré par des entités abstraites, cantonné au domaine des idées. L'exaltation provoquée par la communion avec la nature compense le dénuement du poète et nourrit sa créativité.

• Le sonnet se clôt sur un jeu de mots portant sur le « pied », qui désigne tout à la fois une partie du corps et une unité de versification. Si les pieds semblent ironiquement meurtris par l'errance prolongée, le « pied » près du « cœur » peut renvoyer symboliquement au bonheur de l'inspiration poétique, mais aussi à la souffrance qui peut l'accompagner (les souliers sont « blessés »).

Conclusion

[Faire le bilan de l'explication] Ainsi, le sonnet « Ma Bohême » célèbre, à travers le récit d'une fugue, la liberté et le bonheur d'une vie sans souci du lendemain, au contact d'une nature nourricière. Cette errance est aussi une nécessité absolue pour le poète afin de parvenir à voir le monde différemment, et à créer une poésie qui soit « résolument moderne », comme l'écrivait Rimbaud. [Mettre le texte en perspective] La figure du poète fugueur et révolté a traversé l'histoire de la poésie après Rimbaud. On la retrouve par exemple chez *Les Clochards célestes* (1958) de la *Beat Generation*, évoqués dans le récit éponyme de Jack Kerouac.

2. LA QUESTION DE GRAMMAIRE

« que d'amours splendides j'ai rêvées ! »

• Le substantif « amours » est masculin lorsqu'il figure au singulier, mais féminin lorsqu'il est employé au pluriel : cela justifie l'accord du participe passé « rêvées » au féminin pluriel.

• Le participe passé « rêvées » s'accorde en genre et en nombre avec le complément d'objet direct, « amours splendides », qui lui est antéposé. L'adjectif épicène « splendides » s'accorde au pluriel avec un *s*.

DES QUESTIONS POUR L'ENTRETIEN

Lors de l'entretien, vous devrez présenter une autre œuvre lue au cours de l'année. L'examinateur introduira l'échange et vous posera quelques questions. Celles ci-dessous sont des exemples.

1 Je vous remercie pour votre présentation du recueil *Poèmes et poésies* de John Keats. Y a-t-il un poème qui vous a particulièrement marqué, et pourquoi ?

Dans « La Belle Dame sans mercy », le poète incarne un chevalier « errant et solitaire », rencontrant « la fille d'une fée ». Cette dernière l'endort et, dans son sommeil, des seigneurs, déjà victimes de cette belle dame, lui apparaissent et l'avertissent de son côté maléfique. Ce poème, qui s'inspire des légendes médiévales, est emblématique du romantisme dans lequel s'inscrit Keats.

2 En quoi la poésie de Keats constitue-t-elle une « émancipation créatrice » ?

L'expression lyrique permet au poète de s'échapper d'une vie morne. Son poème « Bright Star », destiné à sa bien-aimée, Fanny Brawne, transforme le sentiment amoureux en espoir existentiel : « Et vivre ainsi toujours – ou sinon m'évanouir dans la mort ! »

3 Quelle est la place de la mythologie dans la poésie de Keats ?

Keats convoque des figures mythologiques comme Apollon, le dieu de la poésie. De même, il retrace l'histoire du berger Endymion, amant de Séléné, qui devient une allégorie du désir de s'émanciper par son art – comme avait tenté de le faire Thomas Chatterton, poète maudit à qui le poème est dédié.

4 En quoi la poésie de Keats fait-elle écho à celle de Rimbaud ?

Comme Rimbaud, Keats s'inspire d'abord des grands poètes qui l'ont précédé – notamment de John Milton (*Paradis Perdu*, 1667) – avant de trouver des formes et un langage plus personnels : odes, romances narratives, sonnets… Son œuvre, d'une grande intensité, est produite, comme celle de Rimbaud, sur une période très courte, de 1816 à 1821.

24 Sujet d'oral • Explication & entretien

Rimbaud, *Cahiers de Douai*, « Roman »

20 minutes
20 points

1. Lisez le texte à voix haute.
Puis proposez-en une explication linéaire.

DOCUMENT

Rimbaud n'a que dix-sept ans lorsque, non sans une distance amusée, il cherche à retranscrire ses émois adolescents, quand vient l'été…

Roman

I

On n'est pas sérieux, quand on a dix-sept ans.
– Un beau soir, foin des bocks et de la limonade[1],
Des cafés tapageurs aux lustres éclatants !
– On va sous les tilleuls verts de la promenade[2]

Les tilleuls sentent bon dans les bons soirs de juin !
L'air est parfois si doux, qu'on ferme la paupière ;
Le vent chargé de bruits, – la ville n'est pas loin, –
A des parfums de vigne et des parfums de bière…

II

– Voilà qu'on aperçoit un tout petit chiffon
D'azur sombre[3], encadré d'une petite branche,
Piqué[4] d'une mauvaise étoile, qui se fond
Avec de doux frissons, petite et toute blanche…

Nuit de juin ! Dix-sept ans ! – On se laisse griser[5].
La sève est du champagne et vous monte à la tête…
On divague[6] ; on se sent aux lèvres un baiser
Qui palpite là, comme une petite bête…

III

Le cœur fou Robinsonne[7] à travers les romans,
– Lorsque, dans la clarté d'un pâle réverbère,
Passe une demoiselle aux petits airs charmants,
Sous l'ombre du faux-col effrayant de son père…

Et, comme elle vous trouve immensément naïf,
Tout en faisant trotter ses petites bottines,
Elle se tourne, alerte et d'un mouvement vif…
– Sur vos lèvres alors meurent les cavatines[8]…

IV

Vous êtes amoureux. Loué jusqu'au mois d'août.
Vous êtes amoureux – Vos sonnets La font rire.
Tous vos amis s'en vont, vous êtes mauvais goût.
– Puis l'adorée, un soir, a daigné vous écrire… !

– Ce soir-là,… – vous rentrez aux cafés éclatants,
Vous demandez des bocks ou de la limonade…
– On n'est pas sérieux, quand on a dix-sept ans
Et qu'on a des tilleuls verts sur la promenade.

Arthur Rimbaud, *Cahiers de Douai*, « Roman » (1870).

1. Assez des bocks de bière et de la limonade. • 2. Promenade : espace bordé d'arbres, où l'on se promène à pied. • 3. D'azur sombre : de ciel sombre. • 4. Piqué : tacheté. • 5. Griser : rendre un peu ivre. • 6. On divague : on laisse errer ses pensées, on déraisonne. • 7. Le cœur fou Robinsonne : le cœur s'échappe et vagabonde. • 8. Cavatines : airs d'opéra, à sujet sentimental.

2. QUESTION DE GRAMMAIRE. Vous étudierez la construction de la proposition subordonnée du vers 6 : « L'air est parfois si doux, qu'on ferme la paupière ».

ORAL

CONSEILS

1. Le texte

Faire une lecture expressive

- Le poème joue subtilement sur deux tonalités : le lyrisme exalté, presque naïf ; et le regard amusé, distancié de celui qui juge avec recul ses égarements adolescents.
- Faites sentir l'enthousiasme et adoptez un ton tendrement moqueur pour pointer les comportements légers et ridicules de la jeunesse.

• Prenez garde à la ponctuation : exclamations, tirets, points de suspension créent un rythme tantôt sautillant, tantôt suggestif et rêveur.

■ Situer le texte, en dégager l'enjeu

• Les *Cahiers de Douai* s'inspirent des joies et des déceptions adolescentes de Rimbaud. Le titre pointe l'aspiration à une vie plus romanesque, qui se traduit par une furieuse envie d'amour.

• Montrez que Rimbaud évoque avec exaltation et ironie une aventure amoureuse hors des sentiers battus, au charme certain, mais risible.

2. La question de grammaire

• Repérez le nombre de propositions : comment sont-elles articulées ?

• Repérez une conjonction : qu'exprime-t-elle ?

24 PRÉSENTATION

1. L'EXPLICATION DE TEXTE

Introduction

[Présenter le contexte] Poète précoce, Rimbaud exprime dans les *Cahiers de Douai* ses révoltes adolescentes, mais aussi ses émois de jeune homme, notamment dans « Ma Bohême », « Première Soirée » et « Roman ». [Situer le texte] Sur le ton d'une confidence autobiographique, ce poème dépeint une expérience de jeunesse qui prend aussi une valeur universelle. [En dégager l'enjeu] Rimbaud retranscrit ainsi, avec une distance tendrement ironique, ses premiers émois amoureux. [Problématique] Comment ce poème, sous des allures lyriques et romanesques, dresse-t-il un portrait humoristique des amours adolescentes de Rimbaud ?

Explication au fil du texte

Une escapade à l'écart du cadre urbain (v. 1-8)

• Le titre renvoie explicitement au « roman », c'est-à-dire à une œuvre imaginée, qui accorde souvent une large place aux histoires d'amour, parfois idéalisées. Ce poème se présente donc paradoxalement comme un roman, découpé en quatre chapitres, et raconte les aventures d'une brève histoire d'amour.

> **CONSEIL**
> Pensez, dans vos études de texte, à commenter le titre de l'œuvre et celui du poème.

• Le poème s'ouvre sur un jugement ironique édicté au présent de vérité générale, épinglant l'adolescent que chacun a pu être : « On n'est pas sérieux, quand on a dix-sept ans ». Au « je » lyrique des romantiques, Rimbaud préfère le pronom indéfini « on », mettant ainsi d'emblée le romantisme à distance.

• Le poète crée un cadre propice aux émois : un soir de printemps, il s'échappe de la ville, explore la nature environnante, romantique, avec une délectation exprimée par la répétition de l'adjectif « bon » : « Les tilleuls sentent bon dans les bons soirs de juin ! » (v. 5).

• La nature invite à s'abandonner à une forme d'étourdissement proche du sommeil (v. 6) ; tout en éveillant les sens, pour mieux goûter à la douceur de vivre : la vue (« tilleuls verts », v. 4), mais aussi l'ouïe (le « vent chargé de bruits »), l'odorat et le goût (« les parfums de vignes et [...] de bière »). L'adolescent se laisse aller à la sensualité.

Une sensualité inédite (v. 9-16)

• Le poète aperçoit soudainement à travers un arbre (« encadré d'une petite branche »), une étoile « petite et toute blanche » (v. 12) dans l'« azur sombre ». Un « tout petit chiffon » attire son attention, « chiffon » qui pourrait bien renvoyer au vêtement porté par une demoiselle qui envahit peu à peu l'espace. Mais Rimbaud donne d'emblée ironiquement un caractère dérisoire à cet éveil sensuel par la répétition de l'adjectif « petit » (v. 9, 10, 12, 16).

• La ponctuation, très expressive, disloque les vers et souligne l'exaltation du poète, non sans humour : « Nuit de juin ! Dix-sept ans ! » (v. 13). Les points de suspension (v. 12, 14,16) témoignent également de la difficulté d'exprimer des émotions aussi intenses.

• Un glissement s'opère du « on » au « vous » (v. 14) pour englober le lecteur dans une expérience commune, tout en conservant une distance analytique et ironique.

• Envahi par une sensualité nouvelle, l'adolescent convoque le lexique de l'ivresse et l'image de la « sève » (v. 14) qui « monte à la tête » comme les bulles du champagne. L'envie d'embrasser se fait pressante : « on se sent aux lèvres un baiser » (v. 15). Le « baiser » est comparé à une « petite bête » (v. 16), suggérant une envie presque animale d'être amoureux.

Une rencontre amoureuse qui met en émoi (v. 17-24)

• Le désir d'amour perce à travers un néologisme associé à une métonymie : « Le cœur fou Robinsonne... ». Rimbaud ironise sur ses aspirations romanesques convenues et naïves, comme l'indique la rime « romans »/« charmants » (v. 17 et 19).

INFO
Rimbaud crée ici un verbe à partir du nom propre Robinson, héros solitaire du roman d'aventures éponyme *Robinson Crusoé* (1719) de Daniel Defoe.

ORAL

• Le rêve prend corps dans la réalité lorsqu'apparaît une jeune fille, sous la lumière théâtrale d'un « pâle réverbère » – c'est presque une petite scène de comédie qui survient ! Son père, obstacle démesuré et menaçant, l'accompagne, ridicule : la métonymie du « faux-col » le réduit à un détail vestimentaire. Dans le contexte d'effervescence sensuelle et d'imagination galopante évoqué dans les vers précédents, la demoiselle qui se joue de son père arrive à point nommé ! Son apparition, vivace, est martelée par le jeu des allitérations en [t] du vers 22.

• La jeune fille a l'air d'une fausse ingénue ; la mention de ses « petits airs charmants » (v. 19) accentue l'aspect négligeable de cette rencontre. Rimbaud se moque de l'adolescent « immensément naïf » (v. 21) en amour. Les points de suspension (v. 23) laissent la phrase en suspens, tout en suggérant un signe d'amour qui déclenche comiquement chez le jeune homme en émoi, comme un soliste d'opéra, l'envie de chanter des airs brefs et tendres, des « cavatines » (v. 24).

Une amourette bien éphémère (v. 25-32)

• L'anaphore « Vous êtes amoureux » (v. 25 et 26) traduit l'ivresse et l'obsession amoureuses. Pourtant, le cœur est « loué » – terme ironique qui donne le sentiment d'une aventure à durée déterminée dont la brièveté (trois mois à peine) contraste avec la solennité romantique de la majuscule attribuée à l'élue : « Vos sonnets La font rire » (v. 26). L'amoureux devient infréquentable par ses camarades ; sa vie se résume à « l'adorée ». Mais le vers 28 se clôt sur des points de suspension ambivalents : que contient la lettre ? une rupture ? Mystère…

> **À NOTER**
> Rimbaud multiplie les points de suspension dans l'intégralité du poème : ils sont propices à l'imaginaire et créent un mouvement instable, une sorte de sautillement léger.

• Le « roman » évoqué dans le titre tourne court : dans le dernier quatrain, l'adolescent se retrouve à nouveau au café quitté au départ, dans un effet de boucle dont l'ironie est renforcée par les points de suspension du v. 29. La rupture est consommée, tout recommence ; la fin de l'été signe le retour de l'attirance pour les cafés bruyants.

• Rimbaud se joue des codes lyriques traditionnels : « les cafés tapageurs aux lustres éclatants » deviennent par hypallage de simples « cafés éclatants » ; le vers 4 est repris, mais avec une syntaxe décalée (« on a des tilleuls verts »). Résonne alors une dernière fois la ritournelle « On n'est pas sérieux, quand on a dix-sept ans », qui semble dire l'insouciance, voire l'inconstance assumée des jeunes en quête d'émotions intenses, mais éphémères.

Conclusion

[Faire le bilan de l'explication] Ainsi Rimbaud évoque-t-il ce moment unique de l'adolescence où toutes les émotions semblent à la fois intenses et sans lendemain ; il pose un regard à la fois tendre et ironiquement incisif sur les émois d'une jeunesse qui cherche à faire de sa vie un « roman ». Le jeune poète transgresse déjà avec une ironie virtuose les codes de la poésie romantique traditionnelle. [Mettre le texte en perspective] Ce poème laisse deviner la suite de l'aventure littéraire de Rimbaud et la révolution que ce dernier opérera dans l'écriture poétique, notamment avec *Une saison en enfer* (1873) et *Illuminations* (1886).

2. LA QUESTION DE GRAMMAIRE

« [L'air **est** parfois si doux], [qu'on **ferme** la paupière] ».

- Le vers 6 repose sur deux propositions, dans un rapport de subordination. « L'air est parfois si doux » forme la **proposition principale** ; « qu'on ferme la paupière » constitue la **proposition subordonnée**.
- Le lien entre les deux propositions est assuré par la conjonction de subordination corrélative « si… que ». La subordonnée remplit donc une fonction de complément circonstanciel de conséquence. Cette structure exprime ici à quel point l'adolescent se laisse envahir par de douces sensations.

DES QUESTIONS POUR L'ENTRETIEN

Lors de l'entretien, vous devrez présenter une autre œuvre lue au cours de l'année. L'examinateur introduira l'échange et vous posera quelques questions. Celles ci-dessous sont des exemples.

1 Je vous remercie pour votre présentation d'*Alcools* (1913), de Guillaume Apollinaire. L'auteur écrit que « les poètes modernes sont [...] des créateurs, des inventeurs, des prophètes ». Qu'en pensez-vous ?

Apollinaire est un poète étroitement lié aux révolutions esthétiques du début du siècle. Il cherche à renouveler le lyrisme et l'écriture poétique. Ainsi, il supprime toute ponctuation, mélange des mètres hétérogènes, cultive parfois un certain hermétisme.

2 Quels thèmes nouveaux Apollinaire privilégie-t-il dans sa poésie ?

Apollinaire conserve les grands thèmes de la poésie lyrique, mais s'inspire des éléments de la modernité : la ville et le quotidien prosaïque sont abordés dans « Zone », faisant ainsi écho aux innovations technologiques.

ORAL

25 Sujet d'oral • Explication & entretien

Rimbaud, *Cahiers de Douai*, « Le Buffet »

20 minutes
20 points

1. Lisez le texte à voix haute.
Puis proposez-en une explication linéaire.

DOCUMENT

Dans ce sonnet, le buffet devient le lieu vivant de la mémoire.

Le Buffet

C'est un large buffet sculpté ; le chêne sombre,
Très vieux, a pris cet air si bon des vieilles gens ;
Le buffet est ouvert, et verse dans son ombre
Comme un flot de vin vieux, des parfums engageants ;

Tout plein, c'est un fouillis de vieilles vieilleries,
De linges odorants et jaunes, de chiffons
De femmes ou d'enfants, de dentelles flétries,
De fichus de grand-mère où sont peints des griffons ;

– C'est là qu'on trouverait les médaillons, les mèches
De cheveux blancs ou blonds, les portraits, les fleurs sèches
Dont le parfum se mêle à des parfums de fruits.

– Ô buffet du vieux temps, tu sais bien des histoires,
Et tu voudrais conter tes contes, et tu bruis
Quand s'ouvrent lentement tes grandes portes noires.

Arthur Rimbaud, *Cahiers de Douai*, « Le Buffet » (1870).

2. QUESTION DE GRAMMAIRE.
Relevez et analysez une proposition subordonnée conjonctive dans le dernier tercet.

CONSEILS

1. Le texte

■ **Faire une lecture expressive**

• Soyez très attentif aux enjambements : faites les pauses nécessaires.

• Faites bien entendre les pléonasmes (« vieilles vieilleries », « conter des contes »).

■ **Situer le texte, en dégager l'enjeu**

• Il s'agit d'un des douze sonnets des *Cahiers de Douai*.

• Vous pouvez montrer comment, dans ce poème, un simple buffet devient un lieu de mémoire.

2. La question de grammaire

Analysez la proposition subordonnée conjonctive (v. 14) : « Quand s'ouvrent lentement tes grandes portes noires. »

25 PRÉSENTATION

1. L'EXPLICATION DE TEXTE

Introduction

[Présenter le contexte] « Le Buffet » est l'un des douze sonnets des *Cahiers de Douai*, il aurait été écrit en 1870 lors d'un séjour du poète chez les tantes de son professeur. [Situer le texte] Un buffet est un meuble où l'on range la vaisselle et divers objets. Dans son sonnet à rimes croisées, Rimbaud en fait un témoin du passé. [En dégager l'enjeu] Passant de l'aspect extérieur du buffet aux objets qu'il recèle, le poème oscille entre description objective et évocations proches du fantastique.

Explication au fil du texte

Description du buffet tel qu'on le voit (v. 1 à 8)

Vue extérieure (v. 1 à 4)

• Le buffet est introduit dès le premier vers par le présentatif « c'est ». Le nom est encadré de deux adjectifs : « large », « sculpté ». S'ajoute la matière noble, « le chêne », précisée par l'adjectif de couleur « sombre ». L'incise

ORAL

commençant le vers 2, « Très vieux », confirme la première impression : c'est un meuble ancien.

• L'adjectif « vieux », en début de vers, est repris en écho à la fin du vers par son féminin « vieilles ». En associant la bonté des « vieilles gens » à l'aspect du chêne patiné par le temps, Rimbaud attribue un caractère moral au buffet et le personnifie. La répartition des intensifs « très » et « si » parfait l'équilibre de la comparaison.

• Le buffet « ouvert » file l'image de la bonté, et le verbe d'action « verse » poursuit la personnification. Le lien se crée entre les vers 2 et 3 grâce à la rime interne « air »/« ouvert » et à la répétition des mêmes sonorités [ɛr], « ouvert » et « verse » du vers 3. Les vers 2 et 4 font rimer « vieilles gens » et « parfums engageants », liant à nouveau bonté et vieillesse. Les parfums invitent à explorer le contenu du buffet à la recherche de ce « flot de vin vieux ». Mais si la comparaison montre la générosité du buffet, les mots à la rime « sombre »/« ombre », aux sonorités fermées, nuancent « cet air si bon ».

Vue intérieure (v. 5 à 8)

• Deux syllabes, « Tout plein », à la connotation un peu enfantine, lancent l'exploration du buffet. Le présentatif « c'est » du premier vers est répété à la troisième syllabe du vers 5 et le « fouillis » est mimé par la répétition des mêmes sons, /i/ mouillé ([j]) (« fouillis »), amplifié par le pléonasme « vieilles vieilleries ».

• L'énumération (vers 6 à 8) est rythmée par l'anaphore « de ». Le caractère disparate des objets accumulés est mis en évidence par l'opposition « linges »/« chiffons » et par l'alliance inattendue des adjectifs « odorants et jaunes » : ce qui est jauni par le temps aurait dû perdre son odeur.

• Le contre-rejet « chiffons/de femmes ou d'enfants » crée un effet incongru, comme si femmes et enfants faisaient partie des objets trouvés dans le buffet. « dentelles flétries » et « grand-mère » évoquent le temps passé. Le motif peint sur les « fichus », le griffon, apporte une dimension fantastique : le griffon est un chien, mais aussi un animal mythologique, mi-aigle mi-lion.

> **MOTS CLÉS**
> • **Rejet :** placement, en début de vers, d'un mot qui appartient syntaxiquement au vers précédent.
> • **Contre-rejet :** le début d'une phrase est placé en fin de vers et la phrase se prolonge dans le vers suivant.

Description du buffet tel qu'on l'imagine (v. 9 à 14)

Les objets de la mémoire

• Le premier tercet reprend le présentatif « c'est ». L'adverbe « là » fait référence au buffet comme à un lieu déjà connu ; mais le tiret initial instaure une rupture. Le conditionnel hypothétique remplace le présent descriptif des quatrains. Les objets énumérés sont intentionnellement liés au souvenir : médaillons, mèches, portraits, fleurs séchées. Le buffet est le dépositaire de la mémoire.

• L'enjambement qui lie les trois vers entre eux crée un effet musical presque chanté : les parfums sont liés aux fruits qui évoquent la fraîcheur et la vie. Le passé et le présent se mêlent, créant un parfum nouveau.

Les histoires du vieux temps

• Dans le dernier tercet, le poète apostrophe le buffet. L'emploi de « tu » suppose une relation de familiarité. Dans le premier vers, l'indéfini « un » ne permettait pas d'identifier le meuble. Il est à présent individualisé (« buffet du vieux temps ») ; le buffet connaît les histoires, il en a été un témoin muet.

• Au vers 13, le verbe « vouloir » employé au conditionnel exprime un désir impossible à réaliser : si le buffet crée des synesthésies de parfums et de couleurs, il n'a pas la parole. Le pléonasme « conter des contes » révèle la polysémie du mot « conte » : conte pour enfants, histoires mirobolantes, mensonges…

> **MOT CLÉ**
> **Synesthésies** : association de plusieurs impressions sensorielles pour créer ou suggérer une image. Ainsi, dans le poème « Voyelles », Rimbaud associe les voyelles à des couleurs.

• Le vers 13 se termine sur une assonance en [y] : « tu bruis ». La diérèse de « bru-is », qui rend difficile la prononciation du mot en fin de vers, mime l'incapacité du buffet à parler. Le dernier vers du tercet est solennel : les trois syllabes de l'adverbe « lentement » obligent à une diction lente. La circonstancielle de temps ouvre sur l'inconnu des histoires sues par le buffet ; les secrets sont indicibles. La rime « histoires »/« noires » laisse planer une sorte d'inquiétude : sur quelles sombres histoires s'ouvrent les portes du buffet ?

Conclusion

[Faire le bilan de l'explication] Ce sonnet, sous des apparences anodines et un peu naïves, rend hommage au vieux temps et à ses histoires, et donne vie à des images parfois étranges ou inquiétantes.

[Mettre le texte en perspective] On peut faire un rapprochement avec le poème « Spleen » de Baudelaire, qui commence par l'évocation d'un « gros meuble à tiroirs » qui « Cache moins de secrets que [son] triste cerveau ». Chez Baudelaire comme chez Rimbaud, on remarque la présence de synesthésies et le rôle évocateur et sensuel du parfum.

2. LA QUESTION DE GRAMMAIRE

« et [tu bruis

[Quand s'ouvrent lentement tes grandes portes noires.]] »

- La subordonnée circonstancielle est introduite par la conjonction de subordination « quand » et s'organise autour du verbe au présent « s'ouvrent ». Elle s'insère dans une phrase complexe composée de trois propositions indépendantes coordonnées et dépend de la troisième indépendante « et tu bruis ».
- Cette circonstancielle exprime la simultanéité des actions de la principale et de la subordonnée. On peut remplacer « quand » par « au moment où ».

DES QUESTIONS POUR L'ENTRETIEN

Lors de l'entretien, vous devrez présenter une autre œuvre lue au cours de l'année. L'examinateur introduira l'échange et vous posera quelques questions. Celles ci-dessous sont des exemples.

1 Je vous remercie pour votre présentation de *La Prose du Transsibérien et de la petite Jehanne de France* de Blaise Cendrars. Vous avez étudié *Cahiers de Douai* dans le cadre du parcours « Émancipations créatrices ». Quel rapprochement pouvez-vous faire entre Blaise Cendrars et Arthur Rimbaud ?

Ce sont deux fugueurs. Cendrars part à l'aventure dans ce train transsibérien à l'âge de 16 ans. Son voyage nourrit le poème, de même que Rimbaud écrit plusieurs poèmes qui prennent pour thème la fugue et le vagabondage.

2 Quelle première remarque pouvez-vous faire quant aux dates auxquelles écrivent les deux poètes ?

Les deux poètes fuguent à l'âge de 16 ans. Les poèmes des *Cahiers de Douai* sont écrits lorsque Rimbaud a 16 ans, alors que Cendrars écrit en 1913, bien longtemps après son long voyage de 1905. Il se penche sur son passé et n'est plus au cœur de l'événement, comme l'était Rimbaud.

3 Sur le plan de la poésie, voyez-vous des différences entre Rimbaud et Cendrars ?

Oui, dans son poème Cendrars se libère totalement des règles de la versification (c'est pour cela qu'il introduit le mot « prose » dans son titre), alors que Rimbaud, même s'il prend quelques libertés, emprunte la forme fixe du sonnet.

26 Sujet d'oral • Explication & entretien

Ponge, *La rage de l'expression*, « La guêpe »

20 minutes
20 points

**1. Lisez le texte à voix haute.
Puis proposez-en une explication linéaire.**

DOCUMENT

Hyménoptère[1] au vol félin, souple, – d'ailleurs d'apparence tigrée –, dont le corps est beaucoup plus lourd que celui du moustique et les ailes pourtant relativement plus petites mais vibrantes et sans doute très démultipliées, la guêpe vibre à chaque instant des vibrations nécessaires à la mouche dans une position ultracritique (pour se défaire du miel ou du papier tue-mouches, par exemple).

Elle semble vivre dans un état de crise continue qui la rend dangereuse. Une sorte de frénésie ou de forcènerie[2] – qui la rend aussi brillante, bourdonnante, musicale qu'une corde fort tendue, fort vibrante et dès lors brûlante ou piquante, ce qui rend son contact dangereux.

Elle pompe avec ferveur et coups de reins. Dans la prune violette ou kaki, c'est riche à voir : vraiment un petit appareil extirpeur particulièrement perfectionné, au point. Aussi n'est-ce pas le point formateur du rayon d'or qui mûrit, mais le point formateur du rayon (d'or et d'ombre) qui emporte le résultat du mûrissement.

Miellée, soleilleuse ; transporteuse de miel, de sucre, de sirop ; hypocrite et hydromélique. La guêpe sur le bord de l'assiette ou de la tasse mal rincée (ou du pot de confiture) : une attirance irrésistible. Quelle ténacité dans le désir ! Comme elles sont faites l'une pour l'autre ! Une véritable aimantation au sucre.

Francis Ponge, *La rage de l'expression*, « La guêpe », 1952,

1. Hyménoptère : insecte qui possède quatre ailes membraneuses.
2. Forcènerie : folie furieuse.

ORAL

2. QUESTION DE GRAMMAIRE.
« Miellée, soleilleuse ; transporteuse de miel, de sucre, de sirop ; hypocrite et hydromélique. » (l. 17-18). Étudiez la construction de la phrase et l'accord des adjectifs.

CONSEILS

1. Le texte

Faire une lecture expressive

- Adoptez un ton quasiment scientifique, celui d'un poète entomologiste, décrivant avec une grande précision l'insecte observé.
- Le texte exprime aussi une certaine forme d'admiration : tenez-en compte, notamment dans les phrases exclamatives de la fin de l'extrait.
- Attention, certaines phrases sont longues : appuyez-vous sur les virgules et tirets, mais aussi sur les conjonctions de coordination et mots subordonnants pour marquer des pauses aux bons endroits.

Situer le texte, en dégager l'enjeu

- Intéressez-vous aux caractéristiques de la guêpe sur lesquelles Ponge insiste. Quelles sont les qualités essentielles de cet insecte ?
- Quel regard le poète pose-t-il sur la guêpe ? Montrez d'où provient sa fascination.
- Prenez garde au rythme des phrases et à leur construction, qui peuvent produire des effets de style et faire varier les sensations ressenties par le lecteur.

2. La question de grammaire

- À quel type de phrase avons-nous affaire ? Que doit-on rechercher pour comprendre comment fonctionne l'accord de ces adjectifs ?
- Quelles sont les différentes façons dont cet accord est marqué à l'écrit ? Expliquez aussi d'où vient l'absence de marque d'accord visible pour certains adjectifs.

26 PRÉSENTATION

1. L'EXPLICATION DE TEXTE

Introduction

[Présenter le contexte] Au XIXe puis au XXe siècle, la poésie est profondément renouvelée dans ses thèmes et ses formes. Francis Ponge se demande notamment en 1952, dans *La rage de l'expression*, comment mettre son regard à la fois scientifique et artistique au profit d'une écriture poétique, en tentant une poésie plus impersonnelle, prenant le parti des « choses ». [Situer le texte] Dans l'une des sections du recueil, le poète exerce son obsession de l'exactitude sur la guêpe, en essayant d'analyser et de décrire cet insecte dans ses moindres détails. [En dégager l'enjeu] Comment cette description se traduit-elle par une représentation dynamique de l'insecte, à mi-chemin entre la science et la poésie ?

Explication au fil du texte

Un insecte vibrant et menaçant (l. 1-11)

• Dès le début de l'extrait, le poète fait preuve de précision scientifique, en signalant sa classification (ordre taxinomique) : celle des « hyménoptères ».

• Cependant, cette entrée en matière très érudite est immédiatement tempérée par la métaphore « vol félin », filée par l'« apparence tigrée », qui témoigne de l'art littéraire de l'auteur. La guêpe semble partager des caractéristiques avec le chat : Ponge s'amuse à brouiller la classification du vivant.

• Poursuivant son souci de précision scientifique, le poète se transforme en un véritable entomologiste. Les caractéristiques physiques de l'insecte sont détaillées, mais surtout comparées à d'autres : ainsi du corps « plus lourd que celui du moustique » ou des ailes « relativement plus petites ».

• La description tend alors à se focaliser sur les ailes de la guêpe et leur vibration, dans une phrase qui s'allonge comme pour y faire entrer toutes les informations nécessaires à la bonne compréhension de la chose étudiée. Le polyptote « vibrantes […] vibre […] vibrations » rythme la description et met en valeur cette qualité essentielle de l'animal, comme si c'était elle, avant tout, qui la définissait en tant qu'être vivant.

• Or, le poète souligne la permanence de la vibration chez l'animal. Ce qui, chez « la mouche » (nouvelle comparaison), n'est que ponctuel (« dans une position ultracritique ») est chez la guêpe un état constant.

ORAL

• Dans le deuxième paragraphe, Ponge poursuit cette étude de caractère de la guêpe, étroitement liée à sa constitution physique. L'état de « crise continue » dans lequel elle se trouve, comme face à un danger mortel, « la rend dangereuse ».

• La guêpe s'éloigne ainsi des autres insectes par un trait singulier : celui d'être constamment agressive et à l'affût. Les termes hyperboliques « forcènerie » et « frénésie », qui personnifient l'animal, démontrent son intensité et sa violence.

> **INFO**
> Ponge utilise des termes rares ou archaïques : « forcènerie », « extirpeur », « soleilleuse »… La richesse du vocabulaire est un élément constitutif de son art.

• La poésie vient à ce moment souligner le danger représenté par la guêpe, mais aussi l'étrange fascination qu'elle peut exercer sur le poète comme sur le lecteur. La comparaison imagée « aussi brillante, bourdonnante, musicale qu'une corde fort tendue, fort vibrante et dès lors brûlante ou piquante », rythmée par la musicalité de l'homéotéleute (répétition d'une syllabe finale) en « -ante », mélange les sensations visuelles et auditives produites par l'insecte, où la beauté se mêle à la menace.

• Le poème en prose prend une dimension didactique. La dangerosité de la guêpe est développée dans le paragraphe entier : répétition de l'adjectif « dangereux », lexique de la nocivité (« brûlante », « piquante », « frénésie », « forcènerie »). Le paragraphe se clôt sur un avertissement de bon aloi : « ce qui rend son contact dangereux ».

Le spectacle de l'attraction au sucre (l. 12-21)

• Dans la seconde partie de l'extrait, Ponge décrit la guêpe en action, en train de se nourrir d'un fruit. L'expression « avec ferveur et coups de reins » évoque une certaine sensualité : le lien entre l'insecte et sa nourriture semble relever d'un rapport charnel.

• Fasciné, le poète mesure sa chance d'observer un tel spectacle : « c'est riche à voir ». Les adverbes « vraiment » et « particulièrement » insistent sur le caractère magnétique de cet acte, qui met en jeu un organe anatomique impressionnant (périphrase « un petit appareil extirpeur »).

• Comme à son habitude dans le recueil, le poète met à profit la répétition et ses variations, et corrige sa propre expression poétique. Ainsi, le « rayon d'or » (métaphore qui sublime la pulpe de la prune), devient un rayon « d'or et d'ombre » (écho aux couleurs – jaune et noir – de l'insecte) emportant « le résultat du mûrissement » : on croirait voir le sucre s'écouler lentement du fruit vers la guêpe.

• La guêpe est alors redéfinie par le poète. Son essence ne réside plus seulement dans sa vibration, mais également dans sa symbiose avec le sucre : au sein d'une phrase averbale, elle est décrite comme « Miellée, soleilleuse ; transporteuse de miel, de sucre, de sirop ; hypocrite et hydromélique ». L'insecte et la substance ne font plus qu'un, fusionnent dans un même corps, comme si c'était leur finalité respective.

• La description se transforme poétiquement : l'absence de verbes conjugués dans les premières phrases du quatrième paragraphe fait naître des impressions visuelles, des sensations données par petites touches, qui font l'objet de variations successives, comme dans des notes littéraires au brouillon prises sur le vif : « La guêpe sur le bord de l'assiette ou de la tasse mal rincée (ou du pot de confiture) ».

INFO
La prise de notes est l'une des méthodes défendues par Ponge pour atteindre la vérité et l'authenticité de l'objet décrit.

• Le poète laisse alors libre cours à son admiration pour l'insecte observé dans les trois dernières phrases du paragraphe. Cet enthousiasme se traduit par des phrases exclamatives qui ponctuent avec délectation la fin de l'extrait : « Quelle ténacité dans le désir ! Comme elles sont faites l'une pour l'autre ! » Le sucre et la guêpe semblent désormais indissociables.

• Le poète conclut cet extrait par un retour à la science dans la dernière phrase. Le terme à la fois scientifique et métaphorique « aimantation » explique le comportement de la guêpe, qui ne fait qu'obéir à sa nature même, et explicite le désir instinctif qui la pousse à agir.

Conclusion

[Faire le bilan de l'explication] Ainsi, le début de « La guêpe » est bien une célébration puissante de l'animal choisi, de sa vibration (fondamentale à son existence), jusqu'à son attirance irrépressible pour le sucre du fruit.

[Mettre le texte en perspective] Le texte est une illustration parfaite de l'art poétique défendu par Francis Ponge dans son recueil, dès « Berges de la Loire » : le travail mis en œuvre ici consiste bien avant tout à « rendre compte d'une chose » en revenant « à l'objet lui-même, à ce qu'il a de brut, de *différent* ».

ORAL

2. LA QUESTION DE GRAMMAIRE

« Miellée, soleilleuse ; transporteuse de miel, de sucre, de sirop ; hypocrite et hydromélique. »

• La phrase est averbale. Elle ne contient pas non plus le nom avec lequel s'accordent tous les adjectifs qui la composent, c'est-à-dire le mot « guêpe » (féminin singulier), qu'il faut déduire du contexte.

• L'accord des adjectifs au féminin singulier peut prendre plusieurs marques : on rajoute un *e* à *miellé* pour donner « miellée » ; on transforme le *-x* en *-se* pour former le féminin de *soleilleux* (« soleilleuse ») et de même pour le *-r* de *transporteur* (« transporteuse »). En revanche, « hypocrite » et « hydromélique » sont épicènes.

INFO
On appelle « **épicènes** » les mots (noms, pronoms ou adjectifs) dont la forme ne varie pas selon le genre.

DES QUESTIONS POUR L'ENTRETIEN

Lors de l'entretien, vous devrez présenter une autre œuvre lue au cours de l'année. L'examinateur introduira l'échange et vous posera quelques questions. Celles ci-dessous sont des exemples.

1 Je vous remercie pour votre présentation de *La Première Gorgée de bière* de Philippe Delerm (1997). Un texte vous a-t-il particulièrement marqué ? Pourquoi ?

Le texte « On pourrait presque manger dehors » est très touchant. Il présente un moment d'attente, suspendu dans le temps, où la possibilité de « manger dehors » s'ouvre, comme une promesse. C'est une réflexion émouvante sur les petits désirs fugaces de la vie.

2 En quoi le projet poétique de Delerm ressemble-t-il à celui de Ponge ?

Grâce à leur regard précis, leur observation minutieuse des détails et leur analyse subtile des sensations, Ponge et Delerm parviennent à révéler la beauté de choses parfois banales, auxquelles on n'aurait pas forcément prêté attention.

3 Si vous deviez à votre tour écrire un texte à la manière de Philippe Delerm, qu'écririez-vous ?

Pourquoi ne pas écrire un texte court sur « La récréation du matin » par exemple, avec ses caractéristiques (la foule dans la cour, les groupes qui se forment, les rires, les amours naissantes…) ; ou bien « Le car scolaire », moment qui s'étire dans le temps et pourtant transitionnel entre deux espaces, où le soleil se lève peu à peu derrière la vitre.

Hélène Dorion, *Mes forêts*, poème inaugural

20 minutes
20 points

1. Lisez le poème à voix haute. Puis proposez-en une explication linéaire.

DOCUMENT

Avec ce poème, Hélène Dorion ouvre tout à la fois son recueil et annonce la première section, « L'écorce incertaine ».

Mes forêts sont de longues traînées de temps
elles sont des aiguilles qui percent la terre
déchirent le ciel
avec des étoiles qui tombent
comme une histoire d'orage
elles glissent dans l'heure bleue
un rayon vif de souvenirs
l'humus de chaque vie où se pose
légère   une aile
qui va au cœur

mes forêts sont des greniers peuplés de fantômes
elles sont les mâts de voyages immobiles
un jardin de vent où se cognent les fruits
d'une saison déjà passée
qui s'en retourne vers demain

mes forêts sont mes espoirs debout
un feu de brindilles
et de mots que les ombres font craquer
dans le reflet figé de la pluie

mes forêts
sont des nuits très hautes

H. Dorion, *Mes forêts,* poème inaugural (2021), © Éditions B. Doucey.

▶ 2. QUESTION DE GRAMMAIRE. **Analysez la proposition relative (v. 2 à 5) : « qui percent la terre/déchirent le ciel/avec des étoiles qui tombent/comme une histoire d'orage ».**

CONSEILS

1. Le texte

■ **Faire une lecture expressive**

- Faites bien entendre l'anaphore des débuts de strophes.
- En étant attentif au rythme, faites sentir la nostalgie qui se dégage de ce poème.

■ **Situer le texte, en dégager l'enjeu**

- Il s'agit du poème d'ouverture.
- Comment la thématique du temps y est-elle développée ?

2. La question de grammaire

Quelle est la particularité des deux propositions relatives des v. 2 à 5 ?

27 PRÉSENTATION

1. L'EXPLICATION DE TEXTE

Introduction

[Présenter le contexte] Le recueil *Mes forêts* est composé de quatre sections. Chacune est ouverte par un poème intitulé « Mes forêts ». Un dernier poème, au même titre, clôt le recueil. Ils forment comme un chant répétitif et pourtant à chaque fois différent. [Situer le texte] Le premier poème « Mes forêts » a une double fonction : il ouvre le recueil et prépare à la lecture de la première section. [En dégager l'enjeu] Chacune des strophes de ce poème d'ouverture associe les forêts à une temporalité : celle de la nature, celle, plus intime, liée au passé et à la rêverie, et celle qui se projette dans un futur incertain.

Explication au fil du texte

Le temps cosmique (v. 1 à 10)

« Mes forêts », métaphores du temps (v. 1 à 5)

• La métaphore du vers 1 associe un élément concret, les forêts, à une abstraction, le temps, lui-même rendu concret par le nom dont il est le complément, « traînées ». Le temps s'installe dans un espace horizontal, par contraste avec les forêts dressées à la verticale. L'adjectif « longues » étend le temps comme une brume recouvrant les forêts, ce que traduit l'hendécasyllabe (onze syllabes) dont la coupe, après la septième syllabe, ralentit le rythme.

• Le vers 2 précise la première métaphore. Comparé (« forêts ») et comparant (« aiguilles ») relèvent du même domaine (aiguilles du pin) ; les aiguilles, qui sont aussi celles de l'horloge, réactivent la métaphore temporelle. Étrangement, elles « percent la terre », dans un mouvement vertical dirigé vers le bas et « déchirent le ciel » en un mouvement inverse.

• Par l'association des deux verbes *percer* et *déchirer*, les aiguilles-arbres se font armes pointues dont sont victimes la terre et le ciel : « les étoiles tombent » dans un cataclysme cosmique. Mais cette violence est adoucie par l'hexasyllabe du vers 5 qui en fait une simple « histoire d'orage ».

Ce que font les forêts au temps (v. 6 à 10)

• Malgré l'absence de ponctuation, la reprise du pronom « elles » (v. 6) marque un début de phrase. Les forêts agissent, on suit leur action. « L'heure bleue » précise la temporalité. Le « rayon vif de souvenirs » s'oppose à la nuit et au chaos.

> **MOT CLÉ**
> L'**heure bleue** correspond au moment précis, entre le jour et la nuit (à l'aube ou au crépuscule), où la lumière est d'un bleu intense qui met en valeur les zones d'ombre.

• Le v. 8 est ambigu : le groupe nominal « l'humus de chaque vie » est-il un complément du verbe « glissent » ou vient-il en apposition au « rayon vif de souvenirs » : les souvenirs (le passé) fertiliseraient-ils la vie ?

• La strophe se termine sur un jeu graphique (blanc séparant l'adjectif « légère » du nom qu'il caractérise, « aile »), rythmique (pause entre l'adjectif et le nom) et sonore (reprise du son [ɛ]). La brièveté des vers 9 et 10, en opposition avec la longueur des vers 1 et 2, met en évidence l'émotion qui remue le « cœur » à l'évocation du renouvellement de la vie.

Le temps intime (v. 11 à 15)

• La deuxième strophe comprend trois métaphores : les v. 11 et 12 reprennent la structure syntaxique de la première strophe. Le v. 13 introduit directement la troisième métaphore, en faisant l'ellipse de « elles sont ».

ORAL

• L'espace est d'abord intime, c'est celui de la maison (« greniers »). Puis, il s'élargit aux voyages mais immobiles (faisant place aux rêves) comme l'est la forêt, dont les arbres sont comparés aux mâts des bateaux (évoquant la mobilité). Un univers familier et rassurant revient ensuite. Pourtant, le jardin devient dangereux et mobile : le vent fait se cogner les fruits.

• « fruits » en contre-rejet annule le sens concret du vers 13 ; on se heurte à une impossibilité logique : liés au passé, les fruits ne peuvent plus se cogner.

• La lecture se fait métaphorique : « passée » et « demain » placés à la rime indiquent un mouvement d'aller-retour entre le passé et l'avenir. Le présent est le fruit du passé et s'ouvre vers l'avenir : c'est le cycle de la vie.

À NOTER
Le poème va s'amenuisant : 1 dizain, 1 quintil, 1 quatrain, 1 distique, dans un mouvement qui va du cosmos au « je » de la poétesse.

L'heure des doutes (v. 16 à 21)

Un paysage incertain (v. 16 à 19)

• Le vers 16 relance le poème dans une énergie tournée vers l'avenir ; l'indéfini laisse place au possessif. Il ne s'agit plus d'une métaphore générale, mais d'une équivalence personnelle. Le vers 17 brise l'optimisme qui précède : les espoirs sont un « feu de brindilles » ; à moins que ce ne soit les forêts : la syntaxe permet les deux interprétations.

• La phrase se prolonge en continuant son effet déceptif : les espoirs ne sont que des mots qui se mêlent au « feu de brindilles » et « que les ombres font craquer ». Le paysage est immobile : « figé » s'oppose à « espoir ».

Une formule ambiguë (v. 20 à 21)

• Les vers 20 et 21 forment un octosyllabe coupé de manière à isoler « mes forêts » : est-ce une nouvelle définition ou un renvoi au recueil lui-même ?

• Les « nuits très hautes » semblent condenser tout le sens du poème : verticalité des forêts, ambiguïté du sens à accorder à « nuits très hautes » qui assemblent le positif et le négatif en une seule formule.

Conclusion

[Faire le bilan de l'explication] Ce poème d'ouverture sur le temps, à la fois universel et intime, tendu vers l'avenir et plein du passé, joue sur les oppositions, alterne violence et émotion et laisse le sens incertain. [Mettre le texte en perspective] En cela, il annonce la section « L'écorce incertaine ». Il est possible aussi de le mettre en regard avec le poème final dans lequel on retrouve la métaphore temporelle des aiguilles : « des aiguilles qui tournent/à travers les saisons ». Le temps est un des thèmes essentiels du recueil d'Hélène Dorion.

2. LA QUESTION DE GRAMMAIRE

« elles sont des aiguilles [qui percent la terre/déchirent le ciel/avec des étoiles [qui tombent/comme une histoire d'orage]] »

- La première relative, régie par la proposition principale « elles sont des aiguilles », est introduite par le pronom relatif sujet « qui » dont l'antécédent est « des aiguilles ». Elle s'organise autour des verbes « percent » et « déchirent ».
- La seconde, régie par la première, est introduite par le pronom relatif sujet « qui » dont l'antécédent est le GN « des étoiles ». Elle s'organise autour du verbe « tombent ».
- Les deux relatives sont adjectives et sont insérées l'une dans l'autre.

DES QUESTIONS POUR L'ENTRETIEN

Lors de l'entretien, vous devrez présenter une autre œuvre lue au cours de l'année. L'examinateur introduira l'échange et vous posera quelques questions. Celles ci-dessous sont des exemples.

1 Je vous remercie pour votre présentation des *Méditations poétiques* de Lamartine (1820). En quoi ce recueil porte-t-il bien son titre ?

Les 24 poèmes du recueil de 1820 sont à la première personne. Le poète, souvent solitaire, se parle ou s'adresse à un être absent. Il mène des réflexions sur des sujets divers comme la mort (« L'automne »), la religion (« Dieu »), le temps passé (« Adieu »), ou glorifie la nature (« Hymne au soleil »).

2 Pourquoi ce recueil a-t-il sa place dans le parcours au programme ?

Ce recueil relève du registre lyrique qui lie expression de soi et thématiques de la nature, de l'amour et de la mort. Or, le parcours, qui met en relation poésie, nature et intime, semble en lui-même proposer une définition du lyrisme.

3 Qu'est-ce qui peut le différencier de *Mes forêts* d'Hélène Dorion ?

C'est précisément le type de lyrisme. Celui d'Hélène Dorion est plus discret. Malgré l'insistance du possessif « mes » dans le titre de son recueil, la poétesse semble s'effacer devant son sujet.

28 Sujet d'oral • Explication & entretien

Hélène Dorion, *Mes forêts*, « Il fait un temps de foudre et de lambeaux »

20 minutes
20 points

1. Lisez le texte à voix haute.
Puis proposez-en une explication linéaire.

DOCUMENT

Il fait un temps de foudre et de lambeaux
d'arbres abattus
au-dedans de soi
il fait pluie maigre
un temps de glace
et de rêves qui fondent
dans le labyrinthe des miroirs
le dos courbé   le poids des silences

guerres   famines   tristes duretés
c'est seulement l'hiver
sur l'écran d'aujourd'hui
s'annoncent les orages de demain
des chiffres pour ne rien dire
de l'inquiétude qui brûle nos mots
lettres échevelées
bientôt cassées comme pib
nip   fmi[1]

Il fait un temps à s'enfermer
dans nos maisons de forêt

avec le bruit secret des nuages
qui souffle
de l'autre côté de la nuit

Hélène Dorion, *Mes forêts*, « Il fait un temps de foudre et de lambeaux », © Éditions Bruno Doucey, 2021.

1. pib, nip, fmi : sigles pour désigner le produit intérieur brut (PIB), le numéro d'identification personnel (NIP) et le Fonds monétaire international (FMI).

2. QUESTION DE GRAMMAIRE.

Analysez l'expression de la négation dans le vers : « des chiffres pour ne rien dire » (v. 13).

CONSEILS

1. Le texte

Faire une lecture expressive

• Exprimez les nuances du poème, qui oscille entre l'expression de la violence du monde et la recherche de l'apaisement.

• Faites bien entendre les pauses, matérialisées sur le blanc de la page, par exemple entre « le dos courbé » et « le poids des silences ».

• Veillez à épeler les sigles (« pib », « nip », « fmi »).

Situer le texte, en dégager l'enjeu

• Précisez la place du poème dans le recueil : dans quelle section figure-t-il ? Quels thèmes cette partie du recueil traite-t-elle ?

• Il s'agit de l'un des poèmes construits sur l'anaphore « il fait (un temps) ». En vous appuyant sur les trois strophes, étudiez la progression du texte pour montrer que le mot « temps » se charge de significations différentes, en lien avec la météorologie, l'époque et l'intime.

2. La question de grammaire

• Vous devez relever les termes qui expriment la négation, identifier leur nature et déterminer si la négation est totale ou partielle.

• Soyez attentif à la place de ces mots par rapport au terme qui est nié.

28 PRÉSENTATION

1. L'EXPLICATION DE TEXTE

Introduction

[Présenter le contexte] Dans *Mes forêts*, Hélène Dorion rassemble des poèmes composés en partie pendant le confinement, depuis sa maison dans la forêt, au Canada. Elle évoque les émotions intimes que suscite la nature qu'elle décrit au fil des poèmes, mais fait part également de sa réaction face à la société contemporaine. [Situer le texte] Le poème étudié est composé de trois strophes en vers libres. Il est situé dans la quatrième section du recueil, intitulée « L'onde du chaos », qui comporte des poèmes sur le fracas du monde contemporain. [En dégager l'enjeu] Débutant par l'évocation d'un climat rude, le poème fait de ce temps une saison intérieure, mais également la représentation de l'époque contemporaine qui détruit l'humain et le langage.

Explication au fil du texte

Un monde en lambeaux (v. 1-8)

• Le poème débute par l'expression (« Il fait un temps ») répétée à plusieurs reprises dans le recueil et le poème. Le verbe impersonnel est repris en anaphore aux vers 4 puis 18 : Hélène Dorion semble décrire le temps qu'il fait à l'extérieur. Ce constat météorologique est ici complété par deux noms, « foudre » et « lambeaux », qui donnent le ton du poème. C'est bien de violence dont il est question, comme en atteste le champ lexical de la désolation (« lambeaux », « abattus », « pluie », « glace »).

• Ce paysage désolé est intérieur, comme le signale le complément circonstanciel de lieu « au-dedans de soi ». C'est la conscience de l'individu qui est jonchée d'« arbres abattus », de « rêves qui fondent », d'illusions dans lesquelles il se perd, comme l'exprime la métaphore « le labyrinthe des miroirs ».

• L'absence de ponctuation donne lieu à une double interprétation des vers : chaque vers peut être compris comme un élément d'une énumération des différents éléments du paysage ou être vu comme une continuité syntaxique. Ainsi, il est possible d'associer les vers 1 et 2 avec un enjambement et voir dans ce décor « des lambeaux/d'arbres abattus ». Aux vers 5 et 6, on peut associer la glace et les rêves comme sujets du verbe « fondent ». Ce choix laissé au lecteur, renforce l'image d'un monde en lambeaux : les éléments du décor intérieur peuvent être liés entre eux ou détachés, comme des lambeaux d'une conscience déchirée par la violence du monde.

- Le dernier vers souligne l'impression de désolation. L'expression « le dos courbé » connote la vieillesse, la souffrance ou les soucis ; « le poids des silences » évoque également l'abattement. Le blanc entre les mots (v. 8) peut être interprété comme une matérialisation de ces silences, ou comme l'indice d'une parole qui se disloque. Ainsi, la première strophe s'achève sur une impression de résignation, d'impuissance à vivre et à communiquer.

Une langue en lambeaux (v. 9-17)

- Comme pour donner une explication au temps qu'il fait, la deuxième strophe débute par une énumération de termes qui évoquent les horreurs du monde humain : « guerres », « famines », « tristes duretés ». L'allitération en [t] souligne la violence de ces événements.
- Le vers 10 est ambigu. L'adverbe « seulement » peut souligner un passage momentané : l'hiver ne va pas durer. Il peut aussi indiquer, au contraire, une permanence. L'hiver, qui métaphorise les difficultés et les atrocités subies par les humains, règne partout. Il est possible de lire le vers 10 seul, ou de l'associer au vers 11 par un enjambement : l'écran ne nous montre que l'hiver.
- La strophe évoque plusieurs éléments du monde moderne : « l'écran », « des chiffres », « pib », « nip », « fmi ». Les sigles, qui évoquent le monde de la finance, s'opposent à l'univers de la nature. En outre, Hélène Dorion présente l'écran et les chiffres comme le nouveau ciel dans lequel l'homme lit son avenir. En effet, le vers 11 est associé au vers 12, de manière explicite, avec l'antithèse « aujourd'hui » et « demain », qui souligne l'effet prophétique de la télévision : elle annonce de terribles événements comme on annonce une catastrophe météorologique.
- Cette dislocation du monde contamine la parole. Les mots sont remplacés par des chiffres. L'expression « pour ne rien dire » souligne à la fois l'absence de sens de ces chiffres, mais également leur fonction. Ils agissent comme des masques pour cacher nos sentiments, notre « inquiétude ». Les mots sont en danger, comme l'indiquent la métaphore du feu « qui brûle nos mots » et la personnification « lettres échevelées ». Le langage est en crise et le sens se perd, les lettres sont « cassées » comme les sigles, « pib », « nip », « fmi », qui illustrent cette déperdition du sens. La modernité crée des mots vides, comme les espaces sur la page du poème. L'allitération en [i] leur confère toutefois une musicalité poétique, mais qui masque une réalité très dure.

> **INFO**
> Même si son inquiétude est tangible, Hélène Dorion ne dénonce pas directement le monde contemporain. Elle fait le constat de la présence des écrans, des réseaux, d'un nouveau langage, mais sa poésie est davantage une entreprise de discernement qu'une dénonciation de la modernité qui nous interroge sur notre monde et le rôle que nous y jouons.

ORAL

La recherche d'un apaisement (v. 18-22)

> **INFO**
> Dans de nombreux autres poèmes du recueil, Hélène Dorion fait état de l'invasion délétère de la modernité sur le vivant : « il fait [...] un temps de pixels d'algorithmes » (p. 73).

- Le poème se clôt sur l'image d'un repli, qui est soulignée par la brièveté de la strophe, un quintil. La reprise anaphorique de l'expression « Il fait un temps à s'enfermer » fait de l'isolement une réaction naturelle face aux rudesses du climat, mais également face au fracas du monde. L'expression « s'enfermer/ dans nos maisons de forêt » souligne à la fois l'envie d'un foyer protecteur, mais également le repli dans un monde imaginaire : les « maisons de forêt » ne sont pas des habitats, mais des lieux intimes où l'on peut se réfugier, à l'intérieur de soi.

- La nature offre ainsi un lieu protecteur et apaisé, un « souffle », où le sens peut renaître. L'image du « bruit secret des nuages » s'oppose au vacarme des mots terribles de la deuxième strophe et suggère que la nature a quelque chose à nous faire entendre. Si le verbe « s'enfermer » peut paraître péjoratif et évoquer le confinement lié à la crise sanitaire récente, le repli proposé à la fin de ce poème semble salutaire puisqu'il donne accès à un autre lieu, poétique, comme le suggère le vers final : « de l'autre côté de la nuit ». Cette expression apparaît à plusieurs reprises dans le recueil pour évoquer un lieu autre, une réalité différente, celle offerte par la poésie peut-être.

Conclusion

[Faire le bilan de l'explication] Ce poème décrit une saison violente et rude, où les arbres sont abattus, comme les consciences. Cette saison est une métaphore de l'époque contemporaine, qui met l'humanité en péril. La langue aussi vole en éclats : on ne peut plus parler, les mots ne veulent plus rien dire ou masquent de terribles réalités, dans lesquelles l'humain semble ne plus avoir de place. Face à cette situation, la tentation du repli est grande. Néanmoins, la poésie permettrait l'ouverture à un nouvel espace plus apaisé. [Mettre le texte en perspective] À la suite de la section « L'onde du chaos », « Le bruissement du temps » permet à Hélène Dorion de proposer, au terme d'un tableau retraçant l'histoire du monde et des hommes, « un chemin vaste et lumineux/qui donne un sens/à ce qu'on appelle *humanité* ».

2. LA QUESTION DE GRAMMAIRE

« Des chiffres pour ne rien dire »

- On relève dans cette phrase une négation syntaxique, exprimée par l'adverbe « ne » et le pronom « rien ». Il s'agit d'une négation partielle, qui porte sur le contenu de la parole.
- La négation porte sur un verbe à l'infinitif : « dire ». Ainsi, les deux termes négatifs se succèdent et précèdent ce verbe.

DES QUESTIONS POUR L'ENTRETIEN

Lors de l'entretien, vous devrez présenter une autre œuvre lue au cours de l'année. L'examinateur introduira l'échange et vous posera quelques questions. Celles ci-dessous sont des exemples.

1 Je vous remercie pour votre présentation du recueil *Le Cœur innombrable* (1901), d'Anna de Noailles. Pourriez-vous préciser l'emploi du terme « romantisme » dans votre présentation ?

Même si elle n'en fait pas partie, Anna de Noailles s'inspire des thèmes de ce mouvement littéraire et culturel de la première moitié du XIXe siècle, représenté par Hugo ou Lamartine en poésie. La nature, l'amour, la nostalgie y sont présents, comme dans le dernier poème « Le Temps de vivre » qui exprime la fuite du temps et l'urgence de vivre.

2 Avez-vous trouvé des échos entre la poésie d'Anna de Noailles et celle d'Hélène Dorion ?

Les termes du parcours associé relient les deux recueils. La nature est rendue vivante par le travail poétique des autrices. L'intime est présent puisque les forêts d'Hélène Dorion et les paysages d'Anna de Noailles, qui varient au gré des saisons, représentent des états intérieurs. Dans « L'Offrande à la nature », la poétesse décrit sa relation profonde à une nature qu'elle célèbre.

3 En quoi cette œuvre du début du XXe siècle peut-elle intéresser un lecteur ou une lectrice d'aujourd'hui ?

Anna de Noailles emploie souvent l'impératif pour nous inviter à la réflexion sur notre rapport au monde. Dans « Voix intérieure », elle recommande à son âme : « aimez la vie » et dans « La Vie profonde », elle propose une relation poétique avec la nature : « Avoir l'âme qui rêve, au bord du monde assise… ».

29 Sujet d'oral • Explication & entretien

Rabelais, *Gargantua*, « On lui recommanda... », chapitre XIV

20 minutes
20 points

1. Lisez le texte à voix haute. Puis expliquez-le.

DOCUMENT

Gargantua est confié par son père à un savant « pour qu'il l'éduque selon ses capacités ».

On lui recommanda un grand sophiste[1], nommé Maître Thubal Holoferne, qui lui apprit si bien son alphabet qu'il le récitait par cœur et à l'envers. Cela l'occupa cinq ans et trois mois. Puis son maître lui lut Donat, le *Facet*, le *Théodolet* et Alanus *in parabolis*[2]. Et cela l'occupa treize ans, six mois et deux semaines. Notez que, pendant ce temps, il lui apprenait à écrire en lettres gothiques. Gargantua devait recopier lui-même ses livres, car l'art de l'imprimerie n'était pas encore inventé. Pour cela, il portait habituellement une grosse écritoire, pesant plus de sept mille quintaux, dont l'étui était aussi gros et grand que les gros piliers d'Ainay[3]. L'encrier, qui avait la capacité d'un tonneau, y était suspendu par de grosses chaînes de fer.

Puis il lui lut le *De modis significandi*[4], avec les commentaires de Heurtebise, de Faquin, de Tropdiceux, de Galehaut, de Jean le Veau, de Billonio, Brelingandus, et un tas d'autres. Cela l'occupa plus de dix-huit ans et onze mois. Et il le sut si bien que, mis à l'épreuve, il le récitait par cœur et à l'envers. Il prouvait ainsi sur ses doigts, à sa mère, que *de modis significandi non erat scientia*[5]. Puis il lui lut le *Comput*[6], ce qui l'occupa bien seize ans et deux mois, jusqu'à la mort de son précepteur, laquelle survint en l'an mille quatre cent vingt, d'une vérole qui lui vint.

Après il eut un autre vieux tousseur, nommé Maître Jobelin Bridé, qui lui lut Hugutio, Hébrard, le *Grecisme*, le *Doctrinal*, les *Pars*[7], le *Quid est*[8], le *Supplementum*[9], Marmotret, *De moribus in mensa servandis*[10], *Seneca de quatuor virtutibus cardinalibus*[11], *Passaventus cum commento*[12], et le *Dormi secure*[13] pour les fêtes. Et quelques autres de la même farine, à la lecture desquels il devint tellement sage que jamais plus nous n'en avons enfourné de pareils.

Rabelais, *Gargantua*, chapitre XIV, 1542,
translation par G. Milhe Poutingon, © éditions Hatier, 2021.

---

1. Sophiste : maître de rhétorique qui enseignait l'art de persuader avec des discours ayant l'apparence de l'objectivité.
2. Alanus *in parabolis* : liste d'ouvrages scolaires très répandus depuis le Moyen Âge, symboles de bêtise et d'obscurantisme pour les humanistes, ainsi que les autres livres auxquels ce chapitre fait allusion.
3. Ainay : Saint-Martin d'Ainay, cathédrale lyonnaise.
4. *De modis significandi* : *Les modes de signifier*, traité de grammaire médiévale.
5. *De modis significandi non erat scientia* : « les modes de signifier ne sont pas une science ». L'ironie consiste à dénigrer cette forme de savoir en utilisant le latin, langue dans laquelle ces traités sont écrits.
6. *Comput* : calendrier populaire très répandu, contenant des vies de saints, des remèdes « de bonne femme », etc.
7. Les *Pars* : *Les Parties*, ouvrage de rhétorique.
8. Le *Quid est* : le *Qu'est-ce que c'est ?*, manuel scolaire, sous forme de questions-réponses.
9. Le *Supplementum* : le *Supplément*.
10. *De moribus in mensa servandis* : *Sur la façon de se tenir à table.*
11. *Seneca de quatuor virtutibus cardinalibus* : *Les Quatre Vertus cardinales* de Sénèque.
12. *Passaventus cum commento* : *Passavent avec son commentaire.* Passavent est un moine, auteur d'un ouvrage de piété.
13. *Dormi secure* : le *Dors en paix*, recueil de sermons.

2. QUESTION DE GRAMMAIRE.

Analysez la proposition subordonnée conjonctive figurant dans la première phrase de l'extrait (l. 1-3).

CONSEILS

1. Le texte

Faire une lecture expressive

- L'extrait contient de nombreux termes latins : entraînez-vous à les prononcer (par exemple, le *u* est prononcé « ou » et le *e*, « é ») en articulant bien et sans vous précipiter.
- L'ironie rabelaisienne doit être palpable : soulignez-la grâce à votre intonation, et faites sentir le caractère abrutissant de l'enseignement sophistique à travers l'accumulation des ouvrages étudiés.

■ Situer le texte, en dégager l'enjeu

• Examinez le ton adopté par le narrateur pour décrire l'enseignement reçu par Gargantua.

• Cherchez à élucider les cibles de la satire et relevez les dysfonctionnements mis en lumière dans l'éducation du héros.

2. La question de grammaire

• Identifiez la subordonnée conjonctive et les termes qui l'introduisent.

• Réfléchissez à la circonstance exprimée par cette subordonnée. Que peut-on dire sur le mode utilisé pour le verbe ?

29 PRÉSENTATION

1. L'EXPLICATION DE TEXTE

Introduction

[Présenter le contexte] Dans le chapitre précédent, Gargantua a impressionné son père en inventant un « torchecul ». Grandgousier se soucie désormais de trouver un précepteur capable de faire atteindre à son fils « un degré souverain de sagesse ». Sur un mode comique, Rabelais fait écho à l'importance accordée par les humanistes de la Renaissance à l'éducation et à l'élévation spirituelle.

[Situer le texte] Dans l'extrait étudié, Gargantua reçoit l'enseignement scolastique de ses premiers précepteurs, Maîtres Thubal Holoferne et Jobelin Bridé.

[En dégager l'enjeu] Rétrograde et stérile, cet enseignement fait les frais de la verve satirique de Rabelais, qui en dénonce les impasses.

Explication au fil du texte

Un enseignement absurde et chronophage (l.1 à 11)

• D'emblée, Rabelais ironise sur le précepteur choisi pour cultiver l'esprit de Gargantua. Son titre pompeux, « grand sophiste », contraste avec son nom ridicule : « Thubal Holoferne ». En effet, *thubal* signifie « confusion » en hébreu et Holoferne fait référence à un persécuteur des Juifs dans la Bible. Discrédité d'entrée de jeu par son seul nom, ce maître incarne un enseignement nuisible et vain.

• Le temps passé à apprendre l'alphabet, particulièrement long, fait sourire. La vacuité de cet apprentissage sans réelle finalité apparaît dans la subordonnée consécutive pleine d'humour : « si bien qu'il le récitait par cœur et à l'envers ».

• La lenteur et la perte de temps induites par ce programme éducatif sont soulignées par les compléments de temps hyperboliques : « Cela l'occupa cinq ans et trois mois » ; « cela l'occupa treize ans, six mois et deux semaines ».

• Thubal Holoferne abrutit son élève avec des ouvrages scolaires emblématiques du Moyen Âge mais perçus par les humanistes comme des symboles de bêtise et d'obscurantisme. Les titres latins s'accumulent, mêlant grammaire, civilité, morale. Aucun esprit critique n'est demandé à l'élève : l'écoute passive semble suffire, comme l'indique la formule « son maître lui lut ».

• Le narrateur interpelle avec humour le lecteur (« Notez que ») pour l'inviter à constater un autre aspect qui contribue à discréditer cet enseignement : l'apprentissage des lettres gothiques, écriture jugée obsolète à l'époque de Rabelais. Pis, l'élève se contente de « recopier » ses livres, sans aucun travail de réflexion sur leur contenu.

• L'allusion à l'imprimerie renvoie à l'idéal humaniste de diffusion du savoir alors que l'infortuné Gargantua se trouve encore au stade des moines copistes médiévaux.

• Enfin, les précisions sur le poids et la taille des instruments d'écriture sont à la mesure du gigantisme du héros, tout en symbolisant la lourdeur d'un enseignement qui vire au pensum.

> **INFO**
> L'Allemand Gutenberg invente les **caractères mobiles d'imprimerie** au milieu du XVe siècle : cette technique révolutionnaire permet d'accélérer grandement la diffusion des livres.

Une éducation délétère (l. 12 à 27)

• La suite du texte amplifie la satire d'un enseignement inadapté, qui impose à Gargantua la lecture d'ouvrages abrutissants.

• L'anaphore « Puis il lui lut » pointe la logique cumulative et routinière qui préside à la pédagogie de Maître Holoferne. Lui fait toujours écho le refrain comique « cela l'occupa », qui suggère combien cette activité chronophage est dépourvue de toute finalité pour l'élève ; elle ne fait que meubler son temps.

• Rabelais énumère une série d'ouvrages de commentaires qui éloignent l'élève des textes sources, qui seraient pourtant plus utiles à son instruction. Ici, le savoir, déjà sujet à caution, est transmis par des commentateurs peu crédibles (« Heurtebise », « Faquin », « Tropdiceux », « Galehaut », « Jean le Veau »…) : leurs noms prêtent à sourire.

• De plus, Gargantua fait un usage bien discutable de ce savoir. Teintée d'ironie, la reprise de la formule « il le récitait par cœur et à l'envers » montre qu'un pas est franchi dans l'absurdité : un alphabet récité à l'envers pose déjà question, mais que dire d'un ouvrage entier ? L'apprentissage n'a plus de sens.

• Gargantua se trouve enfermé dans une logique de répétition caractéristique de l'enseignement scolastique. L'élève n'est jamais invité à la réflexion ni à l'appropriation réelle d'un savoir riche et cohérent. Gargantua ne peut alors que chercher à éblouir un public ignorant (sa mère Gargamelle), avec un pseudo-savoir *(« de modis significandi non erat scientia »)* débité en latin. Faite « sur ses doigts », et aboutissant à un échec, la démonstration devient risible !

> DES POINTS EN +
> Rabelais dénonce le **caractère psittaciste** de l'enseignement scolastique, hérité du Moyen Âge, dans lequel l'élève répète mécaniquement des savoirs qu'il ne comprend pas.

• L'empilement des faux savoirs, en dehors de tout bon sens, se poursuit et les années défilent. Seule la mort du précepteur permet de délivrer l'élève de son « tortionnaire ». Rabelais inflige souvent à ses personnages repoussoirs des maladies (« une vérole ») qui montrent combien ce qu'ils incarnent est malsain.

• Hélas pour Gargantua, son deuxième précepteur ne vaut pas mieux que le premier ! L'origine ironique du nom « Jobelin Bridé » (*jobelin* signifie « idiot ») fait de l'enseignant un idiot patenté, tandis que la périphrase « vieux tousseur » le relègue au rang d'antiquité périmée.

• S'ensuit une énumération de livres à l'utilité douteuse, dont les noms en latin, langue des savants, cachent mal la vacuité. Rabelais souligne ironiquement les dégâts causés par une telle éducation sur l'élève, mal « enfourné » après avoir ingurgité une telle « farine ». L'antiphrase finale achève de fustiger les errances de ce modèle éducatif qui se trompe d'objet.

Conclusion

[Faire le bilan de l'explication] Dans cet extrait, Rabelais cherche à ridiculiser les travers du modèle éducatif scolastique, fondé sur des méthodes et des contenus inadaptés aux besoins réels des élèves. L'accumulation de lectures stériles rendent Gargantua « complétement fou, stupide, rêveur et crétin », comme on l'apprend au chapitre suivant.

[Mettre le texte en perspective] À cet enseignement sclérosé, Rabelais oppose un modèle novateur qui témoigne, à travers la figure du bon maître Ponocrates, d'un idéal humaniste fondé sur la réflexion, le dialogue et l'expérimentation. Dans cette perspective, l'éducation est conçue comme le plus sûr moyen d'épanouissement pour le genre humain.

2. LA QUESTION DE GRAMMAIRE

« On lui recommanda un grand sophiste, nommé Maître Thubal Holoferne, qui lui apprit si bien son alphabet [qu'il le récitait par cœur et à l'envers]. »

- Dans cette phrase complexe, la proposition subordonnée conjonctive circonstancielle (entre crochets) est introduite par la locution conjonctive de subordination « si bien […] que ». Elle exprime la conséquence.

- Le mode verbal utilisé dans cette proposition subordonnée est l'indicatif (verbe « récitait » à l'imparfait) : la conséquence est présentée comme effective.

DES QUESTIONS POUR L'ENTRETIEN

Lors de l'entretien, vous devrez présenter une autre œuvre lue au cours de l'année. L'examinateur introduira l'échange et vous posera quelques questions. Celles ci-dessous sont des exemples.

1. Dans votre dossier est mentionnée la lecture cursive d'une autre œuvre argumentative : *Micromégas* de Voltaire. Pouvez-vous présenter brièvement ce conte philosophique ?
2. Comment Voltaire utilise-t-il le rire pour aborder la question du savoir à son époque ?
3. Pensez-vous que *Micromégas* puisse encore donner à réfléchir à un lecteur contemporain ?

30 Sujet d'oral • Explication & entretien

Rabelais, *Gargantua*, « Gargantua se réveillait donc... », chapitre XXIII

20 minutes
20 points

1. Lisez le texte à voix haute. Puis expliquez-le.

DOCUMENT

Gargantua se réveillait donc vers quatre heures du matin. Pendant qu'on le frictionnait, on lui lisait quelque page des saintes Écritures, à voix haute et claire, avec la bonne prononciation. Un jeune page nommé Anagnostes[1], natif de Basché[2], était chargé de cette tâche.

Selon le thème et la leçon de cette lecture, il arrivait souvent à Gargantua de révérer, adorer, prier et implorer le bon Dieu, lorsque le passage lu en montrait la majesté et l'extraordinaire jugement. Puis il se rendait aux toilettes afin d'éliminer le produit des digestions naturelles. Là, son précepteur répétait ce qui avait été lu en lui expliquant les points les plus obscurs et difficiles.

À leur retour, ils considéraient l'état du ciel et vérifiaient s'il se trouvait tel qu'ils l'avaient observé la veille au soir. Ils se demandaient aussi dans quels signes le soleil et la lune entraient ce jour-là.

Cela fait, il était habillé, peigné, apprêté, préparé et parfumé. Pendant ce temps, on lui répétait les leçons de la veille. Lui-même les récitait par cœur et y appliquait quelque exemple concret sur la condition humaine, parfois durant deux ou trois heures. Mais, ordinairement, ils s'interrompaient lorsqu'il était complètement habillé. Alors, durant trois bonnes heures, on lui faisait la lecture.

Cela fait, ils sortaient, toujours en discutant des enseignements de la lecture, et se rendaient à la Bracque[3] ou sur un pré, pour jouer à la balle, à la paume, à la pile trigone[4]. Ils s'exerçaient ainsi gaillardement le corps, comme auparavant ils s'étaient exercé l'esprit. Tous leurs jeux ne se faisaient qu'en liberté, car ils quittaient la partie quand bon leur plaisait. Habituellement, ils s'interrompaient quand ils étaient en sueur ou fatigués. Alors ils étaient très bien essuyés et frottés, ils changeaient de chemise et, sans se hâter, tout en se promenant, allaient voir si le repas était prêt. Là, ils attendaient en récitant clairement et avec éloquence quelques vérités tirées de leurs lectures.

Rabelais, *Gargantua*, chapitre XXIII, 1542, translation par G. Milhe Poutingon, © éditions Hatier, 2021.

1. Anagnostes : « lecteur », en grec.
2. Basché : près de Chinon, en Touraine.
3. À la Bracque : où se trouvait un jeu de paume. Ce jeu de balle pratiqué avec une raquette est considéré comme l'ancêtre du tennis.
4. Pile trigone : jeu de balle à trois joueurs.

2. QUESTION DE GRAMMAIRE.

Analysez l'expression de l'interrogation dans cette phrase : « Ils se demandaient aussi dans quels signes le soleil et la lune entraient ce jour-là. » (l. 12-13)

CONSEILS

1. Le texte

Faire une lecture expressive

- Distinguez bien les différentes étapes de l'apprentissage de Gargantua en insistant sur les connecteurs logiques et temporels du récit.
- Par l'intonation, soulignez les résultats exceptionnels obtenus par Ponocrates avec son élève.

Situer le texte, en dégager l'enjeu

- Ce chapitre décrit l'éducation humaniste du jeune Gargantua ; il constitue donc un passage essentiel pour comprendre les enjeux du roman.
- Rabelais met en avant de nouveaux idéaux éducatifs, qui allient l'exercice du corps et la formation de l'esprit avec une approche plus authentique de la religion.

2. La question de grammaire

- Demandez-vous d'abord de quel type d'interrogation il s'agit : interrogation directe ou indirecte ? Quels sont les indices qui vous permettent de le déterminer ?
- Repérez les mots interrogatifs et déduisez-en la portée de l'interrogation.

30 PRÉSENTATION

1. L'EXPLICATION DE TEXTE

Introduction

[Présenter le contexte] Dans les chapitres précédents, Gargantua a subi l'instruction délétère de ses anciens « précepteurs sorbonagres », fondée sur un enseignement scolastique. Son père, Grandgousier, décide alors de lui donner pour maître un nouveau pédagogue, nommé Ponocrates.

> DES POINTS EN +
> « Ponocrates » signifie littéralement « travailleur, résistant à la fatigue » : son nom seul est déjà un indice du **nouveau modèle** qui sera proposé à Gargantua.

[Situer le texte] Cet extrait décrit de manière détaillée le nouvel emploi du temps de Gargantua.

[En dégager l'enjeu] Destinée à lui donner le « savoir digne d'un homme libre », l'éducation du héros se présente comme un manifeste de la pensée humaniste.

Explication au fil du texte

Une hygiène spirituelle et corporelle (l. 1 à 10)

- C'est un nouveau mode de vie qu'adopte Gargantua. Le complément circonstanciel de temps « vers quatre heures du matin » indique que le héros prend le rythme des étudiants de l'époque. Le temps est entièrement optimisé par Ponocrates : les besoins du corps sont associés aux activités d'apprentissage. Ainsi, la simultanéité entre les deux actions dans « Pendant qu'on le frictionnait, on lui lisait [...] » montre qu'aucun instant n'est perdu pour l'instruction, pas même celui de la toilette matinale.

• L'instruction religieuse n'est plus fondée sur des interprétations douteuses ou sur des prières mal comprises, mais sur la parole divine authentique contenue dans les « saintes Écritures » et lue avec une prononciation correcte par le page Anagnostes. L'écoute des textes sacrés permet à Gargantua de retrouver une foi sincère : « il lui arrivait souvent de révérer, adorer, prier et implorer le bon Dieu ».

DES POINTS EN +
Un courant chrétien humaniste préconisait de revenir à l'**étude des textes bibliques originels**, sans intermédiaire susceptible d'en pervertir le sens.

• Dans cet extrait, Rabelais associe la purification du corps à la compréhension de la théologie. Par une analogie scatologique burlesque, l'explication des « points les plus obscurs et les plus difficiles » de la parole divine est reliée à l'acte « d'éliminer le produit des digestions naturelles ». Derrière cette image comique, l'auteur souligne que le fonctionnement sain du corps va de pair avec celui de l'esprit.

La formation de l'esprit (l. 11 à 19)

• Ponocrates cultive l'esprit de Gargantua grâce aux arts libéraux dont fait partie l'astronomie. Les verbes utilisés montrent la rigueur requise par cette étude : « ils considéraient [...] et vérifiaient [...] ils l'avaient observé [...]. Ils se demandaient [...] ».

MOT CLÉ
Les **arts libéraux** se composent traditionnellement du *trivium* (les savoirs liés à la langue) et du *quadrivium* (ceux liés aux nombres).

• L'importance de l'hygiène corporelle est une nouvelle fois soulignée par Rabelais, médecin des âmes et des corps. À rebours de ses anciennes habitudes de rester sale et négligé, Gargantua est désormais « habillé, peigné, apprêté, préparé et parfumé ». Là encore, le soin du corps s'associe à celui de l'esprit : « Pendant ce temps, on lui répétait les leçons de la veille. »

• Contrairement à l'enseignement scolastique qui n'était fait que de répétitions mécaniques et de savoirs ineptes, Gargantua s'approprie désormais ses connaissances à travers des exercices pratiques : « Lui-même les récitait par cœur et y appliquait quelque exemple concret sur la condition humaine. »

• Faisant sien l'adage antique invitant à « se hâter lentement » (« *Festina lente* »), l'éducation humaniste requiert du temps pour être efficace : la leçon dure « deux ou trois heures », la lecture « trois bonnes heures » également. Cela contraste avec le précédent rythme d'étude de Gargantua, qui avait pour habitude d'étudier « quelque méchante demi-heure » en ne pensant qu'à manger (chapitre XXI).

ORAL

L'exercice du corps (l. 20 à 29)

• La formation de Gargantua ne serait cependant pas complète sans un entraînement physique qui se traduit par des jeux sportifs (jeu de balle ou de paume).

• L'éducation humaniste a pour objectif d'émanciper les hommes. L'entraînement de Gargantua est donc placé sous le signe de cette « liberté » : élève et précepteur s'arrêtent « quand bon leur plaisait » ; il s'agit de faire preuve de bon sens et d'esprit critique plutôt que d'obéir à des ordres futiles.

> **CITATION**
> Les humanistes de la Renaissance s'inspirent du poète latin **Juvénal** (Ier-IIe s. après J.-C.), qui recommandait dans ses *Satires* de demander aux dieux « un esprit sain dans un corps sain ».

• Ce modèle d'instruction permet d'atteindre un idéal d'honnêteté et de modération. Grâce aux conseils de son maître, Gargantua ne se précipite plus à table pour dévorer tout ce qui lui tombe sous la main, mais rentre « sans se hâter, tout en se promenant ». L'esprit du héros s'ouvre au monde qui l'entoure.

• L'attente du repas elle-même est fructueuse, car elle permet de synthétiser les connaissances que l'on a acquises au cours de la matinée, comme l'indique le gérondif « en récitant clairement et avec éloquence quelques vérités tirées de leurs lectures ». Gargantua, qui pleurait « comme une vache » devant la rhétorique d'Eudémon au chapitre XV, maîtrise désormais le langage.

Conclusion

[Faire le bilan de l'explication] La méthode d'éducation utilisée par Ponocrates, porte-parole de Rabelais, se compose à la fois d'un enseignement spirituel, d'activités intellectuelles et d'exercices physiques. Loin de sa passivité de jadis, Gargantua prend désormais une part active à son apprentissage.

[Mettre le texte en perspective] Si l'emploi du temps du héros peut sembler peu réaliste pour un étudiant « normal », il constitue avant tout un modèle et une source d'inspiration. C'est grâce à cette éducation complète que Gargantua s'accomplit véritablement et devient représentatif de l'idéal humaniste de la Renaissance, tel qu'on peut le voir, par exemple, dans le discours pacificateur qu'il adresse aux vaincus dans le chapitre L.

2. LA QUESTION DE GRAMMAIRE

« Ils se demandaient aussi [dans quels signes le soleil et la lune entraient ce jour-là] »

• La proposition entre crochets est une proposition subordonnée interrogative indirecte qui complète le verbe « se demandaient », au sens interrogatif.

• Elle est introduite par le déterminant interrogatif « quels », associé à la préposition « dans ». C'est une interrogation partielle qui porte sur le complément essentiel de lieu du verbe « entraient ».

• On peut souligner les caractéristiques de l'interrogation indirecte : l'absence d'inversion du sujet, l'absence de point d'interrogation et l'intonation descendante.

• La proposition subordonnée interrogative permet ici de montrer le questionnement permanent auquel est incité l'élève Gargantua, invité par son maître Ponocrates à poser un regard curieux sur tout ce qui l'entoure.

DES POINTS EN +
Pour finir, vous pouvez proposer une interprétation du procédé grammatical commenté, même si ce n'est pas demandé dans la consigne.

DES QUESTIONS POUR L'ENTRETIEN

Lors de l'entretien, vous devrez présenter une autre œuvre lue au cours de l'année. L'examinateur introduira l'échange et vous posera quelques questions. Celles ci-dessous sont des exemples.

1 Sur votre dossier est mentionnée la lecture cursive d'une autre œuvre : *Chagrin d'école* de Daniel Pennac (2007). Quelle est la source de ce « chagrin » ?

2 Comment la figure du cancre est-elle traitée dans cet ouvrage ?

3 Quel regard l'auteur pose-t-il sur l'école et sur les professeurs ?

4 Selon vous, pourquoi cette œuvre a-t-elle sa place dans le parcours « La bonne éducation » ?

31 Sujet d'oral • Explication & entretien

La Bruyère, *Les Caractères*, livre XI, 121

20 minutes
20 points

**1. Lisez le texte à voix haute.
Puis expliquez-le.**

DOCUMENT

121 (IV)

Gnathon ne vit que pour soi, et tous les hommes ensemble sont à son égard comme s'ils n'étaient point. Non content de remplir à une table la première place, il occupe lui seul celle de deux autres ; il oublie que le repas est pour lui et pour toute la compagnie ; il se rend maître du plat, et fait son propre de chaque service[1] : il ne s'attache à aucun des mets[2], qu'il n'ait achevé d'essayer de tous ; il voudrait pouvoir les savourer tous tout à la fois. Il ne se sert à table que de ses mains ; il manie les viandes, les remanie, démembre, déchire, et en use de manière qu'il faut que les conviés, s'ils veulent manger, mangent ses restes. Il ne leur épargne aucune de ces malpropretés dégoûtantes, capables d'ôter l'appétit aux plus affamés ; le jus et les sauces lui dégouttent[3] du menton et de la barbe ; s'il enlève un ragoût[4] de dessus un plat, il le répand en chemin dans un autre plat et sur la nappe ; on le suit à la trace. Il mange haut et avec grand bruit ; il roule les yeux en mangeant ; la table est pour lui un râtelier ; il écure ses dents, et il continue à manger. Il se fait, quelque part où il se trouve, une manière d'établissement[5], et ne souffre pas d'être plus pressé au sermon[6] ou au théâtre que dans sa chambre. Il n'y a dans un carrosse que les places du fond qui lui conviennent ; dans toute autre, si on veut l'en croire, il pâlit et tombe en faiblesse. S'il fait un voyage avec plusieurs, il les prévient dans les hôtelleries[7], et il sait toujours se conserver dans la meilleure chambre le meilleur lit. Il tourne tout à son usage ; ses valets, ceux d'autrui, courent dans le même temps pour son service. Tout ce qu'il trouve sous sa main lui est propre, hardes, équipages[8]. Il embarrasse tout le monde, ne se contraint pour personne, ne plaint personne, ne connaît de maux que les siens, que sa réplétion et sa bile[9], ne pleure point la mort des autres, n'appréhende que la sienne, qu'il rachèterait volontiers de l'extinction du genre humain.

La Bruyère, *Les Caractères*, livre XI, 1696.

---

1. Fait son propre de chaque service : fait de chaque plat sa propriété personnelle.
2. Des mets : des plats.
3. Dégouttent : coulent.
4. S'il enlève un ragoût : s'il prend une viande en sauce.
5. Il se fait, quelque part où il se trouve, une manière d'établissement : il s'installe partout où il se trouve comme s'il était chez lui.
6. Au sermon : à l'église, à la messe.
7. Il les prévient dans les hôtelleries : il les devance dans les hôtels (pour avoir la meilleure chambre).
8. Hardes, équipages : bagages et carrosses.
9. Sa réplétion : ses indigestions ; sa bile : ses accès de tristesse.

2. QUESTION DE GRAMMAIRE.

Analysez l'expression de la négation dans le passage suivant : « Il embarrasse tout le monde, ne se contraint pour personne, ne plaint personne, ne connaît de maux que les siens […] » (l. 26-28).

CONSEILS

1. Le texte

Faire une lecture expressive

• Faites bien entendre l'effet d'accumulation produit par les propositions juxtaposées, en particulier dans la première partie du texte.

• Rendez perceptible l'ironie présente dans l'extrait, notamment lorsque vous lisez des passages où transparaissent des commentaires de l'auteur (par exemple : « si on veut l'en croire, l. 21 »).

Situer le texte, en dégager l'enjeu

• Extrait du livre XI, intitulé « De l'Homme », ce portrait tend vers la caricature : étudiez les moyens employés par La Bruyère pour créer cet effet.

• Le comportement de Gnathon illustre un travers humain : insistez sur la portée universelle du portrait.

2. La question de grammaire

• Vous devez relever trois négations dans le passage concerné.
• Comment sont-elles construites ? S'agit-il de la même forme de négation pour chaque occurrence ?

31 PRÉSENTATION

1. L'EXPLICATION DE TEXTE

Introduction

[Présenter le contexte] Dans *Les Caractères*, La Bruyère pose un regard critique sur la société de son temps. Il y décrit les défauts humains dans des maximes, des aphorismes ou encore des portraits satiriques qui illustrent notamment la bêtise, l'ambition, la vanité ou la cupidité.

[Situer le texte] Ce recueil s'inscrit dans l'esthétique classique qui entend « plaire pour instruire ». Le livre XI, intitulé « De l'Homme », propose ainsi une analyse de la nature humaine. [En dégager l'enjeu] Dans le caractère 121, le portrait satirique de Gnathon montre comment certains hommes sont dominés par l'égoïsme.

Explication au fil du texte

Gnathon à table (l. 1 à 17)

• Le portrait s'ouvre sur une formule construite avec la négation restrictive « ne vit que pour soi » : d'emblée, tout est dit sur l'égoïsme, le travers incarné par Gnathon. Dès la première phrase, apparaît une opposition entre ce personnage et « tous les hommes ensemble ». Cette opposition sera marquée dans tout le texte par l'omniprésence du pronom personnel « il », qui dit en creux l'égocentrisme de Gnathon.

• La Bruyère peint d'abord le comportement de Gnathon pendant un « repas ». Outre la « place » qu'il occupe aux dépens des autres convives, ce personnage accapare la nourriture puisqu'il s'en « rend maître » et en « fait son propre ». Le texte se présente comme une suite d'exemples qui viennent illustrer l'affirmation initiale. La Bruyère utilise l'asyndète (l. 2 à 8), c'est-à-dire la juxtaposition de propositions sans termes de liaison ; celle-ci crée un effet d'accumulation sans alourdir le texte.

• Gnathon, dont le nom signifie « mâchoire » en grec, est décrit comme un glouton sans mesure, comme l'illustre la répétition du déterminant « tous » et de l'adverbe « tout ». Le verbe « manger » est utilisé à de nombreuses reprises tout au long de l'extrait, ce qui permet d'insister sur l'avidité du personnage. L'accumulation de verbes d'action dans « manie les viandes, les remanie, démembre, déchire » donne un caractère théâtral au texte. Par ailleurs, la gradation met en valeur l'absence de manières de Gnathon, une caractéristique qui le rapproche de l'animal : « il ne se sert que de ses mains ».

• Le texte vire à la caricature : dans le groupe nominal « ces malpropretés dégoûtantes », le pronom démonstratif fait appel à l'expérience des lecteurs pour reconnaître le comportement décrit, en laissant entendre à quel point celui-ci est inconvenant. La description devient très visuelle, par exemple dans la proposition « le jus et les sauces lui dégouttent du menton », mais aussi sonore, puisque le lexique suggère le « grand bruit » que fait Gnathon en mangeant, et vise à créer du dégoût chez les lecteurs. La dernière phrase parachève l'animalisation de Gnathon à travers la comparaison de la « table » à un « râtelier » et l'usage du verbe « écurer ». La manière de se tenir à table constitue un élément majeur du savoir-vivre dans la société aristocratique du XVIIe siècle, et Gnathon déroge à toutes ces règles.

MOT CLÉ
La **caricature** est une représentation exagérée ou déformée dans une intention satirique. Dans le cas du portrait, elle peut reposer sur l'amplification de traits physiques ou moraux.

Une incarnation de l'égoïsme (l. 17 à 30)

• La deuxième partie du texte généralise le comportement de Gnathon à table à toutes ses interactions sociales : partout, il « se fait [...] une manière d'établissement », autrement dit il se comporte en permanence comme si tout lui appartenait. L'emploi du présent donne de la vivacité à la description des actions mais souligne aussi la dimension universelle du propos. Gnathon considère l'espace public (le « sermon », le « théâtre ») comme un espace privé, « sa chambre ». Son comportement, à l'opposé de l'idéal de l'honnête homme, ne respecte pas les convenances ni les codes du monde aristocratique.

MOT CLÉ
Au XVIIe siècle, l'**idéal moral de l'honnête homme** valorise la mesure, la courtoisie, le respect des convenances et la modération en toute chose.

• La proposition « si on veut l'en croire » suggère que Gnathon ajoute la **malhonnêteté** à l'égoïsme : il est prêt à mentir pour s'assurer « les places du fond » dans « un carrosse », plus confortables car elles permettent d'être dans le sens de la marche. Cette formule traduit également l'ironie de La Bruyère.

• La suite du texte insiste sur l'indifférence profonde de Gnathon à l'égard d'autrui et sur son souci de s'assurer d'être toujours mieux loti que ses semblables : la répétition de l'adjectif « meilleur » (« se conserver dans la meilleure chambre le meilleur lit ») souligne cette quête insatiable. Nous sommes bien dans la satire : La Bruyère se moque de Gnathon pour mieux dénoncer l'égoïsme qu'il incarne.

• La dernière phrase conclut ce portrait moral au vitriol par une nouvelle généralisation et une accumulation de négations hyperboliques qui insistent sur l'égoïsme forcené de Gnathon et sa totale absence d'empathie (il « ne plaint personne, ne connaît de maux que les siens »). En affirmant que Gnathon « rachèterait volontiers [sa mort] de l'extinction du genre humain », la pique finale produit un effet de chute : il s'agit de marquer l'esprit des lecteurs en montrant à quelles extrémités l'égoïsme de Gnathon le conduit.

Conclusion

[Faire le bilan de l'explication] La Bruyère peint Gnathon comme l'allégorie de l'égoïsme : en toute circonstance, tous ses comportements montrent une absence totale de préoccupation pour autrui. La caricature permet au moraliste de figurer d'une manière frappante le défaut dont il veut faire la satire.

[Mettre le texte en perspective] Le personnage de Gnathon n'est pas sans rappeler « Le Rat qui s'est retiré du monde », fable de La Fontaine où le « dévôt personnage » vit confortablement à l'écart de la société, « dans un fromage de Hollande », et refuse d'aider ses compatriotes en danger. À l'instar de La Bruyère, La Fontaine s'emploie à dénoncer l'égoïsme et l'indifférence comme des défauts particulièrement néfastes.

2. LA QUESTION DE GRAMMAIRE

« Il embarrasse tout le monde, **ne** se contraint pour **personne**, **ne** plaint **personne**, **ne** connaît de maux **que** les siens »

• On relève dans cette phrase trois négations.

• Dans les deux premières, la négation est exprimée par l'emploi de « ne » et du pronom « personne ».

• La dernière est une négation restrictive, marquée par « ne … que ».

DES QUESTIONS POUR L'ENTRETIEN

Lors de l'entretien, vous devrez présenter une autre œuvre lue au cours de l'année. L'examinateur introduira l'échange et vous posera quelques questions. Celles ci-dessous sont des exemples.

1. Dans votre dossier est mentionnée la lecture cursive d'une autre œuvre argumentative : *Candide* de Voltaire. Pouvez-vous expliquer le titre de ce conte philosophique ?

2. En quoi cette œuvre s'inscrit-elle bien dans le parcours « Peindre les Hommes, examiner la nature humaine » ?

3. Selon vous, quel est l'intérêt de passer par un conte plutôt que par un texte d'argumentation directe ?

4. Pouvez-vous comparer la vision de la nature humaine de Voltaire à celle de La Bruyère ?

ORAL

32 Sujet d'oral • Explication & entretien

Olympe de Gouges, *Déclaration des droits de la femme et de la citoyenne*, « Préambule »

20 minutes
20 points

1. Lisez le texte à voix haute.
Puis proposez-en une explication linéaire.

DOCUMENT

1789 est une année charnière : la souveraineté passe du roi à la nation ; les droits de l'homme et du citoyen sont consacrés dans une Déclaration retentissante. Pourtant, malgré leur participation active au mouvement révolutionnaire, les femmes ne sont pas reconnues comme citoyennes à part entière.

Les mères, les filles, les sœurs, représentantes de la nation, demandent d'être constituées en Assemblée nationale[1]. Considérant que l'ignorance, l'oubli ou le mépris des droits de la femme sont les seules causes des malheurs publics et de la corruption des gouvernements, [les femmes] ont résolu d'exposer dans une déclaration solennelle, les droits naturels[2], inaliénables[3] et sacrés[4] de la femme, afin que cette déclaration constamment présente à tous les membres du corps social[5], leur rappelle sans cesse leurs droits et leurs devoirs, afin que les actes du pouvoir des femmes, et ceux du pouvoir des hommes pouvant être à chaque instant comparés avec le but de toute institution politique, en soient plus respectés, afin que les réclamations des citoyennes, fondées désormais sur des principes simples et incontestables, tournent toujours au maintien de la Constitution[6], des bonnes mœurs, et au bonheur de tous.

En conséquence, le sexe supérieur en beauté comme en courage dans les souffrances maternelles, reconnaît et déclare, en présence et sous les auspices de l'Être-Suprême[7], les droits suivants de la femme et de la citoyenne.

Olympe de Gouges, *Déclaration des droits de la femme et de la citoyenne* (1791).

1. Assemblée nationale : institution législative de la monarchie constitutionnelle, alors composée de députés (« représentants de la nation ») exclusivement de sexe masculin.
2. Droits naturels : ensemble des règles morales et sociales liées à la nature humaine.
3. Inaliénables : qui ne peuvent pas être retirés.
4. Sacrés : auxquels on doit un respect absolu, d'ordre quasiment religieux.
5. Corps social : ensemble des individus qui composent la société.
6. Constitution : ensemble des lois fondamentales qui définissent le gouvernement d'un État et les droits des citoyens.
7. Sous les auspices de l'Être-Suprême : sous la protection de l'Être-Suprême, une entité religieuse et philosophique comparable à Dieu, vénérée par les révolutionnaires.

2. QUESTION DE GRAMMAIRE.

Repérez et analysez les propositions subordonnées conjonctives de la deuxième phrase.

CONSEILS

1. Le texte

Faire une lecture expressive

- Il s'agit d'un texte de loi ; il est important de trouver le ton juste, à la fois sobre et solennel, pour mettre en avant les réclamations de l'autrice.
- Prenez garde à la syntaxe – en particulier à la deuxième phrase, particulièrement longue ; il faut en respecter les articulations logiques, et souligner clairement sa structure lors de la lecture.

Situer le texte, en dégager l'enjeu

- Cet extrait constitue le préambule de l'œuvre : il s'agit d'une entrée en matière assez générale qui vise, en particulier dans un texte de loi comme c'est le cas ici, à exposer les motifs et les buts recherchés.
- Ce préambule fait directement écho à celui de la *Déclaration des droits de l'homme et du citoyen* ; la réécriture qu'en propose Olympe de Gouges permet de dénoncer les insuffisances de ce texte révolutionnaire et de rectifier ce qui lui apparaît comme une injustice.

2. La question de grammaire

- Identifiez d'abord la proposition principale.
- Cherchez ensuite les propositions subordonnées introduites par une conjonction de subordination, et analysez leur fonction.

32 PRÉSENTATION

1. L'EXPLICATION DE TEXTE

Introduction

[Présenter le contexte] Le XVIIIe siècle est connu pour son climat d'effervescence intellectuelle ; femme des Lumières, Olympe de Gouges, très engagée, s'impose comme une pionnière du féminisme. [Situer le texte] Prenant acte de l'injustice de la non-citoyenneté des femmes, en décalage avec les principes d'égalité prônés par la Révolution, Olympe de Gouges se fait porte-parole de la cause féminine et publie sa *Déclaration des droits de la femme et de la citoyenne*, le 14 septembre 1791. Elle propose une réécriture de la *Déclaration des droits de l'homme et du citoyen* dont elle reprend notamment le préambule, dans lequel elle expose les buts de sa démarche. [Problématique] Comment la réécriture d'un texte juridique essentiel permet-elle à l'autrice d'exposer au grand jour ses revendications et de faire ainsi avancer son combat en faveur de l'égalité entre les hommes et les femmes ? [Annonce du plan] Nous verrons qu'Olympe de Gouges commence par inviter les femmes à se constituer en assemblée ; elle cherche ensuite, dans une longue phrase, à légitimer le combat des femmes ; l'autrice clôt le préambule en revendiquant des droits collectifs.

Explication au fil du texte

La demande de constitution en Assemblée nationale (1re phrase)

- Olympe de Gouges reprend le vocabulaire et la syntaxe du texte de la *Déclaration des droits de l'homme et du citoyen* qu'elle féminise et corrige, pour inclure le sexe oublié et dénoncer l'absence de portée universelle de la *Déclaration* de 1789.

À NOTER
En juin 1789, les députés du Tiers-état, révoltés contre les injustices sociales qui assurent la domination du clergé et de la noblesse, se constituent en Assemblée et votent le texte de la *Déclaration des droits de l'homme et du citoyen,* le 26 août 1789.

• Le préambule s'ouvre ainsi sur une énumération éloquente : « les mères, les filles, les sœurs » – série ternaire qui englobe la totalité des femmes, dans leur réalité familiale quotidienne. À la différence de mouvances féministes plus contemporaines, l'autrice n'invite pas les femmes à sortir de leur rôle d'épouse et de mère ; la femme continue de se définir par rapport à l'homme.

• L'autrice refuse que le peuple français ne soit représenté que par des membres masculins à l'Assemblée ; elle redéfinit donc les contours de la « nation ». Les femmes exigent d'être représentées sur la scène politique, comme l'indique le verbe « demandent » au présent.

• La constitution en « Assemblée nationale » est capitale : elle donnerait aux femmes la possibilité d'écrire des lois et donc de changer la société.

La mise en évidence de la légitimité du combat des femmes (2e phrase)

• Ce deuxième mouvement forme une seule et longue phrase, oratoire et structurée autour d'une proposition principale et de trois propositions subordonnées qui accentuent la logique et la rigueur de l'argumentaire.

• L'autrice accuse les représentants masculins de ne pas accorder à la femme l'importance qu'elle mérite, à travers trois termes péjoratifs : « ignorance », « oubli », « mépris ». Ce préambule pointe la misogynie sous-jacente de l'époque.

• L'absence de prise en compte digne de la femme est présentée comme la cause de dysfonctionnements globaux de la société (« malheurs publics », « corruption des gouvernements »).

• Le passé composé « ont résolu » souligne la détermination forte des femmes, tandis que l'adjectif « solennelle » (« déclaration solennelle ») insiste sur l'importance de la requête.

• Olympe de Gouges milite en faveur de droits « naturels, inaliénables et sacrés » qui sont inviolables.

• S'ensuivent trois subordonnées de but, qui précisent les objectifs généraux poursuivis par la *Déclaration*.

À NOTER
Au XVIIIe siècle, des philosophes comme **Rousseau** vantent, par opposition à une société qui dysfonctionne, une « nature » supposée idéale, pour refonder les normes de la vie en communauté.

• Le vocabulaire et les adverbes en particulier expriment la nécessité de respecter partout et sans relâche ces droits (« constamment », « tous les membres du corps social », « sans cesse », « à chaque instant », « toujours »). L'image du « corps social » rappelle combien il est malsain d'oublier certains de ses membres – le cas échéant, la société est forcément boiteuse. L'expression « droits et devoirs » redit la nécessité d'un équilibre entre ce que chacun est tenu d'exiger et de faire, et appuie donc la légitimité de la requête des femmes.

• La deuxième subordonnée (« afin que les actes du pouvoir... ») invite à un équilibre nouveau entre le « pouvoir des femmes » et le « pouvoir des hommes », dans un idéal d'égalité et de complémentarité souligné par le comparatif « les actes [...] soient plus respectés ».

• Notons enfin qu'Olympe de Gouges use à dessein du terme de « citoyennes » pour désigner les femmes, afin de leur octroyer un poids politique qui leur a toujours été refusé.

• Dans la dernière subordonnée (« afin que les réclamations des citoyennes... »), l'adverbe « désormais » indique le désir d'une rupture nette avec un passé juridiquement défaillant. La phrase s'achève sur la réaffirmation d'un objectif de fond : une amélioration globale de la société, qui ne profiterait pas qu'aux femmes mais contribuerait aux « bonnes mœurs » et au « bonheur de tous ».

> **À NOTER**
> Les penseurs des Lumières cherchent, dans leurs débats philosophiques, à favoriser l'équilibre social et le bonheur individuel.

L'annonce des dix-sept articles de la *Déclaration* (fin)

• Le connecteur qui ouvre ce dernier mouvement, « En conséquence », souligne l'aboutissement logique de la démonstration.

• L'autrice rend hommage, par une périphrase méliorative quelque peu polémique, au sexe féminin, « sexe supérieur » (et non « sexe faible », comme le veut une certaine tradition), renversant par là même une hiérarchie bien ancrée dans les mentalités patriarcales. Si elle souligne classiquement la « beauté » symboliquement pure, elle loue aussi le « courage » qui n'appartient qu'aux femmes, notamment dans la maternité (« souffrances maternelles »).

• Solennelle, la dernière phrase aspire à une valeur performative et se réfère à l'« Être-Suprême », pris à témoin pour accentuer l'aspect sacré du propos.

• Le préambule se clôt sur la nécessité d'un statut juridique et politique pour la femme. L'autrice appelle à un vaste chantier de refonte juridique. Suivront alors dix-sept articles inspirés de ceux de 1789.

> **À NOTER**
> Un **énoncé performatif** réalise une action par le fait même de son énonciation. Ainsi, déclarer des droits, c'est théoriquement les faire exister.

Conclusion

[Synthèse] En somme, l'autrice revendique la capacité pour une femme d'être actrice politiquement, et d'être représentée ; pour être aboutie, la Révolution ne doit pas laisser la femme au bord du chemin. [Ouverture] En écho au préambule, un postambule vient clore de manière originale, sans équivalent dans la *Déclaration* de 1789, ce texte féministe, en appelant les femmes à prendre leur destin en main.

2. LA QUESTION DE GRAMMAIRE

- Cette longue phrase a pour pivot la proposition principale suivante : « [les femmes] ont résolu d'exposer [...] les droits naturels, inaliénables et sacrés de la femme ». Dépendent de cette proposition principale trois propositions subordonnées conjonctives de but, introduites par la conjonction de subordination « afin que ».
- Cette structure permet de rappeler efficacement les différents objectifs poursuivis par les femmes.

DES QUESTIONS POUR L'ENTRETIEN

Lors de l'entretien, vous devrez présenter une autre œuvre lue au cours de l'année. L'examinateur introduira l'échange et vous posera des questions. Celles ci-dessous sont des exemples.

1 Je vous remercie pour votre présentation de *Noire, la vie méconnue de Claudette Colvin* (2015) de Tania de Montaigne. Le personnage de Claudette vous a-t-il semblé héroïque ?

En Alabama, en mars 1955, Claudette Colvin, âgée de quinze ans, décide de ne pas céder son siège à une femme blanche dans un bus. Ce geste pousse l'Amérique à se questionner sur ce qu'est la citoyenneté et précède celui de grandes figures comme Rosa Parks. Cet acte me paraît héroïque, car elle a fait preuve d'un grand courage en se dressant, si jeune, contre ce qui lui est apparu comme une injustice intolérable.

2 Ce récit aborde la question des inégalités entre couleurs de peau aux États-Unis, dans les années 1950. Qu'en avez-vous retenu ?

Le récit relate avec force le quotidien douloureux des Noirs sous la ségrégation, l'iniquité des lois « Jim Crow ». Le concept d'« égalité séparée » s'avérait profondément discriminant. Les Noirs étaient traités comme des citoyens de seconde zone ; c'est le combat contre cette inégalité de considération en fonction de la couleur de peau que raconte l'autrice.

3 En quoi ce récit permet-il de réfléchir à la manière dont on peut combattre les inégalités ?

Centrée sur une adolescente a priori banale, l'histoire montre que chaque individu, quel qu'il soit, peut porter des valeurs et faire avancer des causes nobles. Le récit montre le courage et l'organisation collective autour de figures fortes, nécessaires pour contrer des injustices. Chacun a son mot à dire sur la question des discriminations qui invite à la vigilance citoyenne.

33 Sujet d'oral • Explication & entretien

Olympe de Gouges, *Déclaration des droits de la femme et de la citoyenne*, « Postambule »

20 minutes
20 points

1. Lisez le texte à voix haute. Puis expliquez-le.

DOCUMENT

Aux dix-sept articles que contient la Déclaration des droits de la femme et de la citoyenne *succède un postambule qui en assure la clôture.*

Femme, réveille-toi ; le tocsin de la raison se fait entendre dans tout l'univers ; reconnais tes droits. Le puissant empire de la nature n'est plus environné de préjugés, de fanatisme, de superstition et de mensonges. Le flambeau de la vérité a dissipé tous les nuages de la sottise et de l'usurpation. L'homme esclave a multiplié ses forces, a eu besoin de recourir aux tiennes pour briser ses fers. Devenu libre, il est devenu injuste envers sa compagne. Ô femmes ! femmes, quand cesserez-vous d'être aveugles ? Quels sont les avantages que vous avez recueillis dans la Révolution ? Un mépris plus marqué, un dédain plus signalé. Dans les siècles de corruption vous n'avez régné que sur la faiblesse des hommes. Votre empire est détruit ; que vous reste-t-il donc ? la conviction des injustices de l'homme. La réclamation de votre patrimoine, fondée sur les sages décrets de la nature ; qu'auriez-vous à redouter pour une si belle entreprise ? le bon mot du législateur des noces de Cana ? Craignez-vous que nos législateurs français, correcteurs de cette morale, longtemps accrochée aux branches de la politique, mais qui n'est plus de saison, ne vous répètent : femmes, qu'y a-t-il de commun entre vous et nous ? Tout, auriez-vous à répondre. S'ils s'obstinaient, dans leur faiblesse, à mettre cette inconséquence en contradiction avec leurs principes ; opposez courageusement la force de la raison aux vaines prétentions de supériorité ; réunissez-vous sous les étendards de la philosophie ; déployez toute l'énergie de votre caractère, et vous verrez bientôt ces orgueilleux, nos serviles adorateurs rampants à nos pieds, mais fiers de partager avec vous les trésors de l'Être-Suprême. Quelles que soient les barrières que l'on vous oppose, il est en votre pouvoir de les affranchir ; vous n'avez qu'à le vouloir.

Olympe de Gouges, *Déclaration des droits de la femme et de la citoyenne*, « Postambule » (extrait), 1791.

2. QUESTION DE GRAMMAIRE.
Identifiez les propositions présentes dans la dernière phrase du texte (l. 25-27).

CONSEILS

1. Le texte

Faire une lecture expressive

• Respectez la ponctuation : l'intonation doit, notamment, se faire montante à l'occasion des questions rhétoriques.

• Marquez la subjectivité de l'énonciation : faites variez le débit de la lecture, détachez les mots importants, adressez votre parole à d'hypothétiques destinataires.

Situer le texte, en dégager l'enjeu

• Après une série d'articles rédigés avec l'énonciation objective attendue dans un texte juridique, l'auteure affiche fortement sa subjectivité dans son « Postambule ».

• Interrogez-vous sur la fonction de ce « Postambule » : est-il seulement destiné à conclure la *Déclaration des droits de la femme et de la citoyenne* ?

2. La question de grammaire

• Commencez par identifier les verbes conjugués et ceux à l'infinitif.

• Relevez les conjonctions de subordination et les marques de ponctuation en vous demandant quel lien logique s'établit entre les actions supportées par les verbes.

33 PRÉSENTATION

1. L'EXPLICATION DE TEXTE

Introduction

[Présenter le contexte] La Révolution française a donné l'occasion aux femmes de s'illustrer dans le combat pour l'égalité. Votée en 1789, la *Déclaration des droits de l'homme et du citoyen* inclut bien la femme dans l'affirmation des nouveaux principes républicains. Mais, dans les faits, ces droits ne s'appliquent pas au sexe féminin, tenu pour inférieur.

[Situer le texte] Prenant acte de cette usurpation, Olympe de Gouges rédige, en 1791, une *Déclaration des droits de la femme et de la citoyenne* afin de revendiquer pour les femmes les mêmes droits civils et politiques que ceux accordés aux hommes. Aux dix-sept articles de la *Déclaration,* est ajouté un « Postambule » dont ce texte est extrait.

[En dégager l'enjeu] Marquée par la subjectivité de l'auteure, cette postface n'a-t-elle pour fonction que celle de conclure l'argumentation ? Suivant le mouvement du texte, nous nous intéresserons d'abord à l'appel à la prise de conscience des femmes, puis nous étudierons le constat amer dressé de leur condition. Enfin, nous analyserons l'exhortation faite aux femmes à passer à l'action.

Explication au fil du texte

L'appel à la prise de conscience des femmes (l. 1-5)

- Si le « Préambule » de la *Déclaration des droits de la femme et de la citoyenne* s'ouvrait sur une adresse à l'« Homme », le « Postambule », par un effet de symétrie inversée, en appelle à la « femme » à travers une apostrophe. L'impératif associé au pronom personnel de la deuxième personne crée un effet de familiarité entre l'auteure et sa destinataire.

- Le terme de « tocsin » désigne une sonnerie de cloche répétée et prolongée, chargée de donner l'alarme et connote l'imminence d'un combat à mener. L'injonction faite à la femme de prendre conscience de ses droits redouble le motif de l'urgence.

- L'énumération de termes péjoratifs (« préjugés », « fanatisme », « superstition », « mensonges ») rappellent les fléaux dont la Révolution a libéré « le puissant empire de la nature », lesquels se trouvent également repris sous la formule « les nuages de la sottise et de l'usurpation ». L'allégorie du

« flambeau de la vérité » rend manifeste le pouvoir libérateur de la Révolution et convoque l'image des « Lumières », philosophie de la raison et du progrès.

• Pourtant, Olympe de Gouges établit un bilan critique de la période révolutionnaire en ce qui concerne la condition des femmes et souligne l'inconséquence masculine à travers la métaphore filée de l'esclavage (l. 5-6). Selon l'auteure, il y a contradiction entre l'action historique des femmes en faveur de l'égalité des droits et le fruit qu'elles en ont reçu, entre les principes proclamés par la Révolution et l'application qui en a été faite par les hommes.

MOT CLÉ
Sous la Révolution, des **figures féminines** jouent un rôle actif comme **Pauline Léon,** qui participe à la prise de la Bastille, ou **Manon Roland** qui tient un salon à Paris.

Un constat amer sur la condition féminine (l. 5-19)

• L'interjection « Ô » et le passage au pluriel « femmes » manifeste une volonté de persuasion ; l'accumulation des question rhétoriques oblige la gent féminine à faire son autocritique.

• Les réponses aux questions oratoires sont négatives et sans appel comme en témoignent la forme nominale et l'usage de l'hyperbole : « Un mépris plus marqué, un dédain plus signalé ».

• Le champ lexical du pouvoir se déploie paradoxalement avec « régné », « faiblesse », « empire » : l'état de soumission des femmes sous l'Ancien Régime ne les empêchaient pas d'avoir une emprise sur les hommes. L'auteure démythifie pourtant ce pouvoir en l'attribuant à la « faiblesse des hommes ».

• La modalité interrogative associée à l'emploi de la deuxième personne confère au discours une énergie significative. La prosopopée par laquelle Olympe de Gouges imagine le dialogue entre les « législateurs français » et les femmes contribue encore à la vivacité du texte et en renforce la dimension persuasive.

• La parole masculine apparaît sûre de son fait et prétend se fonder sur la religion, évoquée dans la périphrase ironique « le bon mot du législateur des noces de Cana ». Le droit des femmes s'appuie, quant à lui, sur « les sages décrets de la nature ».

• Par un tour de force rhétorique, l'auteure prend le contre-pied de la réponse attendue des hommes à la dernière phrase interrogative : « femmes, qu'y a-t-il de commun entre vous et nous ? ». À l'adverbe de négation « Rien » se substitue le pronom indéfini « Tout », mis en valeur par son antéposition.

À NOTER
Le « législateur des noces de Cana » désigne **Jésus** dans le récit des Noces de Cana décrit dans le Nouveau Testament (Évangile de Jean, chap. 2, 1-11).

L'exhortation à passer à l'action (l. 19-27)

- Le dernier mouvement du texte s'ouvre sur une proposition subordonnée d'hypothèse introduite par la conjonction « si » qui envisage la résistance masculine. Il donne aux femmes les « armes » dont elles auront besoin dans leur combat pour l'égalité.
- Le lexique associé aux hommes est nettement péjoratif : « faiblesse », « inconséquence », « vaines prétentions », « orgueilleux », « serviles », « rampants ». À l'opposé, les femmes, auxquelles l'auteure s'associe à travers les déterminants de la deuxième personne du pluriel, sont appelées à se battre pour leur émancipation. De là vient la métaphore de la lutte, filée par les termes « opposez », « force », « réunissez », « étendards », « déployez », « barrières ».
- Conformément à la « philosophie » des Lumières, l'arme du combat à venir est « la force de la raison » qui, seule, peut triompher de l'obscurantisme et faire accéder femmes et hommes à une égalité de conditions, dont « l'Être suprême », assimilé à la Nature par les philosophes, sera le garant. Les injonctions prennent alors une valeur prophétique.

Conclusion

[Faire le bilan de l'explication] Ce « Postambule » peut se lire comme un appel aux femmes à se saisir des principes déjà proclamés par la Révolution française. La liberté de ton, l'égalité réclamée avec énergie, la fraternité affirmée avec ses lectrices font d'Olympe de Gouges une auteure engagée et rattachent son texte à la littérature d'idées.

[Mettre l'extrait en perspective] Si la *Déclaration des droits de la femme et de la citoyenne* est restée sans valeur légale et n'a rencontré que peu d'écho à son époque, elle a inspiré la féministe Benoîte Groult (1920-2016), qui s'est réclamée d'Olympe de Gouges et de son œuvre dans le combat qu'elle a mené deux siècles plus tard.

2. LA QUESTION DE GRAMMAIRE

« Quelles que soient les barrières que l'on vous oppose, il est en votre pouvoir de les affranchir ; vous n'avez qu'à le vouloir. »

- « Quelles que soient les barrières que l'on vous oppose... » est une proposition subordonnée de concession qui justifie l'emploi du mode subjonctif.
- « il est en votre pouvoir de les affranchir » est la proposition principale ; elle intègre une proposition infinitive (= que vous les affranchissiez).
- « vous n'avez qu'à le vouloir » est une proposition juxtaposée, séparée des deux précédentes par le point-virgule.

DES QUESTIONS POUR L'ENTRETIEN

Lors de l'entretien, vous devrez présenter une autre œuvre lue au cours de l'année. L'examinateur introduira l'échange et vous posera quelques questions. Celles ci-dessous sont des exemples.

1. Sur votre dossier est mentionnée la lecture cursive d'une autre œuvre argumentative : *Le Dernier Jour d'un condamné* de Victor Hugo (1829). En quoi ce texte relève-t-il de la littérature d'idées ?

2. Pouvez-vous expliquer la différence entre argumentation directe et indirecte ?

3. Pour quelle cause seriez-vous prêt(e) à prendre la plume ?

34 Sujet d'oral • Explication & entretien

Abbé Prévost, *Manon Lescaut*, le coup de foudre

20 minutes
20 points

1. Lisez ce texte à voix haute.
Puis proposez-en une explication linéaire.

DOCUMENT

Alors que Des Grieux attend son départ d'Amiens fixé au lendemain, en compagnie de son ami Tiberge, il voit arriver le coche d'Arras duquel descend Manon. Les deux jeunes gens se rencontrent pour la première fois.

J'avais marqué[1] le temps de mon départ d'Amiens. Hélas ! que ne le marquais-je un jour plus tôt ! j'aurais porté chez mon père toute mon innocence. La veille même de celui que je devais quitter cette ville, étant à me promener avec mon ami, qui s'appelait Tiberge, nous vîmes arriver le coche[2] d'Arras, et nous le suivîmes jusqu'à l'hôtellerie où ces voitures descendent. Nous n'avions pas d'autre motif que la curiosité. Il en sortit quelques femmes, qui se retirèrent aussitôt. Mais il en resta une, fort jeune, qui s'arrêta seule dans la cour, pendant qu'un homme d'un âge avancé, qui paraissait lui servir de conducteur, s'empressait pour faire tirer son équipage des paniers. <u>Elle me parut si charmante que moi, qui n'avais jamais pensé à la différence des sexes, ni regardé une fille avec un peu d'attention, moi, dis-je, dont tout le monde admirait la sagesse et la retenue, je me trouvai enflammé tout d'un coup jusqu'au transport[3].</u> J'avais le défaut d'être excessivement timide et facile à déconcerter ; mais loin d'être arrêté alors par cette faiblesse, je m'avançai vers la maîtresse de mon cœur. Quoiqu'elle fût encore moins âgée que moi, elle reçut mes politesses sans paraître embarrassée. Je lui demandai ce qui l'amenait à Amiens et si elle y avait quelques personnes de connaissance. Elle me répondit ingénument[4] qu'elle y était envoyée par ses parents pour être religieuse. L'amour me rendait déjà si éclairé, depuis un moment qu'il était dans mon cœur, que je regardai ce dessein[5] comme un coup mortel pour mes désirs. Je lui parlai d'une manière qui lui fit comprendre mes sentiments, car elle était bien plus expérimentée que moi. C'était malgré elle qu'on l'envoyait au couvent, pour arrêter sans doute son penchant au plaisir, qui s'était déjà déclaré et qui a causé, dans la suite, tous ses malheurs et les miens.

Abbé Prévost, *Manon Lescaut*, édition de 1753.

1. Marqué : reporté.
2. Coche : diligence.
3. Transport : mouvement passionnel.
4. Ingénument : avec naïveté, innocence.
5. Dessein : projet.

2. QUESTION DE GRAMMAIRE.

Repérez et analysez la proposition subordonnée conjonctive circonstancielle dans la phrase soulignée en page précédente.

CONSEILS

1. Le texte

Faire une lecture expressive

- C'est un Des Grieux encore vibrant de l'émotion de la rencontre qui s'exprime ici : faites entendre son éblouissement.
- Insistez particulièrement sur les expressions qui annoncent les malheurs futurs : Des Grieux, qui a mûri depuis, déplore les suites funestes de cette rencontre.

Situer le texte, en dégager l'enjeu

- Alors qu'il s'apprête à mener une carrière religieuse, Des Grieux rencontre Manon, dont il s'éprend au premier regard, et voit sa vie basculer.
- Comment, quatre ans plus tard, raconte-t-il au marquis de Renoncour cette rencontre décisive ?

2. La question de grammaire

- Délimitez la proposition principale ; le reste de la phrase correspond à une subordonnée conjonctive circonstancielle qui inclut deux subordonnées relatives.
- Quelle est la nuance circonstancielle exprimée par cette subordonnée conjonctive ?

ORAL

34 PRÉSENTATION

1. L'EXPLICATION DE TEXTE

Introduction

[Présenter le contexte] Le chevalier des Grieux, de retour d'Amérique, endeuillé, se confie au marquis de Renoncour, qui voit dans son parcours « un exemple terrible de la force des passions ». [Situer le texte] Le héros revient sur un événement survenu quatre ans plus tôt : la rencontre avec Manon qui l'arrache à la voie religieuse dans laquelle il s'apprêtait à s'engager.

[En dégager l'enjeu] Comment Des Grieux raconte-t-il cette rencontre décisive ? [Annoncer le plan] Nous analyserons d'abord comment sont rapportées les circonstances d'une rencontre qui déclenche l'amour immédiat du chevalier ; nous examinerons ensuite comment ses premiers échanges avec Manon dessinent le portrait d'une jeune femme ambiguë et annoncent une fin tragique.

Explication au fil du texte

Une rencontre romanesque (l. 1-17)

Une rencontre impromptue

• Fortuite, la rencontre entre les deux personnages est présentée d'emblée comme un événement funeste. Exclamation, interjection et conditionnel se combinent dans une prolepse intrigante qui pointe les conséquences décisives de la rencontre : « Hélas ! que ne le marquais-je un jour plus tôt ! j'aurais porté […] » (l. 1-2).

> **À NOTER**
> Le roman abonde en **prolepses** (ou **anticipations narratives**) qui laissent entrevoir les péripéties à venir et suscitent la curiosité du lecteur.

• La rencontre apparaît comme un coup du sort, un de ces aléas qui fait basculer bien involontairement une vie. Insistantes, les indications temporelles soulignent combien cette rencontre aurait pu ne jamais advenir : « j'avais marqué le temps », « un jour plus tôt » (l. 1-2).

• Des Grieux insiste délibérément sur la pureté de sa vie antérieure et sur ses intentions à l'époque des faits : il rappelle son « innocence » (l. 3) et mentionne, dans une négation restrictive, sa simple « curiosité » (l. 7). Étudiant modèle de dix-sept ans, il s'apprêtait à embrasser une carrière religieuse.

• La rencontre est racontée de manière elliptique et théâtrale. Manon se détache du groupe de femmes, qui laissent rapidement le champ libre aux deux jeunes gens : « Il en sortit quelques femmes [...] il en resta une, fort jeune, qui s'arrêta seule dans la cour » (l. 7-8).

Le coup de foudre

- Le coup de foudre est exprimé par une subordonnée consécutive, associée à la métaphore traditionnelle du feu qui consume : « si charmante que [...] je me trouvai enflammé tout d'un coup [...]. » Le terme « transport » confirme l'intensité des sentiments en jeu. Le passé simple « je me trouvai », employé avec la locution adverbiale « tout d'un coup », indique aussi la soudaineté de la passion.

- Passant sous silence le physique de Manon, Des Grieux résume l'impression que produit sur lui la jeune femme : « Elle me parut si charmante ». Dans un réseau d'antithèses, il oppose nettement ce qu'il devient – « enflammé » par la passion – à ce qu'il était jusqu'alors – « moi, qui n'avais jamais pensé à la différence des sexes [...] dont tout le monde admirait la sagesse et la retenue » (l. 11-13).

- Dans la tradition de l'amour courtois, Des Grieux se présente comme soumis à sa dame, promue « maîtresse de [s]on cœur » (l. 16-17).

> **MOT CLÉ**
> L'**amour courtois** désigne une manière d'aimer raffinée, typique de la société de cour du Moyen Âge : le chevalier se dévoue corps et âme à une dame qui l'éprouve.

Une rencontre fatale ? (l. 17-27)

Premier échange avec Manon

- L'emploi du discours indirect pour rapporter les paroles de Manon contribue à la rendre plus mystérieuse encore.

- Des Grieux délivre alors, par touches, des informations complémentaires sur Manon, insistant sur sa jeunesse et sa situation. Elle devait entrer au couvent, destin tracé par sa famille : « elle y était envoyée » (l. 20), « c'était malgré elle qu'on l'envoyait au couvent » (l. 25).

> **À NOTER**
> Le **discours indirect** est une technique narrative très fréquente dans l'ensemble du roman : la voix de Manon est ainsi soumise au point de vue subjectif de Des Grieux.

Un portrait ambigu

- Transfiguré par l'amour, Des Grieux use de tournures syntaxiques qui montrent combien ce sentiment le domine : « l'amour me rendait déjà si éclairé » (l. 21). Le champ lexical de l'amour (« l'amour », « désirs », « sentiments ») indique que c'est désormais son cœur qui dicte sa ligne de conduite.

- L'hyperbole du « coup mortel » (l. 23) suggère combien l'idée d'être contrarié dans ses espoirs amoureux lui est insupportable. S'ensuit donc une déclaration d'amour à Manon, jugée d'emblée peu farouche.

• Le portrait moral de Manon se complète. Le narrateur, éprouvé, superpose son regard à celui du jeune homme innocent qu'il était, pour décrire une jeune fille ambivalente, « bien plus expérimentée que [lui] », animée d'un « penchant au plaisir ». Elle apparaît alors comme la responsable de leur destinée tragique, Des Grieux cherchant à s'innocenter.

À NOTER
Le récit de Des Grieux oscille entre l'**apologie** de la défunte Manon et le **portrait à charge** : il ne se juge pas coupable des désordres amoureux des quatre années passées.

Conclusion

[Faire le bilan de l'explication] Ainsi, narrée par un Des Grieux mûri, capable de porter un jugement sur son aveuglement passé, la rencontre apparaît comme un événement décisif mais ambigu, placé sous le double signe de l'émerveillement et de la fatalité. [Mettre le texte en perspective] Intrigué, le lecteur assiste dans la suite du récit à la chute de Des Grieux dans « le précipice des passions ».

2. LA QUESTION DE GRAMMAIRE

[Elle me parut si charmante] [que moi, [qui n'avais jamais pensé à la différence des sexes, ni regardé une fille avec un peu d'attention], moi, dis-je, [dont tout le monde admirait la sagesse et la retenue], je me trouvai enflammé tout d'un coup jusqu'au transport.]

• Cette longue phrase comprend une proposition principale « Elle me parut si charmante » et une proposition subordonnée conjonctive de conséquence (qui inclut elle-même deux propositions subordonnées relatives).

• Cette subordonnée circonstancielle est introduite par la conjonction de subordination « que », qui fonctionne en corrélation avec l'adverbe « si » (« si charmante que… »). Elle est organisée autour du verbe « trouvai ».

• Cette structure permet d'introduire le résultat de l'apparition charmante de Manon : « je me trouvai enflammé tout d'un coup jusqu'au transport ». Elle souligne l'intensité et l'immédiateté de la passion, déclenchée au premier regard.

DES QUESTIONS POUR L'ENTRETIEN

Lors de l'entretien, vous devrez présenter une autre œuvre lue au cours de l'année. L'examinateur introduira l'échange et vous posera quelques questions. Celles ci-dessous sont des exemples.

1 Je vous remercie pour votre présentation de *Tristan et Iseut* de Béroul. Dans ce récit, en quoi les personnages éponymes peuvent-ils apparaître comme des personnages en marge ?

Réprouvé par la société, le couple adultère est condamné à vivre sa passion en cachette. Chassés de la cour, où leurs frasques les ont rendus indésirables, les amants vivent des années durant leur amour à l'abri des regards, dans la forêt du Morrois, lieu marginal par excellence.

2 Pourquoi peut-on dire que la liaison qu'entretiennent Tristan et Iseut nourrit le romanesque ?

L'amour passionnel qu'ils se vouent est d'abord lié à l'absorption accidentelle d'un philtre magique ; les amants, incapables de vivre l'un sans l'autre, imaginent alors mille subterfuges pour se retrouver malgré les dangers.

3 Citez un passage qui vous a plu et qui rend le couple attachant.

Les amants vivent cachés de longs mois dans la forêt du Morrois. Un jour, Marc, qui devait se marier avec Iseut, surprend le couple endormi et, malgré sa colère envers Tristan, se trouve ému par la beauté de leur amour.

35 Sujet d'oral • Explication & entretien

Abbé Prévost, *Manon Lescaut*, l'arrivée en Louisiane

20 minutes
20 points

**1. Lisez le texte à voix haute.
Puis proposez-en une explication linéaire.**

DOCUMENT

Des Grieux, jeune noble, quitte tout pour la belle Manon. Les amants mènent une vie dissolue et enchaînent les vols et les arrestations. Des Grieux est libéré grâce à ses appuis, mais Manon est déportée en Louisiane. Le chevalier suit Manon dans sa déportation et arrive avec elle à La Nouvelle-Orléans où ils découvrent le logement qui leur a été attribué.

Nous trouvâmes une misérable cabane, composée de planches et de boue, qui consistait en deux ou trois chambres de plain-pied, avec un grenier au-dessus. [Le Gouverneur] y avait fait mettre cinq ou six chaises et quelques commodités nécessaires à la vie. Manon parut effrayée à la vue d'une si triste demeure. C'était pour moi qu'elle s'affligeait, beaucoup plus que pour elle-même. Elle s'assit, lorsque nous fûmes seuls, et elle se mit à pleurer amèrement. J'entrepris d'abord de la consoler, mais lorsqu'elle m'eut fait entendre que c'était moi seul qu'elle plaignait, et qu'elle ne considérait, dans nos malheurs communs, que ce que j'avais à souffrir[1], j'affectai de[2] montrer assez de courage, et même assez de joie pour lui en inspirer. De quoi me plaindrai-je ? lui dis-je. Je possède tout ce que je désire. Vous m'aimez, n'est-ce pas ? Quel autre bonheur me suis-je jamais proposé ? Laissons au Ciel le soin de notre fortune[3]. Je ne la trouve pas si désespérée. Le Gouverneur est un homme civil[4] ; il nous a marqué de la considération ; il ne permettra pas que nous manquions du nécessaire. Pour ce qui regarde la pauvreté de notre cabane et la grossièreté de nos meubles, vous avez pu remarquer qu'il y a peu de personnes ici qui paraissent mieux logées et mieux meublées que nous. Et puis tu es une chimiste admirable, ajoutai-je en l'embrassant, tu transformes tout en or.

Vous serez donc la plus riche personne de l'univers, me répondit-elle, car, s'il n'y eut jamais d'amour tel que le vôtre, il est impossible aussi d'être aimé plus tendrement que vous l'êtes. Je me rends justice, continua-t-elle. Je sens bien que je n'ai jamais mérité ce prodigieux attachement que vous avez pour moi. Je vous ai causé des chagrins, que vous n'avez pu me pardonner sans une bonté extrême. J'ai été légère et volage[5], et même en vous aimant éperdument, comme j'ai toujours fait, je n'étais qu'une ingrate. Mais vous ne sauriez croire combien je suis changée. Mes larmes, que vous avez vues couler si souvent depuis notre départ de France, n'ont pas eu une seule fois mes malheurs pour objet. J'ai cessé de les sentir aussitôt que vous avez commencé à les partager. Je n'ai pleuré que de tendresse et de compassion pour vous. Je ne me console point d'avoir pu vous chagriner un moment dans ma vie. Je ne cesse point de me reprocher mes inconstances et de m'attendrir, en admirant de quoi l'amour vous a rendu capable pour une malheureuse qui n'en était pas digne, et qui ne payerait pas bien de tout son sang, ajouta-t-elle avec une abondance de larmes, la moitié des peines qu'elle vous a causées.

Abbé Prévost, *Manon Lescaut*, édition de 1753.

---

1. Souffrir : subir, supporter. 2. J'affectai de : je m'efforçai de. 3. Fortune : destinée. 4. Civil : poli, qui sait vivre selon les bonnes manières en usage. 5. Volage : inconstante, infidèle.

2. QUESTION DE GRAMMAIRE.

Analysez l'expression de la négation dans la phrase : « Je vous ai causé des chagrins, que vous n'avez pu me pardonner sans une bonté extrême. » (l. 26-27)

ORAL

CONSEILS

1. Le texte

Faire une lecture expressive

- L'extrait abonde en paroles rapportées au discours direct, tâchez d'en rendre l'aspect vivant et d'épouser les émotions des personnages.
- Faites tout particulièrement ressentir le repentir de Manon.

Situer le texte, en dégager l'enjeu

• Les deux amants partent en Amérique. Montrez que ce changement de cadre correspond à un changement moral de Manon.

• L'extrait présente les déclarations d'amour successives de Manon et de Des Grieux. Lyrique et pathétique, ce texte révèle les regrets et une forme de rédemption chez Manon, que vous devrez analyser.

2. La question de grammaire

• Étudiez la construction de la négation : quel(s) terme(s) exprime(nt) la négation ? quelle est leur nature ?

• Commentez cet emploi de la négation.

35 PRÉSENTATION

1. L'EXPLICATION DE TEXTE

Introduction

[Présenter le contexte] Devenus des marginaux par leur vie déréglée faite de vols, de fuites et d'arrestations, Des Grieux et Manon ne semblent plus trouver leur place dans la société rigide de l'époque. [Situer le texte] Une dernière escroquerie entraîne la déportation infamante de Manon en Amérique, où, désespéré, Des Grieux la suit. La Louisiane pourrait cependant leur offrir l'opportunité d'une nouvelle vie. [En dégager l'enjeu] Nous analyserons comment l'amour puissant que se portent les deux amants leur permet de surmonter avec courage la misère matérielle qu'ils découvrent à leur arrivée à La Nouvelle-Orléans.

Explication au fil du texte

Un habitat fruste (l. 1 à 5)

• L'extrait s'ouvre sur le dénuement dans lequel les amants sont désormais contraints de vivre. Le couple découvre le logement austère qui leur est attribué à leur arrivée : une « misérable cabane », « une si triste demeure », construite pauvrement, de « planches » et de « boue ». Ils doivent se contenter de « quelques commodités », accordées par le Gouverneur. Pathétique, cette situation suscite la compassion du lecteur.

• Ce cadre contraste fortement avec l'aisance, voire le luxe du train de vie du couple en France : Des Grieux, jeune noble, était accoutumé au confort, et Manon recherchait le faste – quitte à en sacrifier sa vertu.

• Le participe passé à valeur d'adjectif « effrayée » (l. 5) indique le ressenti de Manon et peut d'abord faire craindre le pire. En France, elle recourait à des solutions moralement douteuses pour satisfaire son penchant pour le plaisir. Le lecteur pourrait donc s'attendre à ce qu'elle agisse comme en France.

Les paroles réconfortantes de Des Grieux (l. 5 à 21)

• Plongée dans une situation délicate et inédite, Manon chancelle : « elle s'affligeait » (l. 6), « Elle s'assit » (l. 6), « elle se mit à pleurer amèrement » (l. 7).

• Mais en Amérique, Manon apparaît sous un nouveau jour. Quittant son insouciance et sa légèreté habituelles, elle se montre profondément transformée : la répétition du pronom « moi », désignant le narrateur, exprime la sollicitude de Manon pour Des Grieux : « C'était pour moi qu'elle s'affligeait », « c'était moi seul qu'elle plaignait » (l. 5-6 et l. 9). Les paroles de la jeune femme éplorée sont rapportées au discours indirect.

• L'alternance des discours direct, indirect et narrativisé contribue au caractère dynamique et émouvant des échanges entre les deux amants.

• La « joie » de Des Grieux, affichée dans le but de rassurer Manon, contraste avec le lexique abondant de la peine. Courageux, fidèle et loyal envers Manon, faisant fi de la dureté de la situation, Des Grieux loue avec éloquence son amour qui le hisse au-dessus des contingences matérielles. Des questions rhétoriques érigent ce sentiment en valeur suprême : « Vous m'aimez, n'est-ce pas ? Quel autre bonheur me suis-je jamais proposé ? » (l. 13-14)

• Des Grieux relativise leur triste sort, partagé par la majorité de la population de La Nouvelle-Orléans, et tire parti de toute aide possible : « le Gouverneur [...] ne permettra pas que nous manquions du nécessaire » (l. 15-17). Le discours se clôt sur une métaphore courtoise, à la gloire de Manon : « tu es une chimiste admirable, [...], tu transformes tout en or. » (l. 20-21). Des Grieux fait une allusion à l'alchimie qui visait à transformer la matière en or.

À NOTER

Ici, le **Gouverneur** apparaît comme un **adjuvant**. Dans la suite du récit, quand il apprend la vérité sur le couple qui vit sans être marié, il tente de séparer Manon de Des Grieux en la donnant à son neveu, provoquant ainsi la mort de Manon.

ORAL

Le *mea culpa* de Manon, transformée par l'amour (l. 22-39)

- Ainsi rassurée, Manon renchérit et réaffirme la puissance de leur amour : « s'il n'y eut jamais d'amour tel que le vôtre, il est impossible aussi d'être aimé plus tendrement que vous l'êtes » (l. 23-24). Les superlatifs soulignent la parfaite réciprocité de leur amour.
- Devenue lucide et empathique, elle instruit son propre procès. Se présentant comme indigne de l'amour de Des Grieux, elle énumère sans concession ses torts : « Je vous ai causé des chagrins » (l. 26), « J'ai été légère et volage » (l. 27-28), « je n'étais qu'une ingrate » (l. 29). Cet autoportrait à charge contraste avec les mérites de Des Grieux, glorifié pour son « prodigieux attachement » et sa « bonté extrême » (l. 25-26 et 27). Repentie, elle concède son immoralité initiale (« Je ne cesse point de me reprocher mes inconstances », l. 35-36), découvre la honte liée à sa conduite passée et confie toute sa reconnaissance à Des Grieux.
- Manon exprime sa révolution intérieure dont elle a pris conscience : « je suis changée » (l. 30). Rompant avec la femme d'autrefois qui ne songeait qu'à sa propre satisfaction, elle se préoccupe à présent uniquement de son amant qui s'est toujours dévoué pour elle : « Je n'ai pleuré que de tendresse et de compassion pour vous » (l. 33-34). Les multiples phrases négatives mettent l'accent sur ses remords quant à son inconduite : « Je ne me console point d'avoir pu vous chagriner », « Je ne cesse point de me reprocher mes inconstances » (l. 34-35 et 35-36).
- La fin de son discours achève de grandir conjointement les deux amants : Manon se livre à une véritable ode à l'amour, tout à la gloire du chevalier dont elle loue la noblesse de cœur. En comparaison, elle se décrit sévèrement, par la périphrase : « une malheureuse qui n'en était pas digne » (l. 37). Dans son désir de rédemption, la jeune femme, transfigurée, touche au sublime.

Conclusion

[Faire le bilan de l'explication] Ainsi, la dureté de la déportation en Amérique transforme moralement Manon et la convertit à un amour exclusif pour Des Grieux. Le couple peut y rêver, un temps, d'une vie de passion et de simplicité, loin des pesanteurs et des vices d'une société qui n'a pas accepté leurs choix. [Mettre le texte en perspective] La mort de Manon, qui surviendra alors que le couple souhaitait se marier et se racheter, paraît alors d'autant plus injuste et tragique, propulsant les amants au rang de martyrs, et de mythe littéraire.

2. LA QUESTION DE GRAMMAIRE

« Je vous ai causé des chagrins, que vous n'avez pu me pardonner sans une bonté extrême. »

• On relève dans cette phrase deux mots négatifs :

– l'adverbe de négation « n' », qui établit seul, sans son corrélatif « pas », une **négation syntaxique totale** (le verbe « pouvoir » permet l'emploi particulier de l'adverbe « ne » seul) ;

– la préposition « sans » suivie d'un GN.

• Cette tournure négative renforcée par le contraste entre « chagrins » et « bonté extrême » souligne les sacrifices faits par Des Grieux pour Manon.

DES QUESTIONS POUR L'ENTRETIEN

Lors de l'entretien, vous devrez présenter une autre œuvre lue au cours de l'année. L'examinateur introduira l'échange et vous posera quelques questions. Celles ci-dessous sont des exemples.

1 Je vous remercie pour votre présentation du roman *Les Liaisons dangereuses* (1782) de Choderlos de Laclos. Pourquoi peut-on dire que ce roman fait intervenir des personnages en marge ?

Le vicomte de Valmont et la marquise de Merteuil, en apparence bien intégrés dans la société aristocratique de leur époque, sont en réalité deux libertins sans scrupules qui manipulent à loisir leurs proies naïves.

2 En quoi peut-on parler de romanesque, dans ce roman épistolaire ?

Le récit doit son caractère romanesque aux multiples rebondissements qui se succèdent et aux stratagèmes très travaillés des protagonistes. Les personnages candides de la jeune Cécile Volanges et du chevalier Danceny font office de marionnettes entre les mains de Valmont et de la marquise de Merteuil.

3 Le libertin Valmont vous est-il apparu comme repoussant ?

Séducteur impénitent, n'hésitant pas à déshonorer Cécile, Valmont peut apparaître comme un personnage antipathique. Cependant, son amour sincère pour la présidente de Tourvel, puis son sacrifice pour elle, l'amènent vers une forme de rédemption touchante.

36 Sujet d'oral • Explication & entretien

Balzac, *Mémoires de deux jeunes mariées*, lettre X (extrait)

20 minutes
20 points

1. Lisez le texte à voix haute. Puis proposez-en une explication linéaire.

DOCUMENT

Alors que, fraîchement sortie du couvent, Louise de Chaulieu n'envisage pas que l'on puisse se marier sans passion, son amie, Renée de Maucombe, accepte d'épouser Louis de l'Estorade, choisi par sa famille. Louise réagit ici vivement à la nouvelle.

Mademoiselle de Chaulieu à Madame de l'Estorade

Ô Renée ! tu m'as attristée pour plusieurs jours. Ainsi, ce corps délicieux, ce beau et fier visage, ces manières naturellement élégantes, cette âme pleine de dons précieux, ces yeux où l'âme se désaltère comme à une vive source d'amour, ce cœur rempli de délicatesses exquises, cet esprit étendu, toutes ces facultés si rares, ces efforts de la nature et de notre mutuelle éducation, ces trésors d'où devaient sortir pour la passion et pour le désir des richesses uniques, des poèmes, des heures qui auraient valu des années, des plaisirs à rendre un homme esclave d'un seul mouvement gracieux, tout cela va se perdre dans les ennuis d'un mariage vulgaire et commun, s'effacer dans le vide d'une vie qui te deviendra fastidieuse[1] ! Je hais d'avance les enfants que tu auras ; ils seront mal faits. Tout est prévu dans ta vie : tu n'as ni à espérer, ni à craindre, ni à souffrir. Et si tu rencontres, dans un jour de splendeur, un être qui te réveille du sommeil auquel tu vas te livrer ?... Ah ! j'ai eu froid dans le dos à cette pensée. Enfin, tu as une amie. Tu vas sans doute être l'esprit de cette vallée, tu t'initieras à ses beautés, tu vivras avec cette nature, tu te pénétreras[2] de la grandeur des choses, de la lenteur avec laquelle procède la végétation, de la rapidité avec laquelle s'élance la pensée ; et quand tu regarderas tes riantes fleurs, tu feras des retours sur toi-même. Puis, lorsque tu marcheras entre ton mari en avant et tes enfants en arrière glapissant, murmurant, jouant, l'autre muet et satisfait, je sais d'avance ce que tu m'écriras. Ta vallée fumeuse et ses collines ou arides ou garnies de beaux arbres, ta prairie si curieuse en Provence, ses eaux claires partagées en filets, les différentes teintes de la lumière, tout cet infini, varié par Dieu et qui t'entoure, te rappellera le monotone infini de ton cœur. Mais enfin, je serai là, ma Renée, et tu trouveras une amie dont le cœur ne sera jamais atteint par la moindre petitesse sociale, un cœur tout à toi.

Honoré de Balzac, *Mémoires de deux jeunes mariées*, lettre X, 1841.

1. Fastidieuse : ennuyeuse.
2. Tu te pénétreras : tu t'imprégneras.

2. QUESTION DE GRAMMAIRE.

Analysez la phrase suivante : « Et si tu rencontres, dans un jour de splendeur, un être qui te réveille du sommeil auquel tu vas te livrer ?... » (l. 13-15)

CONSEILS

1. Le texte

Faire une lecture expressive

• Marquez le dépit de Louise – parfois au bord du dégoût – devant le sort de son amie, en mettant en valeur l'exaltation qui la caractérise.

• Respectez la construction et le rythme des longues phrases en détachant bien les groupes syntaxiques.

Situer le texte, en dégager l'enjeu

• Unique roman épistolaire de Balzac, les *Mémoires de deux jeunes mariées* font entendre les voix singulières de Louise et de Renée, deux jeunes femmes sans dot, sacrifiées par leur famille, et qui empruntent, dans leur quête du bonheur, des voies différentes.

• Montrez comment cette lettre, consécutive à l'annonce par Renée de son mariage avec le comte de l'Estorade, révèle la conception qu'a Louise d'une existence réussie.

2. La question de grammaire

- Relevez les verbes conjugués.
- Identifiez la subordonnée conjonctive circonstancielle et notez qu'elle inclut deux subordonnées relatives enchâssées.
- La proposition principale figure-t-elle ? Pourquoi ?

36 PRÉSENTATION

1. L'EXPLICATION DE TEXTE

Introduction

[Présenter le contexte] Sorties du couvent où elles ont à loisir rêver de leur vie future, Louise et Renée, deux amies intimes, entament une correspondance qui leur permet de vivre par procuration la vie de l'autre.

[Situer le texte] Très vite, elles empruntent des chemins de vie différents : Renée se plie au choix de sa famille et annonce son mariage de raison à Louise qui, de son côté, fait son entrée dans le monde, avide de « quelque belle passion ».

[En dégager l'enjeu] Louise réagit vivement et condamne fermement la décision de son amie, dévoilant ainsi avec force son tempérament ardent et sa vision de l'existence.

Explication au fil du texte

Le sentiment d'une vie gâchée (l. 1 à 15)

- La lettre s'ouvre sur un cri du cœur, porté par l'interjection lyrique « Ô » et l'exclamative : Louise réagit vivement, convoquant des termes forts pour dire son affliction (« tu m'as attristée pour plusieurs jours »).
- S'ensuit une longue phrase énumérative qui justifie le dépit de Louise. Celle-ci brosse un portrait physique (« corps délicieux », « beau et fier visage ») et moral élogieux (« âme pleine de dons précieux », « cœur rempli de délicatesses exquises ») de son amie : cette longue description flatteuse suggère combien Renée, forte de ses nombreuses qualités, semblait promise à une existence privilégiée, digne de sa beauté et de son éducation.
- Cet éloge est l'occasion pour Louise de défendre sa propre vision de l'existence. La jeune femme a une âme exaltée et affiche ses priorités : « la

passion » et « le désir ». L'énumération reflète sa conception romanesque de l'amour : « des richesses uniques, des poèmes, des heures qui auraient valu des années ». L'antithèse (« heures »/« années ») souligne sa quête d'une vie intense résolument consacrée à l'amour.

• Cependant, si Louise célèbre les nombreuses qualités de Renée, c'est pour mieux rendre visible la déchéance brutale de son amie provoquée par un mariage indigne et sans amour, qualifié de « vulgaire » et de « commun ». La chute de la phrase exclamative, amorcée par le pronom globalisant « *tout* cela » (l. 9), et le champ lexical de la perte (« perdre », « ennuis », « s'effacer », « vide ») expriment une condamnation sans appel de ce choix de vie prosaïque et décevant.

• Les verbes au futur (« deviendra », « auras », « seront ») prophétisent une vie manquée et insatisfaisante. Désespérée par le choix de son amie, Louise s'exprime avec violence et cruauté : « Je hais d'avance les enfants que tu auras ; ils seront mal faits » – car conçus sans véritable amour. Louise ne semble plus contrôler son dépit et clame son effroi : « Tout est prévu dans ta vie ». L'absence d'émotion exprimée par la négation répétée (« tu n'as ni à espérer, ni à craindre, ni à souffrir ») fera cruellement défaut à l'existence de Renée.

À NOTER
Contrairement à son amie Renée, **Louise, ardente et révoltée,** entend vivre sa vie comme un poème et privilégie les émotions fortes qui entraîneront la mort de son premier époux, puis la sienne.

• Renée s'expose à d'amères déconvenues : Louise envisage, dans une phrase interrogative interrompue (l. 13-15), une rencontre future qui éveillerait son amie à l'amour véritable et provoquerait une rupture. La métaphore du « sommeil », signe d'une vie manquée, se heurte « au jour de splendeur », marque d'une véritable renaissance. Seul ce grand amour, aux yeux de Louise qui a soif d'idéal, ouvrirait la voie d'une existence digne d'être vécue.

L'affirmation du soutien d'une « amie » (l. 15-29)

• Face au désastre programmé de ce mariage, Louise brandit son amitié indéfectible comme une consolation : « tu as une amie », « je serai là », « un cœur tout à toi ». L'amie dévouée suppléera à un époux décevant.

• Convaincue du caractère prévisible de l'existence de Renée, Louise multiplie les futurs prophétiques : « tu vas sans doute », « tu t'initieras »... À défaut de connaître la passion, Renée sera sensible à son environnement (« ses beautés », « grandeur des choses », « riantes fleurs »). Mais la contemplation du spectacle de la nature, sublime, renverra Renée à son existence ratée, dans une introspection douloureuse : « tu feras des retours sur toi-même ».

• L'adverbe temporel « Puis » poursuit la projection dans un avenir à plus long terme, marqué par la maternité, but du mariage aristocratique à l'époque de Balzac. La construction de la phrase (« entre ton mari en avant et tes enfants en arrière ») souligne la solitude de Renée, perdue dans un entourage médiocre. Le mépris pour le mari décevant s'affiche dans les adjectifs qualificatifs employés : « muet et satisfait » – attitude qui contraste avec l'agitation des enfants (« glapissant, murmurant, jouant »).

À NOTER
Par la **maternité**, Renée accèdera au bonheur, comme un dédommagement à l'amour qui lui a été refusé. Louise finira par envier son amie : « Une femme sans enfants est une monstruosité », écrira-t-elle.

• Renée ne trouvera pas sa place dans cette nouvelle vie. La description romantique de l'« infini » de la nature (« vallée fumeuse », « collines ou arides ou garnies », « différentes teintes de la lumière ») répond par contraste au « monotone infini » de son âme, vide de toute passion exaltante et de toute richesse.

• Louise achève sa lettre par une dernière proclamation d'amitié mise en valeur par la reprise de l'adverbe « enfin » (l. 15 et 27). Elle réitère sa promesse de soutien et d'écoute pour Renée (« je serai là »), en se présentant comme une âme élevée, fidèle et absolue (« un cœur tout à toi »).

Conclusion

[Faire le bilan de l'explication] Ainsi, cette lettre décrit Renée, prise au piège de sa nouvelle existence de femme mariée, mais révèle aussi Louise qui exprime en des termes enflammés ses attentes de la vie. C'est bien à l'aune de sa propre personnalité et de ses rêves qu'elle juge le sort de son amie – avec des mots parfois très durs qui ne manqueront pas de peiner vivement Renée. [Mettre le texte en perspective] Pourtant, les souffrances annoncées par Louise seront invalidées en partie dans la suite de leur correspondance : Renée parviendra à s'épanouir dans la maternité, tandis que Louise se consumera dans la passion dévastatrice.

2. LA QUESTION DE GRAMMAIRE

« Et [si tu rencontres, dans un jour de splendeur, un être [qui te réveille du sommeil [auquel tu vas te livrer]]] ? »

• Cette phrase interrogative est une phrase complexe dont la proposition principale est sous-entendue. On peut cependant facilement la déduire : « que feras-tu, comment le vivras-tu ? ».

- On y relève, après la conjonction de coordination « Et », une subordonnée conjonctive circonstancielle de condition, introduite par la conjonction de coordination « si ». Son verbe au présent exprime le potentiel.
- À l'intérieur de cette proposition se trouvent deux subordonnées relatives enchâssées :

– la première est introduite par le pronom relatif « qui » ;

– la seconde est introduite par le pronom relatif « auquel ».

- Louise exprime ainsi ses craintes face aux éventuels remords de son amie, enlisée dans une vie morne qui risque de lui causer bien des souffrances.

DES QUESTIONS POUR L'ENTRETIEN

Lors de l'entretien, vous devrez présenter une autre œuvre lue au cours de l'année. L'examinateur introduira l'échange et vous posera quelques questions. Celles ci-dessous sont des exemples.

1 Je vous remercie pour votre présentation du roman *Manon Lescaut* (1753), de l'abbé Prévost. Pourquoi peut-on dire que le chevalier des Grieux tombe dans « le précipice des passions » ?

À dix-sept ans, Des Grieux, fils de bonne famille, s'éprend de Manon, une jeune fille pauvre qui a soif de passe-temps et de luxe. Elle pousse son amant à rompre avec sa vie aristocratique et l'entraîne dans une vie romanesque, faite de fuites, d'emprisonnements, de vols et de meurtres.

2 Dans cette œuvre, divers personnages incarnent la voix de la raison. Lesquels ? Quels rôles exacts jouent-ils auprès de Des Grieux ?

Deux personnages tentent de raisonner le chevalier et de le ramener à sa vie sage et réglée, conforme aux valeurs de son milieu d'origine : son père, soucieux de l'honneur familial et des codes de la société, et Tiberge, l'ami fidèle qui incarne la vertu et la raison.

3 Le roman vous paraît-il constituer une condamnation de la passion ?

Dans son « Avis de l'auteur », Prévost annonce écrire un « exemple terrible de la force des passions ». Malgré la fin funeste de Manon et la déchéance de Des Grieux, le roman semble aussi glorifier la passion qui bouscule les codes étroits de la société de l'époque. Prévost interroge également le lecteur sur les chemins qui mènent au bonheur individuel.

37 Sujet d'oral • Explication & entretien

Colette, *Sido*, les tempêtes hivernales

20 minutes
20 points

1. Lisez ce texte à voix haute. Puis proposez-en une explication linéaire.

DOCUMENT

La narratrice se souvient de son enfance à Saint-Sauveur-en-Puisaye, et plus particulièrement des tempêtes hivernales.

Il y avait dans ce temps-là de grands hivers, de brûlants étés. J'ai connu, depuis, des étés dont la couleur, si je ferme les yeux, est celle de la terre ocreuse, fendillée entre les tiges du blé et sous la géante ombelle du panais sauvage[1], celle de la mer grise ou bleue. Mais aucun été, sauf ceux de mon enfance, ne commémore le géranium écarlate et la hampe enflammée des digitales[2]. Aucun hiver n'est plus d'un blanc pur à la base d'un ciel bourré de nues ardoisées[3], qui présageaient une tempête de flocons plus épais, puis un dégel illuminé de mille gouttes d'eau et de bourgeons lancéolés[4]... Ce ciel pesait sur le toit chargé de neige des greniers à fourrages, le noyer nu, la girouette, et pliait les oreilles des chattes... La calme et verticale chute de neige devenait oblique, un faible ronflement de mer lointaine se levait sur ma tête encapuchonnée, tandis que j'arpentais le jardin, happant la neige volante... Avertie par ses antennes, ma mère s'avançait sur la terrasse, goûtait le temps, me jetait un cri :

– La bourrasque d'Ouest ! Cours ! Ferme les lucarnes du grenier !... La porte de la remise aux voitures !... Et la fenêtre de la chambre du fond !

Mousse[5] exalté du navire natal, je m'élançais, claquant des sabots, enthousiasmée si du fond de la mêlée blanche et bleu noir, sifflante, un vif éclair, un bref roulement de foudre, enfants d'Ouest et de

Février, comblaient tous deux un des abîmes du ciel… Je tâchais de trembler, de croire à la fin du monde.

Mais dans le pire du fracas ma mère, l'œil sur une grosse loupe cerclée de cuivre, s'émerveillait, comptant les cristaux ramifiés[6] d'une poignée de neige qu'elle venait de cueillir aux mains même de l'Ouest rué[7] sur notre jardin…

Colette, *Sido*, 1930.

1. Ombelle : ensemble sphérique de fleurs qui partent du même point de la tige ; panais sauvage : plante dont la racine est comestible.
2. Hampe : tige ; digitales : plantes dont les fleurs sont en forme de petites cloches.
3. Nues : nuages ; ardoisées : grises comme des ardoises.
4. Lancéolés : qui ont la forme de la pointe métallique du bout d'une lance.
5. Mousse : jeune marin.
6. Ramifiés : se divisant en petites branches.
7. Rué : qui s'est précipité avec force.

2. QUESTION DE GRAMMAIRE.

Étudiez l'expression de la négation dans la phrase : « Mais aucun été, sauf ceux de mon enfance, ne commémore le géranium écarlate et la hampe enflammée des digitales. » (l. 4-6)

CONSEILS

1. Le texte

Faire une lecture expressive

• Faites sentir la différence de ton entre la narration, marquée par la remémoration, et le discours direct de Sido, exclamatif et injonctif.

• Le rythme du texte évolue progressivement : n'hésitez pas à exprimer le fracas de la tempête lorsqu'elle arrive !

Situer le texte, en dégager l'enjeu

• L'extrait décrit l'un des nombreux souvenirs d'enfance évoqués par la narratrice de *Sido*. Qu'est-ce qui fait son originalité ?

• Demandez-vous comment Colette célèbre les intempéries de l'hiver et quel portrait de sa mère cette évocation construit en creux.

2. La question de grammaire

- Repérez d'abord les termes qui construisent la négation.
- Sur quel constituant de la phrase cette négation porte-t-elle ? Quelle est sa valeur ?

37 PRÉSENTATION

1. L'EXPLICATION DE TEXTE

Introduction

[Présenter le contexte] Magistralement mise en œuvre par des écrivains comme Marcel Proust, l'écriture du souvenir constitue une veine littéraire importante dans la première moitié du XXe siècle. [Situer le texte] Dans *Sido*, Colette évoque son enfance dans un village rural de l'Yonne, et notamment le jardin de la maison familiale, marqué par la présence maternelle. [En dégager l'enjeu] Comment Colette, se rappelant les saisons de son enfance, célèbre-t-elle les intempéries de l'hiver ? Quel portrait de sa mère cette évocation construit-elle ?

Explication au fil du texte

Le souvenir de saisons extrêmes (l. 1-9)

Un souvenir indéfini et démesuré

- Le texte inscrit immédiatement l'évocation du passé dans une atmosphère merveilleuse. L'extrait commence à l'imparfait, sur le ton indéfini du conte : « Il y avait dans ce temps-là » rappelle la formule consacrée « Il était une fois… ».
- D'emblée, l'auteure essaie de retrouver le regard enfantin qu'elle posait sur le monde. Le thème du cycle des saisons est annoncé : « de grands hivers, de brûlants étés ». Les adjectifs semblent mimer la sensibilité de Colette enfant, pour qui tout paraissait alors démesuré.

L'évocation de l'été

- L'évocation des saisons estivales est de l'ordre de la recréation mentale, comme le montre la subordonnée circonstancielle « si je ferme les yeux ». Elle fait la part belle aux sensations visuelles (« terre ocreuse », « mer grise ou bleue »).

• Cependant les saisons de l'enfance conservent un caractère singulier, quelque chose d'unique. L'auteure crée un contraste entre les étés plus récents et « ceux de [son] enfance ». Ces derniers font l'objet d'une véritable célébration, que renforce la précision du lexique : « [...] ne commémore le géranium écarlate et la hampe enflammée des digitales ».

L'évocation de l'hiver

• Le cycle naturel entier des saisons est célébré pour sa beauté, comme le montre le parallélisme entre « aucun été » (l. 5) et « Aucun hiver » (l. 6).

• L'évocation s'étend alors au souvenir des hivers, dont la pureté, symbolisée par la couleur blanche, semble disparue depuis longtemps : « Aucun hiver n'est plus d'un blanc pur [...] ». Le temps de l'enfance, idéalisé, est bel et bien révolu.

[Transition] L'hiver de l'enfance fascine par ses métamorphoses merveilleuses : aux « nues ardoisées » succèdent la « tempête de flocons », puis les « mille gouttes d'eau » du dégel.

L'arrivée des tempêtes hivernales (l. 9-15)

La présence physique de l'hiver

• L'hiver se caractérise par la présence des flocons, qui recouvrent la maison tout entière et le jardin, et par un ciel tellement bas qu'il semble être en contact avec les choses et les êtres : « Ce ciel pesait sur le toit [...] et pliait les oreilles des chattes... ».

• Mais des indices visuels et sonores annoncent une évolution inquiétante : « La calme et verticale chute de neige devenait oblique, un faible ronflement de mer lointaine se levait [...]. »

Une tempête qui s'approche

La narratrice glisse de l'évocation générale des hivers au récit d'une tempête hivernale en particulier, qui met en scène l'enfant qu'elle a été. Son insouciance de petite fille (« j'arpentais le jardin, happant la neige volante ») contraste plaisamment avec la dangereuse tempête en train de se lever.

[Transition] Sa mère, Sido, apparaît, elle, comme une sorte de prophétesse qui communique avec la nature grâce à ses « antennes ». Comme sa fille, elle « goûte le temps », mais y lit des présages, car elle connaît le langage secret des éléments.

La figure maternelle au cœur de la tempête (l. 16-27)

Le branle-bas de combat

• D'un seul coup, la scène devient très vivante : il faut se protéger face aux éléments sur le point de se déchaîner. Les injonctions de la mère, rapportées au discours direct se multiplient : « La bourrasque d'Ouest ! Cours ! Ferme les lucarnes du grenier !... ».

> À NOTER
> Dans la mythologie grecque, **Zéphyr** est le dieu du vent d'ouest. Dans l'œuvre de Colette, Sido, telle une déesse, se trouve invariablement au centre de la rose des vents.

• L'enfant se prend alors au jeu, comme le montre la métaphore du « mousse exalté du navire natal », obéissant aux ordres de son capitaine. Les apparitions d'un « vif éclair, [d'] un bref roulement de foudre », repris sous la forme d'allégories (« enfants d'Ouest et de Février »), sont attendues par la petite fille « enthousiasmée » et avide de frissons.

• Le plaisir enfantin réside dans la fausse croyance que tout peut s'écrouler : « Je tâchais de trembler, de croire à la fin du monde. »

Une mère protectrice

• Au milieu de cette tempête, la mère apparaît comme une figure rassurante, véritable déesse protectrice du foyer. Sa sérénité contemplative (« l'œil sur une grosse loupe cerclée de cuivre ») contraste avec le déchaînement des éléments (« dans le pire du fracas » ; « l'Ouest rué sur notre jardin »).

• Le texte se clôt sur l'image marquante de Sido qui « [...] s'émerveillait, comptant les cristaux ramifiés d'une poignée de neige », où s'expriment une tendre ironie et une vive admiration pour cette mère hors du commun.

Conclusion

[Faire le bilan de l'explication] Dans ce texte, Colette célèbre la beauté des hivers de son enfance, intimement liés au souvenir d'une mère « puissante » qui paraît commander aux éléments.

[Mettre le texte en perspective] De cette figure maternelle, qui semble vivre en osmose avec la nature, la narratrice a bel et bien hérité ce regard attentif posé sur le monde, à l'origine d'œuvres comme *Sido* ou *Les Vrilles de la vigne*.

2. LA QUESTION DE GRAMMAIRE

« Mais aucun été, sauf ceux de mon enfance, ne commémore le géranium écarlate et la hampe enflammée des digitales. »

- La négation syntaxique est exprimée par la locution négative, formée du déterminant indéfini *aucun* (qui détermine le nom *été*) et de l'adverbe *ne*.
- La négation est partielle car elle porte sur un seul constituant de la phrase (son sujet), et non sur la phrase entière. Elle a une valeur descriptive.
- La négation est nuancée par le groupe prépositionnel en apposition « sauf ceux de mon enfance » : Colette souligne ainsi la singularité de ces lointaines saisons estivales, qui sont les seules à ne pas être concernées par la négation.

DES QUESTIONS POUR L'ENTRETIEN

Lors de l'entretien, vous devrez présenter une autre œuvre lue au cours de l'année. L'examinateur introduira l'échange et vous posera quelques questions. Celles ci-dessous sont des exemples.

1 Je vous remercie pour votre présentation des *Rêveries du promeneur solitaire* de Jean-Jacques Rousseau. Quel lien pouvez-vous faire entre cette œuvre et le texte étudié ?

L'œuvre de Rousseau et le texte de Colette donnent une place essentielle au regard posé sur la nature : regard rétrospectif et poétique pour Colette, regard philosophique pour Rousseau. Celui-ci se détache ainsi des affres de la vie quotidienne, afin de se livrer à ses méditations, « seul sur la terre, n'ayant plus de frère, de prochain, d'ami, de société que [lui]-même ».

2 Quel regard Rousseau pose-t-il sur les plantes qu'il découvre au fur et à mesure de ses « promenades » ?

Rousseau pose un regard de connaisseur sur les plantes qu'il découvre : il les observe de manière précise et les classifie scientifiquement. Elles sont pour lui une source de plaisir et de fascination.

3 Dans cette œuvre, de quelle manière l'expérience du monde amène-t-elle à la réflexion philosophique ?

Les diverses expériences et anecdotes dont parle Rousseau (par exemple, la découverte de la grotte isolée dans la septième promenade) sont propices à une réflexion profonde sur l'être humain et son rapport au bonheur.

ORAL

38 Sujet d'oral • Explication & entretien

Colette, *Sido*, le portrait du père

20 minutes
20 points

1. Lisez le texte à voix haute.
Puis proposez-en une explication linéaire.

DOCUMENT

Dans la partie intitulée « Le Capitaine », Colette propose un portrait de son père, ancien militaire dont la sensibilité à la nature est bien différente de la sienne.

Il était poète, et citadin. La campagne, où ma mère semblait se sustenter[1] de toute sève, et reprendre vie à chaque fois qu'en se baissant elle en touchait la terre, éteignait mon père, qui s'y comporta en exilé.

Elle nous sembla parfois scandaleuse, la sociabilité[2] qui l'appelait vers la politique des villages, les conseils municipaux, la candidature au conseil général, vers les assemblées, les comités régionaux où l'humaine rumeur répond à la voix humaine. Injustes, nous lui en voulions vaguement de ne pas assez nous ressembler, à nous qui nous dilations d'aise[3] loin des hommes.

Je m'avise à présent qu'il cherchait à nous plaire, lorsqu'il organisait des « parties de campagne », comme font les habitants des villes. La vieille victoria[4] bleue emportait famille, victuailles[5] et chiens jusqu'aux bords d'un étang, Moutiers, Chassaing, ou la jolie flaque forestière de la Guillemette qui nous appartenait. Mon père manifestait le « sens du dimanche », le besoin urbain de fêter un jour entre les sept jours, au point qu'il se munissait de cannes à pêche, et de sièges pliants.

Au bord de l'étang, il essayait une humeur joviale[6] qui n'était pas son humeur joviale de la semaine ; il débouchait plaisamment la bouteille de vin, s'accordait une heure de pêche à la ligne, lisait, dormait un moment, et nous nous ennuyions, nous autres, sylvains[7] aux pieds légers, entraînés à battre le pays sans voiture, et regrettant, devant le poulet froid, nos en-cas de pain frais, d'ail et de fromage.

La libre forêt, l'étang, le ciel double exaltaient mon père, mais à la manière d'un noble décor. Plus il évoquait

… le bleu Titarèse, et le golfe d'argent… [8]

plus nous devenions taciturnes[9] — je parle des deux garçons[10] et de moi — nous qui n'accordions déjà plus d'autre aveu, à notre culte bocager[11], que le silence.

Assise au bord de l'étang, entre son mari et ses enfants sauvages, seule ma mère semblait recueillir mélancoliquement le bonheur de compter, gisants[12] contre elle, sur l'herbe fine et jonceuse[13] rougie de bruyère[14], ses bien-aimés…

Colette, *Sido*, « Le Capitaine », 1930.

---

1. Se sustenter : se nourrir.
2. Sociabilité : aptitude à vivre en société.
3. Nous dilations d'aise : nous épanouissions.
4. Victoria : voiture à quatre roues tirée par un cheval.
5. Victuailles : provisions de nourriture.
6. Joviale : gaie, encline à plaisanter.
7. Sylvains : divinités des forêts.
8. Vers tiré de *La Nuit de mai* d'Alfred de Musset (1835). Le Titarèse est un cours d'eau en Grèce que Musset évoque avec nostalgie, comme le lieu naturel d'un âge d'or.
9. Taciturnes : tristes et sombres.
10. Léo et Achille, frères de Colette.
11. Bocager : qui concerne le *bocage*, les champs et les arbres.
12. Gisants : statues allongées, représentant des morts auxquels on rend hommage.
13. Jonceuse : ressemblant au jonc, plante à longue tige poussant dans les régions humides.
14. Bruyère : plante à petites fleurs violettes ou roses.

2. QUESTION DE GRAMMAIRE.

Analysez la structure de la deuxième phrase du texte.

CONSEILS

1. Le texte

Faire une lecture expressive

• Montrez l'ambivalence des sentiments de Colette pour son père, tantôt agacée (l. 5-6 ou 8-10), tantôt attendrie par ses efforts (l. 11-12).

• Au début et à la fin de l'extrait, votre lecture doit évoquer le plaisir presque sensuel que Colette, sa mère et ses frères éprouvaient au contact de la nature.

Situer le texte, en dégager l'enjeu

• Montrez comment, dans ce portrait nuancé, Colette se montre critique envers son père, tout en se reprochant d'avoir été trop dure avec lui.

• Ce texte parle aussi de poésie : en quoi la sensibilité poétique du Capitaine diffère-t-elle de celle du reste de sa famille ?

2. La question de grammaire

• Cette phrase comporte quatre verbes conjugués (soulignez-les en les reliant à leur sujet), donc quatre propositions. Attention à l'emboîtement de certaines propositions !

• Relevez les mots subordonnants qui introduisent les trois propositions subordonnées : quelle est la nature de chacun d'eux ?

38 PRÉSENTATION

1. L'EXPLICATION DE TEXTE

Introduction

[Présenter le contexte] Dans *Sido*, récit autobiographique dédié à sa mère, Colette consacre à son père la deuxième partie, intitulée « Le Capitaine ». [Situer le texte] Tout en reprenant les thèmes centraux de son œuvre (la célébration de la nature, la figure sacrée de la mère), Colette y brosse un portrait nuancé, à la fois critique et tendre, de son père. [En dégager l'enjeu] Comment, à travers ce portrait, ce père lui apparaît-il rétrospectivement comme un poète manqué, dont la sensibilité diffère de celle de la famille, et comme un homme profondément attaché aux siens ?

Explication au fil du texte

Un père qui détonne dans la famille (l. 1 à 10)

• Le passage s'ouvre sur une phrase très courte, qui tente de résumer en peu de mots les contradictions du père. Car les deux attributs du sujet utilisés ici sont antithétiques, comme le concrétise nettement l'utilisation irrégulière de la virgule avant la conjonction de coordination « et ». Cette phrase est ainsi programmatique : elle annonce les ambiguïtés de la figure paternelle et la réflexion, à laquelle conduit ce portrait, sur ce qu'est un poète authentique.

> **INFO**
> Ce passage peut faire penser à *Autant en emporte le vent*, de Margaret Mitchell dans lequel **Scarlett**, elle-même comparée à Antée dans le roman, ne vit véritablement qu'au contact de la terre familiale qu'elle possède, dans le vieux Sud américain.

• La phrase suivante explique pourquoi le père ne peut être un véritable poète : il n'a aucune sensibilité à la nature, contrairement à sa femme, que Colette compare à Antée (ce géant de la mythologie grecque qui s'affaiblissait s'il perdait le contact direct avec la terre). Le jeu d'antithèses permet d'opposer le père et la mère : « reprendre vie/éteignait » ; « touchait la terre/s'y comporta en exilé ».

• Le deuxième paragraphe reprend le thème de l'exil, avec une longue énumération des raisons politiques qui éloignaient le père de la campagne. La ville apparaît alors comme un lieu sans authenticité (ce que suggère le chiasme qui oppose l'« humaine rumeur » des villes, confuse et embrouillée, à la « voix humaine », plus naturelle), et un lieu étriqué, alors que la campagne permet, elle, un véritable épanouissement (l. 10).

• Pourtant, Colette semble nuancer sa critique : en plaçant l'adjectif « Injustes » (l. 8) en apposition, au début de la phrase, elle se reproche l'intolérance et l'ingratitude avec lesquelles elle considérait ce père trop différent. Pour expliquer cette intolérance, elle évoque l'existence qu'elle menait alors en vase clos, sauvage, « loin des hommes », incapable donc de s'ouvrir à l'altérité.

Une anecdote révélatrice (l. 11 à 30)

> **À NOTER**
> Dans un récit autobiographique, souvent raconté au passé, l'auteur utilise le **présent d'énonciation** pour renvoyer au moment de l'écriture.

• Dans cette deuxième partie, Colette illustre ce portrait en demi-teinte par l'anecdote des « parties de campagne » organisées par son père. À la ligne 11, le recours au présent d'énonciation montre que Colette a maintenant plus de recul pour apprécier avec justice les attentions de son père. Toute une série de verbes soulignent les efforts entrepris : « il cherchait » ; « Mon père manifestait » ; « il essayait une humeur joviale » ; « s'accordait une heure de pêche ».

• Pourtant, le père reste malgré tout un homme de la ville : son attachement au dimanche est un « besoin urbain », typique des citadins. Dès lors, tous ses efforts sonnent faux, et il apparaît comme un mauvais comédien, qui surjoue un peu la bonne humeur (ce qu'évoque l'adverbe « plaisamment ») et qui a recours à d'inutiles accessoires pour jouer son rôle (les pliants et les cannes).

• Le reste de la famille témoigne d'une relation plus authentique, plus directe, à la nature : ces « sylvains aux pieds légers » n'ont besoin ni de voiture ni de pliants, préférant une nourriture simple aux « victuailles » préparées par le père. Cette authenticité s'éprouve aussi à travers le lexique religieux (« sylvains » ; « notre culte bocager ») qui confère à la nature une dimension sacrée.

• Enfin, au contraire d'un père qui aime déclamer des vers, Colette et ses frères préfèrent le silence, et c'est significativement sur ce terme que se clôt cette partie. Au fond, la véritable poésie de la nature se dispense de mots, de cet artifice que peut être le langage ; elle passe par un contact profond et sensuel avec la nature, comme le confirme la dernière partie de cet extrait.

La mère, point d'équilibre de la famille (l. 31 à 34)

• Un bref paragraphe conclut l'anecdote des parties de campagne, en écartant la figure paternelle. La mère incarne seule cette profonde intimité avec la nature qu'elle a transmise à ses enfants. On notera à cet égard l'impression d'étroite proximité que suggèrent les groupes prépositionnels (« au bord de l'étang » ; « contre elle » ; « sur l'herbe fine ») et le surgissement d'une certaine sensualité (« l'herbe fine et jonceuse » évoque des sensations tactiles).

• Mais, plus encore, la mère joue un rôle essentiel dans ce tableau final, comme le soulignent la fonction sujet du groupe « seule ma mère » et sa place centrale dans cette longue phrase. L'amour maternel est un trait d'union essentiel entre les êtres si disparates qui constituent cette famille, entre le père citadin et les « enfants sauvages ». Ainsi peut-on comprendre l'oxymore de « l'herbe fine et jonceuse » (le jonc possède une tige épaisse et plutôt rugueuse), à laquelle se mêle la bruyère rouge : la nature elle-même est le reflet de cette famille unie malgré ses dissemblances.

Conclusion

[Faire le bilan de l'explication] Dans la suite du récit, une voyante affirme à Colette : « vous représentez tout ce qu'il aurait tant voulu être sur la terre. » Comme le montre cet extrait, le père ne peut être un bon poète parce qu'il ne sait pas s'abandonner à la nature : son amour pour les siens et ses efforts pour leur plaire ne peuvent masquer une pratique certes passionnée, mais artificielle de la poésie. [Mettre le texte en perspective] Ce lien étroit entre nature et poésie rappelle *Naissance de l'Odyssée* (1930), roman de Jean Giono dans lequel le héros grec Ulysse, de retour chez lui après dix ans d'absence, retrouve la nature sensuelle de son île natale et découvre en même temps le pouvoir de la parole poétique.

2. LA QUESTION DE GRAMMAIRE

« [La campagne, [où ma mère semblait se sustenter de toute sève, et reprendre vie] [à chaque fois qu'en se baissant elle en touchait la terre], éteignait mon père], [qui s'y comporta en exilé.] »

La phrase comprend quatre verbes conjugués (en couleur), donc quatre propositions (entre crochets) :

- une proposition principale, dans laquelle s'emboîtent les deux propositions suivantes ;
- une proposition subordonnée relative, apposée au nom « campagne » puisqu'elle en est séparée par une virgule, introduite par le pronom relatif « où » ;
- une proposition subordonnée conjonctive circonstancielle de temps, introduite par la locution conjonctive « à chaque fois qu' » ;
- une proposition subordonnée relative, apposée au nom « père », introduite par le pronom relatif « qui ».

DES QUESTIONS POUR L'ENTRETIEN

Lors de l'entretien, vous devrez présenter une autre œuvre lue au cours de l'année. L'examinateur introduira l'échange et vous posera quelques questions. Celles ci-dessous sont des exemples.

1 Je vous remercie pour votre présentation du roman *Dans la forêt* (1996), de Jean Hegland. Quelle place la nature y occupe-t-elle ?

Dans le monde post-apocalyptique évoqué par ce roman, deux sœurs doivent survivre sans les repères et les objets traditionnels de la civilisation, en apprenant donc à mieux connaître la faune et la flore de leur forêt.

2 En quoi ce roman invite-t-il à une célébration originale de la nature ?

En vivant un véritable dépouillement, les deux héroïnes restaurent avec la nature un lien que les technologies du monde moderne avaient rompu.

3 Pourquoi la forêt aide-t-elle à préserver une forme d'humanité ?

Privées de leurs parents, les deux sœurs apprennent à être plus solidaires. Cet espace intime et sensuel qu'est la forêt les aide dans cette tâche.

4 En quoi la nature apparaît-elle pourtant comme un lieu ambigu ?

Elle est à la fois un refuge où les sœurs peuvent acquérir une forme de liberté ; mais elle est aussi, comme dans les contes, le lieu inquiétant des pulsions obscures et des monstres, et les sœurs n'en sont pas épargnées.

39 Sujet d'oral • Explication & entretien

Molière, *Le Malade imaginaire*, acte I, scène 5

20 minutes
20 points

1. Lisez le texte à voix haute. Puis proposez-en une explication.

DOCUMENT

En présence de sa servante Toinette, Argan vient d'annoncer à sa fille Angélique son intention ferme de la marier, non pas à son amant Cléante, mais à Thomas Diafoirus, fils d'un médecin.

TOINETTE. – Mon Dieu ! je vous connais, vous êtes bon naturellement.

ARGAN, *avec emportement.* – Je ne suis point bon, et je suis méchant quand je veux.

TOINETTE. – Doucement, Monsieur : vous ne songez pas que vous êtes malade.

ARGAN. – Je lui commande absolument de se préparer à prendre le mari que je dis.

TOINETTE. – Et moi, je lui défends absolument d'en faire rien.

ARGAN. – Où est-ce donc que nous sommes ? et quelle audace est-ce là à une coquine de servante de parler de la sorte devant son maître ?

TOINETTE. – Quand un maître ne songe pas à ce qu'il fait, une servante bien sensée est en droit de le redresser[1].

ARGAN, *court après Toinette.* – Ah ! insolente, il faut que je t'assomme.

TOINETTE, *se sauve de lui.* – Il est de mon devoir de m'opposer aux choses qui vous peuvent déshonorer.

ARGAN, *en colère, court après elle autour de sa chaise, son bâton à la main.* – Viens, viens, que je t'apprenne à parler.

TOINETTE, *courant, et se sauvant du côté de la chaise où n'est pas Argan.* – Je m'intéresse, comme je dois, à ne vous point laisser faire de folie.

ARGAN, *de même.* – Chienne !

TOINETTE, *de même.* – Non, je ne consentirai jamais à ce mariage.

ARGAN, de même. – Pendarde[2] !

TOINETTE, *de même.* – Je ne veux point qu'elle épouse votre Thomas Diafoirus.

ARGAN, *de même.* – Carogne[3] !

TOINETTE, *de même.* – Et elle m'obéira plutôt qu'à vous.

ARGAN, *s'arrêtant.* – Angélique, tu ne veux pas m'arrêter cette coquine-là ?

ANGÉLIQUE. – Hé ! mon père, ne vous faites point malade.

ARGAN, *à Angélique.* – Si tu ne me l'arrêtes, je te donnerai ma malédiction.

TOINETTE, *en s'en allant.* – Et moi, je la déshériterai, si elle vous obéit.

ARGAN, *se jette dans sa chaise, étant las de courir après elle.* – Ah ! ah ! je n'en puis plus. Voilà pour me faire mourir.

Molière, *Le Malade imaginaire*, acte I, scène 5, 1673.

---

1. Redresser : corriger, remettre dans le droit chemin.
2. Pendarde : qui mérite d'être pendue.
3. Carogne : femme méchante, hargneuse.

2. QUESTION DE GRAMMAIRE. Analysez l'expression de la négation dans la phrase : « Non, je ne consentirai jamais à ce mariage. » (l. 25).

CONSEILS

1. Le texte

Faire une lecture expressive

• Faites bien entendre le contraste entre les deux personnages : le ton d'Argan est celui d'un homme colérique ; Toinette, elle, est déterminée et moqueuse.

• Faites sentir la vivacité comique du dialogue lorsque la course-poursuite autour du fauteuil démarre.

ORAL

■ Situer le texte, en dégager l'enjeu

• Il s'agit d'une scène de confrontation entre deux personnages : Argan et sa servante Toinette. Étudiez-en l'enjeu.

• Observez qui l'emporte et mesurez la force comique de la scène.

2. La question de grammaire

• Vous devez relever deux négations.

• Comment est construite la seconde ? Quelle est sa portée ?

39 PRÉSENTATION

1. L'EXPLICATION DE TEXTE

Introduction

[Présenter le contexte] Dans *Le Malade imaginaire*, Molière associe les arts préférés du roi – musique, danse et théâtre – pour divertir son public, développant ainsi une nouvelle forme dramaturgique : la comédie-ballet.

[Situer le texte] Cette pièce s'inscrit dans une tradition comique bien établie : celle de la satire des médecins. Le spectateur découvre un Argan inféodé à ses soignants, au point de souhaiter prendre pour gendre un fils de médecin, au grand désespoir de sa fille Angélique.

[En dégager l'enjeu] Au milieu de l'acte I, la scène à étudier, particulièrement dynamique, met aux prises Argan et sa servante Toinette, dans un affrontement résolument comique.

Explication au fil du texte

Argan face à Toinette (l. 1-14)

• Le passage s'ouvre sur un échange verbal particulièrement vif. Courtes, les répliques s'opposent deux à deux, selon un mouvement de contradiction permanent qui montre combien chaque protagoniste est campé sur ses positions : le « Je ne suis point bon » d'Argan réfute le postulat de Toinette « vous êtes bon naturellement » ; en affirmant « je lui défends absolument », Toinette s'oppose à la réplique précédente d'Argan, « Je lui commande absolument ».

• Cette stichomythie suggère qu'aucun terrain d'entente n'est envisageable entre une Toinette soucieuse de l'intérêt d'Angélique, et un Argan sûr de son bon droit, arc-bouté sur ses prérogatives de père.

> **MOT CLÉ**
> La **stichomythie** est un dialogue vif composé de répliques courtes qui se répondent deux à deux.

• Toinette mêle la déférence (« Monsieur ») et l'ironie : « Vous ne songez pas que vous êtes malade ». Elle n'a de cesse de railler l'hypocondrie de son maître. Impérieux, Argan s'appuie sur son autorité de père de famille pour légitimer ses choix : « je suis méchant quand je veux » ; « prendre le mari que je dis ».

• Le ton se durcit progressivement face à une servante trop irrévérencieuse, qui dispute le pouvoir à son maître, dans des formules injonctives. Argan condamne, à travers des interrogations rhétoriques appuyées de termes péjoratifs, la révolte de Toinette : « quelle audace est-ce là, à une coquine de servante, de parler de la sorte devant son maître ? »

• Toinette, au verbe haut, tient tête à son maître grâce à une formule proverbiale légitimant sa désobéissance : « Quand un maître ne songe pas à ce qu'il fait, une servante bien sensée est en droit de le redresser. »

Une course-poursuite ridicule (l. 15-31)

• Devant l'insolence évidente de Toinette, Argan veut en découdre : s'ensuit une course-poursuite comique qui dynamise la scène, en renouant avec la veine de la farce. Les personnages usent d'accessoires pour parer aux attaques de l'adversaire, et ce dans la durée, comme l'indiquent les didascalies « *se sauve de lui* », « *court après elle autour de sa chaise, son bâton à la main* ».

> **MOT CLÉ**
> La **farce** est une pièce courte qui suscite le rire grâce à des procédés comiques assez grossiers (situations, gestes, mots).

• Retranchée derrière le fauteuil, Toinette continue de défier son maître avec fermeté, en recourant au lexique du devoir (« comme je dois ») et à grand renfort de négations totales (« Non, je ne consentirai jamais », « je ne veux point »).

• En contrepoint, Argan s'épuise en injures, qui fusent en crescendo : « insolente », « chienne », « pendarde », « carogne ».

• Sûre de son fait, Toinette dénonce le choix intéressé et égoïste d'un gendre médecin par l'hypocondriaque Argan, à travers un déterminant possessif accusateur : « Je ne veux point qu'elle épouse votre Thomas Diafoirus ». Plus étoffées et maîtrisées dans le ton, les répliques de Toinette prouvent sa supériorité sur un Argan hors de lui.

ORAL

La défaite d'Argan (l. 32-40)

• Mis en échec par la verve et la vélocité de Toinette, Argan sollicite comiquement l'aide de sa fille. Soucieuse de ménager son père sans pour autant l'aider, Angélique l'invite plutôt à se calmer et à abandonner son effort !

• La scène se clôt sur un dernier échange amusant, reposant sur le chantage menaçant d'Argan (« Si tu ne me l'arrêtes, je te donnerai ma malédiction. »), rapidement annihilé par la répartie de Toinette, qui surenchérit ironiquement mais fermement : « Et moi, je la déshériterai, si elle vous obéit. » À travers le motif de la succession, Toinette confisque avec humour les prérogatives paternelles d'Argan.

• La dernière didascalie, « *se jette dans sa chaise, étant las de courir après elle* », scelle l'échec d'Argan, physiquement épuisé. Des interjections exclamatives associées à une négation soulignent sa déroute : « Ah ! ah ! je n'en puis plus. » L'hyperbole finale laisse éclater ses craintes d'hypocondriaque, arrachant un dernier sourire au spectateur : « Voilà pour me faire mourir. »

Conclusion

[Faire le bilan de l'explication] Argan est ainsi verbalement et physiquement contrarié dans ses projets matrimoniaux, dans une scène qui prend des accents de farce. Hauts en couleur, les personnages de l'hypocondriaque autoritaire et de la servante à forte tête suscitent un rire franc.

[Mettre le texte en perspective] La figure irrévérencieuse de Toinette rappelle d'autres personnages de domestiques qui osent tenir tête à leur maître : Dorine dans *Le Tartuffe* de Molière (1669) ou plus tard Figaro dans *Le Mariage de Figaro* de Beaumarchais (1784).

2. LA QUESTION DE GRAMMAIRE

« <u>Non</u>, je <u>ne</u> consentirai <u>jamais</u> à ce mariage. »

On relève dans cette phrase deux négations grammaticales différentes, qui se renforcent l'une l'autre, avec une forte valeur polémique.

• L'adverbe « Non » ouvre la phrase : il exprime l'opposition franche de Toinette à la proposition de son maître.

• La locution adverbiale « ne… jamais » encadre le verbe « consentirai » : il s'agit d'une négation partielle qui porte sur le temps, et qui rend absolument définitif le refus de Toinette.

DES QUESTIONS POUR L'ENTRETIEN

Lors de l'entretien, vous devrez présenter une autre œuvre que vous avez lue au cours de l'année. L'examinateur introduira l'échange et peut vous poser quelques questions sous forme de relances. Les questions ci-dessous ont été conçues à titre d'exemples.

1. Sur votre dossier est mentionnée la lecture cursive d'une autre pièce de théâtre : *Un fil à la patte* de Feydeau (1894). En quoi cette pièce porte-t-elle bien son titre ?
2. Pouvez-vous expliquer ce qu'est un vaudeville ?
3. Selon vous, peut-on se contenter de lire une œuvre comme celle-ci ? Quels éléments le spectacle ajoute-t-il au texte ?
4. Pourquoi cette pièce a-t-elle sa place dans le parcours « Spectacle et comédie » ?

40 Sujet d'oral • Explication & entretien

Molière, *Le Malade imaginaire*, acte III, scène 12

20 minutes
20 points

**1. Lisez le texte à voix haute.
Puis proposez-en une explication.**

DOCUMENT

TOINETTE *s'écrie.* – Ah, mon Dieu ! Ah, malheur ! Quel étrange accident[1] !

BÉLINE. – Qu'est-ce, Toinette ?

TOINETTE. – Ah, Madame !

BÉLINE. – Qu'y a-t-il ?

TOINETTE. – Votre mari est mort.

BÉLINE. – Mon mari est mort ?

TOINETTE. – Hélas oui. Le pauvre défunt est trépassé[2].

BÉLINE. – Assurément ?

TOINETTE. – Assurément. Personne ne sait encore cet accident-là, et je me suis trouvée ici toute seule. Il vient de passer[3] entre mes bras. Tenez, le voilà tout de son long dans cette chaise.

BÉLINE. – Le Ciel en soit loué. Me voilà délivrée d'un grand fardeau[4]. Que tu es sotte, Toinette, de t'affliger de cette mort !

TOINETTE. – Je pensais, Madame, qu'il fallût pleurer.

BÉLINE. – Va, va, cela n'en vaut pas la peine. Quelle perte est-ce que la sienne, et de quoi servait-il sur la terre ? Un homme incommode à tout le monde, malpropre, dégoûtant, sans cesse un lavement, ou une médecine dans le ventre, mouchant, toussant, crachant toujours, sans esprit, ennuyeux, de mauvaise humeur, fatiguant sans cesse les gens, et grondant jour et nuit servantes et valets.

TOINETTE. – Voilà une belle oraison funèbre[5].

BÉLINE. – Il faut, Toinette, que tu m'aides à exécuter mon dessein, et tu peux croire qu'en me servant ta récompense est sûre. Puisque par un bonheur personne n'est encore averti de la chose, portons-le dans son lit, et tenons cette mort cachée, jusqu'à ce que j'aie fait mon affaire. Il y a des papiers, il y a de l'argent, dont je veux me saisir, et il n'est pas juste que j'aie passé sans fruit auprès de lui mes plus belles années. Viens, Toinette, prenons auparavant toutes ses clefs.

ARGAN, *se levant brusquement.* – Doucement.

BÉLINE, *surprise et épouvantée.* – Ahi !

ARGAN. – Oui, Madame ma femme, c'est ainsi que vous m'aimez ?

TOINETTE. – Ah, ah ! le défunt n'est pas mort.

ARGAN, *à Béline, qui sort.* – Je suis bien aise de voir votre amitié, et d'avoir entendu le beau panégyrique[6] que vous avez fait de moi. Voilà un avis au lecteur qui me rendra sage à l'avenir, et qui m'empêchera de faire bien des choses.

Molière, *Le Malade imaginaire*, acte III, scène 12, 1673.

---

1. Accident : événement imprévu.
2. Trépassé : mort.
3. Passer : mourir.
4. Fardeau : poids.
5. Oraison funèbre : discours qui fait le portrait valorisant d'un mort.
6. Panégyrique : discours élogieux.

2. QUESTION DE GRAMMAIRE. Analysez la construction de la phrase : « Puisque, par un bonheur [...] mon affaire » (l. 25 à 27).

CONSEILS

1. Le texte

Faire une lecture expressive

• La scène convoque une riche palette d'émotions : donnez à entendre la douleur feinte de Toinette, la froideur de Béline, son exaltation pleine de colère et d'esprit de revanche, l'ironie d'Argan quand il « ressuscite ».

• Faites preuve de dynamisme : les répliques, surtout au début, s'enchaînent à un rythme soutenu qui doit tenir en haleine votre auditeur !

Situer le texte, en dégager l'enjeu

• Après avoir rappelé la situation, analysez la ruse imaginée par Toinette et Argan, et les réactions successives de Béline.

- Soulignez l'importance de ce passage dans l'intrigue : il s'agit d'une scène de dévoilement, grâce à un subterfuge qui précipite le dénouement.
- Soyez attentif à la progression de la scène : Toinette passe du désespoir feint à l'ironie cinglante.

2. La question de grammaire

- Identifiez d'abord les verbes conjugués : il y en a autant que de propositions.
- Puis observez comment les propositions s'articulent : sont-elles juxtaposées, coordonnées, subordonnées ?

40 PRÉSENTATION

1. L'EXPLICATION DE TEXTE

Introduction

[Présenter le contexte] Dans *Le Malade imaginaire*, Molière, s'inspirant d'une tradition théâtrale déjà ancienne, fait la satire de la médecine de son époque. Obnubilé par une santé qu'il pense fragile, Argan – le personnage principal de la pièce – veut absolument marier Angélique, fille d'un premier mariage, à un médecin et se laisse abuser par sa seconde épouse, Béline, qui obtient d'être sa seule héritière aux dépens d'Angélique.

[Situer le texte] Cette scène du dernier acte précipite le dénouement : Toinette, servante avisée, invite Argan à simuler la mort pour percer à jour Béline.

[En dégager l'enjeu] À l'issue de cette scène, véritable comédie dans la comédie, Argan ouvre enfin les yeux sur la réalité qui l'entoure.

Explication au fil du texte

La comédie de la mort (l.1-12)

- La scène s'ouvre sur une série d'exclamations dramatiques : « Ah, mon Dieu ! Ah, malheur ! ». Les interjections soulignent l'exagération de cette comédie du désespoir que Toinette joue sous les regards amusés des spectateurs, complices de sa ruse.
- Quatre courtes questions s'enchaînent sur un rythme vif pour manifester la surprise de Béline : « Qu'est-ce, Toinette ? […] Qu'y a-t-il ? ». Perplexe,

Béline reprend en écho la révélation de Toinette (« Votre mari est mort » / « Mon mari est mort ? ») et se contente dans un premier temps de vérifier l'information avec réserve, presque froideur.

• En bonne actrice, la servante multiplie par contraste les marques d'affliction (interjections et exclamations pour marquer son abattement) : « Hélas ! oui. » La tournure pléonastique « Le pauvre défunt est trépassé » prête à sourire.

• Toinette renforce son propos en présentant le corps étendu d'Argan – vision amusante pour un public dans la connivence : le maître joue lui aussi la comédie.

DES POINTS EN +
Un **pléonasme** est la répétition dans un même énoncé de mots ayant le même sens. Les pléonasmes de Toinette relèvent du comique de mots.

La joie méchante de Béline (l. 13-30)

• Assurée d'être enfin veuve, Béline tombe le masque. Elle quitte brutalement le rôle de femme attentionnée qu'elle jouait depuis le début de la pièce, et clame son soulagement à travers des exclamations appuyées : « Le ciel en soit loué » joue en écho (comique pour l'auditoire) à la formule inaugurale de Toinette : « Ah, mon Dieu ! »

• La réplique de la servante, au subjonctif imparfait, souligne combien l'attitude de Béline est peu conforme aux usages : « Je pensais, madame, qu'il fallût pleurer ». Loin d'être éplorée, Béline brosse une description accablante (mais aussi en partie exacte) d'un mari déplaisant moralement et répugnant physiquement : « Un homme incommode à tout le monde, malpropre, dégoûtant, sans cesse un lavement ou une médecine dans le ventre [...] ». Le spectateur sourit de l'énumération cinglante des défauts d'un Argan qu'on devine médusé : au lieu d'être pleuré, il entend sa femme lui jeter à la figure ses quatre vérités !

• Toinette ironise sur ce portrait désastreux : « Voici une belle oraison funèbre ! », tandis que Béline, sournoise et pragmatique, révèle ses véritables intentions – sans supposer que son mari est là, bien vivant, à en saisir le moindre détail : elle entend voler Argan et faire de Toinette une alliée ! Elle s'empresse de tirer profit d'une situation manifestement providentielle.

Le réveil d'Argan : Béline démasquée (l. 31-38)

• C'en est trop pour Argan, qui intervient à la fin de la scène pour faire éclater au grand jour la supercherie. Molière joue sur un comique de situation savoureux, souligné par des mouvements inattendus (didascalies « *se levant brusquement* », « *surprise et épouvantée* ») et par la formule paradoxale, pleine d'humour, de Toinette qui commente la (fausse) résurrection : « Le défunt n'est pas mort ! » en écho au « pauvre défunt [...] trépassé ».

• Le supposé mort se relève et c'est à son tour de se répandre en sarcasmes en accablant une femme fausse et opportuniste : l'injonction « Doucement ! », suivie d'une question rhétorique, condamne le double jeu de Béline : « Madame ma femme, c'est ainsi que vous m'aimez ? »

• L'extrait s'achève sur une réplique ironique (« beau panégyrique ») qui pousse Béline, confondue, à se retirer de scène, et du jeu : la ruse a porté ses fruits ; la vérité éclate.

DES POINTS EN +
Dans *Tartuffe* également, un stratagème, dont le public est complice, permet de démasquer l'hypocrite.

Conclusion

[Faire le bilan de l'explication] Double jeu, déguisement, effet de surprise, comique de caractère et de situation, ironie piquante : tout est fait pour animer une scène particulièrement réjouissante. Elle se clôt sur la condamnation sans appel de l'opportuniste Béline qui, au même titre que les médecins, cherchait à profiter d'un Argan bien naïf et vulnérable.

[Mettre le texte en perspective] La comédie touche à son terme : Argan revient à l'essentiel, il va bientôt découvrir l'attachement sincère de sa fille, qui épousera l'homme qu'elle aime, tandis que les autres comparses l'inviteront, à défaut d'avoir pour gendre un fils de médecin, à se faire médecin lui-même.

2. LA QUESTION DE GRAMMAIRE

« [Puisque, par un bonheur, personne n'est encore averti de la chose], portons-le dans son lit, et tenons cette mort cachée, [jusqu'à ce que j'aie fait mon affaire.] »

• Cette phrase comporte quatre verbes conjugués (encadrés) ; il s'agit donc d'une phrase complexe constituée de quatre propositions.

• Les deux propositions principales (soulignées) sont coordonnées par la conjonction de coordination « et ».

• Deux propositions subordonnées circonstancielles (entre crochets) encadrent la phrase : l'une, de cause, est introduite par la conjonction « puisque » ; l'autre, exprimant le temps, est introduite par la locution conjonctive « jusqu'à ce que ».

• Ces subordonnées soulignent clairement l'opportunisme méthodique de Béline.

DES QUESTIONS POUR L'ENTRETIEN

Lors de l'entretien, vous devrez présenter une autre œuvre que vous avez lue au cours de l'année. L'examinateur introduira l'échange et peut vous poser des questions sous forme de relances. Les questions ci-dessous ont été conçues à titre d'exemples.

1. Sur votre dossier est mentionnée la lecture cursive d'une autre pièce de théâtre : *Ubu roi* d'Alfred Jarry. En quoi cette pièce se rattache-t-elle au genre de la comédie ?
2. Selon vous, peut-on se contenter de lire une œuvre comme celle-ci ? Quels éléments la représentation ajoute-t-elle au texte ?
3. Des passages vous ont-ils particulièrement marqué(e) ?
4. Pourquoi cette pièce a-t-elle sa place dans le parcours « Spectacle et comédie » ?

41 Sujet d'oral • Explication & entretien

Marivaux, *L'Île des esclaves*, scène 3

20 minutes
20 points

**1. Lisez le texte à voix haute.
Puis proposez-en une explication.**

DOCUMENT

Trivelin, l'un des habitants de l'île des esclaves, invite Cléanthis à faire le portrait d'Euphrosine, son ancienne maîtresse, pour la corriger et lui donner un « cours d'humanité ».

CLÉANTHIS. – [...] Madame se tait, Madame parle ; elle regarde, elle est triste, elle est gaie : silence, discours, regards, tristesse et joie : c'est tout un, il n'y a que la couleur[1] de différente ; c'est vanité[2] muette, contente ou fâchée ; c'est coquetterie babillarde[3], jalouse ou curieuse ; c'est Madame, toujours vaine ou coquette l'un après l'autre, ou tous les deux à la fois : voilà ce que c'est, voilà par où je débute, rien que cela.

EUPHROSINE. – Je n'y saurais tenir[4].

TRIVELIN. – Attendez donc, ce n'est qu'un début.

CLÉANTHIS. – Madame se lève, a-t-elle bien dormi, le sommeil l'a-t-il rendue belle, se sent-elle du vif, du sémillant[5] dans les yeux ? vite sur les armes, la journée sera glorieuse : qu'on m'habille ; Madame verra du monde aujourd'hui ; elle ira aux spectacles, aux promenades, aux assemblées ; son visage peut se manifester, peut soutenir le grand jour[6], il fera plaisir à voir, il n'y a qu'à le promener hardiment, il est en état, il n'y a rien à craindre.

TRIVELIN, *à Euphrosine*. – Elle développe assez bien cela.

CLÉANTHIS. – Madame, au contraire, a-t-elle mal reposé : Ah ! qu'on m'apporte un miroir ? comme me voilà faite ! que je suis mal bâtie[7] ! Cependant on se mire[8], on éprouve son visage de toutes les façons, rien ne réussit ; des yeux battus, un teint fatigué ; voilà qui est fini, il faut envelopper ce visage-là, nous n'aurons que du négligé[9], Madame ne verra personne aujourd'hui, pas même le jour, si elle peut, du moins fera-t-il sombre dans la chambre. Cependant il vient compagnie[10], on entre : que va-t-on penser du visage de Madame ? On croira qu'elle s'enlaidit : donnera-t-elle ce plaisir-là à ses bonnes amies ? non, il y a remède à tout : vous allez voir. Comment vous portez-vous, Madame ? Très mal, Madame : j'ai perdu le sommeil ; il y a huit jours que je n'ai fermé l'œil ; je n'ose pas me montrer, je fais peur. Et cela veut dire : Messieurs, figurez-vous que ce n'est point moi, au moins ; ne me regardez pas ; remettez à me voir[11] ; ne me jugez pas aujourd'hui ; attendez que j'aie dormi. J'entendais tout cela, moi ; car nous autres esclaves, nous sommes doués contre nos maîtres d'une pénétration[12]… Oh ! ce sont de pauvres gens pour nous.

Marivaux, *L'Île des esclaves*, scène 3, 1725.

1. La couleur : l'apparence.
2. Vanité : orgueil.
3. Babillarde : bavarde.
4. Je n'y saurais tenir : je ne vais pas pouvoir le supporter.
5. Du sémillant : de la gaieté pétillante avec un vif désir de plaire.
6. Peut soutenir le grand jour : peut supporter la lumière du jour.
7. Mal bâtie : mal faite, sans beauté.
8. On se mire : on se regarde.
9. Du négligé : du laisser-aller.
10. Il vient compagnie : des visiteurs arrivent.
11. Remettez à me voir : différez votre visite.
12. Pénétration : compréhension.

2. QUESTION DE GRAMMAIRE. Étudiez la construction des interrogations dans la réplique suivante : « Madame se lève, a-t-elle bien dormi, le sommeil l'a-t-il rendue belle, se sent-elle du vif, du sémillant dans les yeux ? » (l. 10-12)

ORAL

CONSEILS

1. Le texte

Faire une lecture expressive

- Le portrait que fait Cléanthis est résolument satirique : il faut faire entendre le ton railleur de la servante à l'égard de sa maîtresse.
- La scène est propice au jeu théâtral : changez de ton lorsque Cléanthis imite sa maîtresse, et prenez une voix caricaturale pour faire sentir la vanité d'Euphrosine.

■ Situer le texte, en dégager l'enjeu

- L'extrait consiste en un portrait moral : quels traits de caractère sont visés ?
- Cette scène est un véritable règlement de comptes. Montrez que Trivelin encourage Cléanthis à « corriger » Euphrosine.

2. La question de grammaire

- Repérez les différentes propositions interrogatives : il y en a trois en tout.
- Observez leur construction, analysez leur portée (totale ou partielle).

41 PRÉSENTATION

1. L'EXPLICATION DE TEXTE

Introduction

[Présenter le contexte] Le problème de la relation entre maîtres et valets est très présent dans le théâtre du XVIIIe siècle. On pense bien sûr à la pièce de Beaumarchais, *Le Mariage de Figaro* (1784), où Figaro campe un valet aux accents prérévolutionnaires.

[Situer le texte] Dès 1725, Marivaux consacre une comédie à ce thème : *L'Île des esclaves*. La pièce, dont l'action se situe dans une Antiquité de pacotille de manière à éviter la censure, raconte ainsi comment des naufragés athéniens débarquent sur une île peuplée de descendants d'esclaves et sont conduits – du fait des lois de l'île – à inverser leur statut de maîtres et d'esclaves. Dans cette scène, Cléanthis a donc pris la place d'Euphrosine.

[En dégager l'enjeu] Nous allons étudier comment Cléanthis dresse le portrait satirique de son ancienne maîtresse.

Explication au fil du texte

Un caractère capricieux (l. 1-9)

• Euphrosine est au centre du portrait, qui se déploie dans une progression à thème constant : « Madame se tait, Madame parle ; elle regarde, elle est triste, elle est gaie ». Le rythme est enlevé : les brèves

MOT CLÉ
Dans la **progression à thème constant**, le thème initial (*Madame*) est repris comme thème dans les phrases qui suivent.

propositions juxtaposées s'enchaînent rapidement et étourdissent le spectateur.

• Les antithèses « se tait » / « parle », « triste » / « gaie » expriment les brusques changements d'humeur d'Euphrosine. Une énumération souligne ses contradictions ridicules : « silence, discours, regards, tristesse et joie ».

• Cléanthis insiste sur le caractère capricieux de sa maîtresse, à travers différentes expressions de sens contraires : « vanité muette » / « coquetterie babillarde », « contente ou fâchée », « jalouse ou curieuse ». On l'imagine accentuer l'aspect comique de la caricature en faisant les moues correspondantes au public.

• Ce portrait n'est pas du tout du goût d'Euphrosine, incapable d'entendre les reproches de sa servante. Sa réaction exaspérée – « Je n'y saurais tenir » – amuse Trivelin, qui, comme s'il s'adressait directement au spectateur complice, s'exclame : « ce n'est qu'un début ».

Effectivement, Cléanthis poursuit son portrait avec beaucoup de verve.

Le triomphe de la superficialité (l. 10-24)

• La servante recrée une scène quotidienne : celle du lever de sa maîtresse. Pour Euphrosine, la première question qui se pose est celle de son apparence ! Et selon qu'elle a bien ou mal dormi, son attitude sera très différente.

• Le premier cas évoqué, à travers la succession de propositions interrogatives (« a-t-elle bien dormi », etc.), est celle d'une bonne nuit de sommeil. Sûre de son apparence, Euphrosine se sent alors pleine d'énergie, comme l'indiquent l'exclamation guerrière : « vite sur les armes » et les verbes d'action au futur : « Madame verra du monde aujourd'hui ; elle ira aux spectacles, aux promenades, aux assemblées ». Cléanthis démontre à quel point cette vie mondaine est artificielle : l'objectif premier est bien de se montrer, comme le traduit la métonymie du « visage » que l'on peut « promener hardiment » !

• **Dans le cas d'une mauvaise nuit**, la réaction est bien entendu inverse, mais toujours ridicule : « Ah ! qu'on m'apporte un miroir ? (…) que je suis mal bâtie ! » Les réactions excessives de la coquette sont évoquées au moyen d'une gradation : « des yeux battus, un teint fatigué ; voilà qui est fini » et une accumulation de négations : « rien ne réussit […] nous n'aurons que du négligé, Madame ne verra personne aujourd'hui, pas même le jour ».

• Même sans didascalies, on peut imaginer à la lecture du texte toute la gestuelle qui accompagne cette tirade sur scène.

La dérisoire comédie de la coquette (l. 25-35)

- Cependant Cléanthis parachève ce portrait sous la forme d'une petite saynète, où elle joue à la fois le rôle de sa maîtresse et de ses visiteurs impromptus.
- Elle mobilise le comique de situation : Euphrosine souhaitait justement n'accueillir personne… L'ironie est particulièrement perceptible dans les interrogations rhétoriques : « que va-t-on penser du visage de Madame ? […] donnera-t-elle ce plaisir-là à ses bonnes amies ? » L'esclave suggère que les rapports mondains sont hypocrites, dissimulant moqueries et quolibets.

> DES POINTS EN +
> Une analyse fine du texte théâtral doit toujours envisager **les conditions concrètes de sa représentation sur scène.** N'hésitez pas à citer une mise en scène de l'extrait présenté à l'épreuve orale.

- Cléanthis ménage les effets comiques de sa mise en scène : « il y a remède à tout : vous allez voir ». On l'imagine contrefaisant la voix d'Euphrosine en insistant sur les excuses hyperboliques, et parfaitement risibles, que donne sa maîtresse : « j'ai perdu le sommeil ; il y a huit jours que je n'ai fermé l'œil ».
- Cléanthis a le pouvoir de révéler la vérité dissimulée sous les faux-semblants : « Et cela veut dire […] ». Elle souligne sa position privilégiée de témoin lucide face aux défauts de sa maîtresse : « J'entendais tout cela, moi ; car nous autres esclaves, nous sommes doués contre nos maîtres d'une pénétration… »
- L'exclamation finale, faussement compatissante, agit comme une dernière pique ironique à l'égard d'Euphrosine : « Oh ! ce sont de pauvres gens pour nous. »

Conclusion

[Faire le bilan de l'explication] Dans cette scène, Cléanthis livre un portrait acéré de sa maîtresse et, à travers elle, de la classe sociale qu'elle représente : une aristocratie uniquement préoccupée d'elle-même, sans empathie pour les gens à son service.

[Mettre le texte en perspective] Cette scène de confrontation entre l'esclave et sa maîtresse fait écho à d'autres scènes de la pièce dans lesquelles Arlequin se venge de son côté, avec l'entrain qui le caractérise, des mauvais traitements d'Iphicrate.

2. LA QUESTION DE GRAMMAIRE

« Madame se lève, a-t-elle bien dormi, le sommeil l'a-t-il rendue belle, se sent-elle du vif, du sémillant dans les yeux ? »

• La phrase comprend trois propositions interrogatives directes juxtaposées et se termine par un point d'interrogation.

• Chaque interrogation concerne la proposition entière : ce sont des interrogations totales. Chacune présente un sujet inversé : la construction est de registre soutenu.

• À travers ces interrogations, Cléanthis se moque de sa maîtresse qui, dès son lever, ne se préoccupe que d'elle-même.

DES QUESTIONS POUR L'ENTRETIEN

Lors de l'entretien, vous devrez présenter une autre œuvre que vous avez lue au cours de l'année. L'examinateur introduira l'échange et peut vous poser quelques questions sous forme de relances. Les questions ci-dessous ont été conçues à titre d'exemples.

1 Sur votre dossier est mentionnée la lecture cursive d'une autre œuvre associée au parcours « Maîtres et valets » : la pièce *Dom Juan* de Molière (1665). Pouvez-vous expliquer brièvement ce dont il s'agit ?

2 Comment Sganarelle s'oppose-t-il à son maître tout au long de la pièce ? Parvient-il à lui faire changer d'avis sur ses vices moraux ?

3 Présentez le dénouement de la pièce. À votre avis, comment peut-on l'interpréter symboliquement ?

42 Sujet d'oral • Explication & entretien

Marivaux, *L'Île des esclaves*, scène 9 (extrait)

20 minutes
20 points

1. Lisez le texte à voix haute. Puis proposez-en une explication.

DOCUMENT

IPHICRATE. – Tu m'aimes, et tu me fais mille injures ?

ARLEQUIN. – Parce que je me moque un petit brin de toi, cela empêche-t-il que je ne t'aime ? Tu disais bien que tu m'aimais, toi, quand tu me faisais battre ; est-ce que les étrivières[1] sont plus honnêtes[2] que les moqueries ?

IPHICRATE. – Je conviens que j'ai pu quelquefois te maltraiter sans trop de sujet[3].

ARLEQUIN. – C'est la vérité.

IPHICRATE. – Mais par combien de bontés ai-je réparé cela !

ARLEQUIN. – Cela n'est pas de ma connaissance.

IPHICRATE. – D'ailleurs, ne fallait-il-pas te corriger de tes défauts ?

ARLEQUIN. – J'ai plus pâti des tiens que des miens[4] ; mes plus grands défauts, c'était ta mauvaise humeur, ton autorité, et le peu de cas que tu faisais de ton pauvre esclave.

IPHICRATE. – Va, tu n'es qu'un ingrat[5] ; au lieu de me secourir ici, de partager mon affliction[6], de montrer à tes camarades l'exemple d'un attachement qui les eût touchés, qui les eût engagés peut-être à renoncer à leur coutume ou à m'en affranchir[7], et qui m'eût pénétré moi-même de la plus vive reconnaissance !

ARLEQUIN. – Tu as raison, mon ami ; tu me remontres[8] bien mon devoir ici pour toi ; mais tu n'as jamais su le tien pour moi, quand nous étions dans Athènes. Tu veux que je partage ton affliction, et jamais tu n'as partagé la mienne. Eh bien va, je dois avoir le cœur meilleur que toi ; car il y a plus longtemps que je souffre, et que je sais ce que c'est que de la peine. Tu m'as battu par amitié : puisque tu le dis, je te le pardonne ; je t'ai raillé[9] par bonne humeur, prends-le en bonne part[10], et fais-en ton profit. Je parlerai en ta faveur à mes camarades ; je les prierai de te renvoyer, et s'ils ne le veulent pas, je te garderai comme mon ami ; car je ne te ressemble pas, moi ; je n'aurais point le courage d'être heureux à tes dépens.

IPHICRATE, *s'approchant d'Arlequin.* – Mon cher Arlequin, fasse le ciel, après ce que je viens d'entendre, que j'aie la joie de te montrer un jour les sentiments que tu me donnes pour toi ! Va, mon cher enfant, oublie que tu fus mon esclave, et je me ressouviendrai toujours que je ne méritais pas d'être ton maître.

ARLEQUIN. – Ne dites donc point comme cela, mon cher patron : si j'avais été votre pareil, je n'aurais peut-être pas mieux valu que vous. C'est à moi à vous demander pardon du mauvais service que je vous ai toujours rendu. Quand vous n'étiez pas raisonnable, c'était ma faute.

IPHICRATE, *l'embrassant.* – Ta générosité me couvre de confusion.

ARLEQUIN. – Mon pauvre patron, qu'il y a de plaisir à bien faire ! *(Après quoi, il déshabille son maître.)*

IPHICRATE. – Que fais-tu, mon cher ami ?

ARLEQUIN. – Rendez-moi mon habit, et reprenez le vôtre ; je ne suis pas digne de le porter.

IPHICRATE. – Je ne saurais retenir mes larmes. Fais ce que tu voudras.

Marivaux, *L'Île des esclaves*, scène 9 (extrait), 1725.

---

1. Étrivières : courroies en cuir tenant les étriers d'une selle. Elles pouvaient servir à donner des coups.
2. Honnêtes : polies, convenables.
3. Sans trop de sujet : sans trop de raison.
4. J'ai plus pâti des tiens que des miens : j'ai plus souffert de tes défauts que des miens.
5. Un ingrat : quelqu'un qui ne témoigne pas de reconnaissance.
6. Affliction : chagrin, peine.
7. Affranchir : libérer.
8. Tu me remontres : tu me rappelles.
9. Je t'ai raillé : je me suis moqué de toi.
10. Prends-le en bonne part : prends-le bien.

ORAL

2. QUESTION DE GRAMMAIRE. Étudiez la négation dans ces propositions : « mais tu n'as jamais su le tien pour moi, quand nous étions dans Athènes. Tu veux que je partage ton affliction, et jamais tu n'as partagé la mienne. » (l. 21 à 23).

CONSEILS

1. Le texte

Faire une lecture expressive

- Faites entendre l'évolution du dialogue : des reproches, les personnages passent progressivement au pardon et à l'affection.
- Soulignez l'ironie initiale d'Arlequin.

Situer le texte, en dégager l'enjeu

- Après avoir résumé l'intrigue de la pièce, expliquez que cette scène en prépare le dénouement.
- Montrez qu'elle fait écho à la première scène où s'accomplit l'inversion des rôles. Soulignez-en l'importance : c'est dans cette scène que s'amorce le retour à l'ordre social initial.

2. La question de grammaire

Identifiez les mots qui marquent la négation et observez comment ils sont disposés.

42 PRÉSENTATION

1. L'EXPLICATION DE TEXTE

Introduction

[Présenter le contexte] La comédie du maître et du valet permet de représenter et de questionner l'ordre social. Dans *L'Île des esclaves*, Marivaux remet en cause l'organisation de la société en situant l'action de sa pièce sur une île utopique où les relations entre maître et serviteur sont inversées.

[Situer le texte] La scène 9 amorce le dénouement. Le dialogue entre Iphicrate et Arlequin porte sur les relations entre maître et serviteur, et aboutit à une résolution surprenante, puisque les personnages reprennent leur place initiale.

[En dégager l'enjeu] La scène suggère une transformation de la société fondée sur une réforme morale des individus.

Explication au fil du texte

Les reproches d'Iphicrate (l. 1-19)

• L'extrait s'ouvre sur une question d'Iphicrate qui reproche à Arlequin ses « injures ». Arlequin y répond d'abord avec ironie, à travers l'expression « un petit brin » (= un petit peu), et en affirmant qu'il se « moque » : il minimise ce qu'il a fait subir à son ancien maître. Il rappelle qu'Iphicrate ne s'arrêtait pas aux injures et le battait. L'emploi de l'imparfait d'habitude rappelle leur vie passée à Athènes. Les personnages comparent ainsi leurs souffrances respectives.

• Dans les répliques suivantes, Iphicrate reconnaît que par le passé il a « maltrait[é] » son serviteur injustement et abusivement, puis tente de justifier et de relativiser ces violences. Il affirme d'abord qu'il les a compensées par des « bontés », puis il explique qu'elles visaient à « corriger » les « défauts » de son serviteur. Arlequin rejette ces deux arguments. Le jeu des pronoms possessifs montre qu'il refuse de porter la responsabilité des violences qu'il a subies (« mes plus grands défauts, c'était ta mauvaise humeur, ton autorité »).

• N'ayant pas réussi à convaincre Arlequin, Iphicrate passe à un reproche d'ordre moral en suggérant qu'Arlequin aurait dû le « secourir », « partager [s]on affliction », « montrer l'exemple », il fait appel aux sentiments par le terme « attachement ». Il cesse d'évoquer le passé à Athènes et revient au « ici » et maintenant.

Le renoncement d'Arlequin (l. 20-35)

• La tirade d'Arlequin, qui débute par « tu as raison, mon ami », marque une rupture dans la scène. Il reconnaît son « devoir » présent et ses manquements « ici » à Iphicrate, tout en réaffirmant que ce dernier a manqué à ses obligations dans le passé, à Athènes. Arlequin renonce à la bouffonnerie qui le caractérise dans la plus grande partie de la pièce, au profit du langage du « cœur », marqué par l'importance du champ lexical des émotions. Il fait de ses souffrances passées la raison de sa décision d'agir autrement, et achève sa tirade sur la déclaration « je n'aurais point le courage d'être heureux à tes dépens ». Le valet manifeste ainsi une noblesse morale : il est celui qui « pardonne », et s'engage à œuvrer pour un changement que décrivent trois verbes au futur de l'indicatif : « je parlerai », « je les prierai », « je te garderai ».

> **DES POINTS EN +**
> Arlequin appartient à la tradition italienne de la *commedia dell'arte* : c'est un valet bouffon, parfois grossier et balourd.

• Ce refus de la vengeance humanise en retour Iphicrate. La didascalie marque un rapprochement physique. Son langage change, lui aussi adopte le lexique des « sentiments », et il s'adresse à Arlequin en employant des tournures affectives (« mon cher Arlequin », « mon cher enfant »). La grandeur d'âme de son ancien serviteur l'amène à reconnaître finalement ses fautes, lorsqu'il affirme « je ne méritais pas d'être ton maître ».

Chacun reprend sa place (l. 36-48)

• Le retournement de situation est parachevé par la réplique d'Arlequin, qui affirme « c'est à moi à vous demander pardon ». Il se charge de la « faute » et se déclare responsable des mauvais comportements de son maître. Il abandonne le tutoiement au profit du vouvoiement, et reprend le terme de « patron » pour s'adresser à Iphicrate. Cette réplique signe le retour à l'ordre social.

• Les émotions sont très présentes dans le dernier mouvement du texte. Le rapprochement physique se confirme : Iphicrate « embrass[e] » Arlequin, et loue sa « générosité, tandis que ce dernier s'émerveille du « plaisir de bien faire » et parle de « son pauvre patron ».

• La didascalie « *Il déshabille son maître* », et l'impératif « rendez-moi mon habit, et reprenez le vôtre » sont la manifestation symbolique du retour à l'ordre social : chacun reprend les vêtements qui marquent sa place dans la hiérarchie sociale. C'est Arlequin qui en prend l'initiative. Il ne subit pas le retour à l'ordre, mais le décide et l'accomplit. La scène amorce un dénouement ambigu : le maître semble changé moralement, intérieurement, mais le statut du serviteur n'est pas remis en cause.

MOT CLÉ
Le **dénouement** est le moment où tous les conflits entre les personnages se résolvent. Il est heureux ou malheureux selon qu'on a affaire à une comédie ou une tragédie.

• La scène se clôt sur les « larmes » d'Iphicrate, dans un paroxysme qui marque le goût du XVIIIe siècle pour la sensibilité. La relation de domination entre maître et serviteur est pensée en termes d'affects, et le changement social, dont Arlequin est présenté comme l'initiateur, prend la forme non d'une remise en cause des hiérarchies mais d'une transformation morale des individus, à travers le pardon.

Conclusion

[Faire le bilan de l'explication] Ainsi, la scène 9 préfigure le dénouement de la pièce. Dans un ultime retournement de situation, Arlequin – à la suite des reproches d'Iphicrate – renonce à prendre la place de son maître. Il décide de se montrer plus noble que lui et de ne pas se venger de ce qu'il a subi. Le « cœur » et ses émotions sont présentés comme l'accès privilégié à la vérité morale.

[Mettre le texte en perspective] Chacun est « corrigé », humanisé. Plutôt que de remettre en question la relation de domination entre maître et serviteur, la pièce propose que cette relation soit fondée sur la raison et sur l'amitié. Le changement proposé est donc moins politique que moral, moins collectif qu'individuel.

2. LA QUESTION DE GRAMMAIRE

« mais tu n'as jamais su le tien pour moi, quand nous étions dans Athènes. Tu veux que je partage ton affliction, et jamais tu n'as partagé la mienne. »

• L'extrait comporte deux négations. La négation est marquée à chaque fois par la locution adverbiale *ne* (ici élidé en *n'*) … *jamais*.

• Les deux mots marquant la négation :

– encadrent l'auxiliaire dans la première occurrence (« tu n'as jamais su ») ;

– encadrent – dans l'ordre inverse – le sujet « tu » dans (« jamais tu n'as partagé ») ; ce qui a pour effet de mettre en valeur le mot « jamais » ; on imagine qu'Arlequin prononce le mot avec beaucoup d'insistance.

DES QUESTIONS POUR L'ENTRETIEN

Lors de l'entretien, vous devrez présenter une autre œuvre que vous avez lue au cours de l'année. L'examinateur introduira l'échange et peut vous poser des questions sous forme de relances. Les questions ci-dessous ont été conçues à titre d'exemples.

1. Sur votre dossier est mentionnée la lecture cursive d'une autre pièce de théâtre : *Les Bonnes* de Jean Genet. Comment pouvez-vous relier cette œuvre au parcours « Maîtres et valets » ?
2. En quoi cette pièce est-elle une satire de la bourgeoisie du XXe siècle ?
3. Des passages vous ont-ils particulièrement marqué(e) ?
4. Selon vous, qu'est-ce que la mise en scène pourrait apporter au texte ?

43 Sujet d'oral • Explication & entretien

Lagarce, *Juste la fin du monde*, prologue

20 minutes
20 points

1. Lisez le texte à voix haute. Puis proposez-en une explication.

DOCUMENT

Il s'agit du début de la pièce.

PROLOGUE

LOUIS. – Plus tard, l'année d'après
– j'allais mourir à mon tour –
j'ai près de trente-quatre ans maintenant et c'est à cet âge que je mourrai,
l'année d'après,
de nombreux mois déjà que j'attendais à ne rien faire, à tricher, à ne plus savoir,
de nombreux mois que j'attendais d'en avoir fini,
l'année d'après,
comme on ose bouger parfois,
à peine,
devant un danger extrême, imperceptiblement, sans vouloir faire de bruit ou commettre un geste trop violent qui réveillerait l'ennemi et vous détruirait aussitôt,
l'année d'après,
malgré tout,
la peur,
prenant ce risque et sans espoir jamais de survivre,
malgré tout,
l'année d'après,
je décidai de retourner les voir, revenir sur mes pas, aller sur mes traces et faire le voyage,
pour annoncer, lentement, avec soin, avec soin et précision

– ce que je crois –
lentement, calmement, d'une manière posée
– et n'ai-je pas toujours été pour les autres et eux, tout précisément, n'ai-je pas toujours été un homme posé ?,
pour annoncer,
dire,
seulement dire,
ma mort prochaine et irrémédiable,
l'annoncer moi-même, en être l'unique messager,
[...]

Nous n'avons pas eu l'autorisation de reproduire les 9 lignes qui terminent le prologue. Vous pouvez retrouver le texte intégral de cette scène dans l'édition des Solitaires intempestifs (2016).

J.-L. Lagarce, *Juste la fin du monde*, Prologue, 1990.

2. QUESTION DE GRAMMAIRE. Analysez l'interrogation dans ce passage : « et n'ai-je pas toujours été pour les autres et eux, tout précisément, n'ai-je pas toujours été un homme posé ? » (l. 26-27).

CONSEILS

1. Le texte

Faire une lecture expressive

• Ce prologue est une confession de Louis au public : votre lecture doit faire sentir le caractère intime et sensible de ces aveux.

• Louis parle en homme lucide, qui sait qu'il va mourir : il faut que vous fassiez entendre l'aspect tragique de la situation.

Situer le texte, en dégager l'enjeu

• Dans ce prologue, Louis annonce sa détermination à revenir vers les siens pour leur annoncer sa mort prochaine.

• Demandez-vous en quoi ce texte exprime les tourments intérieurs du personnage.

• Montrez qu'il construit une attente : Louis parviendra-t-il ou non à annoncer sa mort à sa famille ?

ORAL

2. La question de grammaire

- Repérez les différentes marques de l'interrogation (ponctuation, place des mots, intonation…) et demandez-vous ce qu'elles signifient sur le plan syntaxique.
- Étudiez la portée pragmatique de cette interrogation : quel sens a-t-elle dans le discours ?

43 PRÉSENTATION

1. L'EXPLICATION DE TEXTE

Introduction

[Présenter le contexte] Le théâtre de Jean-Luc Lagarce interroge la difficulté à dire la vérité sur soi, mais aussi la complexité des relations familiales.

[Situer le texte] Dans *Juste la fin du monde*, Louis revient dans sa famille après des années d'absence. Au début de l'œuvre, dans un prologue rappelant le théâtre antique, le personnage présente les raisons de ce retour : l'annonce de sa mort prochaine.

[En dégager l'enjeu] En quoi ce prologue montre-t-il les tourments intérieurs du personnage ?

Explication au fil du texte

Un personnage face à sa propre mort (l. 1-14)

- Au seuil de la pièce, dans un monologue singulier, Louis se fait narrateur de sa propre vie : il annonce le thème de la pièce (un homme revient vers les siens pour leur annoncer sa mort prochaine) et crée d'emblée un sentiment d'urgence temporelle (il nous apprend que ses jours sont comptés).
- La parole s'inscrit dans un futur prophétique à travers l'entêtant *leitmotiv* : « Plus tard, l'année d'après ». Le jeu troublant des temps verbaux donne le sentiment que Louis, conscient de sa propre disparition, est suspendu entre la vie et la mort : « j'allais mourir », « j'ai près de trente-quatre ans maintenant », « je mourrai ».

• La parole est lancinante, répétitive ; le personnage ressasse cette attente solitaire. Le parallélisme insiste sur ses tourments existentiels : « j'attendais à ne rien faire, à tricher, à ne plus savoir, [...] j'attendais d'en avoir fini » ; l'anaphore « de nombreux mois » inscrit cette souffrance dans une longue durée indéterminée.

• Le personnage éprouve cependant le besoin physique de réagir à la mort qui vient, par une sorte de réflexe instinctif qu'exprime la subordonnée de comparaison : « comme on ose bouger parfois, / à peine / devant un danger extrême ».

La décision du retour (l. 15-27)

• Revenir vers les siens n'est pas chose aisée. La répétition de la formule concessive « malgré tout » rythme l'expression de la détresse (« la peur, / prenant ce risque et sans espoir jamais de survivre »).

• Le personnage annonce son choix à travers le passé simple « je décidai », qui semble constituer le verbe principal de l'unique longue phrase, aux nombreux détours, qui compose ce monologue. Il opère un retour vers sa famille, vers ses origines dans un moment de crise : « retourner les voir, revenir sur mes pas, aller sur mes traces et faire le voyage ».

• Le personnage insiste lourdement sur la manière dont il doit annoncer sa mort : « lentement, avec soin, avec soin et précision [...] lentement, calmement, d'une manière posée ». L'interrogation rhétorique qui suit interroge le rapport entre qui l'on est et l'apparence que l'on donne : pour sa famille, Louis est toujours apparu comme « un homme posé ».

Une annonce tragique et dérisoire (l. 28-32)

• L'objet de l'annonce est enfin prononcé comme une condamnation tragique : « ma mort prochaine et irrémédiable ». La parole revient avec insistance sur elle-même, comme s'il s'agissait pour Louis de se conforter dans une résolution difficile mais essentielle : « annoncer, / dire, / seulement dire ».

• Confronté à sa finitude, Louis trouve dans la maîtrise du discours un semblant de prise sur son existence : il s'agit d'être « l'unique messager » de sa mort.

• Ce besoin de s'affirmer une dernière fois, par fidélité à soi, perce à travers l'usage des pronoms de première personne : « l'annoncer moi-même ».

DES POINTS EN +
Comme dans les tragédies antiques où une divinité pouvait prononcer le prologue, Louis ressemble à Hermès, dieu messager chargé de guider les âmes des morts vers l'autre monde.

Conclusion

[Synthèse] Dans ce prologue, le personnage principal de la pièce expose au spectateur les raisons de sa décision de revenir près des siens. Ce faisant, il dévoile sa volonté de rester maître de sa propre destinée, ce qui est une manière de rester vivant jusqu'au bout alors que la vie lui échappe.

[Ouverture] L'épilogue de la pièce constitue un écho tragique au prologue : Louis y fera l'amer constat de son incapacité à révéler la vérité à sa famille, avec une voix d'outre-tombe : « Je meurs quelques mois plus tard ».

2. LA QUESTION DE GRAMMAIRE

« et n'ai-je pas toujours été pour les autres et eux, tout précisément, n'ai-je pas toujours été un homme posé ? »

- Cette interrogation est directe, comme le montre le point d'interrogation final, ainsi que l'intonation ascendante à l'oral. Elle est de registre soutenu : le sujet *je* est inversé par rapport à l'auxiliaire du verbe *ai été*. Elle est totale (pas de mot interrogatif introducteur limitant la portée de la question).
- De forme négative, elle doit être interprétée comme une question rhétorique, qui implique le contraire de ce qu'exprime sa forme : Louis affirme ainsi qu'il a « toujours été pour les autres et eux […] un homme posé ».

DES QUESTIONS POUR L'ENTRETIEN

Lors de l'entretien, vous devrez présenter une autre œuvre que vous avez lue au cours de l'année. L'examinateur introduira l'échange et peut vous poser des questions sous forme de relances. Les questions ci-dessous ont été conçues à titre d'exemples.

1. Sur votre dossier est mentionnée la lecture cursive d'une autre œuvre associée au parcours « Crise personnelle, crise familiale » : *Le Retour au désert* de Koltès. Pouvez-vous en résumer brièvement l'intrigue ?
2. Quelle est la place des enfants dans cette crise familiale ?
3. Quels points communs et quelles différences peut-on observer entre le retour de Mathilde et celui de Louis dans *Juste la fin du monde* ? Quelles conséquences ces retours ont-ils sur la famille ?
4. Expliquez les liens de cette pièce avec le thème du parcours.

44 Sujet d'oral • Explication & entretien

Lagarce, *Juste la fin du monde*, 2e partie, scène 3

20 minutes
20 points

1. Lisez le texte à voix haute. Puis proposez-en une explication.

DOCUMENT

Louis est sur le point de partir définitivement. Antoine dit alors enfin à son frère ce qu'il pense réellement de lui.

ANTOINE. – […] Tu es là, devant moi,
je savais que tu serais ainsi, à m'accuser sans mot,
à te mettre debout devant moi pour m'accuser sans mot,
et je te plains, et j'ai de la pitié pour toi, c'est un vieux mot, mais j'ai de la pitié pour toi,
et de la peur aussi, et de l'inquiétude,
et malgré toute cette colère, j'espère qu'il ne t'arrive rien de mal,
et je me reproche déjà
(tu n'es pas encore parti)
le mal aujourd'hui que je te fais.

Tu es là,
tu m'accables, on ne peut plus dire ça,
tu m'accables,
tu nous accables,
je te vois, j'ai encore plus peur pour toi que lorsque j'étais enfant,
et je me dis que je ne peux rien reprocher à ma propre existence,
qu'elle est paisible et douce
et que je suis un mauvais imbécile qui se reproche déjà d'avoir failli se lamenter,
alors que toi,
silencieux, ô tellement silencieux,
bon, plein de bonté,

tu attends, replié sur ton infinie douleur intérieure dont je ne saurais pas même imaginer le début du début.

Je ne suis rien,
je n'ai pas le droit,
et lorsque tu nous quitteras encore, que tu me laisseras,
je serai moins encore,
juste là à me reprocher les phrases que j'ai dites,
à chercher à les retrouver avec exactitude,
moins encore,
avec juste le ressentiment,
le ressentiment contre moi-même.
Louis ?

LOUIS. – Oui ?

ANTOINE. – J'ai fini.
Je ne dirai plus rien.
Seuls les imbéciles ou ceux-là, saisis par la peur, auraient pu en rire.

LOUIS. – Je ne les ai pas entendus.

J.-L. Lagarce, *Juste la fin du monde*, 2e partie, scène 3, 1990.

2. QUESTION DE GRAMMAIRE. **Analysez la proposition subordonnée relative dans : « replié sur ton infinie douleur intérieure dont je ne saurais pas même imaginer le début du début » (l. 23-24).**

CONSEILS

1. Le texte

Faire une lecture expressive

- Le ton juste est difficile à trouver : il faut faire sentir à la fois les reproches d'Antoine, mais aussi son affection pour son frère. Entraînez-vous !
- L'essentiel est de faire percevoir, à travers votre lecture, la douleur d'un personnage incapable d'expliquer clairement ses sentiments. Imaginez Louis muet en face de vous.

Situer le texte, en dégager l'enjeu

- Intéressez-vous à la tension qui traverse l'extrait. D'où provient-elle ? Comment se traduit-elle ?
- Montrez la difficulté avec laquelle Antoine exprime ce qu'il ressent.

2. La question de grammaire

- Repérez d'abord les bornes de la proposition relative. Quel est son antécédent ?
- Analysez aussi la fonction du pronom relatif au sein de la subordonnée.

44 PRÉSENTATION

1. L'EXPLICATION DE TEXTE

Introduction

[Présenter le contexte] Dans *Juste la fin du monde*, Jean-Luc Lagarce met en scène les retrouvailles d'un jeune homme, Louis, avec une famille dont il s'était éloigné : il revient pour annoncer sa « mort prochaine ».

[Situer le texte] Les tensions entre frères sont très vite palpables et culminent dans l'ultime scène dialoguée de la pièce, située juste avant l'épilogue. Devant des femmes muettes, « comme absentes », Antoine prend une dernière fois la parole face à son frère.

[En dégager l'enjeu] Comment cet échange rend-il sensible la complexité des relations fraternelles, entre affection, malaise et rancœurs ?

Explication au fil du texte

Antoine, un frère maladroit mais aimant (l. 1-10)

- Présent, Louis reste muet et insaisissable ; sa posture est perçue comme un affront par Antoine : « Tu es là, devant moi […] à m'accuser sans mot ».
- Sans illusion, Antoine enferme Louis dans un rôle prévisible, qui ne laisse aucune place à l'échange, ce qu'exprime le conditionnel à valeur de futur dans le passé : « je savais que tu serais ainsi ».
- Malgré un flot continu de reproches, Antoine est touchant lorsqu'il livre ses sentiments. La répétition de la conjonction de coordination « et » souligne son attachement pour son frère : « <u>et</u> je te plains, <u>et</u> j'ai de la pitié pour toi […] <u>et</u> de la peur aussi, et de l'inquiétude ». Antoine exprime sa mauvaise conscience à l'idée d'accabler Louis, dont le départ semble inéluctable.
- Conscient que Louis va mourir, le spectateur mesure tout le drame qu'Antoine ignore mais pressent peut-être lorsqu'il formule ce vœu : « j'espère qu'il ne t'arrive rien de mal ».

ORAL

Deux postures opposées (l. 11-24)

• Impuissant, Antoine se fait le porte-parole de la famille entière en s'exprimant par un *nous* qui convoque les autres à ses côtés : « tu nous accables » succède à « tu m'accables ».

• La figure fuyante de Louis semble pour lui une obsession qui l'empêche de se construire en tant que frère : « j'ai encore plus peur pour toi que lorsque j'étais enfant ».

• Antoine esquisse le portrait de deux frères radicalement opposés : le bonheur supposé de l'un (« ma propre existence [...] paisible et douce » de « mauvais imbécile ») contraste avec le martyre exemplaire de l'autre (« silencieux », « bon », « replié sur ton infinie douleur »).

• L'incompréhension l'emporte, faute de réel échange. Antoine se dénigre et se moque de l'attitude de Louis, « bon, plein de bonté » – dans la scène précédente, il l'avait désigné comme « la Bonté même ». Seul le spectateur saisit l'ironie tragique de ses propos quand il évoque la douleur de Louis, douleur « dont je ne saurais pas même imaginer le début du début ».

> **MOT CLÉ**
> On parle d'**ironie tragique** lorsqu'un personnage, victime de son ignorance, prononce des paroles qui se retournent contre lui. En s'exprimant ainsi, Antoine ne se doute pas que son frère va bientôt mourir.

Un dialogue dans l'impasse (l. 25-40)

• S'il a des mots durs envers Louis, Antoine ne s'épargne guère non plus. Il se sent constamment coupable. Plusieurs tournures négatives révèlent une piètre estime de soi : « Je ne suis rien, / je n'ai pas le droit [...] je serai moins encore. »

• L'abandon est présenté comme une fatalité douloureuse pour Antoine, qui vit dans l'ombre d'un frère insaisissable : citons les futurs prophétiques « tu nous quitteras encore [...] tu me laisseras ».

• Si délicats à trouver, les mots sont sources de tensions et de malentendus. Parfois blessants pour qui les reçoit, ils se retournent aussi contre leur auteur : « je serai [...] juste là à me reprocher les phrases que j'ai dites ».

• L'affection indéfectible d'Antoine pour son frère éclate avec la reprise du mot « ressentiment » (« avec juste le ressentiment, / le ressentiment contre moi-même »). Ici se lit la souffrance d'un personnage désemparé, habité par l'urgence d'une parole qui sera la dernière : « Je ne dirai plus rien. »

> **DES POINTS EN PLUS**
> Déjà disloquée, la famille semble vouée à rejouer sans cesse le **drame inaugural de la séparation** : « tu nous as faussé compagnie (là que tout commence) », rappelle Suzanne dans la scène 3 de la première partie.

• Si Antoine sollicite son frère (« Louis ? »), il ne semble pourtant pas attendre de réponse ; l'essentiel consiste à livrer son propre ressenti.

• Absent ou présent, Louis paraît lointain : minimales, ses interventions finales attestent seulement de son écoute, sans autre réaction. Face à la parole débordante de son frère, il reste quasiment muet.

Conclusion

[Faire le bilan de l'explication] Dans cet ultime dialogue de la pièce, l'échange avorte tragiquement. Sous les rancœurs accumulées et les maladresses se lit l'affection d'un Antoine miné par ses inquiétudes, mais à qui la vérité de son frère échappera définitivement.

[Mettre le texte en perspective] Louis repart seul avec un secret qu'il n'aura pas su livrer. Dans d'autres pièces, c'est à l'inverse la délivrance d'un secret intime qui plonge la famille dans une crise dont elle ne se relèvera pas : tel est le cas de Phèdre et de son amour incestueux dans la tragédie de Racine.

2. LA QUESTION DE GRAMMAIRE

« replié sur ton infinie douleur intérieure [**dont** je ne saurais pas même imaginer le début du début] »

• La proposition subordonnée relative (entre crochets), introduite par le pronom relatif *dont*, a pour antécédent le groupe nominal *ton infinie douleur intérieure*.

• C'est une relative apposée à valeur explicative : elle apporte un commentaire sans contribuer à l'identification de son antécédent.

• Le pronom relatif *dont* a une fonction de complément du nom du groupe nominal *le début du début*.

DES QUESTIONS POUR L'ENTRETIEN

Lors de l'entretien, vous devrez présenter une autre œuvre que vous avez lue au cours de l'année. L'examinateur introduira l'échange et peut vous poser des questions sous forme de relances. Les questions ci-dessous ont été conçues à titre d'exemples.

1. Sur votre dossier est mentionnée la lecture cursive d'une autre œuvre associée au parcours « Crise personnelle, crise familiale » : *Antigone* de Jean Anouilh. Pouvez-vous resituer le personnage d'Antigone dans sa propre famille ?

2. En quoi peut-on dire qu'Antigone traverse une « crise personnelle » ?

3. Comment la confrontation d'Antigone et de Créon ouvre-t-elle une réflexion sur les valeurs qu'un être humain doit défendre ?

ORAL